서유기

최인훈 전집 3
서유기

초판 1쇄 발행 1977년 9월 5일
재판 1쇄 발행 1994년 1월 20일
 3판 1쇄 발행 2008년 11월 13일
 3판 4쇄 발행 2023년 8월 21일

지은이 최인훈
펴낸이 이광호
펴낸곳 ㈜문학과지성사
등록번호 제1993-000098호
주소 04034 서울 마포구 잔다리로7길 18(서교동 377-20)
전화 02) 338-7224
팩스 02) 323-4180(편집) / 02) 338-7221(영업)
전자우편 moonji@moonji.com
홈페이지 www.moonji.com

ⓒ 최인훈, 2008, Printed in Seoul, Korea

ISBN 978-89-320-1917-8 04810
ISBN 978-89-320-1914-7(세트)

이 책의 판권은 지은이와 ㈜문학과지성사에 있습니다.
양측의 서면 동의 없는 무단 전재 및 복제를 금합니다.

최인훈 전집 3

서유기

문학과지성사
2008

일러두기

1. 『최인훈 전집』의 권수 차례는 초판 발행 연도를 기준으로 했다.
2. 이 책의 맞춤법 및 외래어 표기는 국립국어연구원의 『표준국어대사전』을 따랐다. 다만, 일부 인명(러시아말)과 지명, 개념어, 단체명 등의 표기와 맞춤법, 띄어쓰기는 작가와 협의하에 조정하였다.
3. 인용문은 원본 그대로 표기하는 것을 원칙으로 하였으나, 경우에 따라 현행 맞춤법에 맞게 옮겼다.
4. 속어, 방언, 구어체, 북한어 표기 등은 작가가 의도한 바를 그대로 따랐다.
   예) 낮아분해 보이다/더치다/좀체로/어느 만한/클싸하다 등.
5. 단편과 작품명, 논문명, 예술작품명 등은 「 」, 장편과 출간된 단행본 및 잡지명, 외국 신문명 등은 『 』 부호 안에 표기했다. 국내 신문은 부호 표기를 생략했다.
6. 말줄임표는 ……로 통일하였고, 대화문이나 직접 인용은 " "로, 강조나 간접(발췌) 인용은 ' '로 표기하였다.

차례

서유기 • 7

해설 분단 시대의 문학적 방법/송재영 • 354
해설 역사라는 이름의 카오스/박혜경 • 366

이 필름은 고고학 입문 시리즈 가운데 한 편으로, 최근에 발굴된 고대인의 두개골 화석의 대뇌 피질부에 대한 의미론적 해독입니다. 이 화석은 분명히 상고시대 어느 기간에 산 인간으로 짐작됩니다. 이 한 편을 특히 고른 것은 최근의 발굴이라는 것뿐 아니라 한국 화석의 일반적 특징인 황폐성과 무질서성이 아주 전형적으로 나타나 있는 까닭입니다. 그런 점에서 이 필름은 우리 고고학의 과제·전망을 단적으로 나타내고 있는 백미편이라 하겠습니다. 학적 결벽성이 강한 분에게는 사도邪道로 비칠는지 모르나, 초보자를 위하여 어느 정도 원형 복구가 되어 있습니다만, 말할 필요도 없이 전혀 가설적인 조위입니다. 그런 탓으로 언제든지 재분해할 수 있게 하기 위하여 질이 좋은 수용성 접착제로 가볍게 이어놓았으며 화학 처리, 원형 등은 일체 하지 않았습니다. 이렇게 함으로써 학문적 엄격성과 학문의 대중화라는, 상극하는 명제를 잠정적으로 절충하느라 애썼습니다. 변명이 아닙니다만, 이것은 과도기에 삶을 받은 자의 비애라 하겠습니다. 순수한 과학자치고 계몽에 손대기 좋아할 사람이 있겠습니까만, 이는 우리의 십자가인 것입니다. 보신 가운데 조립이 의아스럽다든지 다른 의견이 생각나시는 분은 본 학회에 알려주십시오. 아마추어의 순수한 아이디어는 전문가들에게는 숫처녀보다 더 귀중한 보배입니다. 이 필름은 피사체 자신의 성질상, 그리고 전기한 제작 방침에 따라 비교적 느린 템포를 썼으며 클로즈업을 끊임없이 삽입하였고, 동일 장면의 반복 및 심지어는 영사기의 회전을 중단시키고 중요한 화면을 정물 사진으로 볼 수 있게 운용하였습니다. 그러면 곧 필름을 감상하시겠습니다.

想念의 走馬燈을 한 계단 한 계단 천천히 밟으면서
그는 2층 자기 방으로 올라갔다.

독고준이 이유정의 방을 나설 때 괘종시계가 2시를 쳤다. 두 낱의 소리는 독고준이 문을 막 닫으려 할 즈음에 울리기 비롯하였기 때문에 그 가운데 하나는 닫힌 문의 저편에 — 방 속에 남고 나머지 하나만이 복도로 따라나왔다. 그는 자기 방 쪽으로 걸어갔다. 아무것도 생각하고 있지 않았다. 다만 그의 두개골의 안쪽 어디엔가 반딧불처럼 촉수 낮은, 그리고 아주 조그마한 전구가 박혀서 그것이 번득 하고 켜졌다가는 깜빡 꺼지고, 또 켜지고 하면서 모세혈관들이 빽빽하게 그물을 치고 있는 번들번들한 벽을 그때마다 밝혀냈다가는 덮고 또 밝혀내고 하는 그 또렷한 움직임을 몸으로 느끼고 있었다. 무엇 때문에? 전혀 뜻밖에, 허공 속에서 불쑥 누군가의 나지막한 목소리가 들렸다. (무엇 때문에) 무엇 때문에 나는…… 나는, 하고 독고준은 그 목소리의 임자가 자기라는 것을 알면서 적이 놀랐다. 그는 계단 첫 끝까지 와 있었다. 그는 첫 단을 밟았다. 그러자 두개골 속의 반딧불이 번득 하고 켜졌다가 다음 단에서 깜빡 꺼진다. 발을 옮길 때마다 밝고 어두운 운동이 따라서 겹쳤다. 계단이 너무 많다고 그는 생각하였다. 사실 퍽 움직였는데도 계단은 그의 앞에서 물러나주지 않았다. 그러자 그는 묘한 안도감을 가지는 자기 마음을 본다. 이 계단이, 이 규칙 바른 간격이 무한히 이어진다면 나는 이것만 자꾸 따라가면 되는 것이다. 그밖에 아무 일도 하지 않아도 된다는 생각이 그에게는 구원처럼 생각되었던 것이다. 뙤약볕에서 해종일 선을 보이고 섰던 노예가 매주賣主를 만나서 값이 정해졌을 때의 기쁨을 생각하면서, 왜 그런지 그는 지금 자기가 먼 옛날의 아라비아의 태양 아래를 걸어가고 있다는 확신을 가진다. 그래서 계단은 지루하게 펑퍼짐한, 끊어짐이 없는 시간의 널조각을 자꾸 그의 발걸음마다 펴간다. 거기에 반딧불처럼 명멸하는 아라비아의 태양이 낮과 밤을 토막낸 것처럼 일식을 만들었다가는 풀고, 또 가리곤 한다. 계단이 끝났다. 그가 머리를 들었을 때 그는 어떤 사람들이 자기가 올라오는 것을 기다리고 있었던 것을 알았다. 그들은 다섯이었다. 그들 가운데 한 사람이 독고준을 향하여 불렀다.

"독고준."

"네."

"저자다, 체포하라."

한쪽 팔에 둘씩 남자들이 그를 붙잡았다. 체포당할 때는 의젓한, 남이 보아도 부끄럽지 않은 태도를 가지리라는 허영심을 가지고 있는 터였으므로 그는 각오하고 있었다는 듯이 아무 말도 하지 않았다. 그들은 그를 끌고 복도로 걸어갔다.

"자식이……"

하고 오른팔을 붙잡은 남자가 입을 열었다.

— 생각했던 것처럼 위선자군.

그 팔을 함께 붙잡고 있는 남자가 훙 하고 콧방귀를 뀌면서 또 말하는 것이었다.

"대개는, 체포하는 이유를 대라는 법인데."

"아니면 영장을 가졌느냐는 정도는 한다는 말이지?"

이것은 인솔자의 말이었다.

"왜 아닙니까?"

하고 맨 첫 번에 말을 꺼낸 자가 아첨하듯이 말했다. 나쁜 놈들이구나, 하고 독고준은 생각하였다. 나쁜 직업을 가졌으면서도 좋은 태도를 가질 수는 있지 않겠는가. 그런데 이자들은 에누리 없이 불결한 마음밖에는 가지지 못했다. 물론 그들이 던지는 암시에 걸려들 생각은 없었지만, 악행에서 얻는 쾌락을 얻지 못했다는 데서 그를 연행하는 동안에 거칠게 다룬다거나 무슨 그런 심술을 부릴까 두려웠다. 복도의 마루와 벽은 돌로 지었는데 그는 이 길을 언젠가 와본 적이 있었다. 그러나 그때는 이런 모양으로 온 것 같지는 않았다. 군데군데 쓰레기통이 있는데, 곁을 지날 때마다 오물이 썩는 저 싸한 냄새가 코를 찔렀다.

"똑바로 걸어. 비틀거리긴……"

퉁명스럽게 말하면서 한 남자가 독고준의 어깨를 탁 쳤다.

"그러지 마라."

인솔자가 말했다.

"네?"

하고 부하는 볼멘소리를 했다.

"정중하게 다루라는 명령이야."

"정치적인 이유라는 말씀이죠."

"정치적이 사람 죽이는구마."

다른 사나이가 경상도 사투리로 이렇게 끼어들자 별로 신통스럽지도 않은 그 말이 굉장한 농담이기나 했던 것처럼 그들은 킬킬킬 웃었다.

"그만"

하고 인솔자가 그들의 당치 않은 웃음을 말렸다. 그리고 독고준에게 이렇게 말했다.

"여기서부터는 혼자 가시오. 우리는 여기까지만 안내하라는 명령을 받고 있소."

그의 말이 끝나자 그를 잡고 있던 남자들은 손을 뗐다. 그리고 서로 담뱃불을 붙이면서 떨어져갔다. 독고준은 그들이 사라지는 것을 보고 섰다가 이제는 혼자 가야 할 것을 깨닫고 걷기 시작했다. 군데군데 전등이 켜져 있지만 복도는 어두웠다. 복도에는 가끔 돌 틈으로 풀이 돋아나 있는 것이, 누가 다니면서 손질하고 거두는 것 같지 않았다. 그는 소리도 없고 인적도 없는 끝없는 공간을 걸어가면서 아까 계단을 올라올 때처럼 마음의 평화를 되찾았다. 습기와 먼지와 그리고 채석장에서 맡는 돌 냄새가 섞인 이 복도의 공기는 자기가 지금 있어야 할 곳에 있다는 것을 그에게 알려주었다. 가끔 거미줄이 목덜미에 걸렸다. 그는 손끝에 구름처럼 허망하게 엉기는 그것을 떼어내면서 자기의 신경을 손으로 만져보는 것이라고 생각하였다. 이 길이 한없이 이어갔으면 하고 그는 생각하였다. 그리고 나는 이 길을 한없이 걸었으면 하고 그는 생각하였다. 그러한 행복은 아무에게나 주어지는 것이 아니라는 것을 그는 알고 있었다. 길은 늘 어디론가에 닿는 길이라는 데 인간의 슬픔이 있다는 것을 그는 알고 있었다. 어디로도 닿지 않은 길, 자꾸 가는 길, 가는 것이 기쁨인 그런 길, 그것이야말로 모든 사람이 삶 속에 바라는 희망이지만 불가능한 일이다. 그는 주막에도 들러야 하고, 사람과 싸우기도 해야 하고, 또 잠도 자야 한다. 그러나 지금 독고준이 가고 있는 길이 어떤 길인지 분명히 알 수는 없으나 아무튼 걸어가는 이 순간만은 행복하다고 그는 생각하였다. 복도의 돌 틈에는 잡초 말고도 가끔 꽃이 돋아난 데도 있었다. 이파리가 크고 꽃송이는 작은, 국화처럼 생긴 꽃이었다. 꽃은 아무도 보지 않는 이 단단한 고요함 속에서도 꿋꿋이 피어 있었다. 독고준은 그 용기에 놀랐다. 그리고 자기 같은 사람에게는 너무 과한 길동무라고 생각하였다. 쓰레기통 곁을 지날 때마다 그 싸한, 오물이 썩는 냄새를 맡으면서 그는 향수를 느꼈다. 그리고 저 냄새에서 헤어나지 못하는 거지들의 마음을 알 수 있을 것 같았다. 순례자들의 저 속을 알 수 없는 집념도. 그리고『레 미제라블』에 나오는 장발장과 코제트가 피신했던 수녀원의 규칙도 이해할 수 있었다. 그 수녀들이 세수도 목욕도 칫솔질도 금지되어 있는 그 규칙을. 그래서 호박씨처럼 샛노란 이빨을 드러내고 신을 노래하는 그 마음을. 더러움 속에서 자기를 찾는 그 마조히즘의 슬픔을. 그는 이런 생각을 하면서 복도를 걸어간다. 그는 가끔 벽을 만져 보았다. 벽은 지그시 그의 살갗을 맞밀어주었다. 확실히 있었다. 그는 행복하였다. 기쁨이 손에 잡히는 형태로 있어준다는 것은 황송스러운 일이었다. 이렇게 걸어가는데 갑자기 그의 발바닥이 물렁한 것을 밟으면서 그의 몸은 아래로 떨어졌다. 그는 정신을 잃었다.

…… 얼마나 되었을까. 그가 다시 자기를 찾았을 때 그는 어느 방 안에 서 있었다. 그의 양 발목에는 쇠고랑이 채워져 있고 그의 팔목에도 쇠고랑이 채워져 있는데 고랑에는 사슬이 달려 있다. 그는 걸어보았다. 돌바닥에 끌리는 쇳소리를 내면서 그는 얼마쯤 걸었으나 이내 사슬이 지그시 뒤로 버티는 것이다. 그는 방 안을 둘러봤다. 교실만큼한 넓이인데 아무것도 놓인 것이 없고, 한쪽에 창살이 달린 쇠문이 있고 그 창살 새로 들어오는 빛으로 그는 방 안을 보고 있는 것이었다. 그는 뒤를 돌아다보았다. 돌바닥에서 솟은 쇠말뚝에 사슬이 감겨 있는 옆에 등받침이 없는 나무 의자가 하나 놓여 있다. 그는 쓴웃음을 지었다. 그러고는 걸어가서 의자에 앉았다. 마찬가지다, 하고 그는 생각하였다. 결국 마찬가지다, 하고 그는 생각하였다. 걸어가는 기쁨을 나에게서 빼앗는다 해도 내게는 마찬가지다, 하고 그는 생각한 것이다. 그는 희미한 방 안에,

나무 의자 위에, 묶여 앉아서 쓰디쓰게 웃었다. 그리고 자기가 한 일이 결국 옳았다는 것을, 아니 다행스러웠다는 것을 어렴풋이 느꼈다. 방의 어둠에 눈이 익숙해지면서 그는 좀더 자세히 자기가 갇힌 곳을 볼 수 있었다. 그때 그는 자기 발밑에 떨어진 한 장의 신문지를 보았다. 그것은 빛이 바랜 오래된 신문이었다. 그는 그것을 집어들었다. 그리고 불편한 손으로 받쳐들고 살펴봤다. 신문을 훑어가던 그는 가볍게 소리를 질렀다. 광고란에 자기의 사진이 있었던 것이다. 그곳에는 이렇게 씌어져 있었다.

이 사람을 찾습니다. 그 여름날에 우리가 더불어 받았던 계시를 이야기하면서 우리 자신을 찾기 위하여, 우리와 만나기 위하여. 당신이 잘 아는 사람으로부터.

그랬었구나, 하고 그는 기쁨에 숨이 막히면서 중얼거렸다. 그랬었구나, 하고 그는 거듭 중얼거렸다. 그는 이 광고를 낸 사람을 너무나 잘 알고 있었다. '당신이 잘 아는 사람으로부터'라구. 아무렴, 그는 너무나 벅차서 눈을 지그시 감았다. 폭음 소리가 들려온다. W시의 그 여름 하늘을 은빛의 날개를 번쩍이면서 유유히 날아가는 강철 새들의 그 깃소리. 태양도 그때처럼 이글거렸다. 둥근 백금의 허무처럼. 기체의 배에서 쏟아져내리는 강철의 가지, 가지, 가지. 그곳으로 독고준은 가고 있었다. 왜냐하면 학교에서 소집 연락이 있었기 때문에. 식구들의 만류를 뿌리치고. 호주머니에는 그의 영혼처럼 어린 그러나 순수한 풋실과를 넣고 그는 가고 있었다. 그가 가는 곳에 무엇이 기다리고 있든 그는 가는 것이 옳았다. 왜냐하면 그는 학생이었고 학생은 학교가 오라고 하면 가는 것이 옳았기 때문에. 그래서 그는 이른 아침의 시골길을 걸어서 가고 있었다. 그의 운명을 만나기 위하여. 운명이란, 의무의 끝장까지 가본 사람에게만 나타나는 신비한 얼굴이다. 그때 방 안의 어디에선가 라디오가 지이 하고 켜지더니 목소리가 흘러나왔다.

운명을 만나지 않은 인간은 인간이 아니다. 그는 물건일 뿐이다. 그의 윤리는 물건들의 저 인색한 법칙만을 따른다. 운명을 만나본 사람은 그렇지 않다. 그는 절망 속에서 희망을 본다. 없는 속에서 푸짐함을 본다. 그의 생애는 이제 저 바닷가 모래펄 속에 파묻혀도 그의 눈에는 대뜸 알아볼 수 있다. 그의 생애가 비록 모래 한 알처럼 미미한 것이라 하더라도. 나의 운명을 만난 날, 폭음의 여름, 저 강철의 새들이 잔인한 계절의 장막을 열고 도시의 하늘에 날아온 그날을. 오, 나는 얼마나 사랑하는가, 나의 생애의 자북磁北을 알리던 그 바늘의 와들거림을 나는 생각한다.

독고준은 홀린 듯이 그 소리를 들었다. 그것은 자기의 목소리였다. 그러나 제 입에서 나와본 적이 없는 자기의 목소리였다. 그는 비로소 깨달았다. 자기가 이렇게 갇혀 있으면서도 그처럼 태연할 수 있었던 까닭을 알았다. 그러자 그는 거의 같은 순간에 전혀 반대의 감정을 똑똑히 깨달았다. 그를 묶고 있는 사슬을. 처음으로 그는 어두운 시선으로 더듬어보았다. 그리고 신문지를 보았다. 신문에 실린 광고와 그의 몸을 묶어놓고 있는 사슬을 동시에 보면서 그는 절망하였다. 그것들은 서로 어울릴 수 없는 것처럼 보였다.

그는 신문과 사슬을 번갈아보면서 생각에 잠겼다. 오래 움직이지 않고 그는 앉아 있었다. 라디오는 어느새 꺼지고 아무 방송도 이어지지 않았다.

복도에서 발소리가 나더니 쇠문이 절그럭거리고 무거운 끄는 소리를 내면서 열렸다. 그는 문간을 바라보았다. 어떤 남자가 방 안으로 들어왔다. 그는 독고준에게 다가와서 그의 사슬을 풀어놓고 자기를 따라오라는 시늉을 하고 앞장을 선다. 독고준은 그의 뒤를 따라갔다.

"여기서 기다리시오."

어느 구청 사무소의 대기실 같은, 칸막이가 있는 방에 그를 안내하고 남자가 가버린다. 그는 의자에 앉았다. 아무리 기다려도 칸막이 저편에는 아무도 나타나지 않았다. 그는 일어서서 칸막이 위에 쳐놓은 그물 사이로 그쪽을 건너다보았다. 거기는 책상도 의자도 없고 부옇게 먼지가 앉은 나무로 된 마룻바닥이 보일 뿐이었다. 그는 초조했다. 아까처럼, 어두운 방에서 언제까지나 감금 상태를 견디어낼 수 있다든가, 끝없는 복도를 아무 목표도 없이 언제까지고 타박거리고 걸어갈 여유는 벌써 없었다. 그는 저고리 위로 안주머니 언저리를 만져보았다. 부시럭거리는 종이가 들어 있다. 그것은 아까 그 신문이었다. 그에게는 지금 목적이 있었다. 그녀가 그를 찾고 있는 것이었다. 그녀를 만나야 했다. 그것은 독고준의 생애의 의미였다. 그때 그는 그녀가 자기의 운명인 줄은 몰랐다. 갈릴리 바다에서 시몬이 그물을 버렸을 때처럼, 그가 운명을 만난 것이 아니라 운명이 그를 만났던 것이다. 이번에는 달랐다. 그는 두번째 운명을 만나는 것이며, 게다가 이번에는 사전 통고까지 있다. 그는 자기의 행복이 송구스러웠다. 운명을 두번째 만난다는 것, 인생을 두 번 살 수 있다는 일이 너무나 꿈만 같았던 것이다. 그러나 통고만 받았을 뿐 그녀에게로 가는 길을 전혀 알 수 없었다. 광고에는 연락처가 없었던 것이다. 그는 안주머니에서 신문을 꺼내서 다시 들여다보았다. 역시 잘못 본 것이 아니었다. 연락처는 적혀 있지 않았다. 그에게 새로 주어진 이 희망. 그러나 그곳으로 가는 방법이 없다는 사실이 그를 미치게 했다. 지금으로서는 자기를 이곳에 불러온 사람이 나타나기를 기다리는 길밖에는 없었다. 그는 신문을 접어서 도로 집어넣었다. 그는 신문이 있는 가슴의 그 언저리에 겨울에 불돌을 품었을 때처럼 훈훈한 기운을 느꼈다. 그는 의자에 앉아서 궁리를 하려고 했으나, 좀 지나고 보면 그는 아무 생각도 안 하고 멍하니 앉아 있었던 것을 발견하는 것이었다. 밖에서 지척지척 빗소리가 들리는 것도 같았다. 그런가 하면 그것은 귓속에서 나는 환청 같기도 했다. 분명히 비가 내리던 어느 장소에 그리 오래지 않은 과거에 그가 머물고 있었다는 느낌이 가시지 않았다. 웬일일까. 아무 까닭도 없이 그를 찾아오는 이 환각은 비가, 언제 비가 오는 그 장소에 그가 있었는지 그는 아무래도 생각해낼 수 없는데 환각은 끈질기게 다가오는 것이었다. 지척지척 하는 빗소리와 더불어서 빗방울 하나하나가 반딧불처럼 명멸하면서 주척주척 곤충의 소리 없는 울음소리를 내고, 울음소리와 깜박이는 불빛은 무르고 번들거리는 어떤 펑퍼짐한 벽을 타고 흘러내리고 흘러내린다. 그의 조바심은 점점 무르익어갔다. 그는 일어서서 왔다 갔다 하다가는 의자에 앉곤 하였다. 그는 문득 여기서 기다리고 있는 것은 쓸데없는 일이 아닐까 하는 생각이 들었다. 그러자 정말 미칠 것 같았다. 그리고 여기서 그를 기다리게 한 사람에게 여태 까닭 없는 기대를 걸고 있었던 것을 깨달았다. 어처구니없게, 하고 그는 중얼거렸다. 그러나 그 밖에 그가 할 수 있는 일이 무엇이 있겠는가. 그는 아무 엄두도 못 낼 처지에 있었다. 그렇기로서니 언제까지 이러고 기다려야 한단 말인가. 끝이 없는 노릇이 아닌가. 약속을 한 것도 아니었다. 전혀 일방적인 전갈을 받고 언제까지고 기다리고 있어야만 하다니. 그는 손으로 이마를 짚고 아득한 빗소리를 들었다. 그리고 그 의미를 알아보려고 애썼다. 물에 빠진 사람이 지푸라기를 잡는 심정으로 그 알릴락 말락한, 환청인지도 모를 빗소리에 마음을 기울여서 무엇인가 알아내려고 안간힘을 썼다. 그러나 허사였다. 빗소리는 오히려 독고준을 자기 속에 끌어들이려는 듯이 속삭이면서 그를 깜빡 졸게 하고, 깊은 잠의 구렁으로 이르는 미끌미끌한 곳으로 끌려고 했다. 잠들어서는 안 된다고 그는 자기에게 타일렀다. 잠들어서는 모든 것이 끝장이라고 그는 생각하였다. 그는 또 일어서서 왔다 갔다 걸어봤다. 그는 우뚝 섰다. 얼마나 더 기다릴 것인가. 기다려서 유익하리라는 보장이 어디 있는가, 하고 그는 몇십 번 되물어온 질문을 또 자기에게 되풀이했다. 기다리는 것은 이만하자고 끝내 그는 마음을 정했다. 혼자서 가는 수밖에는 없다고 생각하고 그가 방에서 나가려 하는데, 칸막이 저편에 누군가 들어서는 것이었다. 그는 돌아다보았다. 말쑥한 양복을 입고 얼굴이 창백한 남자가 쇠

그물 바로 저편에 멈추어 서더니 그에게 말을 걸었다.

"오래 기다렸지요?"

독고준은 대답하지 않고 그 남자를 뜯어보았다. 남자의 낯빛은 푸르다 못해 거무스름했다. 지친 사람같이 간신히 서 있는 것이 꼭 앓는 자리에서 일어나 온 사람처럼 보였다.

"당신이 지금 어디로 가려고 하는지 잘 알고 있습니다."

"어떻게 그걸 압니까?"

"알고 있습니다. 그런데 나는 그걸 찬성치 않습니다."

"당신이 찬성하고 안 할 일이 아닙니다. 그걸 보면 당신이 내가 가고 싶어 하는 곳을 안다는 것도 헛말이군요. 당신은, 그렇습니다. 모릅니다. 알 턱이 없습니다."

"맞습니다. 나는 모릅니다. 그렇더라도 나는 찬성할 수 없습니다."

"당신은 무언가 잘못 알고 있습니다. 이것은 당신이 끼어들 일이 아닙니다."

"알고 있어요. 그렇기 때문에 나는 찬성할 수 없다는 겁니다. 당신도 이치를 따져보면 알 일이 아닙니까?"

"아무도 나를 막지 못합니다. 이것은 나의 일입니다."

"정 그러시다면 할 수 없습니다. 나중에 일어날지도 모를 사고에 대해서는 책임질 수 없습니다만, 규칙이 허락하는 데까지는 편의를 보아드리기로 하겠습니다."

그는 말을 마치자 돌아서서 나가버렸다. 독고준은 자기가 들어온 문으로 나오면서 그 사람과 만난 것이 무슨 소용이 있었을까를 생각했다. 아마 그가 허락지 않으면 나는 사슬에서 벗어날 수 없었을 것이다. 그가 말한 편의라는 것은, 그것도 포함한 것일 거라고 그는 생각하였다. 그는 또 아까처럼 복도를 걸어갔다. 한참 가다가 복도가 막히고 문이 나졌다. 되돌아갈 수도 없었으므로 그는 문을 열었다. 그곳은 진찰실이었다. 하얀 칠이 된 사방 벽에는 엽총이며 창, 칼 들이 걸려 있는데, 창가로 붙여놓은 책상 앞에 흰 웃옷을 입은 남자가 둘 앉아 있고 조금 떨어져서 간호원이 벽에 기대서서 뜨개질을 하고 있다.

간호원이 다가와서 그의 어깨를 눌러서 의사 앞에 놓인 동그란 의자에 앉혔다. 그리고 말했다.

"—선생님 환자여요?"

독고준이 아니라고 하기 전에 의사 두 사람 가운데 번대머리가 독고준을 힐끗 쳐다보더니,

"급하지 않아요"

하고 말했다.

"아닙니다. 급합니다. 바빠요."

의사 두 사람은 앙천대소했다.

"이거 걸작이군."

"바빠요, 라……"

그들은 또 웃었다.

독고준은 얼굴이 달아오르는 것을 느끼며 되도록 고즈넉하게 말했다.

"저는 환자가 아닙니다."

"알고 있어, 알고 있단 말야. 재주는 빼놓지 않고 다 하구먼."

그때 간호원이 끼어들었다.

"선생님, 진찰을 먼저 하시구."

"김 간호원, 몇 번 일러야 알아듣겠어. 환자 한두 사람 고쳤다고 해서 풀릴 문제가 아니란 건 잘 알고 있잖아? 근본적인 문제를 해결해야 된단 말이야. 근본적인 문제를 말이야."

그리고는 독고준을 향해 눈을 부릅뜨고 발을 탕 굴렀다.

"너, 얌전히 굴지 않으면 배때기에서 빨랫줄을 끄집어내줄 테야, 응? 가만 앉아서 기다리라구"

하고는 얘기하던 상대편에게로 돌아앉았다.

"김 과장, 자, 얘기를 계속합시다. 몇 번이나 강조하는 일이지만 의술은 인술입니다. 이것을 개인의 돈벌이로서 내맡긴다는 것은 무모하기 이를 데 없는 일이 아니겠습니까? 나라가 한 손에 쥐어야 합니다. 국민보건에 대한 기초적인 통계 자료 하나 없이 국민의 보건 관리를 하는 이런 나라가 어디 있단 말입니까? 의과대학을 나오는 모든 인원을 즉시 그리고 영구히 국가의 통제 아래 두어서 보건정책을 일원화해야 합니다. 전국의 행정 구획과는 따로 의학적인 견지에서 보건 요원의 배치를 다시 조정하고, 카르테를 정기적으로 분류해서 중앙에 올리면, 중앙에서는 그 정보에 바탕해서 정책을 세우고 의과대학에서는 그에 맞추어서 교육 과정을 짜야 할 겁니다. 예산 예산 하지만, 군비를 줄이면 됩니다. 개명천지 밝은 세상의 어디를 들이치겠다고 병력만 잔뜩 긁어모아 놓느냔 말입니다. 사람의 몸을 갉아먹는 적에 대해서는 놀랄 만큼 무지하니 이건 무지한 데서 오는 겁니까, 도대체 어떻게 된 겁니까? 인간에 짐승보다 나은 혜택이 있다면 자연 치유와 자연 도태의 법칙을 어길 수 있다는 게 아니겠어요? 나쁜 씨도 살린다는 것이죠. 지금 형편으로서야 돈 있는 씨는 살고 가난한 씨는 숨아진다는 게 실정이 아닙니까? 무서운 일입니다. 무서운 일이구말구요. 이것은 바로 고쳐져야 합니다. 민생은 질병 선상에서 헤매고 있습니다. 은인자중할 때는 지났습니다. 행동을 개시할 땝니다."

번대머리는 말을 마치고 차를 한 모금 마셨다. 무테안경을 쓴 상대편은 부드러운 입매에 웃음을 담으면서 손을 내저었다.

"물론 그 이론에는 들을 만한 진리가 있습니다. 그러나, 나는 개업의로서 지낸 오랜 겪음에 비추어 일은 결코 쉽지가 않다고 봐요. 집에 오는 환자들 가운데 넉넉해 보이는 사람은 자연 신경이 더 쓰이게 되고, 손이 더 가게 마련입니다. 술값은 떼먹어도 약값은 갚으라는 말이 있잖아요. 만일 모든 의료시설을 국유화한다고 해보세요. 그리고 거기서 일하는 요원들이 개업할 가능성이 아주 막혔다고 생각해보세요. 얼마나 무서운 일이 생기겠는가를. 니힐리즘에 사로잡힌 의사들에 의해서 움직이는 의료라는 것은 국영 기업체의 비능률과 같은 현상을 자아낼 거예요. 대상이 사람의 몸입니다. 짐만 벗으려는 그쯤의 성의밖에는 없이 사람의 몸을 다룬다면 그 끝은 어떻게 되겠습니까? 물론 길은 있겠죠. 승진 제도를 잘 꾸며 일할 보람을 북돋우는 길을 여러 가지로 생각할 수 있겠지만, 근본적인 해결은 안 되겠죠. 또 다른 사람과의 균형이 있습니다. 국유 체제 밑에서 어느 한 개인이 설사 그의 재능에 의해서라

할지라도 지나친 이름을 갖게 되는 것은 바람직한 일이 아닙니다. 명예와 영광은 늘 보건 요원 모두에 돌아가야지 개인에게 돌아가서는 안 될 겁니다. 그렇다면 자연히 개인은 주눅이 듭니다. 악순환은 피할 길이 없는 것입니다. 그러니까 의료정책을 아주 나라의 손 안에 둔다는 것은 사실상 불가능한 일이고 권장할 일도 못 됩니다. 난 그렇게 생각해요."

무테안경은 말을 마치고 또 한 번 부드럽게 웃었다. 대머리는 시무룩해서 찻잔만 만지작거리고 있더니, 불쑥 독고준 쪽으로 돌아앉았다.

"우리는 밤낮 이렇습니다. 도무지 결론이 안 나는 싸움입니다. 노형, 어디 제삼자로서 속을 좀 말씀해주세요. 제삼자로서 말입니다."

독고준은 반딧불만 한 증오가 깜빡이는 것을 참으면서 말했다.

"저는 모르겠습니다."

"알고 모르고가 어디 있어요. 그야 전문적인 세부는 있지요만, 골자인즉 지금 들으신 대롭니다. 상식의 선에서 가릴 수 있는 일입니다. 아무튼 노형께서 가부간에 끝을 내주시면 우리는 그 말에 따르겠습니다."

그러나 독고준은 고개를 저었다.

"저는 그런 짐을 지고 싶지 않습니다."

"짐을 지란 말이 아닙니다. 그저 섰다 식으로, 그렇습니다. 막말로 털어놓고 말해버리죠. 네, 아무렇게나 정해주세요."

"못 합니다."

"하, 그 양반 책임 안 져도 된다니깐."

"책임이라뇨?"

"우리들한테 대해서 말요."

"아닙니다. 당신들한테 대한 책임을 두려워하는 게 아닙니다."

"그럼 뭐요?"

"나 자신에 대한 책임 때문이지요."

"나 자신에 대한 책임? 히야 요것 봐라. 세상 났다 그것 한 번 희한한 말이구료. 여보 들었소, 응?"

대머리는 시어미 아이 낳는 것을 본 며느리처럼 신기해 죽겠다고 고갯짓을 하면서 무테안경을 돌아봤다. 무테안경은 헛기침을 두어 번 하더니 입을 열었다.

"그렇게 감정을 건드릴 게 아니라 차근차근 얘기해봅시다. 사정에 따라서는 치료비는 감해…… 아니, 그 뭔가, 에에 또, 마아, 문제는 이것이 중요한 인도상의 안건이라는 것인데, 노형도 의당 시민으로서의 의견을 말해주시는 게 옳을 것 같아요."

"전혀 흥미가 없어요."

"허 그래요. 그럼 노형이 흥미를 가진 문제는 뭡니까?"

독고준은 말이 막혔다. 사람이 가장 흥미를 가진 일, 그것은 말할 수 없는 일이다. 그 일을 이 사람들에게 말하고 싶지도 않았다.

대머리가 일어서더니 무테안경을 끌고 방구석으로 가서 한참 수군거리자, 무테안경이 간호원에게로 가서 귓속말로 무슨 의논을 한다. 간호원의 얼굴이 확 붉어지더니 이내 고개를 떨어뜨리며 힘없이 끄덕였다. 무테안경은 다음에는 독고준에게로 와서 그의 귀에다 무슨 말을 했다. 독고준은 벌떡 일어나서는 무테안경의 뺨을 갈겼다. 안경이 마루에 떨어져서 유리알이 빠져 굴렀다. 독고준은 더 말없이 아까 들어오던 쪽과 마주보는 편에 난 문을 거칠게 밀어 열고 나가버렸다. 무테안경은 주저앉아서 부서진 안경알을 주섬주섬 손바닥에 모으면서 한숨을 쉬었다. 대머리는 자기 자리에 와 앉아서 또 찻잔을 만지작거리면서 무테안경을 바라보았다. 김 간호원은 벽 쪽에 얼굴을 대고 훌쩍거리고 있었다.

"이 일을 어떡허면 좋소."

"별 도리 있겠소?"

"보고해야 한단 말요?"

"안 하고 되겠소?"

대머리는 이마를 짚고 신음 소리를 냈다. 아무도 말이 없었다. 김 간호원이 돌아섰다. 그리고 말했다.

"할 수 없잖아요. 이렇게 된 바에는, 보고나 빨리 하세요."

대머리는 힐끗 그녀를 쳐다봤다. 무테안경이 넋두리하듯 말했다.

"우리야 살 만큼 살았지만, 당신이…… 일이 잘되었더라면……"

"그만두세요. 두 분 선생님 마음을 왜 제가 몰라요? 타고난 이 년의 팔자가 기박한 걸 누굴 원망해요? 늦기 전에 빨리 전화하세요."

무테안경이 그 말을 받아,

"김 간호원 말이 옳아"

하였다. 그러나 전화기에 손을 얹은 대머리는 좀체로 송수화기를 들지 않았다.
 "이판사판인데 서두를 것 뭐 있어? 이건 풀이로 술추렴이나 한 판 벌이고 가는 게 어때?"
하고 그는 말하였다. 김 간호원이 쓸쓸하게 웃었다. 그녀는 방구석에 있는 알루미늄 상자로 가서 문을 열고 그 속에서 소주를 한 병 꺼냈다.
 "소주로 하시겠어요?"
 그녀는 돌아서서 병을 흔들어 보였다.
 "아무 거나"
하고 무테안경이 대답했다.
 "그리고 서랍 속에 호콩이 있을 거야"
하고 대머리가 일렀다. 김 간호원은 소주병과 호콩 접시를 책상에 올려놓고, 비커를 두 개 가져다놓았다.
 "잔 하나 더, 김 간호원도……"
 무테안경이 말하자 대머리가,
 "아, 돌리면 될 거 아뇨?"
하면서, 자기 앞에 놓인 비커를 들었다 놓았다. 그들은 한 잔씩 마시고, 대머리는 자기가 비운 잔을 김 간호원 앞에 밀어놓고 따라 주었다.
 "난 마시고 싶지 않아요."
 "왜 이래? 이럴 때……"
 "쭈욱, 하라구."
 김 간호원은 무릎에 손을 얹고 비커를 쳐다보기만 한다.

"자, 한 잔 비우구."

"한가락 뽑으라구."

의사들은 이어 권한다.

"그럴까요."

그녀는 쓸쓸하게 웃으면서 잔으로 손을 가져간다.

"암, 해야지."

"쭈욱."

그녀는 쭈욱 단숨에 비커를 비웠다.

"시원하구먼"

하고 대머리가 말하였다.

"자, 다음은 한 곡조 들어볼까?"

무테안경이 자기 잔에 술을 따르면서 권했다.

"하죠. 썩지도 못할 목소리 아껴서 뭘 해요, 하죠."

"시원하다, 시원해"

하고 대머리가 고개를 끄덕였다. 김 간호원은 노래를 부르기 시작한다. 의사들은 핀셋을 꼬나쥐고 장단을 맞춘다.

    운다고 옛사랑이 오리요마는

    눈물로 달래보는 구슬픈 이 밤

    고요히 창을 열고 달빛을 보니

    그 누가 불러주나 휘파람 소리

"좋구나."

"가락이사 어딜 갈라구."

"의술은 짧으나 예술은 길지."

"암만."

늙은 의사 두 사람은 추억에 젖어서, 그런 탄사를 한숨처럼 주고받는다. 자리에 한창 취흥이 일렁이는데 따르릉 하고 전화기가 울린다. 김 간호원은 노래를 멈추고, 의사들의 얼굴에서는 술기운이 싹 가신다. 대머리가 받는다.

"네, 그렇습니다…… 알고 있습니다. 어쩌는 도리가 없었습니다. 네, 물론이죠. 그 방법도 써봤습니다만 실패였습니다. 각오하고 있습니다…… 운명인걸요, 어떡합니까, 뵈올 낯 없습니다. 네, 한참 됩니다. 안녕히 계십시오."

그는 전화기를 놓았다. 아무도 묻지 않았다. 듣지 않아도 아는 얘기였기 때문에.

"더 참기가 괴로워요, 빨리"

하고 김 간호원이 말했다. 무테안경이 아까 술을 내온 상자로 가서, 봉지에 든 가루약을 가져다가 세 사람의 술잔에 쏟아넣었다. 김 간호원이 제일 먼저 마셨다. 두 사람도 따라 마셨다. 한참 만에 세 사람은 거의 동시에 입으로 피를 쏟으며 의자에서 굴러떨어졌다. 그들이 마루에 쓰러지는 순간에 그들의 형체는 간 데 없고, 그 자리에는 세 권의 팸플릿이 놓여 있었다. 김 간호원의 자리에는 『대한간호원협회 월보』가 펼쳐져 있는데, 그 페이지에 김 간호원이 수술대 옆에서 기구를 챙기는 사진이 있다. 두 의사가 사라진 자리에는 『대한의료 시보』라는 두 권의 책이 놓여 있고, 펼쳐진 목차에 '특집: 의료 행정의 당면 문제'라는 제목으로 두 사람의 글이 실려 있다.

전화기가 또 따르릉 하고 울었다. 이번에는 아무도 받는 사람이 없다. 따르릉따르릉 전화기는 이어 울린다.

독고준은 복도를 걸어간다. 그는 도덕적인 일을 한 사람이 느끼는 어떤 승리감과 더불어, 한편으로 누군가에게 미안스럽게 생각이 들면서 개운치 못한 느낌으로 걸어간다. 할 수 없는 일이다, 하고 그는 생각한다. 어차피 이렇게밖에는 안 되는 일이다. 모든 사람을 즐겁게 할 수는 없지 않은가. 그것은 사람에게는 불가능한 일이다. 그것을 슬픈 일임에 틀림없다. 그러나 그 슬픔을 나 혼자 질 수는 없지. 진다고 하는 그것, 그것은 거짓말이다.

그는 어느새 정거장에 와 있었다. 그것은 지하 철도의 정거장이었다. 구내에는 기차가 보이지 않고 레일만 부옇게 빛나고 있다. 역원 한 사람 지나지 않는다. 차를 기다리는 승객도 없다. 그는 어디로 가야 할지 알지 못했다. 그때 버적버적 하는 구두 소리가 나더니, 모퉁이를 돌아오는 사람이 있다. 그는 뾰족한 전투모를 쓰고 누런 군복에 가죽 장화를 신고 있다. 팔에는 흰 바탕에 붉은 글씨로 '헌병憲兵'이라고 쓴 완장을 두르고 긴 칼을 차고 있다. 그는 독고준을 보자 빠른 걸음으로 다가왔다. 그는 독고준의 앞에 멈춰서서 그의 위아래를 날카롭게 훑어봤다.

"너 조선놈이지?"

하고 그는 퉁명스레 물었다.

"난 한국인이오."

"마찬가지야."

그는 다짜고짜로 그의 몸을 뒤지려들었다.

"왜 이러는 거요?"

"뭣이, 건방진 자식, 반항하나!"

그는 장화 신은 발길로 독고준의 허리를 걷어찼다. 독고준은 쓰러질 듯하다가 겨우 몸을 가누었다.

"반항하면 이로울 게 없어."

그는 거칠게 손을 놀려 독고준의 몸을 샅샅이 뒤졌다. 끝내 신문을 찾아낸다.

"이건 뭐야, 이 사진은 너로군."

그는 사진과 독고준을 번갈아보더니,

"이건 무슨 암호야?"

하고 호통을 쳤다.

"암호라뇨?"

"암호가 아니고 뭐야? '이 사람을 찾습니다. 그 여름날에 우리가 더불어 받았던 계시를 이야기하면서 우리 자신을 찾기 위하여, 우리와 만나기 위하여. 당신이 잘 아는 사람으로부터.' 이게 뭐야? 응?"

"그건 암호가 아니오."

"무슨 소린지 알 수 없잖아? 이건 암호가 아니고 뭐야?"

"아니오. 그건 그 사람과 나만 아는 사연이오."

"이 자식이 사람을 놀리고 있어!"

그는 또 한 번 독고준을 걷어찼다.

"너희만 아는 사연? 이놈아, 그게 암호지 뭐가 암호란 말야?"

"아니, 당신이 말하는 암호는……"

"이리 와. 한 놈 잡았다. 며칠 공을 쳐서 밥이 안 내려가던 참에……"

그는 잡담 제하고 독고준의 멱살을 잡아 질질 끌고 갔다. 갈 데까지 가는 수밖에는 없다고 그는 생각하였다. 헌병은 그를 끌고 자꾸 간다.

"어디까지 가는 거요."

"뭣이, 이 자식이."

그는 이번에는 유도의 솜씨로 4~5미터나 독고준을 메다던졌다. 덜미를 잡아 일으키면서 그는 으르렁거렸다.

"주둥아리 성한 게 원수 같으냐 이놈아, 지옥의 1번지로 가는 거야. 알았나?"

더 이상 맞서봐도 쓸데없을 것을 알고 그는 입을 다물었다. 도대체 어떻게 된 일일까. 일본이 손든 줄을 이놈은 모르는 것일까. 그는 끌려가면서 야릇한 생각에 머리가 어지러웠다. 헌병은 파출소 같은 곳으로 그를 끌고 들어갔다. 거기는 또 한 사람의 헌병이 앉아서 밥을 먹고 있었다.

"수상한 놈을 잡았습니다."

독고준을 끌고 온 헌병이 아뢰는 것이었다.

"수상한 놈?"

이편은 찻물을 입에 물고 꿀렁꿀렁거리고 나서 심드렁하게 대꾸한다.

"네, 이놈의 사진이 난 신문을 가지고 있는데 문구가 수상합니다."

"문구가 수상해?"

"네, 이겁니다."

헌병은 독고준에게서 빼앗은 신문을 책상에 펴 보였다. 그러나 이편은 여전히 식사를 계속하면서 신문은 거들떠보지도 않았다.

"수상합니다."

"바가야로."

밥 먹던 자는 버럭 소리를 질렀다.

"네?"

"뭐가 수상합니다 수상합니다야. 그래 어쨌다는 거야?"

"네?"

"이 자식아, 조선놈을 잡았는데 수상하면 어떻구 아니면 어떻다는 거야? 신문에 뭐가 어떻게 됐다구? 그런 건 아무래도 좋다는 이런 말이야. 조선놈이면 그만이야, 알았나? 조선놈이면 나쁜 놈이야. 조선놈이기 때문에 수상한 거야, 증거가 있어서 수상한 게 아니란 말야. 조선놈이기 때문에 증거가 있을 터이구, 그 증거는 수상한 게 틀림없단 말이야, 알겠나. 조선놈이니까…… 에익 이 밥통 같으니라구."

그는 찻잔을 들어서 준을 잡아온 헌병에게 냅다 던졌다. 그가 피하는 바람에 찻잔은 벽에 부딪혀서 박살이 됐다.

"에잇 밥맛 다 달아났다. 너 따위 얼간이 같은 자식이 있으니까 일본이 패망……"

"반장님!"

준을 잡아온 자가 비명을 질렀다.

"적성 국민이 듣는 앞에서……"

"기밀을 누설한단 말이지. 너보다 그자가 전황은 더 잘 알구 있을 거야. 네 말대로 수상한 자라면 말이야."

"반장님, 너무하십니다. 적성 국민 앞에서 저를 이렇게까지 하시지 않아도 되실 것 아닙니까? 저는, 저는 섭섭합니다."

"섭섭해? 체, 대일본 육군도 망조는 드는가 보구나. 어제 그제 신병 훈련을 마친 놈이 반장한테 '섭섭하다?'"

그는 약간 탄식하는 투로 말끝을 흐리더니,

"아무튼 기왕 잡은 봉이니 실컷 털어봐. 몸을 풀란 말야."

"알았습니다."

"끌고 가, 그리고 이 신문은 돌려줘. 코피라도 닦아얄 게 아냐?"

잡아온 놈은 신문을 접어서 독고준에게 돌려주었다. 독고준은 경황 없는 속에서도 다행스러워서 얼른 받아넣었다. 헌병은 그것을 기다리고 있었던 것처럼 그의 멱살을 잡아끌고 뒷문을 열었다. 준은 핏발이 선 그의 눈을 보면서 퍼뜩 아까 갈라진 의사들을 생각하였다. 그리고 이자들에 비하면 그들은 아무것도 아니라고 생각하였다. 그 무테안경이 그의 귓속에 대고 한 말만 하더라도, 그들이 마음 약한 탓이었으리라고 생각하였다. 막 방을 나오는데 반장 헌병이 그들을 불렀다.

"이것 봐, 곧 중대 발표가 있을 테니 듣고 가는 게 어때?"

"참 그렇군요. 이놈은……"

"그놈도 끌고 와."

독고준은 두 헌병 사이에 끼어서 의자에 앉았다. 반장이 걸어가서 구석에 있는 서류상자 위에 얹힌 라디오를 틀어놓았다. 그러자 라디오에서는 방송이 흘러나왔다.

"여기는 '조선의 소리'입니다. 곧이어 총독 각하의 말씀이 계시겠습니다. (사이, 이윽고 기침 소리, 목 쉰 듯한 가래 섞인 음성이) …… 충용한 제국 신민 여러분, 제국이 재기하여 반도에 다시 영광이 돌아올 그날을 기다리면서 은인자중 맡은 바 고난의 항쟁을 계속하고 있는 모든 군인과 경찰과 밀정 여러분. 제국의 불행한 패전이 있은 지 10유여 년, 그간 아시아를 비롯한 세계의 정세도 크게 바뀌었거니와 특히나 제국의 아시아에 있어서의 위치는 패전의 그 당시에 우려했던 것과는 전혀 다른 양상을 띠고 전개되어오고 있습니다. 그 당시 대본영 일조 패전의 날에는 귀축 미영*؟은 본토에 상륙하는 즉시로 일대 학살을 감행하여 맹방 독일이 아우슈비츠에서 실험한 민족말살정책을 조직적으로 아국에 대하여 감행할 것이며 왕성한 성욕을 가진 그들 군대는 아민족의 부녀자들을 신분의 고하 없이 욕보임으로써 민족을 명실공히 쑥밭으로 만들 것으로 예측하고 차라리 1억 전원 옥쇄의 비장한 결심을 굳힌 바 있었으나, 원자탄의 저 가공할 위협 아래 끝내 후일을 기약하고 작전을 포기하였습니다. 패전의 그날, 내지에 있었거나 식민지에 있었거나, 남방 지역에 있었거나, 그 소재 여하를 불문하고 제국 신민 된 자로서, 뜨거운 피

눈물이 배시때기에서 솟구치지 않은 자 그 누가 있었겠습니까. 반도에 주둔한 병력과 거류민도 폐하의 명에 따라 철수하였거니와 무엇보다 다행한 것은 철수하는 내지인에 대하여 반도의 백성이 취한 온순한 송별 태도였습니다. 피해 입은 내지인은 거의 없었으며 이는 오로지 그동안 제국의 반도 경영에서 과시한 막강한 권위와 그에 인한 반도인의 가슴 깊이 새겨진 신뢰의 염과 아울러 방향감각을 상실한 반도인의 얼빠진 무결단에서 온 것으로서 오랜 통치의 산 결실이었다고 하겠습니다. 이 점으로 볼 때 패전의 그날은 오히려 새로운 미래를 기대케 하는 희망의 날이었던 것을 본인은 지금도 흔쾌히 회상하는 바이며, 이와 같은 대국적 판단 아래 본인이 반도에 남아서 장래를 도모케 된 결심도 바로 이 사실에 기인하는 바 절대한 것입니다. 패전시에 피점령지의 주민이 도주하는 점령자들에게 표시하는 감정은 절대적으로 중요한 것으로서, 독일군이 프랑스에서 패주할 때 그들은 현지 주민으로부터 갖은 잔악한 습격을 받았던 것입니다. 불과 2년간의 점령에 대하여 그러하였거늘 40년의 통치에 대하여 웃으며 보내주었다는 사실을 보고 본인은 경악하면서 회심의 미소를 지은 바 있습니다. 희망이 있다고 본인은 생각하였습니다. 본인은 뜻을 같이하는 부하들과 민간인 결사대를 거느리고 이 땅에 남기로 한 것입니다. 다행히 전후의 전세는 아측에 유리하게 전개하여 제국은 뜻밖의 관대한 처분으로서 부흥을 이룩하였습니다. 그에 반해 반도는 일본을 대신하여 전쟁의 배상을 치른 감이 불무합니다. 분단된 반도에 전란이 일어나서 막대한 병원이 반도의 산하에서 기동 훈련을 시행하였으며 주요한 시설은 잿더미가 되었습니다.

이는 바로 대본영이 패전 전야에 예상한 내지에 있어서의 본토전의 양상이 아니고 그 무엇입니까. 우리는 내지가 미·소에 의해 점령될 것으로만 알았고, 그렇게 되는 경우 내란은 필지라고 보았던 것입니다. 다행히 거꾸로 되었음은 이 아니 천우신조겠습니까? 본토는 부흥하고 지난날에 황군의 무위武威로 차지했던 영예를 산업으로써 차지하고 있는 듯이 보입니다. 논자들은 그렇게 보고 있습니다. 여기에 본인은 이의가 있는 것입니다. 외견상의 번영에도 불구하고 본토는 병들어 있으며 제국의 정신적 상황은 누란의 위기에 처해 있습니다. 왜냐? 제국은 종교를 상실하였기 때문입니다. 제국의 종교는 무언가? 식민지인 것입니다. 식민지는 무언가? 반도인 것입니다. 반도야말로 제국의 종교였으며, 사랑이었으며, 삶이었으며, 영광이었으며, 비밀이었던 것입니다. 그렇습니다. 반도는 제국의 영혼의 비밀이었습니다. 오늘 본토가 노정하고 있는 허탈, 도덕적 무기력, 허무주의는 영혼의 비밀을 잃은 집단의 절망인 것입니다. 본인은 노예 없는 자유인을 인정하지 않습니다. 무릇 국가는 비밀을 가져야 합니다. 그의 가슴 깊이 사무친 비밀을 가져야 합니다. 반도의 영유領有는 조국의 비밀이었습니다. 영혼의 꿈이었습니다. 종족의 성감대였습니다. 건드리면 흐뭇하게 간지러운 깊은 비밀의 치부였습니다. 오늘날 제국은 이 비밀을 잃었습니다. 이것은 반드시 회복되어야 합니다. 본인과 본인의 휘하에 있는 전원의 비원悲願도 바로 이곳에 그 목표가 있습니다. 실지 회복, 반도의 재영유, 이것이 제국의 꿈입니다. 영토에 대한 원시적인 향수, 이것이야말로 참다운 강자의 도덕적 기초입니다. 반도 경영에서 거둔 막대한 성과가 날로 수포로 돌아가고 있는 것을 볼 때 분만의 정 금할 길 없습니다. 요즈음 반도의 신문에 빈번히 보도되는 바, 각종 문화 유적의 발굴·수집은 가공한 바 있습니다. 식민지 당국이 극력 인멸코자 했던 종족적 기억이 되살아나고 있으며, 열등의식의 방향으로 유도했던 국학이 점차 자신을 회복해가고 있습니다. 이 같은 일은 용서할 수 없습니다. 이 같은 일이 있어서는 안 됩니다. 제국이 절대한 이권을 주장해야 할 반도가 이같이 방자한 자유인이 될 때 그 같은 이웃을 가진 제국은 질식할 것입니다. 그러나 희망은 있습니다. 아니 절대적으로 유리합니다. 40년의 경영에서 뿌려진 씨는 무럭무럭 자라고 있으며, 이는 폐하의 유덕을 흠모하는 충성스런 반도인의 가슴속 깊이 간직되어 있습니다. 그것이 그들의 비밀입니다. 해방된 노예의 몸은 노예로 돌아가는 것입니다. 그들은 그리워하고 있습니다. 그들은 지난날의 그리웠던 발길질과 뺨 맞기, 바가야로와 센징, 하던 그 그리운 낱말을 애타게 그리워하고 있습니다. 되게 굴던 서방을 여자는 못 잊는 것입니다. 오입깨나 한 사람이면 이 진리는 다 아는 일일 것입니다. 그들은 미국 서방의 우유부단과 격화소양과 뜨뜻미지근한 번문욕례와 눈 가리고 아웅 하는 예절에 넌더리를 치고 있습니다. 그들은 단도직입·우지끈뚝딱, 눈두덩이 금시에 시퍼렇게 멍들기를 원하는 것입니다. 이것이 반도인의 생리인 것입니다. 이 비밀을 아는 것은 제국밖에 없습니다. 계집이란 그년의 비밀을 가장 잘 아는 사내의 품에 있어야 할 것입니다. 귀축 미국을 설득시켜 반도의 경영권을 이양받을 공작이 진행되고 있다는 정보를 본인은 입수하고 있거니와 그날이 오기까지 은인자중 동포의 꿈이 묻힌

반도의 산하를 유령처럼 순찰하고 관망하며, 정보를 수집하며 불령선인을 기록해두는 일, 이것이 우리들의 영광스런 사명입니다. 반도의 그날이 오기까지, 충용한 나의 장병과 유지 여러분, 자중자애하고 권토중래를 신념하십시오. 반도는 갈 데 없는 제국의 꿈, 제국의 비밀입니다. 무엇과도 바꿀 수 없고 무엇과도 비길 수 없는 영원한 사랑입니다. 어디로 갈 것입니까? 과연 어디로 갈 것입니까? 과연 어디로 갈 것입니까? 못 갑니다. 못 가게 해야 합니다. 위대한 선인들의 노력으로 제국의 꿈의 판도 속에 들어온 이 땅, 삼한·임진·일청·일로 이래 충용 무쌍한 장병의 기도와 꿈이, 그리고 숱한 비밀이 얽힌 이 땅. 오늘도 조선 신궁의 성역에서 반도인 갈보년들의 성액은 흐르고, 아아 남산을 타고 넘는 밤 구름은 어찌 그리도 무심하여 이역에서 구령舊領을 지키는 노병의 심사에 아랑곳없는가. 나의 장병이여 자중하라, 자애하라. 제국의 반도 만세. 제국의 비밀 만세."

늙은이의 흐느끼는 만세 소리를 끝으로 방송은 뚝 멎었다. 반장 헌병은 어느새 유도복으로 갈아입고 검도용 참대칼을 두 손으로 짚고 앉아서 암담하게 눈물을 흘리고 있다.
 참대칼을 짚고 생각에 잠긴, 유도복 차림의 반장 헌병은 독고준에게 이상한 감명을 주었다. 나쁜 사람일지라도 시무룩하고 있을 때는 그럴싸하게 보인다는 일이 슬펐던 것이다. 아마도, 하고 독고준은 생각하였다. 필경 이 묘한 마음의 구조 때문에 슬픈 일이 많이 일어났을 테지. 나쁜 일도 아름다울 수 있다는 것. 허파나 심장—아무튼 내장의 어느 하나엔 습진이 퍼진 것처럼, 어딘가 손 닿지 않는 곳이 근질근질해오는 것이었다. 착한 사람들이 압제자의, 화냥년의 부실한 연인의, 거짓 친구의 속셈이 엉뚱한 시무룩함에 속아서 헛디딘 비탈과 수렁을 독고준은 암담하게 생각하는 것이었다. 부웅 하고 벌이 날아다니는 소리가 들린다. 풀 한 포기 없는 곳에서 그 소리는 아주 어울리지 않았다. 반장 헌병은 한 손으로 귀언저리를 털어내면서 퀭한 눈으로 독고준을 보았다. 놈이 귓구멍 속으로 날아들어간 것일까 하고 준은 생각하였다. 어두운 굴을 지나 그 얄팍한 막을 주둥이로 찌르고 있을 곤충의 모습을 생각하고 준은 괴로워졌다. 이런 자일지라도 그의 육체가 망가진다는 일은 아픔을 줄 수 있다는 것이 또 근질근질하도록 짜증스러웠다. 그러나 그 곤충이 고막을 찾아들어갔다는 아무런 증거도 없었다. 반장 헌병은 그러나 아무런 눈치도 채지 못했음이 분명했다.

"이제 됐으니 데리고 가지."

그는 부하에게 이렇게 말하면서 뒷문을 가리켰다. 준을 잡은 헌병은 그래도 선뜻 마음을 정하지 못하는 모양인 것이, 준의 팔에 손을 댔다가는 슬그머니 떼곤 하는 것이 아무래도 겸연쩍은 모양이었다. 딴은, 하고 독고준은 알쏭달쏭하던 것이 약간은 풀린 것 같아서 후련하기까지 했지만, 곧, 이래서는 안 되겠다, 독하게 마음을 먹고 태연스러워지려고 안간힘을 썼다.

"갑니다요"

하고 독고준을 잡아온 헌병이 말했다. 그리고 그들은 이런 말을 주고받았다.

"알았다니까. 빨리 가라고 재촉하는 줄 아는 모양인데 그게 아냐."

"누가 아니랍니까? 아무튼 꼭 알고 싶다는 건 아닙니다."

"아무렴 어때? 이 판국에 누구를 믿고 안 믿고 하는 얘기를 하고 앉아 있다는 것부터가……"

"반장님까지 그러시면 저는 콱 죽고 싶은 생각밖에 할 게 또 뭐가 있겠어요? 네? 저 죽는 꼴 보고 싶으세요? 그게 소원이시라면, 정 소원이시라면 버러지 같은 목숨……"

"난 이런 건 딱 질색이야. 넌 왜 자꾸 기대려고만 하니?"

"알겠어요. 이년의 팔자가 기박한 걸 누굴 원망해요."

"년이 아니고 놈이잖아? 조심해줘야지……"

"이런 때두 당신은 말꼬리나 잡구, 아이 분해, 요놈의 원수야 가자, 가, 어이구 요것만 없어두……"

팔을 꼬집는 바람에 독고준은 의자에서 벌떡 일어났다. 그를 잡아 온 헌병은 턱으로, 아까 나서려던 뒷문을 가리켰다. 독고준이 방을 나서면서 돌아다보았더니 반장 헌병은 여전히 꼼짝 않고 그 자리에 앉은 채, 이쪽을 쳐다보지도 않았다. 독고준은 그에게 더 이상의 흥미를 가지려고 한 것은 아니었지만, 어차피 물리는 바에는 큰 호랑이라는 생각이 없지도 않았던 터에, 좀 서운한 것만은 사실이었다. 얼마쯤 가다가 그들은 지하실로 내려가는 어귀에 다다랐다.

"내려가"

하고 헌병이 말하였다. 독고준은, 이렇게 된 바에야 자질구레한 일에 꼬치꼬치 맞서본댔자 쓸모없는 짓이라고 벌써부터 생각하고 있었기 때문에, 순순히 계단을 내려가기 시작했다. 그런데도 헌병이 등을 민다거나 아무튼 퉁명스럽고 심술궂은 짓을 하면 그때는 무안을 주리라고 은근히 별렀지만, 상대방도 여간내기가 아니어서 좀체로 실수를 할 눈치가 보이지 않았다. 간수가 사형수하고 싸워 보았자 죽을 놈 뺨을 칠 수도 없고 기분만 상한다는 그런 사정을 오랜 근무를 거쳐 터득하고 있는 것임에 틀림없다. 그렇다손 치더라도 저도 사람인 바에야 언젠가 틈을 보이려니 생각하면 마음먹기에 달렸지, 밉다고 보는 며느리 어느 꼭진들 못 잡으랴 싶어서 적이 안심은 되는 것이었다. 계단이 끝나고 다시 복도다. 몇 걸음마다 전등이 꽂혀 있어서 발밑은 어둡지 않은데 공기가 아주 탁하다. 그 싸한 쓰레기 썩는 냄새가 자욱하니 스민 공긴데 정작 오물은 눈에 띄지 않는다. 따라오는 헌병의 몸에서 나는 것도 같고 복도의 벽에서 나는 것도 같다.

"여기야."

아직도 저쪽으로 컴컴하게 뻗은 복도의 중간에서 헌병은 멈춰서면서 이렇게 말했다. 어떻게 할 수가 없었기 때문에 독고준은 따라서 걸음을 멈췄다. 헌병은 문을 열고 돌아보면서 독고준을 향하여 들어가자고 권했다. 방 안에 들어서자 울컥 하는 냄새가 달려들었다. 비릿한, 도살장에서 맡는 그 끈끈하고 역한 냄새다. 흐릿한 전등불에 밝혀진 네모진 콘크리트의 수조水槽라고 했으면 좋을 성싶은, 멋대가리가 없는 방이다. 방은 꽤 넓었다. 저편 안쪽에 사람이 앉아 있고, 사방 벽에는 도끼·로프·칼·송곳·톱·방망이(여러 종류의 방망이인데 다듬이질 방망이도 있다)·끌·창·스패너·망치──이런 따위 연장들이 빼곡히 걸렸는데 어떤 것은 번들번들 윤이 나는 것이 손질이 잘돼 있고, 그런가 하면 걸린 장소에서 오랫동안 옮겨진 적이 없는 품을 한눈에 알리는 그런 것들도 있는데, 비릿한 냄새는 이들 연장에서도 심하게 풍겼다. 헌병과 독고준은 방의 안쪽으로 걸어갔다. 역시 그런 연장들이 주르르 걸린 벽을 뒤로하고 젊은 여자가 의자에 묶여서 앉아 있었다. 머리를 풀어내리고 옷이 갈기갈기 찢겼는데, 놀랍도록 아름다웠다. 그녀 앞에는 고단해 보이는 헌병이 아무렇게나 두 다리를 뻗고 의자에 비스듬히 앉아 있다. 헌병과 나란히 걸어오는 독고준을 보자 그녀는 묶인 몸을 안타까운 듯이 뒤채면서 부르짖었다.

"당신이 오셨구료. 오오 당신은 끝내 오셨구료. 난 알고 있었어요. 당신이 오시고야 말리라는 것을. 아무렴요. 안 오시고 어쩌려고요. 이 숱한, 어두운, 피비린내 나는 세월을 오직 당신을 기다리면서 나는 버텨온걸요. 사람의 도리를 지키기 위해서, 사람이 사람답게 살기 위해서 나는 목숨을 버렸습니다. 나는 민족을 사랑한 것이어요. 그래서 짐승 같은 침략자, 저 도적들을 해친 것이지요. 나는 한이 없습니다. 내 겨레를 위해서 던진 목숨 아깝지도 않아요. 그러나 이 어둠, 이 비린내 나는 고문실, 너무나 오래 지속된 고통을 이제는 더 견딜 수 없어요. 내 청춘, 피 더운 이 몸뚱어리가 나를 울렸습니다. 사내를 몰랐던 몸이면 또 몰라요. 뼛골 속속들이까지 아픈 이 목마른 성욕을 풀 길이 없이 3백 년을 참았어요. 오오 내 성욕의 그 슬픈 고독. 그만하겠어요, 그만하구말구요. 이렇게 당신이 오셨으니, 자 빨리 나를 풀어줘요, 내 님 아하 내 님."

그녀는 광란하면서 흐느껴 운다. 풍성한 검은 머리가 살진 어깨 위에서 미역 줄기처럼 흔들렸다. 독고준은 그 황홀한 아름다움을 보면서 덮어놓고 그녀의 말대로 하고 싶었다. 여자의 앞에 앉아 있던 헌병은 한 손에 들었던 스패너를 마룻바닥에 내던지면서 말했다.

"살았다. 지긋지긋했던 건 나도 마찬가지였어. 저년을 낮이나 밤이나 주리를 틀고, 비명을 지르게 하고, 식은땀을 흘리게 하고, 자지러지게 하고, 소름이 끼치게 하고, 까무라치게 하는 데는 나도 진력이 났어요. 당신을 기다린 건 내가 더 했을 거요."

따라온 헌병이 또 말하는 것이다.

"아시겠죠? 이 사람들이 얼마나 당신을 고대하고 있었는가를 말이죠. 당신은 분명히 '그 사람'이지? 그렇지 않습니까? 솔직히 말씀드리면 저는 저쪽에서 온 셈입니다만."

독고준은 아직 이들 세 사람의 이야기를 알아듣지 못했다. 그래서 이렇게 말하는 수밖에 없었다.

"이 여자가 누굽니까."

여자와 두 사람의 헌병은 순간 경악한 낯빛을 지었다. 데리고 온 헌병이 말했다.

"아니 그게 무슨 말씀인가요."

그는 기가 차다는 듯이 끌끌 혀를 찼다.

"지금이 어느 땐데 농담을 하십니까?"

서유기 43

"아닙니다 정말……"

"이러지 마세요. 아무리 하찮은 사람이라고 너무 그러지 마세요."

"그게 무슨 말입니까? 저는 진정으로 얘기하는 겁니다."

"진정코 당신만은 그러실 줄 몰랐습니다. 물론 여기 오시는 분들이 다들 농담을 좋아하시고, 그야 고위층에 계시는 분들은 자연 여유도 있고 만사 소탈하신 줄은 알지만, 말단에 있는 저희들로서는 여간 괴로운 게 아닙니다. 어디까지를 농담으로 받아넘겨야 할지, 자칫 도를 지나치면 역정을 내시고 그렇다고 고지식하게 굴면 막힌 놈으로 보여서, 모처럼 인간적인 접촉이랄까 우연한 기회로 높은 분들의 인상에 남을 수 있는 것을 제 손으로 망치는 결과가 되고 말 것인즉 이러지도 저러지도 못하는 판국입니다. 그렇지 않겠습니까? 한번 생각해보세요. 말은 되돌아갑니다만, 저희들 입장으로선 이런 따위 일들이 여간 고통스러운 게 아닙니다. 실인즉 한 번씩 외부에서 누가 올라치면……"

"기다려주세요"

하고 독고준은 막았다.

"제가 묻지 않았어요. 이 여자가 누군가를 말씀입니다."

"누군 누굽니까? 참……"

"그게 중요합니다. 누굽니까?"

"기어이 저를 조롱해야만 시원하시겠다면 별 도리 없습니다만."

"그러지 마세요. 제 본뜻은 그게 아니고."

"알겠어요. 그러니까 엎어치나 돌려치나 매한가집니다. 암요,

한가지구말구요. 저도 꼭 그렇게 나가야 한다는 것은 아니고, 이를테면 사람의 결심이라는 것은 어디까지나 똑바로 에누리 없이 셈을 하면서 선善이랄까 바른 길이랄까요, 그런 것을 이뤄보려고 해야지, 덮어놓고 아름다워야겠다 착해야겠다고 해본들 바늘허리를 매서 쓸 겁니까 어쩝니까? 안 그래요? 입은 비뚤어졌어도 말은 바로 하랬다고, 비록 이런 장사를 합니다만 할 소리는 하고 마는 성미랍니다. 하기는 그 때문에 밑지고 삽니다만, 생겨먹기를 그런 걸 어떡헙니까요, 네?"

"아니어요. 어렵게 생각하실 건 없어요. 단순한 일 아닙니까?"

"단순하다고 보십니까? 벌써 그렇게 말씀하신다고 하는 것부터가 신분이 다르다는 걸 명약관화하게 증명하는 게 아니구 뭡니까?"

"신분까지 들출 게 뭡니까?"

"아니고 뭔데요? 정말 이러시면…… 그야 제가 기분이 상한다고 어떻게 하겠다든가 그런 건 물론 아닙니다. 하지만서두 역시 따질 건 따지고 넘어가야지."

"아니라니까요."

"그렇게 나오실 줄 알았습니다. 틀림없군요. 그러길래 우리들끼리 하는 말이 있지요. 네, 사촌이 논을 사면 배가 아프다구요."

"사촌이라뇨?"

"매한가집니다. 알기 쉽게 말씀드려 그렇다는 것이죠."

독고준은 자기 머리카락을 쥐어뜯었다. 여자와 두 사람의 헌병은 측은한 눈으로 그러는 그를 보고만 있다.

"다시 한 번 묻겠어요. 네, 저는 바쁜 길을 가는 사람입니다. 그러니 제가 묻는 것만 대답해주세요."

"그러죠. 저도 처음부터 그러려는 게 아닙니까? 딴 뜻은 없어요."

"이 여자가 누굽니까?"

"논개論介지, 누군 누굽니까?"

"논개."

독고준은 소스라치면서 여자를 보았다. 그녀는 쓸쓸하게 웃었다. 의자에 앉은 헌병이 말했다.

"농은 그만하시고, 자, 인제 신병 인수 절차를 밟아주소."

"신병 인수라뇨?"

이것은 독고준의 말이었다.

"당신이 '그 사람'이니까, 이 여자를 데려가셔야죠."

"데려가다니, 무슨 말입니까?"

"결혼 말입니다."

"결혼이라뇨?"

"즉 이렇습니다. 제기랄, 끝까지 놀리는군요. 아무튼 좋습니다. 당신이 이 여자와 결혼하신다는 조건으로 이 여자가 석방된다는 걸로 알고 있습니다. 아니, 그렇습니다."

"제가 논개와 결혼해야 한단 말인가요?"

"안 그렇습니까?"

이때 논개가 끼어들었다.

"당신은 너무해요. 제가 겪은 괴로움을 생각하신다면 이러실 수 없어요. 자, 빨리 저하구 결혼한다구 이 사람 앞에서 그 종이에 서명하세요."

독고준은 가만히 서 있었다. 그의 머릿속은 뒤숭숭하고 심란했다. 번들번들한 미끄럽고 부드러운 벽에서 반딧불만 한 전등빛이 반득반득 명멸하면서 밝혀낼 때마다 실오라기같이 얽힌 가느다란 혈관들이 짜증스러운 듯이 할딱거렸다. 터무니없는 일이다. 그런데도 그는 약간 취해 있었다. 그 기분은 국민학교 시절에 국경일 예식에서 애국가를 부를 때에 가슴을 찡하게 하던 그런 것이었다. 그러나 그와 때를 같이해서, 그 오르간 소리를 덮어누르면서 은은한 폭음이 들려오는 것이었다. 새파란 하늘을 날아가는 은빛의 강철의 새들. 엷고 몽실하게 떠도는 여름 구름의 눈부신 백$白$. 인적 없는 도시의 열려진 대문들과, 그 속으로 들여다보이는 뜰에 피어 있는 하얀 꽃. 어느 때보다 자신 있게 우뚝 솟아 있는 천주교당의 뾰족지붕. 아하, 하고 독고준은 한숨을 쉬었다. 그 여름이 내 목숨이 될 줄이야. 지금 그에게는 그 여름 속에 있었던 모든 것이 아름다웠다. 그 여름에 앓았던 가벼운 고뿔조차 다디단 꿈이었다. 그는 지금 그 여름 속으로 가는 길이었다. 그가 할 말은 정해져 있었다.

"저는……"
하고 그는 괴롭게 말을 꺼냈다.
"저는 지금 그럴 사정이 못 됩니다."

논개는 너무 놀란 탓인지 멍청하게 입을 벌리고 쳐다만 보고, 두 헌병은 싱글싱글 웃는다. 어디선지 붕 하고 벌이 날아다니는 소리가 난다. 조용하다.

"그게 무슨 말이어요, 네?"

한참 만에야 걷잡을 수 없는 안타까움을 감추지 못한 음성으로 논개가 그렇게 물었다.

"네, 저는 지금 어디로 가는 길입니다."

"어디로요?"

"그건 묻지 마세요."

"그렇다면 좋아요. 저는 당신하고 결혼해서 이 지옥을 빠져나가면 그만이어요. 결혼만 해주신다면 어디든지 따라갈 생각이니까요."

"아닙니다. 저 혼자서 가야 할 길입니다. 아무하고도 같이 갈 수 없어요."

"그럼 저를 이 지옥에 남겨놓고 가시겠다는 건가요?"

"남겨놓다니······"

"그럼 뭡니까?"

"아니 제 생각은 당신을 여기 있게 하고 싶다는 말이 아니고, 저는 가야 할 길이 있다는 겁니다."

"아하, 당신은 내가 이곳에서 겪고 있는 고통을 조금도 불쌍하게 여기지 않는군요. 이 연장들을 보셔요. 이런 걸 번갈아 써가면서 이 사람은 나를 고문하는 거예요. 이 짐승 같은 헌병놈이 말예요, 삼백 년을 내리······ 나는 그래도 기다렸습니다. 당신이 오실 줄 알았으니까요. 당신은 오셨습니다. 그런데 어찌 된 일입니까? 자꾸 영문 모를 소리를 하시니······ 저를 구하시는 일 말고 무슨 일이 따로 있다는 겁니까? 정신을 차리세요, 네? 여기서 겪는 제 괴로움을 동정해주세요. 그들은 나를 잠자게 놔두지도 않아요. 밤마다 충독이며 총독부의 아전 나부랭이며 조선인 통변·첩자들의 더러운 방송을 틀어놓고는 듣게 합니다. 어쩌면 내 동포 중에 그런 사람들이 있습니까? 밸이 썩어문드러지고 가슴에 곰팡이 낀 작자들이 조선인은 성격이 나쁘니까 성격을 고쳐야 한다고 짖어대더군요. 늑대를 책하지 않고 양을 타박하는 끔찍한 소리를 하는군요. 그런 소리를 버젓이 하게 놔두는 바깥세상은 지금 어떻게 돌아가고 있는 건가요, 네? 놈들은 아직 물러갈 기미가 없는가요? 이순신은 아직 해상에서 항전을 계속하고 있는가요? 아아 답답한 세월에서 나를 풀어줘요. 이제 나는 지쳤습니다. 이놈들은 저, 그거 있잖아요. 아이 다 아시면서…… 그거 할 때도 놓아주질 않아요. 지금 제 소원의 하나는 푸른 남강물에서 그걸 시원스레 빨았으면 하는 거예요, 네. 강낭콩꽃 같은 그 빛깔 흘렸으면 하는 거예요. 저를 풀어주시죠, 네? 혼자서는 도저히 갚지 못해요. 빚이 새끼를 치니까요. 몸만 상하고 빚은 못 벗구, 이러다 죽기는 싫어요. 우리 같은 여자들 처지가 다 그렇죠. 부모 동기 때문에 몸을 바쳤지만 그네들은 네 빚은 네가 갚으라 하고 오히려 만나기조차 꺼리죠. 무슨 팔자가 이런가요. 이년의 팔자를 한탄하다가도 당신만이 내 소망이었어요. 네, 저를 구해주세요, 어둡고 괴로운 이 마굴에서 저를 풀어주세요."

그녀의 화사하고 어글어글한 눈에서 눈물이 솟아올라 풍성한 뺨을 타고 뚝 굴러내렸다. 독고준은 가슴이 막혀서 무어라 말을 할 수가 없었다. 순간마다 그녀의 발밑에 꿇어앉아 그 발에 입을 맞추고 그녀를 위해서라면 천 번이라도 죽여달라고 말하고 싶었다. 그러나 그 여름은 그보다 더 힘세고 깊었다. 그는 앓는 소리를 내면서 무릎을 꿇었다.

"논개여, 나를 용서해주세요. 나는 하잘것없는 놈입니다. 난 아무것도 아닙니다. 난 아무 힘도 없습니다. 난 여기 오고 싶어서 온 것도 아닙니다. 저는 한 번도 당신의 가슴을 태우는 그런 높은 뜻을 지녀본 적이 없습니다. 저는 지쳤습니다. 저는 뭔지 모르고 사는 티끌 같은, 파리 같은, 하루살이 같은 하잘것없는, 아주 하잘것없는 존잽니다. 당신은 나에게는 너무 높습니다. 나는 당신 앞에서는 두렵습니다. 나는 제 한 몸밖에 아낄 줄 모르면서 살았습니다. 그런 자기를 변호하느라고 세상을 탓하기도 했습니다. 지금은 그럴 기력도 없습니다. 당신 같은 사랑의 천재 앞에서는 나는 쓰레기요 벌레입니다. 내가 어떻게 당신을 구합니까? 나는 지금 나 자신에 대해서나 이 세상에 대해서 아무 바라는 것이 없습니다. 단 한 가지를 빼놓고는 말예요. 그 한 가지란 지금 저를 움직이는 힘입니다. 저는 그 현장을 보고 싶어요. 그것은 저만이 아는 일입니다. 대단한 일이어서 말 못 한다는 게 아닙니다. 그걸 입 밖에 내면 전 죽을 겁니다. 부끄럼 때문에. 제 영혼의 치부지요. 당신은 잔인하시지 않을 테지요. 벌레 같은 한 마리 사람에게 그의 부끄럼을 풀어놓으라고는 안 하실 테죠?"

논개는 어글어글한 눈을 깜빡이지도 않고 그를 들여다보고 있다가 그의 말이 끝나자 쓸쓸하게 웃었다.

"잔인하지 않을 거라고요? 호호. 사슬에 묶여서 300년을 밤낮으로 고문당하는 여자더러 물으시는 말씀인가요, 그게? 잔인하고 않고 할 틈이 있는 몸인가요, 지금의 이 내가? 여러 말씀 하셨지만 전 당신에게 간단한 걸 요구했어요. 제 대신 고문을 받아달라곤 안 했어요. 지극히 간단한 일이어요. 전 결혼하면 여기서 풀리도록 돼 있어요. 그뿐입니다. 그런데 당신은 그걸 못 하신다는 거죠? 아하 그럼 나는 어떡하면 좋아요. 나는 어떡하면 좋아요."

어떤 새의 높은 부르짖음처럼 그녀의 목소리는 무겁게 날카로웠다. 그녀를 담당하고 있는 헌병이 또 끼어들었다.

"이 자식아, 너 같은 비국민이 있기 때문에 조선이 망한 거야, 알겠나? 민족의 성자가 구원을 청하는데 무슨 군소리야. 개인을 버리고 민족에 봉사하라는데 무슨 딴소리야. 소아를 버리고 대아를 찾으라 이 말이야. 모르겠나."

독고준은 헌병하고는 다투고 싶지 않았다. 헌병의 그 말에 대꾸를 하면 논개에게 욕을 주는 형국이 될 것이어서 그는 잠자코 있었다. 여름, 나의 여름을 양보할 순 없다. 그것이 무언지 나도 모른다. 그러나 그 여름 속에 모든 게 숨겨져 있는 것만은 분명하다. 모든 것은 그 다음이다. 논개여 당신까지도. 준은 꿇어 엎드린 채 머리를 조아렸다.

"저를 보내주세요."

고문을 맡아보는 헌병이 씨근거리면서 격하게 말했다.

"야 이 새끼래 눈 뜨고 못 보갔구나. 아픈 맛을 봐야 정신 들 모양이가?"

하면서 그는 처음으로 벌떡 일어섰다. 그때 독고준을 데리고 온 헌병이 황급히 그를 말렸다. 그들은 귓속말을 주고받으면서 한참 옥신각신하더니 전자는 할 수 없다는 듯이 주저앉았다. 그리고 이번에는 풀이 탁 죽어서 이렇게 말했다.

"기분 상하시지 마시라우요. 내래 이 에미나이 매질하는 데 지쳐시오. 독한 에미나이디요. 300년 그제나 디금이나 까아딱 없수다래. 사람 살리시라우요."

말을 마치고 그는 독고준을 데리고 온 헌병을 방의 다른 쪽 구석으로 끌고 가서 벽에 걸린 연장을 가리키면서 수군거리는 품이 아마 독고준과 논개에게 단출한 틈을 내주자는 심산인 모양이었다. 그러나 도리어 독고준에게는 괴로운 일이었으나 어찌하는 수가 없었다. 흔히 이런 때 마음에도 없는 말을 했다가 나중에 뉘우치게 된다는 것쯤은 알고 있었지만, 그렇다고 주어진 기회를 못 본 체할 수도 없는 일이어서 독고준은 말했다.

"저를 보내주세요, 네? 당신을 위해서는 더 훌륭한 사람이 올 겁니다. 내가 '그 사람'이 아닌 건 분명하거든요. 그 사람은 기세당당하게 호랑이처럼 날래게 달려들지 이렇게 초라하게 오겠어요? 저를 보내주세요."

논개는 물끄러미 바라보더니 말했다.

"이년의 팔자가 기박하여 한 서방 섬기는 여염집 복을 타고나지 못했더니, 남강물 깊은 곳에 해녀 노릇 하였으며 오늘에 와서 또 이 일을 당하는구료. 슬프다, 이 한을 어디서 풀랴. 그 옛날 좋은 남강가에 흔연히 몸을 버렸으되 오히려 한이 없더니, 지금 내 한 일이 정말 뉘를 위한 무슨 심사였던지 오히려 알지 못하겠구나. 세월이 흐르면 인심도 변하는 것인가. 그대가 하는 말을 이 몸은 가려들을 길 없으니 무슨 일인고. 남에게 어려운 청을 하는 형국이여. 뭇 한량들이 이 몸의 웃음을 다투어 탐냈고, 정을 차지하려 하였으며, 비록 세월이 흘렀으되 아름다움은 여전하다 싶은 이 몸인데, 그대는 한사코 마다하니, 그대의 마음을 그토록 홀린 낭자는 천하의 복을 탔구료. 암흑의 세월을 또 얼마나 기다려야 하는가."

그녀의 목소리는 새의 찢어지는 비명처럼 들렸다. 독고준은 두 손으로 귀를 막고 문 쪽으로 걸어갔다. 두 사람의 헌병이 곁눈질로 보고 있는 것이라든지, 달그락달그락거리면서 연장을 만지며 두런두런 그쪽에 정신이 팔린 체하는 것이라든지 쓸쓸하기가 이를 데 없다. 독고준은 비스듬히 열린 채로 있는 문을 그대로 빠져서 복도로 나왔다. 오던 길로 되돌아갈 수는 없는 일이었으므로, 그는 알지 못하는 길을 앞으로 걸어갔다. 몹시도 심란하였다. 누구를 때려준 뒤끝처럼 개운치 못한 마음은 가끔씩 멍청하니 걸음을 멈추게 했다. 그녀의 허옇게 살진 허벅다리가 퍼뜩 떠오르곤 한다. 그녀는 결국 요인要人이다. 그에 비하면 고독한 나의 성城, 그것을 지키기 위해서 왜 남에게 아픔을 주어야만 하는가. 그러지 않고도 자기를 살리는 무슨 길은 없는가. 남과, 바라는 모든 사람과 자리를 같이하면서 서로 미워하지 않는 길은 없는 것일까. 상상도 할 수 없는 일이었다. 어디선가 싸한 오물 썩는 냄새가 혼곤히 풍겨온다. 어느 모퉁이를 돌았더니 거기는 전등도 켜 있지 않은 캄캄

나라였다. 그는 우뚝 서서 어둠과 마주보았다. 날카로운 새 울음 소리 같던 논개의 비명과 그녀의 허연 다리가 퍼뜩 떠오른다. 독고준은 얼른 걸음을 떼어놓았다. 여름은 뜨거웠다. 여름이 그를 밀었다. 그는 어둠 속으로 걸어들어갔다. 아무것도 볼 수 없기 때문에 그는 한 손으로 벽을 짚으면서 걸어갔다. 미끌미끌하고 뭉글뭉글한 젖은 벽이었다. 가끔 미역 같은 것이 손에 얽혔다. 그런가 하면 나무에 붙은 혹처럼 벽에 박힌 둥글납작한 조갯살 같은 부분이 쥐어지기도 한다. 걸어가는 발밑도 탄력이 있어서 곱절이나 힘이 들었다. 그 오물이 썩는 싸한 냄새는 여전한데, 물기를 먹어서 그런지 비 개인 뒤끝의 풀냄새처럼 풋풋했다. 그는 넘어지지 않게 조심은 하였으나 그래도 워낙 미끄러워서 넘어지지 않을 수 없었다. 그런데도 일어나서 만져보면 옷은 말끔하고 물에 젖은 흔적이 없는 것이, 아마 이 동굴의 물기는 물이되 수은 같은 그런 성질의 것이어서 겉돌면서 물을 느끼게는 하되 적시지는 않는 모양이었다. 처음 치르는 겪음이어서 그는 묘하게 애가 말랐다. 바다에서 한 모금의 물도 얻지 못하는 심정이라고나 할까. 그렇다고 바란 것은 아니면서도 젖지 않는다는 일이 돌림받은 사람의 애를 태우는 것이다. 그는 손으로 눈을 가렸다. 갑자기 밝아진 것이다. 거기는 널찍한 뜰이었다. 초여름의 햇살이 창창한 잎새들에 녹아 흘러서는 땅 위 잔디에까지 뚝뚝 떨어져 흩어지는 따뜻한 공기 속에서 벌들은 윙윙거리며 날아다니고, 나비들은 큰 날개를 천천히 움직이면서 날아다니고 있었다. 이것이 그가 눈을 가린 손가락을 조심스럽게 벌리면서 분홍빛으로 물든 그의 손가락 기둥 사이로 본 풍경이었다. 그는 오솔길을 따라 걸어갔다. 여태껏 이처럼 아늑한 자연을 즐겨본 일이 없었다. 그가 찾아가는 고궁이나 관광지는 언제나 해태 캐러멜 껍질과 코카콜라 빈 병과 추잉껌이 굴러다니는 장터 같은 것이었기 때문에, 근래에 이런 경험은 아득한 꿈속에서도 맛본 적이 없었다. 수양버들가지가 알릴락 말락 움직이고 있다. 알맞은 몸매의 가인처럼 동탕한 매화나무가 암향暗香 은근한 머리를 창창한 햇살 속에 오똑 쳐들고 서 있었다. 독고준은 취해서 울고 싶었다. 이 세계의 어느 구석에는 이런 데도 있건만, 하고 그는 한탄하였다. 걸음마다 보기 좋은 꽃나무들이 가지를 뻗었고 길은 자꾸 이어간다. 얼마쯤 그렇게 걸어가노라니 연못가에 정자가 나타난다. 그의 발길은 계단으로 이끌렸다. 그는 난간에 기대서서 연못을 내려다봤다. 못의 반가량은 연잎으로 덮여 있다. 그는 너무나 한정閑靜한 풍경에 넋을 잃고 서 있는데, 그의 귓가에는 저 여름 한철 수풀에서 흔히 듣게 되는 몽롱한 웅얼거림—윙윙거리는 벌들의 날갯소리와 잎사귀들의 술렁대는 소리, 풀숲 사이를 촉각을 까딱거리면서 돌아다니는 곤충들의 부스럭대는 소리, 그런 것들이 서로 가려낼 수 없이 어울려 이명耳鳴같이 흐릿한—귀 안에서 들려오는 것인지 밖에서 들려오는 것인지 모르게 맴돌고 있었다. 저도 모르는 동안에, 난간에 가까이 놓여 있는 의자에 앉아 있었다. 그때 그는 의자에 누군가 방금까지 거기서 읽고 있다가 접어놓았다는 듯이 엎어놓은 한 권의 책을 보았다. 그는 의자에 앉으면서 책을 들여다보았다. 그것은 질이 좋은 한지에 큼직한 글씨로 박은 이야기책이었다. 그는 두 발을 난간에 올리고 그것을 읽었다. 옛날 아주 옛날에, 큰 바다를 배가 한 척 가고 있었다. 화창한 봄철이어서 바람은 시원하고 물결은 잔잔하였다. 배는 산더미만 한 아주 큰 배였다. 그런데 이 배의 갑판에는 단 한 사람만이 무료하게 앉아서 멀리 수평선을 내다보고 있었다. 갑판에는 그 말고는 아무도 없었다. 모든 방에 사람을 기다리는 기물은 다 갖추어져 있으나 사람이 없는 텅 빈 방이었다. 갑판에 앉아 있는 사람은 언제부터 자기가 이 배를 타고 있는지 알지 못한다. 어디로 가는 배인지도 모른다. 얼마나 갈 뱃길인지도 모른다. 그는 헤아린다는 것을 모르는 아득한 세월을 두 무릎을 세우고 그렇게 갑판에 앉아 온 것이다. 그가 바라보는 파도는 늘 한곳으로만 물결치고 있었다. 배는 줄곧 졸음 겨운 외곬으로 가고 있었다. 구름은 더하지도 덜하지도 않고 그저 그만한 구름이, 그만한 높이에서 따라왔다. 물론 갈매기들이 있었다. 그러나 그 희디흰 바다의 새들은 구름조각이나 물결과 다를 것이 없었다. 왜냐하면 그들은 말을 할 수 없었기 때문에. 그래서 그는 무료하였다. 어느 날 그의 머리에 소스라치도록 놀라운 생각이 문득 떠올랐다. 한참 동안 그는 멍하니 앉아서 그 신비한 생각에 취해 있었다. 그는 일어서서 갑판의 한가운데로 걸어갔다. 거기엔 아래로 내려가는 동그란 문이 있었다. 그는 그것을 젖혔다. 그리고 아래를 내려다보았다. 꺼멓게 내려다보이는 저 아래에는 수없이 많은 사람들이 노를 젓고 있었다. 그들은 모두 알몸뚱이였다. 배는 이 많은 사람들이 젓는 노의 힘으로 가고 있는 것이었다. 물론 처음 보는 꼴은 아니었다. 역시 헤아릴 수 없이 아득한 옛날부터, 그는 날이면 날마다 이 문을 열어놓고 이들을 내려다보면서 지낸 적이 있었다. 그들이 일제히 팔을 올렸다가 활처럼 등을 구부리면서 노를 잡아당기는 그 몸놀림을. 그러나 거기에도 언제부터였는지 그는 지쳐버렸다. 그런 이후로 그는 저들을 잊어버렸던 것이다. 그는 지금 문득 생각했던 것이다— 저들 가운데 한 사람을 끌어올려서 동무를 삼으면, 하고 그 신비한 생각에 그는 취했다. 한 번 생각이 들자 그는 못 견디게 안타까웠다. 그러나 그리로 내려가는 계단은 달려 있지 않았다. 그래서 그는 밧줄을 찾아서 그것을 아래로 내려보냈다. 그러나 이를 어쩌랴. 헤아릴 수 없이 오랜 시간을 노만 저어온 그들은 노를 젓는 동작과 앞을 똑바로 내다본다는 습성밖에는 모르고 있었다. 그가 아무리 밧줄을 흔들어도 그것을 볼 줄 아는 사람은 아무도 없었다. 그래서 그는 할 수 없이 밧줄의 끝에 올가미를 만들어서 그것으로 노 젓는 자들 가운데 한 사람을 낚아올렸다. 그런데 이번에도 뜻하지 않은 일이 생겼다. 갑판에 끌어올려 보니 그는 목이 졸려 죽어 있었다. 그는 이 뜻하지 않은 사고에 놀라서 어쩔 줄 몰랐다. 그리고 빌었다. 이 사람을 위해서라면 내 목숨을 줘도 좋다고 그는 생각하면서 그렇게 빌었다. 그랬더니 그 남자는 살아났다. 그들은 친구가 되었다. 그들은 갑판에 나란히 앉아서 한없이 이야기를 하였다. 노 젓던 남자가 이렇게 많은 시간을 일하지 않고 이야기로만 보낸 것은 이것이 처음이었다. 그래서 그는 구름과, 바다와, 갈매기와, 해와, 달에 대하여 물어보고 또 자기의 의견을 말하였다. 그들은 오랫동안 그렇게 지냈다. 그런데 그동안에 배를 젓는 사람들에게 큰 바꿈이 일어났다. 그들은 자기네 동료 한 사람이 갑판으로 올라간 것을 알게 되었다. 그래서 그들 가운데 꾀 있는 자들이 들고 일어나서, 자기들도 편안하고 시원한 갑판으로 올라갈 궁리를 하게 되었다. 일이 이렇게 되자 그것은 이루어지고야 말았다. 먼저 힘센 자들과 꾀 있는 자들이 차례로 올라오게 되었는데, 그들은 대신으로 자기가 노를 젓던 자리에 자기와 꼭 같은 일을 할 수 있는 허수아비를 만들고 올라오도록 요구받았다. 그 일을 다 해낸 자들이 하나씩 올라와서 노 젓는 신세를 벗었는데, 그래도 배 밑에는 많은 사람들이 남아 있었다. 이제 그들은 옛날처럼 앞만 보고 노를 젓지는 않았다. 그들은 슬피 울고, 자기들의 고된 일을 한탄하고, 그들을 버리고 간 자들을 원망하였다. 그러나 갑판에 올라간 사람들은 편한 생활에 맛을 들여서 옛 동료들이 울부짖는 소리에 귀를 기울이지 않았다. 갑판에 맨 처음부터 앉아 있던 사람은 지금은 선장실에 홀로 앉아서 깊은 시름에 잠겨 있었다. 그는 일이 이렇게 될 줄은 몰랐다. 그는 오직 한 사람의 말동무가 아쉬웠을 뿐이었다. 그는 스스로 부른 재앙을 원망했으나 어찌할 수 없었다. 배의 갑판과 선실은 이렇게 해서 사람으로 가득 차고 배 밑에서는 저주하는 사람들의 목소리가 끊임없이 울려왔다. 처음에는 그 소리를 못 들은 체하던 사람들도 점점 두려움을 갖게 되었다. 그래서 그들은 어떻게 하면 저들의 노동을 편하게 해줄 수 있을까를 알아보게 되었다. 그러나 모든 사람을 갑판으로 끌어올리는 것은 안 될 일이었다. 그렇게 하면 배는 서버릴 것이기 때문이었다. 그래서 그들은 먼저 될수록 노 젓는 일을 수월하게 하는 도구를 만들어내서 노동을 쉽게 하고 쉬는 시간을 많이 가질 수 있게 해주자는 쪽으로 머리를 썼다. 이러는 동안에 배의 갑판에서는 배 밑의 사람들과 연락하는 것을 주로 맡은 사람, 새 도구를 만들기 위해서 연구실을 맡은 사람, 배 전체의 통제를 맡은 사람, 이 괴로운 항해를 잠시나마 잊게 해주는 노래를 불러 주는 사람 — 이렇게 여러 일 몫으로 갈리게 되었다. 그리고 그들은 결국 모든 일은 선장실에 있는 그 사람이 잘 알아서 해줄 것이고 그는 모든 것을 알고 있으리라고 믿고 있었다. 그러나 선장실의 문은 한 번도 열리지 않았다. 그리고 어느 사이엔가 선장실에 올라가는 계단은 썩어서 무너져 있었다. 그러나 갑판 위의 사람들은 그것을 보고 더욱 믿음을 굳게 하였다. 선장실로 이르는 길이 없다는 것이 그들에게는 더욱 신비스럽고 믿음직스러워 보였다. 머리가 나쁜 사람들은 그 이치를 깨닫지 못하고 가끔 부질없는 헛말을 퍼뜨렸으나, 그들 가운데 가장 슬기 있는 자들은 그때마다 그런 소문이 낭설이라는 것을 주장하였다. 이러는 가운데도 배는 아무도 그 가는 곳을 모르는 뱃길을 이어갔다. 그런데 갑판에 있는 사람들은 점점 초조해졌다. 그것은 설령 노 젓는 일을 수월하게 하는 도구가 아무리 발달한다 하더라도 풀릴 수 없는 문제가 있다는 것을 그들은 눈치 채기 시작한 때문이었다. 그것은 이 배에는 정해진 수의 선실밖에는 없다는 것과, 게다가 그 선실들은 1등·2등·3등으로 나뉘어 있다는 사실에서 오는 비극이었다. 왜냐하면 그 사실은 어떤 수의 사람들은 어쩔 수 없이 배 밑에 있어야 한다는 말이었고, 그 사람들의 눈으로 보면 사치한 일이었으나, 일단 갑판에 오른 사람에게는 어지간히 괴로운 일 — 즉 1등 선실에서 자는 사람 옆방에는 2등과 3등에서 자는 사람이 있어야 한다는 것을 뜻하는 것이었기 때문이다. 이렇게 해서 평화는 깨어졌다. 배 위의 사람들은 서로가 서로를 노리면서 좋은 선실을 차지하려고 싸웠다. 싸움에 진 자는 배 밑으로 다시 내려가서 노를 잡고, 노를 잡고 있었던 사람들 가운데 뛰어난 자는 갑판으로 올라가곤 하였다. 이같이 해서 사람들은 위에서 아래로, 아래에서 위로, 1등에서 3등으로, 3등에서 1등으로 빙글빙글 돌아갔으나, 그 사람들을 받는 장소는 여전하였다. 다만 거주자가 바뀔 뿐인 것이었다. 바다도 옛날처럼 잔잔하지 않았다. 모진 바람이 불어서 그 큰 배를 가랑잎처럼 밀어붙이는가 하면 폭포 같은 비가 내리기도 한다. 눈보라가 흩날리고 바다가 끓어버릴 듯 뜨거운 날씨가 계속되곤 한다. 그럴 때마다 배의 사람들은 그럭저럭 저희들끼리의 싸움을 한숨 쉬고, 눈보라와 폭풍을 맞받아 싸운다. 그러나 바람이 멎고 하늘이 개면 그들은 또다시 서로를 겨누는 잭 나이프를 여는 것이었다. 멀리 높은 하늘 위에서 보면 배는 푸르고 아름다운 유선遊船처럼 보였다. 그것은 고요하게 꾸준히 신비한 바다를 티 없는 갈매기처럼 미끄러져가고 있었다. 위에서 보면 유리창을 통하여 선장실이 드러나 보인다. 선장실의 침대에는 그 사람이 죽어서 누워 있다. 그가 언제 죽었는지 아무도 모르고 그가 죽은 줄을 아는 사람은 아무도 없다. 수상한 소문을 퍼뜨리는 사람들조차 자기 말을 믿지 않고 있었다. 그러나 그 사람은 벌써 오래전에 죽어 있었다. 그래도 배는 아무 일 없이, 죽은 선장을 태우고 망망한 바다를 간다 — 독고준은 눈을 들어 연못을 보았다. 연잎은 화창한 햇빛 아래 졸고 있었다. 윙윙거리는 벌들은 여전히 귓가에 맴돌고 있었다. 그는 손으로 그것을 털어내려고 하면서 누군가를 퍼뜩 생각했다가 곧 잊어버렸다. 아무래도 좋았다. 그는 고향의 사과밭에서 소년 시절에 즐기던 그 기쁨 — 이야기 속에 사는 기쁨 속에 있는 것이었다. 이런 때, 아무것이든 아무래도 좋았다. 그는 취해 있었다. 그는 다음 얘기를 읽기 시작했다. 옛날, 아주 오랜 옛날에 한 마리의 호랑이가 살고 있었다. 호랑이는 산더미처럼 크고 번개처럼 날래고 게다가 영험스러웠다. 호랑이가 울면 번개가 치고, 그가 노하면 땅이 울렸다. 호랑이는 산을 타고 내를 건너면서 먼 길을 가고 있었다. 그는 자기가 가는 곳을 알지를 못하였다. 그러나 바위에 이끼가 끼듯이 호랑이가 길을 가는 것은 당연한 일이었다. 그래서 호랑이는 한 번 뛰어 내를 넘고, 두 번 뛰어 언덕을 넘으면서 앞으로앞으로 달려갔다. 가는 길에 배고프면 멧돼지를 쳐서 먹고, 목이 마르면 바위 틈을 흐르는 맑은 샘물을 벌컥벌컥 마시고는, 또 달렸다. 쏟아지는 별빛 아래서 높다란 바위를 베고 잠이 들고, 높은 산마루에 솟는 해를 잡아먹으려고 뛰어 일어나 또 달렸다. 몇만, 몇천만 년을 달렸는지 아무도 모른다. 그래도 지칠 줄 모르는 호랑이는 스스로도 모르는 그리움 때문에 앞으로만 달려간다. 수풀이 우거진 산을 지나면 허허한 풀밭을 달린다. 가파로운 바위산이 지나면 울창한 대나무숲이 나선다. 그는 대밭의 맑은 기운을 사랑했으나 그의 힘찬 뒷발로 미련 없이 걷어차고 길을 다그쳤다. 이렇게 달려도 호랑이가 가는 길은 다하지 않았다. 차츰 호랑이의 걸음이 느려갔다. 그는 침을 흘리고 혀를 빼물었다. 그는 자기가 늙었다고는 생각하고 싶지 않았다. 그는 자존심이 허락지 않았던 것이다. 그래도 할 수 없었다. 그의 걸음이 더욱 느려지고 그는 자주 쉬게 되었다. 어느 겨울날 허허한 풀밭 한가운데서 호랑이는 끝내 쓰러지고 말았다. 눈보라가 치는 날이었다. 거대한 호랑이의 몸집 위에 눈이 쌓여서 덮였다. 호랑이는 다시 일어나지 않았다. 겨우내 눈은 호랑이를 덮었다가는 벗기고 바람은 움직이지 않는 몸을 헛되이 채찍질했다. 봄이 왔다. 풀밭은 질펀하게 눈 녹은 물로 적셔지고 푸른 줄기가 다시 돋아나는 사이에 호랑이는 여전히 누워 있었다. 잘 보면 호랑이는 움직이고 있었다. 눈 녹인 봄볕 속에서 호랑이는 구더기의 산이 되어 있었다. 그리고 그 숱한 구더기들은 호랑이의 모양을 하고 있었다. 그것은 마치 큰 짐승을 뜯어먹고 있는 개미와 같았으나, 이들 개미의 떼는 호랑이 자신의 몸이 바뀐 모습이었다. 개미만 한 호랑이 떼는 움직이기 시작하였다. 그들은 땅에 깔려서 앞으로앞으로 나가기 시작했다. 그것들은 대형을 갖추고 가는데 그것은 꼭 그 위에 비친 호랑이의 그림자 같았다. 짐승들은 이 구더기 호랑이들의 무리를 한 마리의 호랑이로 잘못 알고 달아났다. 사실 그들은 무섭기도 하였다. 그들은 앞을 막는 것들을 깡그리 잡아먹으면서 나갔다. 어떤 짐승도 그들에게 걸리면 순식간에 하얀 해골이 되어 넘어졌다. 그들은 물 위를 새까맣게 떠서 건너가고, 바위산을 기어 넘어가고, 수풀을 가로질러 갔다. 하늘을 날아가는 독수리는 큰 호랑이 한 마리가 느린 걸음으로 꾸준히 전진하는 모습을 내다보는 것이었다. 구더기들은 저희들끼리도 잡아먹었다. 그러나 순식간에 새끼 쳤으므로 그 수는 조금도 줄지 않았다. 그들은 어디로 가는지 알지 못하면서 그저 전진하였다. 그들은 자기들의 대형이 호랑이 그림자를 닮은 것을 알지 못한 채 앞으로 앞으로 나아갔다. 커다란 호랑이가 자기 길을 몰랐던 것처럼 그들도 몰랐다. 그러면서도 그들은 쉬지 않고 전진하였다. 아무도 지휘하지 않고 아무도 생각지 않았다. 왜냐하면 전진하는 것이 곧 생각하는 것이며, 밀려가는 것이 지휘하는 것이었기 때문에. 눈에 보이지 않는 호랑이의 그림자가 까맣게 전진한다. ─ 독고준의 눈앞에는 허허한 벌판을 밀려가는 수많은 호랑이들이 보인다. 벌보다도 작은 호랑이들의 떼가. 그는 책을 무릎에 얹은 채 그 광경을 보았다. 아프리카의 밀림에서 사자를 습격한다는 개미 떼들의 이야기를 그는 알고 있었다. 개미 떼 대신에 호랑이 떼라니, 하고 그는 감탄하였다. 깨알 같은 것들의 울리는 포효와, 날랜 뜀뛰기의 물결을 생각하면서 그는 또다시 귓가에서 웅얼거리는 저 숱한 소리들이 뒤섞인 소용돌이를 듣는다. 벌들의 날갯소리와 잎사귀들의 술렁대는 소리, 풀숲 사이를 이빨을 드러내고 기어가는 벌레보다 작은 숱한 호랑이들. 연잎의 알릴락 말락 흔들리는 소리. 노 젓는 숱한 손의 움직임. 삐그덕거리는 밧줄. 벌거벗은 사람들의 몸에서 무럭무럭 오르는 훈김이며 그 훈김처럼 후덥지근한 고통과 불만의 웅얼댐, 열리는 잭나이프의 탁 소리. 그런 것들이 서로 뒤범벅이 되어 꼬리를 물고 어느 것인지 가릴 수 없는 멍멍한 울림으로 들리는 것이었다. 탁, 하고 못에서 물고기가 튀었다. 소리가 났을 때는 벌써 물고기의 모습은 보이지 않았으나 연잎 사이사이로 물주름이 번져간다. 독고준은 그것이 사라질 때까지 바라보았다. 어디서 끝났는지 알 수 없고, 잔상殘像이 아직도 그 언저리에 어른거린다. 그의 눈에 남은 것인지 수면 위에 남은 것인지를 가려보려고 하는 동안에 물살은 깨끗이 없어져 버렸다. 그는 다음 얘기를 읽기 전에 이미 읽은 이야기를 되도록 오래 즐기고 싶었다. 그런데도 실은 그 얘기에 대해서 그는 생각하고 있는 것은 아니었다. 그의 머릿속에 이야기의 여운이 파문처럼, 귓가의 웅얼거림처럼 도사려 맴도는 대로 놔두면서 그는 멍청하게 앉아 있었다. 비록 더 재미나는 얘기를 읽게 된다 하더라도. 지금의 느긋함이 깨어질까 두려워서 바스락거리지도 못하고 가만히 앉아 있는 그런 상태였다. 그것은 책을 읽다 보면 흔히 있는 일이라고 생각하면서 아직도 그는 다음 얘기로 옮겨갈 결정을 못 내리고 있었다. 너무 순수한 곳에는 운동이 없다고 그는 생각하였다. 운동이 없으면 모든 것은 썩는다. 그러면 순수한 것도 없다. 그것은 피할 수 없는 모순이었다. 누군가가 웃기 위해서는 누군가가 울어야 한다는 것은 어찌 된 일인가. 그것을 알고 있는 사람이 이 세상에 있을까. 아니 이런 생각을 하는 것은 불행한 일이다. 자주 움직이면 된다. 목적지를 아는 것은 사실 대수로운 일이 아니다. 항해만 하면 된다. 어디로 가는지 몰라도 좋다. 세포 한 알, 한 알까지도 앞으로 가고 싶어 하는 것, 그것만이 대견한 일이다. 대견한 일, 왜 대견한지 모르면서도 확실히 대견한 일. 죽은 선장을 태우고 항해하는 배처럼. 그는 고개를 끄덕였다. 그리고 무릎에 얹었던 책을 집어들고 다음을 읽어갔다.

배고파 우는 아이는 우리를 슬프게 한다. 어느 마을 돌담에 기댄 어린이의 나무뿌리로 포식한 창황蒼黃빛의 배 위에 이른 봄의 햇빛이 떨어져 있을 때, 대체로 봄은 우리를 슬프게 한다. 그래서 봄날 철이른 비는 처량히 내리고, 데이트할 밑천이 없어 그리운 이의 인적은 끊어져 거의 일주일이나 혼자 있게 될 때. 아무도 돌보지 않는 길가의 석불石佛. 그래서 동네 강아지 한 마리가 일각一脚을 거擧하여 그 밑둥에 쉬이를 하고 있는 것을 볼 때. 몇 해고 지난 후에 문득 돌아가신 아버지의 편지가 나올 때. 그곳에 씌어졌으되 '이놈아, 너의 소행이 내게 얼마나 많은 잠 못 이루는 밤을 가져오게 했는가……' 대체 나의 소행이란 무엇이었던가? 고등고시를 거부한 일, 혹은 아버님더러 소친일파小親日派라고 몰아세운 일, 이제는 벌써 그 많은 죄상을 기억 속에 찾을 바이 없되, 그러나 아버님은 그 때문에 애를 태우신 것이다. 동물원에 갇힌 사슴이 어느 날 밤, 누군가에 의해서 뿔이 잘려 죽어 있는 사진이 우리를 슬프게 한다. 철책鐵柵 속에서 그는 언제 보아도 멍청하니 서 있었다. 그의 유柔한 눈, 그의 가여운 낙천樂天, 그의 귀여운 젖은 코, 그의 앞발의 한없는 순종, 그의 태평한 잔걸음, 살아 있을 적 모습이 우리를 말할 수 없이 슬프게 한다. 이상李箱의 시장詩章. 김소월의 가곡歌曲. 고구故舊를 만날 때. 학창 시대의 동무 집을 찾았을 때. 그리하여 그가 이제는 앞길이 유망한 공무원이요, 혹은 번창하는 외인 상사의 사원 된 몸으로서, 우리가 몽롱하고 우울한 언어를 조종하는 일시인一詩人밖에 못 되었다는 이유에서 우리에게 손을 주기는 하나 벌써 우리를 알아보려 하지 않는 듯한 태도를 취하는 것같이 보일 때. 길거리에 앉은 근교近郊 촌부의 바구니에 담긴 진달래꽃, 이것은 항상 나에게 언제 다시 가볼지 기약 없는 북한의 고향집 뒷동산을 생각하게 한다. 삼류극장에서 들려오는 소란한 재즈, 그것은 후덥지근한 도회의 여름밤에 휘파람을 불며 동네의 불량한 소년들이 너무나 일찍이 배운 성性의 이야기를 왁자지껄 주고받으며 지나가는데, 당신은 벌써 근 열흘이나 침울한 하숙집에서 앓는 몸이 되었을 때. 달아나는 UN 군용 열차가 우리를 슬프게 한다. 그것은 황혼이 밤이 되려 하는 즈음에 불을 밝힌 창들이 유령의 무리같이 시끄럽게 지나가고, 어떤 어여쁜 외국 여자의 얼굴이 창가에서 은은히 웃고 있을 때, 찬란하고도 은성殷盛한 미국영화를 보고 났을 때. '단상단하壇上壇下'를 읽을 때. 부드러운 공기가 가늘고 소리 없는 비를 희롱하는 아침, 조간朝刊에 씌어졌으되 '방사능은 끝내 우리나라에도' 공동묘지를 지날 때, 그리하여 문득 '여기 15의 약년弱年으로 놈들에게 학살된 철호는 누워 있음'이라는 묘표를 읽을 때. 아! 그는 6·25때 손잡고 월남한 나의 사촌동생. 날이면 날마다 늘 도회의 집들의 흥미 없는 등걸만 보고 사는 이국종異國種 가로수들. 첫 길인 어느 주막에서의 외로운 일야一夜. 시골 가설극장에서 들려오는 이 강산 낙화유수의 구성진 트럼펫. 옆방 문이 열리고 속살거리는 음성이 들리며 간간이 '잠깐……? 긴 밤……' 이런 말이 오가는 듯싶다가 이윽고 여인의 옷 벗는 기척이 들릴 때, 그때 당신은 난데없는 서글픔을 느낄 것이다. 날아가는 한 대의 제트기機. 서울 유학 간 장손을 위하여 입도선매된 논과 밭. 양부인의 이취泥醉. 어쩌다 기차 여행을 하게 되어 대합실에 들르면 언제나 닫혀 있는 경원선 매찰구를 보게 될 때. 그리하여 환상의 열차에 실려 우리들의 고향에 도착하였을 때, 아무도 이제는 벌써 당신을 아는 이 없고 일찍이 놀던 자리에는 붉고 거만한 옥사屋舍들이 늘어서 있으며, 당신의 본가本家이던 집 속에는 알 수 없는 사람들의 얼굴이 보이는데, 그중 한 사람이 당신을 손가락질하며 '야, 이놈은 이 집에 살다가 월남한 반동분자 아무개의 몇째 아들이다' 하면서 달려들 때, 그때 당신은 난데없는 애달픔을 느낄 것이다. 이 모든 것은 우리의 마음을 슬프게 한다. 그러나 우리를 슬프게 하는 것들이 이뿐이랴! 어느 미군 주둔지의 텍사스 거리를 누비고 지나는 오뉴월 양공주 아가씨들의 조합장의 組合葬儀 행렬. 껌 파는 소녀들의 치근치근한 심술, 거만한 상인, 카키빛과 적색과 백색의 빛깔들, 통행금지를 알리는 사이렌 소리, 예수교회의 새벽 종소리, 애국가를 부를 때, 가을밭에서 콩을 구워먹는 아이들의 까마귀처럼 까맣고 가느다란 발목, 골목길에 흩어진 실버 텍스의 포장지들, 관용차를 타고 장 보러 가는 출세한 사람들의 부녀자의 넓은 어깨, 아이들의 등록금을 마련 못 한 아버지의 야윈 볼, 네번째 대통령이 되고 싶어 하는 박사, 당신에게 비웃은 없고 내일은 좋은 사람을 만나기로 된 전날 밤 지붕 위에 떨어지는 빗소리, 그리고 그날이 휴가 마지막 날일 때, 동생을 대학에 보내고 있는 어느 갈보의 이야기를 들었을 때, 만월의 밤 무당의 굿하는 소리, 최서해崔曙海의 이삼절二三節, 늙은이의 배고픈 모양, 철창 안에 보이는 어떤 죄수들의 혈색 좋은 얼굴, 붉은 산에 떨어지는 백설白雪── 순수의 밀실에서 고운 이의 머리카락을 언제까지고 언제까지고 희롱하고 싶은 나이에 비순수의 광장이 너무나 어지러운 것이, 그리하여 부드러운 어깨를 밀어놓고 원치 않는 영웅이 되기 위하여 그곳으로 달려가야 하는 시대가 결국 우리의 마음을 슬프게 한다. ── 독고준은 여기까지 읽고 잠깐 쉬었다. 그리고 굴 속에 들어 있는 많은 이야기를 한꺼번에 즐기는 것이 어려워 차라리 또 다음 이야기를 읽는 것이 좋겠다는 생각이 들자, 그렇게 하였다. 옛날 어떤 마을에 낡은 창고가 있었는데 그 속에는 한 대의 기계가 놓여 있었다. 기계는 마치 솜 트는 틀처럼 생겼는데, 모두 쇠로 되어 있고 벌써 쓰지 않은 지가 오래돼 있었다. 기계는 버려진 지가 오래되어서 온통 녹이 슬고 게다가 곳곳에 거미가 진을 짓고 들쥐들이 그 속으로 들락거렸다. 지붕이 뚫어진 사이로 갠 날이면 햇빛이 들고 비 오는 날이면 비가 샜다. 몇 년인가 기계는 그런 생활을 하였다. 그러는 동안에 기계는 자기가 누구였던지 잊어버리고 말았다. 그는 날이면 날마다 괴로운 시간을 보내게 되는데, 그것은 자기가 누구였던가를 알아내지 못하는 데서 오는 괴로움이었다. 아무리 애써보아도 한 번 지워진 기억은 되살아나지 않았다. 겨울이 닥쳐와도 그에게 괴로운 것은 모진 추위가 아니라 그 기나긴 밤이었다. 밤마다 그는 꿈을 꾸게 되었다. 밤이 되면 한 공주가 원숭이처럼 생긴 아이와 돼지처럼 생긴 아이를 데리고 와서 놀다가 가는 것이었다. 아름다운 공주가 어떻게 해서 그런 추괴醜怪한 아이들을 낳았는지 알 수 없고, 기계는 그녀가 가엾은 생각으로 가슴이 아팠다. 오늘도 기계는 간밤의 꿈을 생각하면서 허물어져가는 창고 속에 홀로 서 있다. ── 다음 이야기는 이런 것이었다. 옛날 미시시피 강변에 담소아膽小兒와 학빈鶴彬이라는 두 아이가 살고 있었다. 담소아는 그 이름과는 달리 담이 큰 아이였다. 즐겨 무리를 만들어 우두머리가 되고, 성경聖經의 교리에 깊은 회의를 품고 앙앙불락하였다. 이때는 전쟁도 없던 때였기 때문에 생활은 지루했다. 한편, 학빈은 '학빈鶴彬'이 아니라 '학빈虐貧'이었다. 그의 아버지는 그를 학대했고 몹시 가난하게 살고 있었다. 어머니는 어떻게 된 영문인지 없었다. 그래서 그는 마을에 와서 아이들과 노는 것이 집에 있는 것보다 좋았다. 두 아이는 늘 같이 어울렸는데, 마을 사람들은 이 두 아이의 풍운아로서의 기질을 눈치채고 자기 자녀들이 그들과 사귐으로써 현 사회 체제에 대해 불온한 개혁 사상을 가지게 될 것을 염려하였다. 담소아는 아이들을 영솔하고 해적 놀이를 하는 동안 대인물들이 별수 없이 맛보게 되는 경험을 겪는 것이었다. 소인들은 거사의 중요한 대목에서 수령을 배반하는 것이었다. 거사란 다름이 아니라 해적 놀이였다. 담소아는 이 놀이 속에 그의 동포의 근본적 존재 양식을 직관하였던 것이다. 나이프·밧줄·폭풍·빼앗은 보물의 맛 — 거기에는 용기와 지혜, 모험과 진취, 삶의 기쁨과 싸움의 장쾌함이 있었다. 의적義賊이니 하는 병적인 명분을 붙이지도 않았다. 재물 때문이라면 누구나 죽이는 것이었다. 눈썹 하나 까딱 안 하고. 그는 이와 같이 자기 부하들을 훈련시키려 했는데 뜻은 이루어지지 않았다. 정착 생활에 나약해진 해적들은 부르주아가 돼 있었던 것이다. (부르주아란 小人의 佛譯인데 여러 뜻으로 사용된다 — 지은이 주) 그래서 그들의 해적단은 비운을 맛보게 되었다. 바다에서 뜻을 펴지 못한 그는 로빈후드가 되기를 결심하였다. (로빈후드는 임꺽정에 해당하는 의적 — 지은이 주) 그리고 이번에는 그 동지로 묘령의 가인을 택하였다. 마을에는 아무도 들어가보지 못한 동굴이 있었는데, 그는 그 속에 보물이 숨겨져 있으리라는 전설을 듣고 있었다. 그런데 담소아는 동굴에서 이상한 인물을 발견하고 그 뒤를 밟았다. 그 인물은 자꾸 달아났다. 담소아는 담대하게 뒤를 쫓았다. 동행한 가인은 그 불가함을 들어 만류하였으나 담대한 담소아는 굽히지 않았다. 급하게 쫓겨서 더 피할 수 없이 된 그 인물은 달아나면서 애원하였다. "나를 쫓지 말아주시오. 나를 보면 당신은 불행해질 것이오." 이같이 말하는 것이었다. 기승한 담소아의 귀에는 그것이 잔꾀로 들렸다. "빨리 네 모습을 드러내라, 이놈아." 이것이 담소아의 대답이었다. 가인은 또 한 번 만류했다. "소첩이 듣건대 군자는 위험을 가까이 안 한다 하였고, 인외人外의 이異를 넘보지 않는다 하였는데 낭군은 살피소서." 이같이 말하였다. 담소아는 한 번 크게 웃고 "이 몸이 아직 천지간에 두려운 것을 모르는데 어찌 이 기회를 놓치리오." 이같이 말하고 쫓기를 더욱 급히 하니 마침내 그 인물은 힘이 진하였음인지 동굴의 벽에 낯을 가리고 뛰기를 멈추었다. 담소아는 쾌히 웃으며 덮치어 놈의 덜미를 잡아 일으키니 이목구비가 모두 없는 달걀귀신이었다. 동굴에서 돌아온 후로 담소아는 몸져눕기를 여러 날에 병은 쾌하였으나 사람이 달라졌다. 날마다 조심스러워지고, 지난날의 호쾌히 놀던 온갖 놀이를 경망스럽다 하여 교회에 부쩍 마음을 두어 목사의 총애를 받기에 이르렀으며, 이리하여 판사(아마 判書의 誤傳일 것임—지은이

주)의 여식인 예의 동굴 모험시의 동반 가인을 아내로 맞아 복된 일생을 마쳤다 한다. 한편 학빈은 동지의 이 같은 변모에 탐탁지 못한 마음 누를 길 없어 "담소아는 참으로 담소아여"라 하였는데, 이는 벗의 이름을 두고 비꼰 말이 분명했다. 그 후 학빈도 돈 있는 과부와 인연을 맺어 학빈虐貧을 면한 처지가 되었는데, 사람들이 이르기를 "그 아이들 성명에 얽히는 팔자는 갈 데 없는 것이여" 하였다 한다. ― 아마 한정 없이 책장을 넘기고 있었을 것인데, 그때 은은히 들려오는 소리가 있었다. 그것은 어느 먼 곳에 있는 극장 같은 데서 들려오는 노랫소리였는데, 목소리의 임자는 처음에 무심히 들었으나 논개임이 분명하였다. 그것을 알아차린 순간에 독고준은 책을 떨어뜨렸다. 벌써부터 그 노랫소리는 울려오고 있었음이 분명하고(그의 머릿속에는 노랫소리를 꽤 오래 듣고 있었다는 희미한 기억이 감돌고 있었다) 소리의 임자가 누군지 모르는 동안에는 의식의 중심에 오지 않았다가 부르는 사람이 누군가 알아지는 순간에 처음으로 퍼뜩 정신이 든 것임에 틀림없었다. 논개는 장한몽을 부르고 있었다.

　　대동강변 부벽루 산보하는
　　이수일과 심순애의 양인이로다
　　악수론정하는 것도 오늘뿐이라
　　보보행진 산보함도 오늘뿐이라

　　수일이가 학교를 마칠 때까지

어찌하여 심순애야 못 참았느냐
남편의 부족함이 있는 연고냐
불연이면 금전에 탐이 나더냐

낭군의 부족함은 없지요마는
당신을 외국 유학시키려고
부모님의 말씀대로 순종하여서
김중배의 가정으로 시집을 가오

순애야 반병신된 이수일이도
이 세상에 당당한 의기남아라
이상적인 나의 처를 돈과 바꾸어
외국 유학하려는 내가 아니라

　독고준은 논개의 잘 부르는 노래를 들으면서 말할 수 없는 부끄러움을 느꼈다. 그리고 논개의 심정을 알 수 있기 때문에 더욱 괴로웠다. 이상적인 나의 처를 돈과 바꾸어 외국 유학하려는 내가 아니라. 독고준은 일어서 걸어갔다. 마음은 말할 수 없이 울적했다. 남의 정을 받을 수 없을 때 사람이 느끼는 감정이란 아마 사람의 겪음 가운데서 으뜸 괴로운 것이리라. 독고준의 머리에서, 벌써 방금까지 잠겨 있던 독서삼매에서 느꼈던 한정閑靜한 즐거움은 사라지고 없었다. 그는 그 고결한 아낙네를 뿌리치고 와야만 했던 까닭을 새삼스럽게 생각하면서 길을 재촉했다. 물론이지만, 그는 할 수 없다고 생각했다. 나로선 어쩔 수 없지 않은가. 나의 삶, 그것은 나만의 것이다. 그것을 살고 싶다는 소망 앞에 있는 모든 것을 나는 버린다. 나의 책임에서 너무도 멀리 벗어난 짐, 그것을 나는 짊어질 힘이 없다. 힘이 없는 것을 맡아서 쓰러지는 데 어떤 뜻이 있는지 나는 모른다. 나의 여름, 그것이 내 뜻이다. 그것은 뜻도 아니다. 목숨이다. 우리의 목숨이 아니고 나의 목숨이다. 헝클어진 머릿속에서 이런 생각을 하면서 걸어가는데, 길은 점점 넓어지면서 재목材木을 많이 쌓아놓은 역변 같은 데가 나왔다. 산더미로 쌓아올린 재목에는 네모진 도장이 찍혀 있었다. 앞으로 나가자면 그 재목 더미 사이를 누비고 갈 수밖에 없었다. 나뭇더미 위에서 나무 재는 접는 자(尺)를 손에 든 사람들이 독고준이 지나가는 것을 유심히 바라보고 있었다. 독고준은 그들이 반드시 말을 걸어오리라는 짐작을 가지고 걸어갔으나 아무도 그렇게는 하지 않았다. 이상한 일이다. 그럴진대 접는 자를 손에 들고, 바위 비탈에 서서 먹이가 지나가는 것을 지켜보는 늑대들처럼 서 있는 것은 무슨 까닭일까. 하기는 그들이 반드시 악의를 가졌다고 잘라 말할 수는 없었다. 그런데도 독고준은 오히려 그들이 그렇게 나와주었으면 하고 희망을 걸어보기도 한다. 쌓아올린 재목들은 베어온 지가 오래된 것 같아서 거무죽죽한 빛인 데다가 속으로 썩고 있는 모양이어서 독특한 냄새가 그들 더미 사이에 자욱히 서려 있는 것이, 꼭 장마철에 낡은 집에 들어갔을 때 같다. 독고준은 참을 대로 참아보는 길밖에는 없었기 때문에, 그저 묵묵히 나뭇더미 사이를 걸어가는데, 이따금 증기기관차가 맥없이 기적을 울리며 오락가락하는 기척이 들리는 것이다. 설령 선로를 바꾸고 객차든지 화차를 바꾸어 다는 것이라고 치더라도 그렇게 늑장을 부릴 까닭도 없겠고, 그렇다고 해서 누군가…… 그때 독고준은 문득 짚이는 바가 있었다. 누군가를, 이를테면 나를 기다리고 있지 않다고 무얼 가지고 단정할 수 있는가. 워낙 오리무중 같아서, 정해진 길을 아는 걸음도 아니었기 때문에 독고준은 지금 재목 더미 너머에서 웬 기관차가 발차를 늦추면서 오락가락하는 품이, 틀림없이 자기가 승차하기를 기다리는 것이라고 생각한대서, 그리 조리에 닿지 않는다고 하는 것도 우스운 일이랄 수밖에 없었다. 그는 조바심이 나면서 길을 재촉하는데, 미상불 나뭇더미는 끝장이 날 성싶지가 않은 것이다. 그렇게 봐서 그런지, 독고준이 나뭇더미들 사이에서 빠져나가려고 안간힘을 쓰면 쓸수록, 접는 자를 손에 들고 그를 유심히 보고 있는 자들의 표정에 활기가 돌면서, 자를 접었다 폈다 하면서 공기가 수상한 것이 이상스러운 일이었다. 독고준은 어느새 잔걸음인가 하면 쭈르르 달려가고 있는 자신을 발견하고는, 퍼뜩 제정신이 들면서 이래서는 안 되겠다, 사태가 심상치 않을수록에 정신만은 바짝 차려야 할 것이, 그렇게 한대서 딱히 바람직한 결과가 된다는 심산은 아니지만 그러면 그런대로 하회가 어찌 되는가를 분명히 알아나 보는 길은 그 길밖에는 없는 터여서 사실상 저 자신도 크게 믿지는 않는 노력을 하고 있는 형국이었다. 아무리 가도 재목의 더미뿐이다. 혹시 그 중에는 새로 벌목한 게 들어 있지 않나 하는 생각이 들다가도 이 경황 중에 그런 엉뚱한 생각이 스치는 것은 자기가 지금 상당한 정도의 혼란한 정신 상태에 있다는 증거가 된다는 것을 깨닫고는 쭈뼛해지는가 하면, 그런 점까지를 헤아리는 것이라면 반드시 절망할 것만도 아니라고 생각을 고쳐보곤 한다. 대체 얼마나 많은 재목이길래 이렇게 길이 열리지 않는단 말인가. 어느새 그의 두개골의 안쪽 어떤 미끌미끌한 벽이 썩은 나무처럼 부슬부슬 가루가 일면서, 혼곤한 썩는 내가 나는 것 같기도 하면서 독고준은 정신이 흐릿해진다. 그러는 중에도 기관차는 여전히 오락가락하였다. 어느 차가 발차를 하였으면 기적이 우렁차게 들렸다가 이윽고 소리가(차바퀴 소리든지 아니면 기적 소리든지 아무 쪽이나 상관없는 일이지만) 멀어진다면 그렇게 알겠는데, 분명히 그런 것도 아니고 보면 독고준으로서는 기차가 저편에서 망설이고 있는 사실에 대해서 신경을 쓰지 않으려야 않을 도리가 없는데, 손에 접는 자를 들고 있는 자들의 추측으로 약간 활기를 띤 것처럼 보인다는 것이지, 이렇다 하게 꼬리가 잡힐 만한 행동을 막상 하지 않고 보면 제 장단에 춤을 추기도 머쓱한 일이다. 칙칙 폭, 하고 기관차는 여전히 오락가락한다. 한낮이어서 더위는 어지간하고, 나무는 많지만 나무 그늘이 있을 리도 없고(아마 해가 한가운데 있는 탓으로 재목 더미들은 제 그림자를 타고 앉아 있는 것이 분명하고) 기가 탁탁 막히는 일이다. 그래도 지기는 싫어서 독고준은 접는 자를 손에 든 자들하고 말을 건네려는 염두에 없었다. 할 말도 정작 막연하려니와 그들이래서 내용을 알고 있으리라고는 믿지 않은 터여서 공연히 속도 잘 모르는 사람들과 어울리기가 싫었다. 아무리 걸어도 나무요, 뛰어봐도 나무다. 상식으로는 생각조차 하기 힘든 일이다. 어쩌면 독고준은 좁은 구역 안에서 뱅뱅 돌고 있는지도 모를 일이다. 그 길이 그 길 같아서 그렇게 의심을 품어보는 것도 무리는 아니다. 접는 자를 들고 있는 사람들도 꼭 그 사람 같아서 더욱 그럴싸하다. 그는 지친 걸음을 멈추고 재목 더미에 비스듬히 기대 선다. 기관차는 저편에서 여전히 오락가락한다. 확성기에서 무슨 소리가 들려오는데, 단조로운 낱말을 되풀이하고 있다는 것이 알릴 뿐 무슨 내용인지 알 수 없다. 혹시 역 이름을 대고 있는지도 모르는데 그것을 알 수 있으면 편리한 일이겠지만 어쩌는 도리가 없고, 하기는 역 이름을 알아본들 어떻게 될 일도 아니지 않은가. 문제는 역시 어느 곳인가 하는 데 있다느니 차라리 이 나뭇더미 사이에서 빠져나간다는 데 있다고 하는 편이 훨씬 이치에 맞는 일이었다. 그는 다시 걷기 시작했다. 이렇게 되면 결국 갈 데까지 가보는 수밖에는 없다. 그는 되도록 편한 기분이 되려고 애쓰면서 스적스적 걸어가는데, 갈수록 나뭇더미들의 높이가 점점 낮아지더니 끝내 앞이 트이면서 정거장 구내로 들어서게 되었다. 눈앞에는 '에시'라고 쓴 구식 증기기관차가 한 대 서 있는데, 검차원 두 사람이 망치를 가지고 바퀴를 두드려보고 있다. 기관차에는 기관사도 없고 불도 때고 있지 않다. 두 사람의 검차원이 망치로 두드릴 때마다 땅땅땅, 하고 알찬 쇳소리가 나는데, 근처에는 이 기관차 말고 다른 차의 모습은 보이지 않는다. 왕래하는 승객도 없고, 저쪽에 보이는 개찰구도 그저 한적한 것이 노동자 한 사람 지나는 모습이 없다. 그는 고개를 돌려서 재목 더미를 보았더니 접는 자를 손에 든 사람들은 그대로 아까처럼 우뚝우뚝 서서 이쪽의 동태를 유심히 살펴보고 있는 것이, 그들이 지금 형식상 종사하고 있는, 일의 능률 같은 것은 아예 셈에 없다는 식의 태도였다. 독고준은 서 있는 빈 기관차를 두드리고 있는 검차원들 쪽으로 시선을 돌렸다. 그들은 나란히 서서 기관사석 언저리의 철판을 두드려보고 있다.

"여보, 거기야 뭐 볼 것 있소?"

말해놓고 보니 싱거운 소리였다. 검차원 두 사람은 의장병들이 구령을 들은 것처럼, 똑같이 고개를 획 돌려서 독고준을 주목해보고는 곧 고개를 돌려버렸다. 그들이 아무 대꾸도 하지 않은 것은 다행한 일이기는 했지만 워낙 무슨 말이라도 들어볼까 해서 걸어본 말이고 보면 싱거운 소리에 핀잔을 당하지 않은 것으로 온전히 만족한다는 것은 말도 아니었고, 좀 무안을 당했더라도 그들의 입에서 참고가 될 만한 이야기를 듣는 편이 훨씬 나았다.

"언제 떠납니까?"

독고준은 재차 말을 걸었다. 검차원들은 몹시 민망스럽다는 안색을 지으며 서로 마주 보더니 다시 그들의 작업을 계속한다. 독고준은 기왕에 말을 꺼낸 바에야 싶어서,

"언제요?"

하고 물었다. 검차원은 분명히 딱해하면서 슬슬 돌아서 기관차의 저편으로 옮겨버린다. 독고준은 그들하고 아무리 승강이를 해보았자 뾰족한 수가 없을 것으로 알고, 조역이나 역장을 만나는 길밖에 없다고 생각하면서 사무실 있던 데로 걸어갔다. 사무실에는 방금까지 일을 보고 있던 흔적이 뚜렷한데 사람은 아무도 없다. 둘러봐야 숨을 만한 곳도 없는 좁다란 사무실이다. 그는 다시 밖으

로 나와서 보통 정거장 이름이 적혀 있는 건물의 이마를 쳐다보았다. 그곳에는 석왕사釋王寺라고 돼 있었다. 흠, 하고 독고준은 약간 회포에 잠겼다. 그는 수학여행을 그곳에 갔을 때 어느 큰 벚나무에다가 이름을 새긴 일을 생각하였다. 아무려나 지금은 여기서 빠져나가야 하겠는데, 떠나는 기차가 있으면 그곳으로 가는 것이 제일 좋을 것이다. 그리고 그는 비로소 지금 자기가 고향인 W로 가는 길이라는 것을 알았다. 그는 노천 벤치에 앉아서 기관차를 바라보았다. 언제가 될는지 모르지만 기관차라고는 그것밖에 보이지 않기 때문에, 그것이 움직이기를 기다리기로 한 것이다. 그러는데 기적이 나길래 돌아보았더니 역장이 옆에 와 서 있다. 그는 한쪽 팔에 둥근 철사로 된 테를 걸치고 있다. 독고준은 반가워서 말하였다.

"기차는 언제 떠납니까?"

역장은 대답을 하지 않았다. 그는 마주 서서 한참 독고준을 쳐다보았다. 그런 연후에 이렇게 말했다.

"그때 그 학생이군. 틀림이 없어. 학생은 그때 가벼운 해멀미를 해서, 내 방에 잠깐 누워 있다가 차를 타고 갔었지. 내 기억에 틀림이 없구말구. 그런데 왜 아직 여기서 이러구 있나?"

독고준은 생각이 났다. 아 그때의 그 역장이구나. 그게 벌써 언젠데 이 사람은 아직도 여기서 이러구 있다는 말인가.

"돌아가요, 혼자서 이러구 다니면 쓰나? 지금은 방학 때도 아닌데 왜 이러나? 가봐도 좋은 일은 없을 것일세. 내 말을 믿게."

"아니, 저는……"

"말하지 말게. 나도 그 심정을 모르는 게 아니야. 다 헛된 일일세. 아까운 시간을 버리는 게 틀림없고 게다가 군자는 위험을 가까이 안 한다 하지 않았나. 철없고 경망한 자들이 떠돌아다니기를 좋아하는 것일세. 내 말을 믿고 돌아가게."

"어디로 돌아가란 말입니까?"

"왜 나를 괴롭히려나? 이렇게까지 하는데 내 뜻을 모르겠나?"

"그런 게 아닙니다."

"옛날부터 자네는 말이 많은 학생이었어. 남들은 쉽게 터득하는 삶의 지혜를 자네는 비틀어놓고 꼬이게 해서는 스스로를 불행하게 할 소질을 가지고 있었지. 아직도 그 버릇 그대로구먼. 자네가 가엾네. 그동안 어디서 무엇을 했는지 듣지 않아도 짐작이 가누먼. 자기를 죽이지도 못하고, 그렇다고 남을 죽이지도 못하는 그러한 생활을 했겠지. 여보게, 내 나쁘게는 안 할 터이니 나하고 여기서 살지 않겠나? 여기는 나하고 저기 저 검차원들하고 셋이서 조용히 살고 있네. 여긴 아무도 찾아오지 않고 또 밖으로 나가는 사람도 없다네."

"그게 웬 말입니까? 여긴 정거장이 아닙니까?"

역장은 웃었다.

"그러면 어떤가. 자넨 아직 그쯤밖엔 모를 걸세."

"그래, 이 정거장은 현재 움직이지 않고 있다는 말입니까?"

"우린 독립을 했네. 모든 선線과의 연락을 끊고, 일체 철도 고위층과의 접촉도 피하고 있네. 다시 체계에 복귀하라는 유형 무형의 권유를 받곤 있지만, 난 받아들이지 않을 생각일세. 내 동료라곤 저기 보이는 두 사람뿐인데, 그걸로 족해. 난 이 생활을 즐기고 있네. 내 부하는 두 사람 다 지난 전쟁 때 다친 병사들인데, 한 사람은 귀머거리고 또 한 사람은 장님이야. 저 키 큰 쪽이 귀머거리고 다른 쪽이 장님일세. 그런데 두 사람 다 아카시아 연구자들이어서 역을 중심한 구내하고 선로 연변에 아카시아를 심어서, 철이 되면 일대를 꽃과 향기로 상당한 경치를 이루게 하자는 것이 야망이야. 나도 그 계획에는 찬성이야. 다만 내 의견은, 저 기관차 내부를 온상으로 개조해서 신종을 재배하자는 것이 하나고, 또 하나는 선로변에만 녹화를 실시할 게 아니라 선로 안에, 그러니까 궤도 사이에 코스모스를 쭉 심었으면 좋겠다는 것인데, 부하들 말은 그것은 너무 잔학한 풍경이 될 염려가 있지 않겠는가 하는 것인데 자네 생각은 어떤가?"

독고준은 역장을 바라보면서 무어라 대답해야 좋을지 알지 못했다.

"자네는……" 하고 역장은 말을 이었다.

"……아무 염려도 할 것이 없네. 여기는 내 관할 구역 안이고 또 자네를 해칠 만한 사람도 없으니까. 어떤가, 나하고 여기서 살 마음은 없는가?"

독고준은 부지중에 뒤를 돌아보며, 재목 더미 위에서 접는 자를 들고 있던 사람들을 찾았지만 그들은 보이지 않았다. 방대한 나무의 퇴적堆積이 한낮의 후끈거리고 지겨운 열기 속에 높이 웅크리고 있을 뿐이었다. 독고준은 그 점에 관해 역장에게 물어볼 마음은 나지 않았다. 역장이 그것을 독고준이 자기 제의에 대해서 관심을 가진 증거로 오해할 염려가 있었기 때문이다. 역장은 앉지도 않고 뙤약볕 속에 선 채로 팔에 건 쇠굴레를 다른 팔에 옮기면서, 독고준을 어떻게 해서든 구슬리고 싶다는 듯이 또 이렇게 말하는 것이다.

"살아보면 여기 재미를 알게 될 거야. W로 가보았자 자네 소망은 이루어지지 못할 걸세."

독고준은 아까부터 두려운 생각이 들어 있었다. 역장은 내가 W로 가는 길이라는 것을 어떻게 알았을까? 나는 아무한테도 말하지 않았고, 또 역장은 외부와 일체 교섭을 갖고 있지 않으니 연락을 받았을 리도 없고 보면 두려운 일일 수밖에 없었다. 그러면서도 독고준은 그 자신이 조금 아까까지도 자기가 W로 가고 있다는 생각을 하지 못했고, 역 이름을 본 다음에야 그렇게 짐작하고 있을 뿐이라는 점을 미처 생각지 못했다. 그렇다고 하더라도, 그가 이곳에서 빠져나가야 한다는 것은 움직일 수 없는 일이었다. 개찰구는 굳게 잠겨 있고 사무실은 여전히 인적이 없어서 창문을 통해서 누가 내다본다거나 하는 일도 없었다. 독고준은 막연하였다. 느닷없이 일어나서 뛰어가면 역장은 쫓아올는지도 모른다. 그가 팔에 걸고 있는 쇠굴레도 그때는 어떤 몫을 할지 모르는 것이었고, 그의 부하들도 가만히 있지는 않을 것이었다. 재목 더미 위에 차 있던 자들이 갑자기 없어진 것도 수상하다면 수상한 일이었다. 땅땅땅, 하고 검차원들이 기관차를 두드리는 소리가 한적한 구내를 울린다.

"역장님"

하고 독고준은 은근하게 불렀다.

"음?"

하고 역장은 뚫어지도록 독고준을 보고 나서 무슨 까닭인지 부하들 쪽을 얼른 살폈다. 필경 곡절이 있구나 하고 독고준은 생각하였다. 역장의 말 속에서는 그럴 만한 티를 잡아내지 못했지만, 어쩌면 그들이 기관차를 점검하고 있는 것이 이상한 일일 수도 있었다. 운행할 생각이 없는 기관차를 검차하고 있다는 것은 여태껏 역장이 말한 바를 모두 뒤엎는, 일의 내막을 어지간히 숨기고 있는 것이 아니라고는 말할 수 없는 처지에 있다고 할 때, 독고준으로서는 정거장이 겉으로 내보이고 있는 한적한 분위기를 호락호락 믿을 수도 없는 일이었다.

"역장님"

하고 그는 재차 불렀다. 이때 와르르 하는 소리가 났다. 역장과 그는 놀라서 그쪽을 보았는데 쌓아올린 재목의 한귀퉁이가 무너져내린 소리였다. 역장은 분명히 당황해하는 눈치였지만 독고준이 예기했던 만큼은 심하지 않았다. 어찌 보면 독고준이나 매한가지로 반사적으로 놀랐다고도 볼 수 없는 것은 아니어서 손에 접는 자를 들고 있던 사람들과 역장 사이에 있을지도 모른다고 독고준이 의심했던 것을 뒷받침해주기에는 무력하달 수도 있었고 더욱 믿음성이 없는 것은 그의 부하들은 그동안에도 땅땅땅, 하고 전혀 거들떠볼 값어치도 없다는 듯, 작업을 계속하는 것이었다. 두 번이나 불린 채 아무 말도 듣지 못한 역장은 그런 대로 조바심이 나는 모양이어서, 임박한 열차의 도착을 기다리는 때처럼 손에 흰 장갑을

긴 팔목에 찬 시계를 연방 들여다보면서 왔다 갔다 했다. 독고준은 말했다.

"역장님의 호의는 고맙습니다만 전 여기 머무를 수 없습니다."

역장은 이 말에 낯빛이 싹 변했다.

"그러면 내가 여기서 하고 있는 사업이 마음에 안 든단 말이오?"

"그런 게 아닙니다. 저는 가야 할 길이 있습니다."

"가야 할 길?"

그는 앙천대소를 했다.

"여보게, 그 장타령 같은 소리 작작하게. 지금이 어느 땐데 그런 소리를 하나. 꾹 참고 생명이나 부지하면 그게 장한 일일세. 젊은 때는 그럴 수 있는 게고 사실 그래야지만, 자네 나이가 젊다는 것만으로는 해결이 안 되는 일이야. 알겠어? 세상은 자네 혼자 살고 있는 게 아니야. 남하고 같이 산단 말일세. 좋은 일이나 궂은 일이나 남하고 상관하게 마련이야. 안 그런가? 여기만 해도 괜찮은 곳이야. 정든 사람이 붙잡을 때는 수그러져보게. 좀 어리숙해 보게. 자넨 왜 지옥을 택하려 하나? 내 말 알겠나?"

"아닙니다. 그런 것이 아니라……"

"안대두, 안대두. 어리광도 작작하게. 지나치면 아끼는 사람도 어찌할 수 없는 지경에 빠지고 말 테니."

"그게 무슨 말입니까?"

"어느 것 말인가?"

"아끼는 사람도 어찌지 못하다니……"

서유기 83

"그 소리에 질린 모양이군."

"끝까지 아끼는 바에야 어쩔 수 없달 게 뭐 있습니까."

"딱하군. 왜 자네 생각만 하나?"

"아니 이야기가 그렇게 나온 것이 아니고, 처음에 제가 물은 뜻은……"

"뜻이고 뭐고 별 대수롭지 않은 일이야. 아무튼 여기 있게."

독고준은 덮어씌우는 투가 불쾌했다. 그는 처음으로 벤치에서 벌떡 일어나면서 말했다.

"저는 갑니다."

벤치에서 일어난 것이 뜻밖에 효과가 있었던 모양이었다. 역장은 황망히 준의 팔을 잡으면서,

"왜 이러나, 자, 말을 들어보라구. 자, 앉게 앉아"

하고 그를 도로 벤치에 앉혔다. 그리고는 무슨 생각에선지 땡땡땡, 하고 기관차를 두드리고 있는 부하들을 불렀다. 부하 두 사람은 들은 체도 안 하고 일만 하다가 몇 번 불러서야 겨우 손을 멈추고 이쪽을 향해 돌아서는 것이었다. 역장은 말 한마디에 척 움직여주지 않는 부하들이 야속할 것임에 틀림없는데도 내색을 하지 않았다. 부하 두 사람은 선로에서 올라와 가까이 왔다. 역장은 두 사람을 독고준에게 소개했다.

"두 사람 다 뜻을 같이하는 부하일세. 믿어두 좋은 사람들이야."

키 큰 사람은 역장의 입을 쳐다보고 있고, 작은 편은 머리를 기웃해서 귀를 내밀고 듣고 있다.

"지금 이분에게 우리하고 같이 일해주십사 권하고 있는 참인데, 자네들도 말 좀 해주게."

두 검차원은 좀체로 입을 열려 들지 않았다.

"자네들이 가만있으면 이분이 오해를 하시게 되지 않나?"

역장은 별반 소용이 없을 것 같은 위엄을 부리면서 부하들을 타일렀다. 그래도 부하들은 가만있었다. 독고준은 이런 자들하고 같이 있다는 것은 생각만 해도 끔찍한 일이다 싶어지면서 역장의 신세가 측은해졌다. 그런데 이러한 독고준의 심중을 뚫어보기나 한 것처럼, 역장은 독고준의 귀에다 대고 "이놈들하고 지내자니 내 속 썩는 줄 아실 만하겠소?" 하고 말하는 것이었다. 부하들은 듣지 못했지만 그렇기로서니 이렇게까지 노골적으로. 놀라면서 독고준은 어떻게 해야 할지 망설였다. 그럴 것이면 진작 그들이 없는 자리에서 그렇게 했더라면 거절하기는 매일반이라도 좀 다르게 할 수도 있었지 않은가, 하고 딱한 생각이 들었다.

"시력이 안 좋으시다죠."

이것은 독고준의 입에서 나온 말이었다. 독고준은 자기 입을 때렸다. 이 무슨 실없는 말인가. 그러나 이미 쏟아버린 물이었다. 이제껏 귀를 쭝긋 세우고 서 있던 키가 작은 편의 사나이가 머리를 절레절레 흔들더니 홱 돌아서서 가버렸다. 그것을 보고 있던 귀머거리도 그 뒤를 따라갔다. 그들은 아까처럼 기관차 앞에 나란히 서서 땅땅땅, 하고 바퀴를 두드리는 것이었다. 역장은 난처한 듯이 그들을 바라보고만 있다. 독고준은 또 한 번 재목 더미 쪽을 바라보았더니, 인적은 여전히 없는데 아까 허물어졌던 모퉁이는 말끔하게 다시 쌓아올려졌다. 역장은 아는지 모르는지 기관차만 보고 있다.

"최근에 이 정거장에서 떠난 차가 있습니까?"

이러한 독고준의 물음에 역장은 한숨을 쉬면서,

"내 말을 곧이듣지 않는군"

하였다. 독고준은 더 할 말도 없어서 역사驛舍를 바라보았다. 지붕에는 골기와를 얹었는데 잡초가 우거져서 낡은 누각이라는 느낌이다. 왕잠자리들이 떼를 지어서 날아다니는데 금빛의 투명한 날개가 반짝이면서 이동하는 모습은 한결 평화스러워 보인다. 역사 옆에는 크게 지은 온실이 있고, 햇빛이 그렇게 미치는 시각인지, 유리를 끼지 않은 것처럼 속이 말끔히 들여다보이는데 선인장만 수없이 놓여 있다. 역장의 말로는 아카시아와 코스모스를 심는다는데 그런 것은 어디에도 보이지 않고, 선로에 연해서 해바라기를 심었는데 샛노란 화판이 멀리까지 이글이글 연해 있다.

"당신은 이런 데 살면 아무 재미도 없으리라 생각할지 모르지만, 원한다면 여기서도 풍파를 겪을 수 있을 거요."

묻지도 않은 말을 역장은 불쑥 푸념 비슷이 이렇게 뱉는데, 독고준으로서는 그 말이 제 부하들을 두고 하는 말인지 아니면 다른 뜻이 있는지 궁금하였다. 다음 말을 기다려보기로 하고 가만히 있었다. 역장은 밑도 끝도 없이 그렇게만 말할 뿐 더 잇지 않는다.

"풍파를 원하는 게 아닙니다."

그래도 역장은 말없이 기관차만 바라본다. 땅땅땅, 매양 한결같은 쇳소리가 금빛의 날개를 반짝이며 날아다니는 잠자리들과, 노란 화판이 더워 보이는 해바라기들이 혀를 빼물고 서 있는 공간 속에서 울려퍼지는데, 잠자리도 해바라기도 그저 날고 여전히 헐떡일 뿐이다. 독고준은 느긋한 마음으로 이런 것들을 바라보고 있는데 역장은 벤치에 저도 앉으면서 팔에 걸었던 쇠바퀴를 발밑에 내려놓는다.

"풍파를 원치 않으면 왜 여기 있지 않겠다는 거요?"

역장이 이렇게 말하는 것으로 보아 그는 분명히 그 생각을 쭉 하고 있던 것이었다.

"그 사정을 말씀드리지 못하는 게 유감입니다만, 아무튼 저는 여기를 떠나야겠습니다."

역장은 또 한숨을 쉬었다.

"굳이 말리지는 않네마는 다시 잘 생각해보게. 저 사람들도 원래부터 저렇지는 않았어. 다 전쟁 탓이야."

부하를 두고 하는 말인 모양이었다. 준은 아까 실수한 일도 있고 해서 그들을 좋게 말해주고 싶었다.

"전 아무렇지도 않아요. 저 사람들이 맘에 들지 않아서 떠나겠다는 건 아니니까요."

"그게 사실인가?"

하고 역장은 믿을 수 없다는 듯이 독고준의 낯빛을 살핀다.

"무엇 때문에 속에 없는 말을 하겠습니까?"

사실이 그렇기도 한 것이기에 준은 힘주어 말했다. 반신반의라는 표정으로 역장은 그래도 주시하기를 그치지 않다가,

"자네, 누굴 만나보겠나?"

하고 말한다. 준은 얼핏 자를 든 사람들을 생각하면서,

"누구라뇨?"

"이리 오게."

역장은 발밑에 놓았던 쇠바퀴를 집어서 팔에 걸면서 일어섰다. 독고준은 이렇게 된 바에는 굳이 자기를 강권하는 일은 없겠고, 역장의 인품도 알 만큼은 알았으니 따라가봐도 해될 일은 없으리라고 생각하고는 따라 일어섰다.

역장과 독고준이 들어간 곳은 역장실인 모양이었다. 역장이 금테 두른 자기 모자를 벗어서 그 책상 위에 놓는 품이라든지, 상당히 낡아 보이는 안락의자에 앉을 때 허탈한 듯이 궁둥이를 떨어뜨리면서 '아이구 죽겠다' 하는 표정을 짓는 것이라든지, 이런 모든 징조는 물론 독고준에게 어떤 심증을 가질 수밖에 없도록 만든다. 그렇더라도 의심을 하려면 못 할 바는 물론 아니다. 얼마든지 할 수 있는 것이 사실이다. 역장은 독고준의 의심하는 모양의 눈치를 채고 한술 더 떠서 연극을 해 보이는 것이 아니라는 증거가 없고 보면, 실은 상당히 수상쩍은 일이었다. 독고준의 사정으로서는 아무래도 좋은 것들은 아니었다. 이럴까 저럴까 꽤 망설여보았지만 어느 하나도 들어맞지 않았다. 치익치익 푹, 하고 느릿느릿 기차가 움직이는 소리가 들려온다. 독고준은 역장이 권하는 의자에 앉아서 그 소리에 귀를 기울인다. 역장실 창문으로 내다보니 아까 그 기관차 검차원 두 사람이 여전히 뚱땅 두드리고 있고, 그 밖에 차량의 모습은 보이지 않는데 어찌 된 영문인지 알 길이 없다.

"그래, 갈 길이 바쁘시우?"

역장은 시름없이 한마디 하고는 아예 대답도 듣고 싶지 않다는 투로 심드렁하게 책상 서랍을 뒤적이는가 하면, 호주머니를 들추어 무슨 찾는 물건이 나오지 않는지 끌끌 혀를 차곤 한다. 독고준은 치익치익 푹, 하는 소리가 하도 신기해서 여념이 없었는데, 그 말에 후딱 정신이 들려고 하다가 역장의 거동이 하도 심드렁하길래 혼잣소리려니 하고 열었던 입을 그만 다물어버린다.

"아, 말이 말 같지 않소?"

역정을 내는 역장은 여전히 역정 난 사람 같지도 않게 서랍만 뒤적인다. 그러나마나 독고준은 이미 작정한 바가 있고, 안 그렇더라도 이래 보나 저래 보나 마찬가지다 하고 생각하면서 치익치익 푹 소리에만 귀를 기울인다. 역장도 보통이 아닌 사람이라 그저 책상도 뒤적이고 가끔 끌끌 혀를 차다가는 한숨을 푹 쉰다.

"도대체 어쩌겠다는 거요?"

역장은 아무래도 마음이 안 놓인다. 독고준이라야 별 할 말이 있는 것도 아니고, 속으로는 갈아서 씹어먹고 싶으면서도 혼연히 대답을 안 할 수 없다.

"내 말은 한 말입니다."

"한 말이라니?"

"한가지 말이라는 겁니다."

"당신도 답답하군. 내가 그걸 모를 것 같소?"

"어느 것 말입니까?"

"암, 내 얘기가 바로 그거요. 아시겠소? 서운하다는 게 다름이 아니라 바로 그 점이란 말이오. 쉬운 일이 아닙니다. 정작 나서고 보면 당신만 한 사람, 나만 한 사람도 없다는 사정을 우리만큼이나 서로 간에, 이를테면 흉허물 없이 툭 까놓고 아는 사이가 말이오, 어디 쉬우냐 말이오. 알겠어요?"

"그건 잘 알고 있어요."

"아니 그게 정말이오? ……내 말을 잘못 알고 그러는 게 아니오?"

"여부가 있겠어요?"

하고 독고준은 자신 있게 대답한다.

"여부가 있느냐라니? 어떻게 알고 하는 소린지 그게 궁금하단 말이오? 내 심정을 그렇게 몰라주나?"

"염려를 마시라고 몇 번이나 다짐을 드려야 합니까?"

역장은 한참이나 독고준을 노려보더니 기꺼운 표정을 지으면서 이렇게 말한다.

"안대두, 벌써부터 알고 있었어요. 자네가 하필이면 내가 근무하고 있는 이 역을 찾아올 때는 다 생각이 있었을 게 아닌가?"

"생각이라뇨?"

"좀 겸연쩍은가? 그럴 건 없을 것 같은데. 하기야 사람마다 제 나름으로 이유야 있어서 그러는 것일세."

"아까부터 그걸 여쭙고 있는 게 아니겠습니까?"

"그럴까?"

"무엇 말씀인가요?"

"무엇이라니? 그래 이토록 정성을 다해도 알아듣지 못한다면 자넨 좀 어려운 사람일세. 아무리 나라고 참고 있기만 할 수는 없지 않겠나, 안 그런가?"

독고준은 아무리 이야기를 끌어보아도 역장에게서 실토를 끄집어낼 수는 없다는 생각이 들면서, 막막해진다. 사실 처음부터 그랬던 것은 아니었다. 역장실에 따라 들어올 때만 하더라도 그에게는 가냘프지만 한 가닥 희망이 있었다. 더구나 역장을 그렇지 않은 사람으로 보았고, 한편으로는 어느 편인가 하면 그의 인품을 믿었던 것도 사실이었다. 그런 처지고 보면 이제 와서 역장이 딴소리를 하기 시작하는 것은 여간 억울한 일이 아니었다. 하기는, 역장인즉 이런 말을 꺼낸다.

"자네의 처지를 내가 모른다고 생각하면 큰 오해야. 누구보다도 잘 아는 사람의 한 사람인 것은 분명할지도 모르고 그렇다고 제일 캄캄한 사람인 것은 하나 마나 한 이야길 걸세. 설마 그 점에 대해서 오해는 없으리라고 믿네마는 노파심으로 한 번 얘기하는 것이니까 오해하지 말게. 그렇게 되고 보면 내 입장이라는 것도 짐작이 갈 만한 것이 아닌가? 아까 말했듯이 나는 지금으로서는 일체 상부와의 접촉을 끊고 이 노선을 운행하고 있네. 그러니까 당역當驛은 독립을 하고 있다고 보아도 과히 외람된 이야기는 아니야. 알겠나? 내 얘기를 신중히 듣게. 호락호락하게 넘어갈 일이 아니야. 게다가 내 부하들 문제가 있지 않나."

역장은 잠시 말을 끊고 귀를 기울인다. 땅땅땅 뚱땅, 하고 쇳소리가 여전하게 들린다. 역장은 회심會心의 웃음을 짓고야 만다.

"분명히 들리지, 저 소리? 부하들은 다 속은 있는 사람들이야. 그 사람들이 비록 몸은 불편한 사람들이지만 자존심은 여간 사람들이 아니야. 그렇다고 지금 근무하면서 그런 티를 낸다는 건 천만에 아닐세. 알겠나? 그 점에 대해서 오해를 해서는 안 되네. 지킬 일은 꼬박꼬박 지키면서도 속이 살아 있다는 말일세. 누구를 어쩌자는 것도 아니고, 그런가 하면 누구한테 어떻게 된다는 것도 결단코 참을 수 없다는 게 이를테면 문제겠지. 안 그렇겠나? 그들의 입장이 되고 보면 알고도 남을 일이지. 내가 그걸 모르면 이 자리를 여태 지키고 있었겠나. 신념을 가지고 살아온 게 바로 내 이력일세. 다 양보해도 이 신념 한 가지만은 안 되지. 신념으로 밀고 나가는 것이지. 소신껏 해보는 거야. 그놈이 그놈이구, 발 한 번 탕 구르면 쥐구멍을 찾는 놈들뿐인데, 이런 판에 못 하면 언제 한 밑천 잡아보겠는가 그 말일세. 자네 그 점에는 오해가 없을 줄 아네마는 어디 세상 일이 쉬워야지. 아주 딱 질색인 일이 한두 가지가 아니니 해골이 아프단 말이야. 언제 한 번 사람답게 살아봤다구, 국으로 잠자코 있을 일이지 감 놓아라 배 놓아라 하는 게 여간 우습지가 않지만, 저희 놈들이 그러면 내 손은 휴가 갔는가. 또 하는 수가 있단 말일세. 언제까지 이런 꼴로 살아야 할지는 모르지만 아무렴 어떤가. 내가 자네한테 느끼는 미안스러움, 이것만은 진정이야. 내 충정이란 말이야. 나는 잘 알고 있네. 자네가 어떤 사람이 되어서 어떤 모양으로 나를 다시 찾게 되는가 하는 문제가 내 여생을 좌우하게 될 줄을 나는 짐작하고 있었다는 걸세. 그때부터 나는 기다렸지. 만사를 폐하고 기다렸네. 사람과 사람이 만나는 것은 기막힌 신비란 말일세. 삼세를 돌다가 하필이면 만나니 그 아니 신기한가 말일세. 그 '사람'을 만나는 게 인생의 꽃일세.

만나면 영원히 그 그물에서 벗어나지 못하는 그 사람. 나한테는 자네가 그런 그 사람이야. 그러니까 내 심정은 그만하면 할 만큼은 털어놓았다고 하지 않겠나. 그때부터 나는 여기서 이렇게 자네를 기다리고 있었단 말일세. 이유야 없지. 까닭이야 없지. 잠깐, 그날 자네는 이 방을 썼고 나는 빌려주었지. 자네는 해멀미 때문에 약간의 안정이 필요했단 말일세. 그게 치명적이었어. 내 영혼은 멍들어버렸네. 이 소년을 위해서 나는 여생을 바치리. 나는 그때 그렇게 작정했네. 작정두 아니군. 그저 그렇게 돼버렸어. 될 수밖에 또 없었으니까, 하나 마나 한 소리지만. 이 소년을 위해서 나는 여생을 바치리. 나는 그렇게 됐어. 내가 예수쟁이 같았으면 부르심을 받았다고나 할까, 그런 사건을 만났단 말일세. 알겠나, 운명을 만나지 못한 인간은 인간이 아닐세. 그저 짐승이나 초목 같은 거지. 나는 운명을 만났네. 그게 자네였단 말일세. 그 순간에 내가 여태 품어왔던 꿈이며 야심 같은 건 티끌처럼 날아가버렸네. 티끌처럼. 나는 야심이 있었네. 적어도 도청이 있는 도시의 역을 맡고 싶다는 게 내 소원이었고, 처녀에다 맘씨 착한 여자한테 장가들어 자식도 키우구 하겠다는 게 내 소원이었네. 물론 나는 이미 장가를 들어서 큰놈이 무선 학교를 다니고 있었으니까 그건 야심이 아니라면 아닐 수도 있겠지만, 그때까지 내가 지녀오던 야심이 티끌처럼 날아가버렸다는 것만은 틀림없는 일이지. 그 점에 대해서는 한 번도 의심을 품어본 일이 없네. 너무나 분명한데 의심이 다 될 뻔이나 한 소린가? 그래서 이 역을 줄곧 지켜왔네. 자네를 기다리고 있었지. 자네가 다시 이곳을 찾게 되리라는 것을 나는 너무도 잘 알고 있었네. 내 부하들도 큰 도움이 안 됐던 것은 아니지. 모든 사람이 나를 버린 다음에도 나는 그들의 조력만은 믿을 수 있었으니까, 다행스럽다면 다행스러웠겠으나 돕는 사람이 있다고 어디 다 지조를 지켰던가? 되레 좋은 말 하는 사람을 피하고 제 걸음으로 낭떠러지를 찾아간 사람들이 얼마나 많았느냐 말이야. 하지만 나는 그런 어리석음은 한 번도 범하지 않았단 말일세. 이 점에 오해가 있어선 안 되네. 신중히 들을 일이야. 내 조수들이 자기 일을 돌보면서 속이 살아 있다는 말과 혼동을 해서는 안 되네. 그건 도리도 아니겠고, 설사 그런 일도 없을 거야. 이 역은 그들과 내가 공동으로 맡아서 보관하고 있는 것일세. 자네는 혹시나 이 철도가 외부와 통하고 있지 않나, 그 점을 염려하는 모양이지만 그건 절대 안심해도 될걸세, 알겠나. 이것만은 자네한테 틀림없이 보장할 수 있어. 기관차를 검사하고 있는 사람들을 보았을 때 직감으로 알아차리지 못했나? 안 되더라구? 못 했단 말이군? 아니 나무라는 건 아니야. 지금 나무라고 어쩌고 하고 싶은 심정이 아니야. 솔직히 말해서 그럴 경황이 조금도 없어. 자네가 결국 여기 오고 말았다는 것으로 내 삶은 보람을 얻었다는 그 한 가지로, 내 가슴은 꽉 메어 있다는 그 말일세. 나뿐만 아니야. 아까 혹시 고깝게 생각했을지는 모르겠지만, 내 부하들의 심정도 매한가질 거야. 자네가 알기 쉽게 그들이 그런 심정을 충분히 나타냈는가 하는 것은 이건 또 별문제겠지만 내가 알기로는 넉넉한 까닭이 있지. 전부터 말일세. 전부터 그랬다니깐? 하루이틀 지낸 사이가 아니니까 상당히 근거 있는 말이라고 생각해도 과히 틀린 일은 아니야. 아까, 그러니까 자네가 오기 전만 해도 그런 심정을 은근하게 비치더구먼. 자기들로서는 아무 유감도 없노라고. 그 사람들이 그렇게 말하는 심정을 전혀 이해 못 하는 건 아니지만, 실은 좀 놀랐다고 할까, 내 심정이 복잡했네. 자네도 벌써 짐작했겠지만 이 역이 지금 처해 있는 사정은 결코 만만한 것이 아니란 말이야. 사람마다 말로는 쉬워도 행하기는 여간 어려운 일이 아닌데, 그 사람들은 끄떡없이 이날 이때까지 한 마음이었으니, 내가 이런 말을 한대서 별로 심한 일은 아닐 거야. 어차피 자네도 동의할 걸세마는, 백 번 말해도 이야긴즉슨 매한가진데 어쩌자구 자꾸 모로만 달아나는지 모를 일이거든. 차차 자네 심중을 알아보고 나도 정하자고 마음은 먹고 있네만 어디 수월하게 되어야 말이지. 내 말만 내 말이라고 우기는 것은 아닐세. 어디까지나 털어놓을 것은 털어놓고 피차간에 뒤가 깨끗하도록 해야지, 그게 될 뻔이나 한 소린가?"

역장이 이렇게 말하고 있는데 문밖에서 기척이 난다. 역장은 아까처럼 이야기를 멈추고 유심히 동정을 살피는 눈치더니, 이럭저럭 몇 분은 족히 지났겠다 싶어서 대꾸를 하는 것이다.

"누가 왔나?"

밖에서는 아무 말이 없다. 독고준은 대강 짐작이 갔지만 남의 안 사정에 간섭을 하는 것도 뭣한 일이고 해서 잠자코 있는 것이 상책일 테지 싶었지만 꼭 자신이 있는 것도 아니었다. 그러나저러나 하회를 기다리는 것도 나쁠 리는 없어서 역장의 눈치만 살피는데, 역장이라는 사람이 그 사람이 그 사람인지라 그럭저럭 넘겨버릴 심산은 아닌지 궁금한 일이었다. 그래도 전혀 관심이 없다는 속을 보일 수도 없고 행여나 하는 마음도 없지는 않은 모양인지, 밭은기침을 몇 번 하더니 정 못 참겠는지 이렇게 말한다.
"게 누가 왔나?"
그래도 저편에서는 감감무소식이다. 이렇게 된 바에는 역장의 인품도 알았고 게다가 이편의 태도도 밝힐 만큼은 밝혔으니 강청한다든가 그런 사태는 최악의 경우에도 쉽사리 일어나지 않을 것은 당연한 이치였기 때문에, 독고준은 줄곧 입을 봉하고 있었다. 땅땅땅 뚱땅 하는 소리는 어느새 멎어 있었다. 그것도 짐작과 맞는 일이고 해서 독고준은 조금 안심이 된다. 그런 것쯤 안심이 돼 봐야 이 판국에 무엇이 어떻게 되지도 않으련만 은근히 그 한 가지를 연해 곱씹게 된다. 그러는데 문이 드윽 열리며 두 사람의 검차원이 들어선다. 더 들어올 생각은 안 하고, 뒷손으로 문을 닫은 자리에 서서 동정만 살피는 눈치다. 독고준은 역장의 처지가 난감할 것이라 여겨졌기 때문에, 워낙 그런 데는 대가 모질지 못한 탓도 있고 해서 역장을 바로 보지 못한다. 가슴은 솜방망이질하고 다리는 후들후들 떨린다. 아무 기척도 없다. 치익치익 푹, 기차가 느릿느릿 움직인다. 그거 참 이상하다. 저 소리. 빈 차가 움직일 리도 없고 눈에 띄지도 않는데, 여기 앉아서 들으니 분명히 움직이는 차량이 있으니 이 일은 어찌 된 일인가. 검차원들도 말이 없고 역장도 말이 없다. 눈치가 서로 할 말은 있는데 미적미적하면서 입이 떨어지지 않는 게 분명하다. 대강 짐작은 한다손 치더라도 한치 사람 속인데 괜히 망신만 당하는 것도 이롭지는 못한 일이고 보면, 딱하기는 하되 별도리가 없다. 이게 독고준의 판단이다. 누가 지치든 지치기는 할 터인즉 기다리는 도리밖에는 없다. 그러는 사이에도 여전히 웬 차량인지 느릿느릿 오락가락한다. 달그락 소리도 없다. 그러기를 아마 꽤 오래 하다가 검차원 하나가 슬그머니 역장 앞으로 다가가더니 귓속말을 한다. 역장은 남이 보는 앞에서 부하가 이렇게 나오리라는 짐작은 없었던지, 독고준에게 몹시 어색한 낯을 일부러 지어 보이느라 애는 쓰면서도 이야기는 주의해서 듣고 있는 모양이다. 가끔 고개를 끄덕인다. 손을 크게 내두르면서 천만에, 하기도 한다. 그럴 때마다 검차원은 강조를 하기 위해서 고갯짓을 하는데, 꼭 역장의 귀를 물어제치려고 하는 것처럼 보인다. 그러면 역장은 그걸 피하는 사람처럼 귀를 물리는데, 검차원은 여간 끈덕진 것이 아니어서 끝내 놓아주지 않는다. 좀체로 이야기가 끝나지 않는다. 문간에서 기다리는 검차원은 역장을 뚫어지게 바라볼 뿐 그 자리를 움직이지 않는다. 독고준은 자리를 빠져나가려고 생각지 않은 것은 아니지만, 문간에 선 검차원이 가만히 보고만 있을 리 없을 것 같아서 엄을 내지 못하고 있었다.

역장을 설복시키려던 검차원은 문득 독고준을 건너다보더니, 다음에는 문간으로 걸어가서 동료에게 귓속말을 한다. 동료는 마음이 내키지 않는 모양이어서 몇 번이나 사양하다가 정 피하지 못하게 됐는지 마지못해 하는 품이 역력한 걸음걸이로 역장에게 가더니, 아까 그자가 하던 대로 또 귓속말을 한다. 어찌 보면 아까보다는 훨씬 머뭇거리는 태도 같지만 그래도 할 말은 하고 있는 모양인지, 역장의 표정은 조금도 누그러져 보이지 않는다. 왜 그런지 그들 두 사람의 검차원은 독고준에게 불리한 이야기를 역장에게 간청하고 있는데, 역장이 종내 허락하지 않고 있는 것이라는 의심을 독고준으로서는 누를 길이 없다. 그들의 귓속말은 한 마디도 들리지 않지만 독고준은 그렇게 생각하는 길밖에는 없다. 그렇다고 해서 지금 자기가 끼어들면 일이 점점 어려워질 터이고 거기 따라서 두 검차원이 어떤 뜻밖의 행동으로 나올지 예측할 수 없는 일이기 때문에 조바심이 나는 대로 참고 견디는 한 길밖에는 없다, 하는 것이 독고준의 생각이다. 역장은 번쩍 고개를 들더니 독고준을 향해서 이렇게 말한다.

"누누이 말했듯이 난 자네를 기다리고 있었네. 내가 여기서 보낸 지난날이 모두 이 순간을 위해서 있었단 말일세. 그러니 자네도 각오를 해줘야 하겠네. 자네 사정을 모르는 바가 아니야. 그러나 나는 차치하고라도 내 부하들 심정도 이해는 해줘야 할 걸세. 다 운명이고 팔자라는 게 있지 않나. 어렵겠지만 그렇게 체념하는 것이 이렇게 되고 보면 그나마 위로가 될 걸세. 지금의 내 심정 같아서는 꼭 그러고 싶어서 그러는 것은 아니지만, 피할 수 없이 그리 되도록 돼 있어. 그러니까 아무도 힘이 될 수 없어. 자네가 소리를 질러봐도 아무도 올 사람이 없고 와도 어쩌지는 못할 거야. 거듭 말하는 것이지만 나는 오래전부터 이 자리에서 자네를 기다리고 있었네. 자네가 내 손에 떨어지리라는 걸 알고 있었지. 함정을 파놓고 애타게 기다렸단 말이세. 이 사람들을 무리하다고 생각지 말게. 다 한 많은 사람들이야. 자네는 자기 생각만 하는 데 익숙한 사람이지만 남은 남대로 사정이 있는 게야. 그 때문에 세상이 얽히는 것이지. 그 자리를 움직이지 말게. 마지막까지라도 좋은 말로 하고 싶구먼. 자네도 자네대로 무슨 원이 있겠지만 어차피 한가지야. 제 한을 푸는 것이나 남의 한에 풀려지거나 매한가지야. 살신성인殺身成人이라고 하지 않나. 그를 두고 한 말일세. 이렇게 된 바에는 딴 도리는 없고 자네가 조용히 받을 것을 받아주는 일밖에는 없겠어. 내 본뜻이 그렇고 정해진 길이 또한 그렇구먼. 자네도 알 만한 나이니까 알아야 하겠지만, 거미!"

독고준은 뛰어 일어나면서 자기 목덜미에 푹 떨어져서 붙어 있는 흐물흐물한 것을 떨어냈다. 그것은 마늘쪽만 한 검푸른 거미였다. 거미는 문간으로 기어가서 검차원의 발언저리까지 이르렀다. 검차원이 발을 들어서 꽉 밟는다. 마늘쪽만 한 구토嘔吐가 검차원의 발밑에서 터지는 것을 독고준의 목젖이 느꼈다.

"그러니까……"

하고 역장이 말을 잇는다.

"자네는 우리가 기다리던 그 사람이야. 우리는 자네를 기다리고 있었네. 자네를 만나야 우리는 옳은 귀신이 될 수 있단 말일세. 땅땅땅 뚱땅, 두드리면서 저 사람들은 저 뙤약볕에서 기다리고, 나는 나대로 여기 앉아서 저 창밖으로 자네 오기만 기다렸네. 모월 모시에 이 역을 한 귀한 사람이 지날 것이라고 되어 있어. 그게 자네야. 나는 처음부터 알고 있었지. 자네가 가벼운 해멀미로 내 방에서 잠깐 쉬었을 때부터 말일세. 그러나 그때는 때가 아니었어. 자네는 더 자랐어야 했지. 나와 내 부하들의 업業을 건지려면 자네는 세상에 나가서 더러워지고, 슬픔으로 살찌고, 외로움으로 뼈가 굶어야 했거든. 그 숱한 세월을 굶주리면서 우리는 여기서 기다렸지. 언젠가 그날을 위해서. 굶주리면서 기다렸지, 이날을 위해서. 우리들에게로 오게, 자네를 구해줌세. 우리들에게로 오게. 우리를 구해주게. 사랑하는 것일세, 자네를 말이야. 이상한가? 뒤로 물러나지 말게. 자네는 갈 데 없네. 자네는 우리들의 사랑 속에 있네. 어떻게 기다린 자네라고 우리가 놓칠 성싶은가? 안 그런가? 왜 자꾸 뒷걸음질치나? 뒤는 벽이야. 벽 속으로 잦아들 셈인가? 한 마리의 꿀벌이 되어 저 문틈으로 날아갈 셈인가? 마지막까지 좋은 말로 하고 싶어. 우리들의 한을 풀어주게. 우리를 이 지옥에서 구해주게. 설마 거절하지는 않을 테지. 응? 자네를 이토록 애타게 기다린 우리를 몰라보지는 않을 테지. 자네가 모른다고 하면 우리는 영영 좋은 곳으로 못 갈 자들이야. 자네한테 달렸네. 이 갈증을 풀어주게. 이 해묵은 갈증을 말일세. 이만하면 알겠지. 이만하면 우리가 누군지 알겠지. 우리가 자네를 얼마나 사랑했는지 알겠지? 자네 없이는 우리가 죽는다는 걸 알 만하지. 자네가 필요해, 우리가 살자면. 우리는 그러면 좋은 곳으로 가는 거야, 풀려서. 우리를 풀어주게. 그 자리에 가만히 서 있게. 인제 알았지. 내가 무얼 원하는지 인제 똑똑한 자네니까 알았을 테지. 자, 이리 오게."

역장이 벌떡 일어서는 것을 보니 어느새 그의 낯빛은 검푸르고 입에서는 실오리 같은 피가 흐르는데 날카로운 덧니가 입술 밖으로 내밀렸다. 두 부하들을 돌아보고 독고준은 놀란다. 그들도 변모하고 있었던 것이다. 역장은 쇠굴레를 꼬나잡고 한 발 한 발 다가선다. 그때였다. 유리창이 가늘게 떨리면서 은은한 소리가 들려왔다. 멀리서 가까워지고 있는 폭음이다. 수많은 비행기들이 떼를 지어 어느 하늘을 날아오는 소리다. 부드럽고 그러나 단호하게 무쇠의 근육을 진동시키면서 그들은 날아오고 있었다. 강철의 새들이. 그 소리를 듣자 역장과 그의 부하들은 어쩔 줄 몰라 하면서 귀를 막는다. 그러는 틈에 그는 역장실을 빠져나왔다. 아까 그가 앉아 있던 자리에는 쇠굴레를 팔에 낀 역장이 앉아서 담배를 피우고 있다가 독고준을 보자 놀란다.

"아니 아무 일도 없었소?"

그렇게 묻는 것을 보니 역장은 사정을 알고 있는 것이 분명하였다. 그러나 한 번 혼이 난 뒤끝인지라 독고준은 쉽사리 실토를 해서는 안 되겠다고 생각했기 때문에 그저 웃기만 했다. 역장은 고지식하게도 독고준의 입에서 무슨 말이 나오기를 바라는 모양인지 줄곧 궁금한 빛을 감추지를 않는다. 그러나, 지금에서 갑자기 태도를 바꾸는 것도 상당히 위험스러운 일이었기 때문에 함부로 입을 열 수 없는 것이 독고준의 처지였다. 두 사람의 검차원은 여전히 땅땅땅 뚱땅, 기관차 바퀴를 두드리고 있는데 조금도 일을 서두르는 품이 보이지 않는다. 결판은 나야겠는데 하고 독고준은 생각한다. 아무튼 이건 참을 수 없다. 구청에서 만난 사람이라든지 헌병이라든지 또는 역장의 행동으로 보아서, 독고준이 어디론지 여행을 할 모양인 것은 분명하였으나 어디로 가야 할지를 독고준 자신으로도 알 수 없었다. 다만 그 여름으로, 그 여름 속으로 가야 한다는 것만은 두말할 여지가 없었으나 그것은 두말의 여지가 없도록 막연한 일이기도 하였다. 이러나저러나 이것은 더 참을 수 없는 일이었다. 여기서는 떠나야 하고 아무튼 출발해야 한다는 것은 확실했다. 그래서 독고준은 결국 이렇게 말했다.

"그래 여기서 떠나는 차가 정말 없다는 말씀인가요?"

역장은 대답 대신에 한숨을 쉬고 개찰구 쪽을 바라본다. 개찰구는 닫혀 있고, 시멘트 바닥에서 코스모스 비슷한, 줄기가 가냘픈 풀이 돋아나 있다. 시멘트 바닥에 틈이 있는 모양이다. 바람에 하늘하늘하다.

"있긴 있소마는……"

역장은 마지못해(그동안 독고준은 상당히 독살스럽게 역장을 바라보기를 그치지 않았으니까 무리는 아니다) 입을 열다가 또 머뭇거린다. 독고준은 달리 어떻게 하는 도리도 없고 해서 여전히 역장의 입만 쳐다본다. 역장은 또 한숨을 쉬더니 단념을 한 모양인지 이렇게 말한다.

"없는 것은 아니지만……"

"있다는 말씀이군요."

더 어물거릴 틈을 주지 않으려고 독고준은 딱 잘라서 말했다. 아니나 다를까 역장은 그것도 아니었다.

"아니, 꼭 있다는 건 아니오."

이렇게 말하는 것이 아닌가. 이에 이르러서는 참는 데도 분수가 있지 이럴 수 있을까 하는 것이 솔직한 마음이었지만, 사건의 전모를 안다고만 할 수 없는 처지에 조그마한 일로 꼬리를 잡힌다거나 나중에 더 단단히 할 수 있는 말을 발목을 잡혀서 보류해야만 하는 그런 염려도 전혀 없는 것이 아니었기 때문에, 독고준은 이렇게 말했다.

"없다는 겁니까?"

"하아……"

역장은 난처한 모양인지 낯이 우그러들면서 팔에 건 쇠굴레로 의자를 탁탁 친다. 꿀에 신경질은 있는 모양이다. 그렇다고 똥 싸고 화내는 계제가 번연한데 무안을 줄 수도 없고, 그렇게까지 사정을 헤아려주고 있는 것을 아는지 모르는지, 아마 모르기가 십중팔구일 것을 생각하면 슬며시 통쾌해진다.

"없다, 있다, 이렇게 말할 수 없는 게 지금으로서는 솔직한 고백이오. 내 말에는 에누리가 없는 것으로 들어주시오. 그럴 필요도 없고, 내가 일구월심으로 원하는 바가 있다면 모든 여객이 비교적 공평한 대우를 받게 돼야 할 것이라는 그 점인데, 우리는 아직도 그 점에 대해서 약간 오해가 있는 것 같아요. 아시겠소?"

독고준은 그 말에 조금 염치가 없는 것 같기는 했지만, 그래도 한마디로 쏘아붙인다거나 하는 그런 치기를 부리고 싶지도 않았기 때문에 가만히 듣고만 있었다. 그래서 그런지 역장은 상당히 기운을 얻었다는 눈치로 독고준을 힘있게 격려한다는 그러한 투로 바라보면서 이렇게 말하는 것이었다.

"나도 말하자면 조금두 그럴 만한 정보를 가지고 있는 것은 아니지만, 그렇다고 백보를 양보한다 치고 직책상으로 치러야 할 일까지 피해서는 안 되지 않겠어요? 한편 미안하면서도 마음을 독하게 먹는 게 바로 그 때문이오. 모든 사람이 저마다 확실한 정보를 가지고 일한다면 그 이상 바람직한 일은 없겠지만, 어차피 그렇지 못할 바엔 자기 앞에 온 소임을 최선을 다해서 해낸다는 그 한 가지밖에는 없어서, 우리는 그 틈바구니에서 헤매게 되지요. 헤맨다는 말이 꼭 어울리는 말투는 아니지만, 그런 것은 이해하기 나름이니 그다지 걱정은 하지 않겠어요. 중요한 것은 확신은 없지만 신념을 가지고 일해야 한다는 그 점입니다. 실상 이 문제에 일도양단一刀兩斷격인 해결이 없는 것은 알 만한 사람은 다들 알고 있다고 봐요. 슬픈 일이죠. 이런 슬픈 일을 알려고 만권서萬卷書를 읽고 사람을 찾아다니고 한다는 걸 생각하면 눈앞이 캄캄해지는 게 보통이지만 별도리 없는 게 아니겠어요. 이치를 사랑하는 사람이 따로 있다는 게 제 신념입니다. 우리 같은 사람이지요. 발원發願하는 사람들이란 지옥을 택한 사람들이라는 걸 진작 알았더라면 나는 어떻게 했을까고 가끔 생각해보는데, 그래도 마찬가지였을 거다, 하는 게 늘 결말이 되는군요. 난 당신을 비난하고 있는 게 결코 아니에요. 당신이 가여워서 그러는 것이지만 딴생각은 전혀 없어요. 이런 자리에 있으면서 나 자신도 철도의 운영 전반에 걸쳐서 확실한 것을 알고 있지 못하다는 것은 정말 안 될 말이지만, 누누이 얘기하다시피 한두 사람의 힘으로서는 어찌할 수 없는 일이 아니겠소?"

역장이 이렇게 말하는데, 나는 아무래도 이 사람의 도움을 얻어서 빠져나가는 길밖에 없다고 생각하면서 독고준은 될수록 그의 기분을 상하지 않고 해결하는 길을 궁리해보는 것이지만 그게 그리 쉽사리 될 이치가 없다. 어느 편으로 보든지 (가령 역장의 사람됨이라든지, 그의 자리로 치든지) 일은 상당히 얽혀 있는 게 사실인데, 한 가지 분명한 것은 역장은 독고준에게 꽤 성심껏 하느라 한다는 사실과, 그가 할 수 있는 도움이 그런 그의 마음에 비하면 별 도리가 없는 것이라는 점 — 이런 것이 눈치로 보아 알 수 있는 일이었다. 다른 장소로 옮기는 길이 없는 터에, 안 그래도 의지할 것은 역장밖에는 없었을 것이라고 생각하면 지금 처지가 반드시 꽉 막혔다고는 보기 어려웠다. 자칫 잘못하면 돌이킬 수 없는 지경에 빠지게 될 염려는 있었으나 당장에 어떤 위험이 있을 것 같지는 않고, 전혀 지리를 알지 못하기 때문에 덮어놓고 아무 데로나 내디딜 수도 없는 일이었다. 독고준은 헌병에게 붙들려서 논개의 방에 안내된 일의 앞뒤를 더듬어서 자기가 지금 여기 있게 된 경위를 알아내려고 애써보았으나 생각이 잘 나지 않았다. 다만 여름 속으로 가야 한다는 것은 잘 알고 있었으나 그것을 입 밖에 낼 수 없다는 것과, 또 지금으로서는 그렇게 하고 싶지도 않았기 때문에 무엇이 어떻게 된 일인지 분간할 수 없는 일이다.

"정, 가야 할 사람이라면 가야 옳지 않겠소?"

독고준은 반색을 하며 오히려 일을 그르칠까 두려워서 대꾸는 안 했으나 속으로는 여간 조마조마한 것이 아니어서, 행여나 역장이 또 변덕을 부리면 어떻게 하나, 그것만 걱정이었다. 그러나 역장은 단단히 마음에 정한 바가 있어서 그런 말을 하는 모양이었다.

"내 힘껏 알선해드리겠습니다. 저기 저쪽에서 곧 열차가 나올 터이니 여기서 기다리고 있읍시다."

역장은 드높은 재목 더미 쪽을 가리키면서 독고준을 안심시킨다. 역시 그 재목이 쌓여 있는 방향에 꿍꿍이가 있었구나 싶어서 독고준은 눈시울이 뜨거워졌다. 그것은 아무튼 어떤 감회라고 할 만한 일이었다. 그들은 서로 말없이 쳐다보았다. 역장의 눈동자 속에 어려 있는 만단 사연을 일부러 알아보지 못한 체하는 것이 그나마 독고준의 마지막 양심이었다. 모질어야 산다, 악해야 산다, 하고 자신에게 타이른다. 다시 기약은 없으나 도처유청산到處有靑山이라 하지 않는가. 이것이 마지막이라고만 할 수는 없을지도 모른다. 이런 식으로 독고준은 기실 스스로를 안심시키기에 알맞은 데로 마음을 돌리려고 무진 애를 쓰고 있었다. 역장은 그저 덤덤했다. 그의 빛이 바랜 제복처럼 그의 표정도 원래 모습을 알아보기는 힘들었다. 이윽고 그 말대로 저쪽 재목을 쌓아놓은 언저리에서 기관차가 모습을 드러내더니 객차를 이끌고 가까이 온다. 열차는 그들의 앞을 지나서 두 사람이 앉아 있는 곳이 열차의 중간쯤 되었을 때 멎었다. 객차의 수는 아마 30여 개 잘 되었다. 역장이 일어섰다.

"자!"

그는 독고준의 어깨에 손을 얹는다거나 악수를 청한다거나 하는 일도 없이, 가장 서운한 사람을 독한 마음먹고 떠나보낼 때 우리가 흔히 짓게 되는 저 담담한 낯빛을 지으면서 어서 오르기를 권한다. 독고준은 마음 같아서는 한바탕 넋두리라도 했으면 후련할 것 같았지만 사정이 사정이었기 때문에 그럴 수가 없었다. 다만 고즈넉이 눈으로 인사하고 차에 올랐다. 그가 들어간 칸은 텅 비어 있었다. 그는 잠시 망설이다가 그렇게 하는 것이 옳을 성싶어서 역장을 볼 수 있는 쪽에 자리를 정하고 그를 내다보았다. 그는 그 자리에 있지 않았다. 훨씬 나가서 기관차 가까이에 서서 팔뚝시계를 들여다보고 서 있다. 갑자기 쿵 하고 차가 울리면서 떠난다. 기적도 없었다. 차장은 꼿꼿이 서서 군대식 경례를 하고 있다. 그 앞을 지날 때 독고준은 고개를 깊이 숙였다. 무어라 말할 수 없다. 그래서 더욱 고개를 깊이 숙였다. 역장의 모습이 점점 멀어져간다. 보이지 않을 때까지 그쪽을 지켜본다. 아득히 사라져버린다. 혼자다. 막막한 외로움이 가슴을 조인다. 밖에 흘러가는 허허벌판에는 인가도 없다. 그저 허허한 벌판을 기차는 달려간다. 독고준은 소망을 이룬 사람이 느끼는 허전함을 맛보는 자신을 깨닫는다. 앉아 있는 자리가 편하지 않다. 마침 손님은 자기 혼자여서 보는 사람도 없어 편해야 할 터인데도 그는 편하지 못했다. 무엇인가를 잃어버린, 제일 소중한 것을 두고 길을 떠나온 사람처럼 이 여행이 손에 잡히지 않는 것이었다. 그는 의자에 머리를 기대고 눈을 감는다. 고달프다. 허망하다. 만일 신념이라는 것이 있었다면 그것은 분명히 모든 것은 허망하다는 신념이었을 것이라는 생각이 드는 그런 기분이다. 기차는 그의 머리에 무쇠의 바퀴답지 않은 가벼운 울림을 옮겨준다. 단단하면서도 부드러운 그 가락이 그지없이 포근하다. 그는 이대로 잠들고 싶다고 생각한다. 창으로 시원스런 바람이 달려들어와서 감은 그의 눈까풀 위를 스치고 넘어간다.

  잠이 들었던가? 눈을 뜨면서 얼핏 그렇게 생각한다. 단잠을 자고 난 뒤끝처럼 몸이 풀린 기분이 있어서 그런가 싶지만 사실은 알 도리가 없다. 그는 시계를 가지고 있지 않다. 그리고 차 안에는 여전히 그 혼자였다. 그러나 이런 생각은 얼핏 머리에 떠올랐을 뿐이지 오래 머무르지는 않았다. 그는 머리는 등받침에 기댄 채 창밖을 물끄러미 내다본다. 작은 야산이 군데군데 널려 있는 넓은 벌판이다. 철로 가까이서부터 가없는 저쪽까지 그대로 잡초가 높이 자라 있어 사람이 다닌 흔적이 보이지 않는다. 그러나 언젠가는 철로를 따라오는 길과 마주칠 것이다. 그리고 국도는 기차를 따라서 자꾸 쫓아올 것이다. 독고준은 그런 생각을 한다. 그러자 그의 마음은 한 가지 중심을 가지게 된다. 그는 국도를 기다린다. 어느 산모퉁이에서 불쑥 튀어나오는 국도를. 좀체로 나타나지는 않는다. 기차는 웬일인지 기적 한마디 없고 쉬임 없이 달려가는데 아무리 달려도 길은 나타나지 않는다. 연변에 의당 있어야 할 인가도 나타나지 않는다. 야산과 벌판뿐이다. 강도 없다. 따라서 아직 한 번도 철교를 건너지 않았다. 좀 이상한 일이라고 독고준은 생각한다. 이만하면 인가도 몇 번 보임 직하고 강물도 한두 군데 있을 만한 일인데 가도가도 벌판과 야산뿐이다. 벌판의 저쪽으로 커다란 뭉게구름이 우쭐우쭐 솟아 있다. 야산에는 드문드문 나무가 서 있는데 한결같이 불에 타서 숯기둥처럼 보인다. 그것들도 햇빛을 되비쳐서 번쩍번쩍 빛나고 있었다. 아까부터 산등성이에 무엇인가 빛나는 물건이 있다고 생각해왔는데 그것들이었던 것이다. 그렇다 하더라도, 아마 산불이 나서 저렇게 되었을 텐데 가도가도 풍경은 같은 것이었다. 이렇게 넓은 지역이 불에 탔다면 굉장한 불이었을 텐데 그런 소문을 듣지 못하고 있었던 것을 생각하고 이상스러운 생각이 든다. 하얀 구름과 숯기둥이 겹치면 한결 흑과 백이 선명하게 드러난다. 독고준은 원하던 기차를 타기는 했으나 이렇게 되고 보면 또 걱정이 앞선다. 기차는 어디로 가고 있는 것인지, 다른 차량에는 사람들이 타고 있는지, 아무것도 몰랐기 때문이다. 다른 사람들이 타고 있는지 어쩐지는 가보면 쉽게 알 수 있는 일이었으나, 어쩐지 그렇게 하는 것이 두려웠다. 그래서 지금 작정으로는, 이대로 실려가보다가 어느 역에 차가 서게 되면 여러 가지 사실이 자연히 판명될 것이니, 그때 가서 궁리를 해도 늦지 않다는 것이었다. 제일 불안한 일은 헌병이 순순히 그를 놓아준 일이었는데 지금 생각하면 그게 몹시 꺼림칙했다. 그때 사정만 해도 헌병이 억지로 붙잡으려면 못 잡을 것도 아닌데 그렇게 하지 않은 이면에는 무슨 계책이 있을 것임이 분명하다는 생각이 들어 걱정이 되는 것이었다. 그때 비익, 하고 라디오의 잡음이 들리기 시작했다. 열차 앞에 라디오가 있는 모양이다. 그러자 방송이 뚜렷이 들려왔다.

"상해정부는 민족의 이름으로 정통正統을 주장합니다. 이것은 신성하고도 당연한 권리입니다. 회고컨대 그 당시에 우리는 행복한 시대를 살고 있었습니다. 민족이 노예의 사슬 밑에 신음하고 있을 때 그와 같은 행복을 누렸다는 것은 확실히 비극적인 일임에 틀림없었으나 그것이 시적인 진실임에도 또한 틀림없었습니다. 우리는 적을 가지고 있었습니다. 암살할 대상을 가지고 있었습니다. 우리가 걸어야 할 길은 분명했습니다. 인간은 밥만 먹고는 못 산다는 것이 진리라는 것을 우리는 알고 있습니다. 동지 여러분, 지금은 초야에 묻혀서 실의의 나날을 보내고 있는 옛 동지들, 본인은 이 방송을 보내면서 비분의 눈물을 금할 길 없습니다. 해방된 조국의 천하는 국제 정세의 해괴망측한 변덕과 장개석 총통의 영향력 상실로 말미암아 인간으로서 아무 쓸모없는 배신자들과 적의 치하에서 유유낙낙하던 소인배들의 손아귀에 떨어지고 말았습니다. 민족보다 이데올로기를 주장하는 강대국에 아부하여 그들의 어리석은 심부름꾼 노릇을 함으로써 자신들의 호구지책과 치부에 여념이 없는 무리들은 오늘날 조국을 두 토막으로 내어 쑥밭을 만들어놓고 말았습니다. 무릇 국가는 밥만 먹고 사는 것이 아닙니다. 국가의 기초는 도덕적 세력입니다. 여기에 동물들의 밀림과 사람의 국가가 틀리는 대목이 있는 것입니다. 국가의 기초는 항상 자기의 이익을 타인의 이익을 위한 희생으로 바칠 줄을 알았던 사람들이 지키는 것이며, 인간적인 약점에서라 할지라도 이 같은 지조를 관철하지 못한 사람이나 계급에 대해서는 가차 없는 벌을 가하는 것으로써만 지켜지는 것이거늘, 해방된 조국에서는 이 원칙이 전혀 거꾸로 되었던 것입니다. 국가는 밀가루와 대포만으로 건전한 것은 아닙니다. 그것은 도덕을 필요로 합니다. 이 사회에서 도덕은 자취를 감춘 지 오랩니다. 그것은 우리가 치러야 할 것을 치르지 않았기 때문입니다. 은인자중하던 상해정부는 이에 사생결단의 피비린내 나는 결전을 벌이기로 결정하였습니다. 친애하는 동지 여러분, 류머티즘에 비틀어진 우리들의 발목재기를 채찍질하고 만주 벌판의 누런 먼지에 골병이 든 눈깔들을 다시금 부릅뜨고 거사의 시간을 기다립시다. 다행히 고물상이나 엿장수들에게 손자놈의 성화에 못 이겨 헐값으로 팔아넘기지 않은 동지들은 육혈포六穴砲를 언제든지 사용이 가능하도록 손질하십시오. 당신들의 후들거리는 동맥경화증으로 (대부분 걸렸으리라고 짐작됩니다만) 굳어진 손으로 적들의 가슴 한복판을 겨누어 방아쇠를 당겨야 할 순간이 시시각각으로 다가오고 있습니다. 또다시 모든 인연의 사슬을 끊으십시오. 결국 우리들은 시인·풍류남아·전위파였습니다. 교수대와 고문실 속에서만 우리들의 인성仁性은 꽃피었던 것입니다. 해방 직후 우리들은 수전노와 모리배와 고등계 한국인 첩자 놈들에게 당하고 말았던 것입니다. 어느 세월에 수판을 배웠겠으며 어느 여가에 『보통고시 필승』을 읽을 틈이 있었겠습니까? 그러나 조국은 또다시 우리들의 육혈포와 수류탄을 부르고 있습니다. 이것은 우리들의 장기입니다. 하얼빈 역두의 바람이여, 홍구공원의 아비규환이여, 서울역두의 놀람이여. 아이쿠!여. 배운 도적질은 하나밖에 없으니 아하 팔뚝은 쑤셔라, 가슴은 뛰어라. 동지 여러분, 거사를 위한 전반적인 조직은 본인의 휘하에 각료로써 구성된 내각 간담회에서 작성되었으며 동원 가능한 모든 역량을 투입하여 성사시키도록 하였습니다. 동지 여러분은 현재 잠복하고 있는 장소에서 지령을 기다리십시오. 숱한 동지들의 영혼이 우리를 부릅니다. 아아 더럽고 치사한 이 땅, 그러나 내 팔자인 이 겨레, 수많은 선인들이 지켜온 이 땅을 우리 대에서 망쳐서야 될 말입니까. 사람이 사람답게 살기 위하여, 사람이 사람답게 사는 것을 사람의 사람다움이라고 생각하는 사람들이 그 사회의 은연한 감사역監査役을 맡고, 도둑괭이와 쥐새끼들이 있어도 기껏 눈치를 보면서 부스러기나 주워먹는 그러한 사회를 우리는 얼마나 목마르게 원했던가. 아아 미치겠어라. 정녕 이 마음 미치겠어라. (— '각하, 동지들의 사기에 관계됩니다' 하는 소리 들림) 말보다 살진 쥐새끼들이 사람을 쫓아내고 배를 두드리는 이 백귀야행하는 형상에 미치겠어라. 불길을 돋우십시오. 준비하십시오. 사생결단하는 그날을 준비하십시오. 우리는 이겼거늘, 내 겨레의 피를 아꼈거늘, 피 없이 정의를 세우기를 원했거늘, 허사였어라. 피 없이 옳음을 지키기는 어려워라. 그러면 저 원수들의 피처럼 내 겨레의 피를 원할 것인가. 원할 것인가. 유구한 천 년을 위해 이 순간을 부술 것인가. 도시의 저 하수도에 콸콸콸 피가 흘러가게 할 것인가. 이 마음 괴로워라. 나의 관절이 바스러지는 것을 능히 참았거늘 저 악독한 배신자들의 일가 권속이 거리에 방황할 일이 그리도 마음에 걸린단 말인가. 이리를 아껴서 양들을 잡아 먹이자는 말인가. 아니다. 이리들은 어찌 된 일인고. 양의 새끼를 낳았으니. 이 나쁜 순환을 끊자고? 누군가 죽어야 한다고? 피할 수 없는 도살屠殺이라고? 그것을 할 수 있는 손은 하나밖에 없다고? 시간이 지날수록 머쓱해진다고? 그러면 저 원수들의 통치하에서 사람들이 머쓱하게 살고 만 그 꼴이 된다고? 생각하자. 생각해 보자. 도와주시오. 동지들! 도와주시오. 내 머리가 햇빛처럼 분명해지도록 도와주시오. 죽은 동지들도 나를 도와주시오. 어떻게 하면 좋겠는가. 그것을 나에게 일러주시오. (노인의 음성이 갑자기 끊어지고 소란스런 발소리. 이윽고 아나운서가 확실히 흥분을 감추지 못한 소리로) 특별 뉴습니다. 방금 들어온 소식을 전하겠습니다. 상해임시정부는 현재 각료 전원이 사직하고 새로운 혁명위원회가 정부를 인수했습니다. 동시에 주석 이하 전원은 국가 지도에 있어서 중대한 과오를 심판받기 위해서 혁명재판소에 기소되었습니다. 곧이어서 새로운 정부를 맡은 위원회의 위원장의 방송이 있겠습니다. 잠시 음악을 들으시겠습니다."

그것은 저 구식 곡조의 애국가였다. 독고준은 긴장해서 귀를 쫑긋 세우고 기다리고 있다. 그는 라디오가 장치돼 있는 곳을 눈으로 찾았으나 찾아내지 못했다. 한참 만에 다시 방송이 이어졌다.

"친애하는 동지 여러분, 정부는 이 중대시기에 국가를 그릇 인도하고 패배주의와 무사안일주의를 추구함으로써 혁명을 배반하였습니다. 사태는 한시를 지체할 수 없도록 위급한 것임에도 불구하고 썩은 지도층은 국경일마다 그들에게 바쳐지는 뇌물에 눈이 어두워 반항의 대열을 혼란시키는 데 전력을 다한 것입니다. 그들은 장난감 훈장과 인색한 연금을 받아먹고 선배와 동료의 피를 판 것입니다. 그들에게는 이미 정의에 대한 사랑이 없습니다. 그들의 썩은 관료주의는 현 체제의 영속과 자신들의 연명만을 원하고 있습니다. 그들은 갖은 방법으로 혁명의 격화를 막아왔습니다. 그들은 한 사람의 매국노에게 동정을 베푸는 것을 휴머니즘이라 칭하고 만 사람의 민중이 압제와 우롱을 받고 있는 것을 가만히 지켜보는 것을 민주주의라 부르고 있습니다. 그들은 참으로 간악한 첩자들입니다. 그들은 이미 눈이 어두워, 자기 목숨을 아끼는 것이라는 물구나무 선 이론을 지어냈습니다. 이자들은 기념식에서의 광대놀이에 맛을 들이고 따뜻한 아랫목에서 불알을 굽는 재미에 요절이 난 송장들입니다. 그들은 영원한 청춘이어야 할 저항의 정신에다 마고자를 입

서유기 113

히고 단장을 들게 하길 원합니다. 이런 것이 아닙니다. 자격 있는 사람들이 치르는 혁명인 경우에 한눈을 팔 아무 이유가 없습니다. 우리는 적을 처단하는 데 지하실을 쓰지 않습니다. 그것은 더러운 음모자들이 하는 사해私害입니다. 우리는 광장에서 만萬의 눈이 보는 속에서 그의 죄상을 드높이 공표하고 청천백일 하늘 높이 그를 달아맬 생각입니다. 혁명위원회는 임시정부의 혁명적 전통을 오늘의 현실에서 알맞게 계승하기 위하여 정부의 모든 권한을 인수했습니다. 위원회는 피를 원합니다. 동지 전원과 동포 여러분의 생명을 이 시각부터 위원회가 보관합니다. 애국적 동포의 어느 한 사람도 이 결정에 이의가 있을 리 없습니다. 모든 법률은 철저히 시행될 것이며 형벌은 중한 쪽을 택합니다. 우리의 목표는 단순하고도 강력합니다. 피, 피를 원합니다. 적의 피 위에다 지은 국가는 모래 위에 쌓은 성과 같은 것입니다. 국가의 기초는 도덕이라고요? 농담하는 늙은 개들은 이미 그들의 올가미를 쓰기 위해서 퇴장했습니다. 국가의 기초는 피, 그것도 동족의 피입니다. 이것이 진리입니다. 동족의 피 위에 세워지지 않은 국가는 모래 위에 쌓은 성입니다. 이것이 우리들의 정치학입니다. 로베스피에르와 링컨을 보십시오. 그들은 동족을 사정없이 때려잡은 백정들입니다. 그들의 덕분으로 오늘날 미국의 검둥이들은 그나마 살아남았고, 인디언들은 멸종되지 않았으며, 알제리는 독립을 한 것입니다. 나폴레옹처럼 타족만을 때려잡은 똥개가 아닙니다. 로베스피에르는 시민을 도살한 것입니다. 처칠처럼 식민지를 잡아서 동족에게 아첨하기 전에, 크롬웰은 절제를 모르고 술과 계집만을 즐기는 자들을 처형했습니다. 링컨, 오 위대한 인간, 천지를 창조한 자보다 더 위대한 인간, 한 사람의 의로운 사람이 검둥이를 위해 피를 흘리라고 명령했을 때 아메리카 국가의 행복이 약속되었지요. 동지들, 위원회는 역사의 명백한 이 진리를 추구합니다. 동학東學의 난에서 그들의 무지한 지도층 속에 잠입한 타협과 패배주의를 거부해야 합니다. 전열을 가다듬고 일대 살육의 마당으로 나갑시다. 먹은 소가 똥을 누고, 심은 씨에서 싹이 납니다. 운명을 피하지 맙시다. 이 연극을 이제 집어치웁시다. 죽이는 체하는 연극을. 막이 내리면 무대에서 토끼처럼 깡충 뛰어 일어나서 혀를 날름하는 이 치사한 연극에 끝장을 냅시다. 예술은 혁명의 피를 먹고 자라난 독화毒花이며 요화라는 것을 잊어버리고 있습니다. 한국의 전위前衛들이 항상 파산하는 까닭이 여기 있습니다. 그들은 부도수표를 떼고 있는 것입니다. 피와 땀의 보증이 없는 종이 한 장을 휘두르며 사기를 하고 있는 것입니다. 복덕방 영감처럼, 박 서방네 집은 항상 담배 가게 앞이라는 소리만 하고 풍문에 취해서 잠꼬대를 하는 저 꾀죄죄한 리얼리스트들에게도 닥치라고 합시다. 미안합니다. 본인의 취지는 예술의 근본 문제를 운위할 생각이 아니었습니다. 상당한 취미를 가진 터이라 저도 모르게 그렇게 되었습니다. 그러나 이 같은 상황에서 리얼리즘을 고집하는 것은 불가피하게 타협과 조무래기 잡아치기밖에는 안 된다는 것을 모르고 있는 섭섭한 사람들에 대해서 우리는 무엇이라 답변해야 하겠습니다. 적의 감시와 썩은 동족들의 밀고의 그물이 샅샅이 쳐진 이 상황 아래서 로망의 기사처럼 나는 누구노라고 종로 한복판에서 대성으로 고함을 지르라고 권하는 사람들은 결국 적을 이롭게 하기가 소원인 것입니다. 그들을 생각하면 감개무량해집니다. 정부 지도층에서 서로 핏대를 올리고 있는 이들 우익右翼 소아병자들과 좌익 소아병자들은 다 쓸모없는 자들입니다. 그들은 삶의 실감에 충실해서 자기 목소리에 충성하는 데 자신이 없는 자들이며 무엇인가 권위에 기대지 않고는 배기지 못하는 자들입니다. 위원회는 이런 자들의 준동을 이 이상 용서할 수 없습니다. 모든 요원은 지금 있는 자리에서 위원회의 다음 지령을 기다리십시오. 현재 중대 사명을 띠고 기차 여행을 하고 있는 독고준 동지는 도착 즉시로 혁명 위원회에 출두하십시오. 위원회는 귀하에 대한 무고한 고발을 이유 없는 것으로 간주하고 이를 각하하였습니다. 신변의 안전을 보장하겠으니 즉시 출두하십시오."

독고준은 소스라치게 놀랐다. 그가 처해 있는 처지는 생각했던 것보다 훨씬 복잡하다는 것을 그제서야 알게 되는 것이다. 출두하라니 무슨 말인가. 방송은 이미 끝나고 라디오에서는 은은한 폭음 소리 — 거대한 비행기의 엔진에서 울려나오는 와르렁우르렁하는 소리가 들려온다. 여름이구나, 하고 독고준은 생각하는데 열차의 문을 열고 들어서는 사람들이 있다. 그들을 보자 독고준은 알아보았다. 그들은 독고준을 잡았던 헌병과 간호원과 그리고 놀랍게도 역장이었다. 저 사람이 이 기차를 어떻게 탔는가 하고 준은 놀랐다. 분명히 차가 떠날 때 그는 구내에 서서 경례를 하고 있는 역장을 보았던 것이고, 점점 조그맣게 사라져가는 모습도 분명히 보았던 것이다. 물론 기동차라든가 특별 순찰차 같은 것으로 따라올 수도 있었겠지만 하필이면 승차할 때에 그런 연극을 할 필요는 어디 있었는지 모를 일이 아닌가. 독고준에겐 그들 사이에 이렇게 연락이 있었다는 것도 놀라운 일이었다. 그러나 정말 놀라운 일은 그다음에 일어났다. 헌병 일행은 문을 열고 들어서자 차 안을 한 바퀴 휘 돌아본 다음에 문간에 있는 맨 먼저 좌석으로 접어든다. 처음에 독고준은 그들이 거기에 앉으려고 하는 줄로만 알았다. 그게 아니었다. 그들은 빈 좌석을 향해서 검문을 시작하는 것이었다. 역장이 차표를 요구하고 다음에 헌병이 신문을 하는 것을 몸짓으로 알 수 있었다. 그들이 말하는 소리는 들리지만 검문당하는 사람의 말소리는 들리지 않았다. 그러나 전화하는 사람을 옆에서 지켜보는 것처럼 어떤 사람과 얘기하고 있는지 짐작할 수는 있었다. 독고준은 마침 앉아 있는 방향이 그들과 마주 보는 자리였기 때문에, 고쳐 앉는 것도 이상해서, 그대로 앉아서 그들을 지켜보았다. 방송은 이미 끝나고 더 들리지 않는다. 그들은 한 자리 한 자리 차례로 검문하면서 다가온다. 한 번도 독고준에게 눈을 돌리지는 않았다. 그들이 가까워질수록 말하는 내용이 뚜렷이 들린다. 농부·장사꾼·군인·젊은이·늙은이 — 이야기를 들으면서 보이지 않는 상대방을 짐작할 수 있다. 헌병은 가끔 손찌검을 한다. 화를 내면서 발을 구르기도 한다. 이 바쁜 때 어디를 돌아다니는 거야. 뭐, 병환이 급해서? 어차피 그렇게 되는 것 아냐? 뾰족한 수도 없는 주제에, 됐어. 거기. 흠, 갈보장사군, 많이 벌었나. 깨끗한 걸로 몰고 가. 고생하는 친구들에게 귀찮은 선물까지 보태주면 비국민 非國民이야. 뭐 예끼놈. 올 땐 빈손으로 오면 안 돼. 말만 앞세우지 마라. 그럼. 그렇다니까. 공무 집행 중이야. 그래, 좋도록. 어디? 먼 데서 왔군. 도망 오는 길 아닌가? 저쪽이라구. 거짓말 마라. 나쁜놈의 새끼. 다 알고 있어. (손찌검. 코피가 터진 모양이다. 간호원이 훔쳐내는데 피는 없다. 역장은 난처한지 얼굴을 돌린다) 엄살 부리지 마라. 코피쯤 죽지 않아. 바른 대로 말해봐. 그래 속는 셈 치고. 그럼 다음 역에서. 전화를 하면 대뜸 알 수 있어. 거기, 어디 가나? 보따리에 든 건 뭐야. 『야학夜學의 실제實際』, 이건 뭐야. 이런 것도 배우나. 건방진 소리 마라. 그건. 어디. 소설책이군. 흠. 『흙』이라, 불령선인이 쓴 책이 아닌가? 내용을 말해봐. 책을 이리 내. 이건 무슨 편지야. 사신私信이 어떻다? 이 녀석이. 점잖게 대해줄 테니 가만있어. 금의환향하시는데 빰따귀에 손자국을 담아줄 생각은 없으니까 말이야. 이 편지는 압수야. 이게 무슨 뜻이지? 그 여름날에 우리가 받았던 계시를 이야기하면서 우리 자신을 찾기 위하여? 이건 무슨 말이야? 헌병과 그 일행은 점점 가까워온다.

쇠마디가 둔하게 마주치는 소리에 독고준은 눈을 떴다. 그 순간에 그의 머리에는, 비몽사몽이라는 글귀와 남가일몽이라는 글귀가 천천히 떠올랐다가 서성거리면서 사라졌다. 그는 자기가 있는 곳 — 빈 객차 안 — 을 바라보면서 별반 놀라지 않았다. 놀라야 하겠다는 생각이 마음 한구석에 있었기 때문에, 그런 사정(놀라야 한다는)을 알면서도 놀란다는 것은 겸연쩍기 때문이었다. 그는 전에도 그와 같은 느낌을 겪은 일이 있다는 것을 생각하고 그것이 언제였던가를 생각하려고 애썼다. 그러나 생각나지 않았다. 언제였을까. 그는 안타까우면서도 여유가 있는 기분을 느낀다. 그런 일이 있었던 것은 확실한데 그 일이 생각나지 않는 경우는 많은 법이다. 이런 생각을 전에도 한 적이 있다. 그것이 어느 때였던가 하고 그는 생각하면서 따라가던 실마리를 놓치고 말았다. 자기가 되살려보려던 일이 어느 것이었던지를 깜빡 잊어버렸던 것이다. 틀림없이 그는 무슨 기억을 더듬고 있었는데 비슷한 또 한 가지 기억 때문에 그는 쫓던 일의 윤곽을 놓치고 만 것이다. 그러자 그는 생각하는 것이다. '그림찾기'구나. 그림 속에다가 그림을 숨겨두고 찾아내는 놀이. 둘레의 그림들의 윤곽 속에 어울려 붙어 있는 또 하나의 그림. 그것을 찾아내는 어려움, 헷갈림, 그런 느낌이다. 그런데 처음에 생각해내려던 일은 무엇이었을까. 이제 그것은 완전히 불가능하였다. 불가능하다고 그의 마음속 어느 구석에서 답이 나오고 그는 그것을 확인하고 있다는 생각이 그를 안타깝게 하면서도 그는 자기가 태연한 것을 깨닫는다. 그는 창밖을 내다보았다. 한 여름의 연선沿線의 모습이 뒤로뒤로 지나간다. 기차는 가고 있다. 기차가 가고 있는 동안은 내게는 책임이 없다, 하고 그는 생각하였다. 벌판에 낮은 야산이 드문드문 나타난다. 산에는 번쩍번쩍 빛나는 나무들이 서 있는데 잎사귀가 없다. 독고준은 한참 만에야 그 나무들이 모두 불에 타서 죽어버린 나무들임을 알았다. 그래서 숯이 된 표면이 빛났던 것이다. 그 나무들은 고목의 모양을 한 숯기둥들이다. 푸른빛 속에서 검고 빛나는 막대기들은 이가 빠진 자리처럼 흉하다. 독고준은 성한 나무가 없는가 살펴보았으나 산과 들은 온통 숯기둥뿐으로 다른 나무라곤 없다. 가도가도 같은 풍경이다. 이게 어찌 된 일인가 하고 놀라는 마음이 어느 한 구석에 있는데 독고준은 그런 느낌을 퍽 겸연쩍게 생각했다. 놀라는 것은 부끄러운 일이다, 하고 그는 자기를 타일렀다. 그쪽이 훨씬 옳을 것 같아서 그는 겨우 안심했다. 그러자 안심해서는— 지금 안심한대서 무엇이 어떻게 된다는 말인지 통 갈피를 못 잡겠다는 생각이 들었다. 이러나저러나 마찬가지다. 대체 어찌 된 일일까. 벌판의 저 끝, 지평선에서부터 하얀 뭉게구름이 우쭐우쭐 솟아올라 하늘 한가운데서 높은 봉우리를 이루고 있다. 여름. 여름. 그는 입 속으로 뇌까렸다. 그 낱말이 그를 슬프게— 다시 말하면 행복하게 한다. 여름이다. 독고준은 무엇인가 생각날 것 같았다. 지금 자기가 가고 있는 길이, 그 낱말과 깊은 상관이 있다는 무작정한 생각이 그를 사로잡았다. 그러나 그 까닭은 생각나지 않는다. 여름, 어찌 된 일일까. 분명하였다. 여름이, 혹은 '여름'이 그의 인생을 지배하고 있다는 것은 확실한 것을 알면서도 그는 그 까닭을 알 수 없었다. 그는 미칠 것 같았다. 그러면서도 그는 미치지 않는다. 그것이 그를 미칠 것같이 만든다. 저 새하얀 물건. 푸른 하늘에 자지러지듯이 새하얀 물건, 그것이 그의 속에 있는 어떤 기억을 멀리서 부르는 것이었지만, 그의 속에 있는 기억은 그 흰 구름과 분명히 연통하면서 독고준을 빼돌리는 것이다. 그 사정까지 알면서도 그 여름의 비밀은 생각나지 않았다. 독고준은 등걸이에 기대어 하염없이 구름을 바라보았다. 그것은 분명 본 적이 있는 물건이었다. 언젠가 옛날에, 아니면 언젠가는. 그런데도 생각나지 않는다는 일이 독고준에게는 무서웠다. 차라리 아무것도 모른다면 더 편할 것을, 하고 그는 생각한다. 아무것도 모른다는 일만은 알고 있다는 것은 끔찍한 일이었다. 쿵쿵거리는 소리를 내면서 기차는 달려가고 있다. 벌판과 야산에는 여전히 불에 탄 나무들이 번쩍이면서 서 있다.

 기차는 어느 시골 정거장에 닿았다. 정거장 이름을 보니 석왕사다. 정거장 가까이까지 솔밭이 우거져 있고 한옆에는 산에서 베어내서 화차에 실리기를 기다리고 있는 재목이 높이 쌓여 있다. 정거장은 한적하였다. 어디선가 땅땅땅 뚱땅, 하고 쇠가 부딪치는 소리가 나길래 그쪽을 본즉, 낡은 증기기관차를 검차수檢車手 두 사람이 망치로 두들겨보고 있다. 선로 사이에는 잡풀과 코스모스, 그리고 해바라기가 드문드문 돋았는데 해바라기의 노란 화판이 이글이글하다. 어디선가 본 적이 있다. 그리고 이런 기관차가 있고 검차수가 있는 시골 정거장에도 와본 일이 있는 것 같다. 그러나 확실치는 않다. 그저 그런 것 같은데 확실치는 않다. 그는 사방을 둘러봤지만 두 사람의 검차수 말고는 인적이 없다. 여행자도 없거니와 정거장에서 일하는 사람도 없다. 구내에는 하얀 모래를 깔았는데, 햇빛이 하얗게 빛나는 품이 해수욕장 모래벌판에서 서 있는 느낌이다. 뭉게구름은 정거장 지붕 위로 높이 솟아 있고. 독고준은 근처에 있는 나무의자에 앉았다. 정거장에 흔히 있는 보통 의자다. 낡은 기관차를 두들겨보던 검차수들이 선로에서 올라와서 독고준에게로 가까이 온다. 그들은 독고준의 앞까지 와서 한참 말이 없이 여행자들을 쳐다보았다. 그중 키가 큰 사람이 말을 걸었다.

서유기 121

"당신이 독고준이오?"

"그렇소"

하고 독고준은 대답한다. 그러자 키 작은 편이 머리를 가로 저으면서 이렇게 말했다.

"생각했던 대로 위선자군."

"아니야"

하고 키 큰 검차수가 그 말을 막아쳤다.

"아니란 말인가?"

"자네 잘못 생각했네. 환자에 대해서 편견이나 호오好惡를 가져서는 안 되네."

"환자라니?"

"이 사람일세."

"이자가 환자란 말인가?"

"그렇다니까, 이 사람은 우리가 기다리던 사람이야. 오리라고 약속이 되었던 그 사람이야."

"환자란 말이지?"

"사람두, 틀림없다니까. 이 사람은 나쁜 사람이 아니라 아픈 사람이야."

"예언된 그 사람이란 말이지?"

"그래, 바로 그 사람이야."

키 작은 검차수는 낙담한 얼굴이다.

"나쁜 놈이 아니라 아픈 사람이란 말이지?"

"맞았다니까?"

"아프다니, 그것부터가 잘못이 아닌가?"

"이치 있는 말일세. 하지만 사람이 사람에 대꾸하는 말로선 너무 가혹하다는 것도 있을뿐더러, 이 사람은 조금 동정해줘야 할 데가 있어."

"그게 뭔가?"

"자네 말대로 아픈 것부터가 죄라면…… 그렇게 말했지?"

키 작은 검차수가 끄덕인다.

"그렇다면 같은 이치로, 만일 이 사람이 나을 기미가 있다면 이 사람은 착하다는 말이 되겠지?"

"옳은 말이야."

"됐어. 이 사람은 나을 기미가 있네. 그러니까 착한 사람이야."

"그 기미가 어떤 것인가?"

"차차 알게 될 거야."

여기서 그들은 말을 마치고 바싹 다가서서 독고준을 들여다본다. 독고준도 그들을 마주 쳐다본다. 독고준은 놀란다. 두 사람의 동공 속에는 낡은 증기기관차가 비쳐 있을 뿐이다.

"여기가 어딥니까?"

하고 독고준은 물었다. 키가 큰 검차수는 망치를 들어 정거장 꼭대기를 가리켰다.

"석왕사가 어딥니까?"

두 사람의 검차수는 암담한 낯빛이 되면서 한숨을 푹 쉬었다.

"자, 일어서시오."

키가 큰 검차수가 말한다. 독고준은 아무튼 영문도 모르면서 이 사람들이 하라는 대로 할 수 없다는 생각이 들면서 좀더 앉아 있기로 했다. 키가 작은 남자가 망치를 들어 어르면서 발을 탁 구른다.

"일어서지 못해!"

"그러지 말라구."

키가 큰 검차수가 말리자, 작은 편이 볼멘소리로 대든다.

"흥, 왜 그래?"

"정중하게 다루라는 명령이야."

"이른바 정치적 고려라는 게로구먼?"

"왜 이러나? 방금 설명했는데 또 이러긴가? 이 사람은 죄수가 아니라 환자란 말일세."

"알겠네, 미안허이. 그래도 워낙 버릇이 돼놔서. 미안하네."

키가 큰 검차수가 다시 은근하게 재촉했다.

"자, 일어나세요."

"네"

하고 독고준은 그 말을 따르면서 몹시 막막했다. 까닭인즉, 지금 이들의 명에 따르는 것이 아까보다 그럴 만한 사정을 알아서라기보다도, 약간 버텨본 연후라는 데서 신념을 가진 행동을 할 때 같은 착각에 말려들고 있다는 것을 느꼈기 때문이다. 물론 더 버티어서 어떻게 하자는 작정도 없기 때문에 그는 일어선 것을 후회한달 것까지는 없었다.

"이리 오시오."

그들은 독고준을 사이에 끼고 선로를 건너서 역사로 들어갔다. 세 사람은 자그마한 사무실 안에 있는, 금테 두른 모자를 책상에 엎어놓은 사람 앞에 섰다. 키가 큰 검차수가 말한다.

"역장님, 이 사람입니다."

"지금 열차로 왔나?"

"그렇습니다."

"앉으시오. 그리고 자네들은 저쪽에……"

독고준은 역장과 마주 앉고 검차수 두 사람은 문간에 가서 기대 섰다.

"잘 오셨습니다. 저희들은 오랫동안 당신을 기다리고 있었습니다. 이제 저희들의 책임하에 놓이게 됐으니 아무 염려 마십시오. 모든 설비와 인원이 준비되어 있습니다."

"저는, 고마운 말씀이긴 합니다만 영문을 모르겠습니다."

"알고 있습니다. 그 영문을 알게 해드리려는 것입니다."

"여긴 정거장이죠?"

"네, 그렇습니다. 아마 그 점에 오해가 계신 모양인데 차차 아시게 될 겁니다. 철도 당국의 일치된 의견도 아니고 또 철도 전반이 이 사업에 종사하고 있는 것도 아닙니다. 그러나 아시다시피, 현재로서는 그 누구를 가릴 것 없이 사태의 개선에 조금이라도 보탬이 되는 일이 있다면 해야 할 형편입니다. 일부에서는 이 일에 못마땅하다는 의견을 펴고 있는 줄도 잘 압니다만, 문제는 결과에 달렸습니다. 그리고 공공의 봉사를 맡고 있는 기관으로서 필요한 경우에 구조 작업을 하는 것은 나무랄 수 없습니다. 이 경우에도 문제는 역시 그 '필요한 경우'라는 판단이 옳았느냐 글렀느냐에 달려 있겠습니다만 그렇게 되면 한이 없는 이야기가 되고 맙니다.

그러니까 기껏 물러서서, 우리 일은 혹시 누구에게 혜택은 못 주는지도 모르지만 그렇다고 절대로 해_害가 될 수는 없다는 것으로 눌러앉는 수밖에는 없겠습니다. 해를 받을 만한 사람은 당초부터 저희들의 선_線에 들어오지를 않으니까요. 아시겠습니까?"

"잘……"

"좋습니다. 괜찮습니다. 아랫사람들을 부리는 자리에 오래 있고 보니 입버릇이 그렇습니다. 나쁜 버릇인 줄은 압니다마는. 그러니까 꼭 알아들으시라는 얘기는 아니었습니다. 그럼 곧 안내하겠습니다. 그전에 각하의 도착을 전 선_線에 알리겠습니다. 편히 앉으셔서 기다려주십시오."

역장은 이렇게 말하고 책상에 놓여 있던 모자를 들었다. 그 밑에서 마이크로폰의 입이 나타났다. 역장은 기침을 몇 번 하고 나서 방송을 시작했다.

"전 선_線에서 일하는 동지 여러분, 전에도 여러 번 말했다시피 우리가 종사하고 있는 일은 언제든지, 어떠한 검열도 당해낼 수 있는 것이어야 합니다. 이번에 감찰관 독고준 각하께서 당 선_線의 감사를 위해 나오신 것은 평소 우리들이 주장하던 바를 현장에서 보여드릴 수 있는 기회를 얻었다는 데서 더없이 좋은 일이며, 아울러 본선의 철도에 대한 충성심을 실지로 드러낼 수 있는 기회이기도 합니다. 혹자는 이르기를 본선이 철도 전반에 걸친 권력을 잡기 위해서 본도에 어그러진 음모를 꾸미고 있다느니 철도의 본업에 관계없는 오입을 하고 있다느니 합니다. 그리고 내용을 잘 모르는 세상 사람들이 그 말을 곧이듣고 잘못된 생각을 가지게 되는 일이 허다합니다. 이 같은 낭설 때문에 우리들이 이루고자 하는 일이 막심한 곤란을 겪는 일은 한두 가지가 아닙니다. 그러나 다행히 이번에 나오신 감찰관 독고준 각하는 이 방면에 여러 해 묵은 경험을 가지셨을 뿐 아니라, 퍽 앞선 생각을 가진 분으로 철도 안에서 이름 있는 분입니다. 그러니 여러분은 맡은 자리에서 최선을 다하는 것으로 족히 뜻을 전할 수 있는 것입니다. 간단히 이만 전합니다."

역장은 말을 마치고 일어서더니 독고준의 옆에 와서 섰다.
"그럼 지금부터 제가 수행하겠습니다."
역장이 앞장서고 독고준이 가운데, 그리고 두 사람의 검차수가 뒤따르고 그들은 역장실을 나섰다. 역장이 안내한 장소는 다름 아닌, 바로 조금 전에 독고준이 타고 온 열차였다.
"이 칸에 계셨죠?"
독고준이 타고 온 칸을 지나면서 역장은 말했다. 그들은 거기를 지나 다음 칸으로 갔다. 거기는 구조가 달랐다. 외국제 기차간 모양으로 방엔 열쇠가 잠겨 있고 한쪽으로 복도가 나 있다. 독고준은 학교 시절에, 그들이 공부하고 있는 교실 밖 복도를 장학관을 안내하고 가던 교장 선생을 연상했다. 역장은 그 객실客室의 창문을 열었다.
쇠창살이 있고 그 속에 한 사람의 죄수가 갇혀 있다.
"보십시오, 흉악범입니다. 곧 이야기를 시작할 것입니다."
역장은 이런 직업에 종사하는 사람이 흔히 그러하듯이 빈정거리는 투로 안에다 대고 말한다.

"자 시작해보지."

죄수는 의심쩍게 역장을 바라보더니,

"간수장 어른, 정말입니까?"

이렇게 말한다.

"이놈들은……"

역장은 독고준을 돌아다보면서 말하였다.

"이렇게 의심이 많답니다."

그리고는 죄수에게 말하였다.

"정말이래두. 이런 높은 분이 오셨을 때 재주를 보여야지. 맘에 드시면 모범수 명부에 올려서 사면 조처를 해주시겠다는 거야."

독고준은 역장이 쓸데없는 거짓말을 한다고밖에는 생각할 수 없었다. 그러나 죄수는 독고준에게 간절한 눈길을 보내면서 이렇게 말한다.

"각하, 본인은 오늘이 있기를 고대하고 있었습니다. 본인이 온 생애를 바쳐온 연구 대상은 이른바 '민족성'이라는 문젭니다. 이 문제는 일찍부터 말썽거리가 되어온 문젭니다. 옳은 연구가 되어 본 적이 없습니다. 예를 들어서, 한국의 민족성 문제는 일본 통치 하에서 식민주의자들의 자기합리화와 한국인에게 열등의식을 심어주기 위하여서 논의되고 조종되었습니다. 그 방법은 간단한 것이었죠. 한국인의 단점을 외국인의 장점과 비교하고, 제국주의자들의 통치의 결과인 것을 통치의 유인誘因처럼 바꿔치고, 인간에게 보편적인 것을 한국인에게만 특수하게 있는 것처럼 말한다는 세

가지 방법에 의해서였습니다. 더욱 불행한 것은 한국의 지식인이 이 같은 정략적 선전에 말려들어간 사실이었습니다. 사실 누구를 변명하는 건 아니지만, 일그러진 정보만이 지식의 유통구조 속에 돌아다니는 어떤 시기에서 보통 능력밖에 없는 한 개인이 그 옳고 그름을 가린다는 건 사실상 불가능합니다. 이른바, 문제가 정신의 영역으로 깊이 들어오면 들어올수록 전문가 밖의 사람은 이론의 검증이 불가능해지는 겁니다. 미친 시대라는 게 있습니다. 틀린 시대라는 게 있어요. 이런 때, 많은 사람이 망신을 하게 마련입니다. '전문가'조차도 망신살이 뻗쳐서 실수를 합니다. 병든 사회의 에고는 윤리로 다스릴 것이 아니고 정신의학으로 다스려야 한다는 것이 옳은 말이겠습니다. 일종의 세뇌洗腦 현상입니다. 개종改宗·전향 같은 것과 같은 사태올시다. 이것들은 배신·반역·배교背敎 같은 말과 구별되어야 합니다. 적의 통치하에서 개종한 사람들은 결국 정신이 허약한 사람들이었고 날카로운 생명력이 없는 사람들이었습니다. 앎은 힘이라고 합니다. 모름은 병입니다. 병이 악惡이라고 규탄할 수 있다는 것은 사람의 값어치를 높게 매기기 때문입니다. 결국 한국인의 민족성이라는, 이 구름을 잡듯 허망한 이야기가 마치 과학의 법칙이기나 한 것처럼 국내에 살던 사람들을 괴롭혔습니다. 한두 가지 자랑이 없는 국민도 없으려니와 한두 가지 결점이 없는 국민도 없습니다. 디킨스의 소설을 보신 분들은 산업혁명 시절의 영국에 끔찍한 나쁜 일이 많았다는 사실을 알고 있습니다. 그것이 영국의 민족성이다, 그렇게 영국인은 천하에…… 이런 식으로 이야기하는 사람은 별반 없습니다. 그리고 생각이 있는 사람이면 그렇게 간단히 생각하기를 원치 않을 겁니다. 마찬가지 이치올시다. 보편적 법칙을 적용하는 경우에 대상에 따라서 후박 厚薄이 있어서야 될 말입니까. 지식의 유통구조를 누가 조작하느냐에 따라서 그 시대를 살고 있는 사람들의 정신의 모습이 정해집니다. 이에 대한 재료는 풍부하게 수집되어 있습니다. 지난날 총독부가 주관한 여러 방면의 한국 연구라는 것이 그런 것들입니다. 그러나 본인이 말씀드리고 싶은 것은 실상 이런 이야기가 아닙니다. 한마디로, 본인은 민족성이라는 실체實體의 존재를 부정하고 싶다는 것입니다. 이렇게 말할 때 저는 중요한 단서를 붙이고 싶습니다. 그것은 본인은 민족성의 논의를 생물학적 차원으로부터 문화사적 차원으로 옮기고 싶다는 것이 곧 그것입니다. 다시 말하지 않아도 분명한 일입니다만 나치스 학파의 이론이 비문화적이었다는 것은, 그들이 인간을 문화의 주체로 보지 않고 생물의 종자로 보았다는 데 있습니다. 이게 야만입니다. 이렇게 보아서는 역사에 진보란 것을 상상할 수 없고 사람과 동물을 구별할 수가 없습니다. 논자들의 주장을 들으면 민족성이란 말을, 종돼지의 주둥이 모양이며, 털 빛깔이며, 새끼 낳는 힘 같은 걸로 알고 있는 경향이 있습니다. 차라리 문화형文化型이라는 말로 바꾸는 것이 훨씬 이치에 맞습니다. 본인은 오랜 연구를 통하여 민족성이라는 개념이, 아무것도 풀이하지 못하는 불모의 개념이며 요화이며 신기루에 불과하다는 것을 발견하였습니다. 그러한 방황 끝에 문화형이라는 개념에 도달했을 때 본인은 비로소 현실의 지평선을 발견하였습니다. 모든 것은 생각하는 형식 여하에 달려 있습니다. 본인이 말하는 문화형이란 이 '생각하는 방식'을 뜻하는 것입니다. 만일 어떤 국민이 실패를 하였다면 그것은 그들에게 뛰어난 '생각하는 방식'이 없었기 때문입니다. 좋은 예로서 신채호申采浩의 이론이 있습니다. 그는 한국사의 본질적 전환점을 지적하기를 고려에서의 국학파 대 외학파의 패권 다툼을 들고 있습니다. 이 가설에 그는 국학파의 패전을 가리켜 '국사 5천년래의 제일대사건'이라고 부릅니다. 이 가설은 매우 의미심장합니다. 아차 하는 잘못이 나라 신세 망쳤다는 것입니다. 더욱이 그는 당시의 세력 분포를 분석하면서 오히려 국학파가 대세였는데 묘청의 경거망동으로 돌이킬 수 없는 역전逆轉을 가져왔다고 하면서 분해하고 있습니다. 역사의 기술에 있어서 인물이나 왕조, 또는 경제 사정이나 지리 자연에 앞서 인사人事의 법칙인 '생각하는 방식'에 두었다는 것은 인간주의에 투철한 최초의 근대인의 목소리입니다. 흔히 신채호의 지사풍의 문장에 질려서 보다 중요한 그의 본질을 잘못 보는 일이 있습니다만, 그의 알맹이는 인사人事는 인화人和라는 예부터의 생각을 새롭게 깨달은 근대인이었다는 점입니다. 시절이 시절이었던 만큼 이웃을, 겨레를 '사랑'한 사람이 진리를 '깨달'을 수 있었던 것입니다. 다른 환경에서라면 '호기심'이나 '명예욕'이나 '생활고'라는 동기에서도 이루어질 수 있는 일이 말입니다. 그렇다고 사랑의 결과로 진리를 발견했다는 것이 죄 될 것까지는 없습니다. 그것은 행복한 덤이란 말입니다. 신채호 이론을 그 후의 한국사에 적용하면 여러 국면이 아주 그럴싸하게 풀이가 됩니다. 문제의 북벌론 이후로는 한국은 영토의 확장이라는 동기에서 외국과 말썽을 일으켜본 적이 없습니다. 바로 지금까지도 이 지구 위에 있는 대부분의 국민이 영토에 대한 욕심으로 눈이 뒤집혀 있는 것을 생각하면 이것은 놀라운 일입니다. 이것은 한국인이 용렬하다, 비겁하다, 평화적이다, 하는 말로써는 풀이가 안 됩니다. 용기니 평화니 하는 것은 지엽枝葉입니다. 무엇을 위한 용기인가 하는 문제에 따라서만 뜻이 있는 말입니다. 몽고 사람들은 유럽 천지를 손에 넣고 흔들었습니다만, 그 후의 행적을 보면 몽고인이 호전적이라고 할 수 있을 만한 증거를 보이지 못하고 있습니다. 풀 먹는 짐승은 굶어죽으면서도 다른 짐승을 먹을 생각은 못 합니다. 조선의 정치감각은 동양 3국의 현상을 자연적이고 합리적인 균형 상태로 보았던 것입니다. 중국에 쳐들어가서 왕王 서방을 전주 이씨李氏로 창씨개명을 시킨다거나, 일본으로 건너가서 소서 행장을 안동 김씨라고 불러본다는 것은 우선 해괴망측한 일이지, 두려운 일이라는 것과는 달랐던 것입니다. 증거를 보여드리지요."

그는 벽에 붙은 단추를 눌렀다. 벽이 열리면서 이순신李舜臣이 들어섰다. 따라오는 사람을 보니 원균元均이다. 이순신은 여름을 타는지 좀 파리해 보이고 원균은 혈색이 좋다. 그들은 다정하게 서로 앉기를 권한다. 이 방의 주인이자 사학자이자 죄수인 사람이 그들에게 인사하고 자리를 권한다.

사학자 일부러 나오시라고 해서 죄송합니다.
두 사람, 약간 고개를 숙이어 괜찮다는 표시.
사학자 다름이 아니고, 임진왜란에 대한 증언을 부탁드리려는 겁니다.

　이순신　기쁘게 응하겠습니다.

　사학자　각하는 전쟁 기간을 통해서 적극적인 공세를 취하지 않고 방어에만 치중했다는 데서 비난을 받았습니다만, 각하의 뛰어난 전술로 공세를 취했더라면 왜 수군의 격멸이 가능하고 따라서 왜 본토에 상륙할 수 있지 않았을까요?

　이순신, 씁쓸한 웃음. 원균, 끄덕인다.

　이순신　또 그 얘깁니까? 내가 가지고 있던 병력으로는 그게 무리였습니다. 본토 해안에서 작전하는 경우에는 지리나 보급에 있어서 압도적으로 아측에 유리했습니다.

　사학자　물론, 그러셨겠죠. 한데 공격이 가장 좋은 방어라고 듣고 있는데, 각하께서는 왜 기다리고만 계셨습니까?

　이순신　(화난 얼굴, 그러나 점잖게) 이것이 군법회의인가요?

　사학자　(손을 황급히 저으며) 아닙니다. 오해 마십시오. 그저 후손 된 사람으로서 어리광입니다.

　이순신　(웃는다) 아까도 말했다시피 내가 가진 힘으로는 그 이상 도리가 없었습니다. 전쟁은 멋으로 하는 것이 아닙니다. 좀 화려치 못해도 이겨야 하지 않겠소?

　사학자　물론이죠. 각하께서는 당신의 전력으로는 어찌할 수 없었다고 하셨는데, 말이 나온 김에 피아의 전력 비교 같은 것을 좀……

　이순신　육군은 처음부터 패퇴할 수밖에 없었습니다. 한쪽에서는 그쪽 전국의 정예 병력으로 공격하는데 한 군읍郡邑의 치안 병력으로 막을 수 있겠습니까? 동원령을 내릴 때까지는 후퇴하는 길밖에는 없었죠. 또 우리가 동원을 마친 다음에도 큰 전과를, 다시 말하면 적의 수력을 재기 불능케 할 만한 타격을 주지 못한 것은, 상대방은 숙달된 전투원들인 데 비해서 이쪽은 거의 경험 없는 병사들이었다는 것과 왜군은 직업 군인제가 확립돼서 우수한 하사관을 많이 가지고 있었는데 우리 쪽은 그렇지 못했다는 데 까닭이 있습니다. 잘 아시겠지만, 당시 한국에 진격한 병력은 왜국의 내란에서 수십 년간 단련된 부대였어요. 말하자면 큰 규모의 실전實戰 수준水準의 기동 훈련을 국내에서 마치고 실전에 나선 것입니다. 특히 소부대급 전투의 우수한 실력과 개인기個人技의 전반적 숙달에서 상대가 되지 않았죠. 그 밖에 왜 육군은 장비에서도 우수했습니다. 타격원打擊源으로서의 조총鳥銃 부대는 우리 육군을 묵사발을 만들었죠. 나폴레옹에게 있어서 포병이 했던 구실을 조총 부대가 한 것입니다. 또 장갑裝甲 면에서도 왜군은 우세했습니다. 실전을 통해서 개량된 개인 장갑을 거의 완전하도록 갖추고 있었습니다. 다음에 기동력도 좋았지요. 주력은 물론 보병입니다만 상당수의 기병이 편입돼 있었고 그들은 빠른 동작과 양감量感 있는 타격으로써 기동했습니다. 이것은 러시아 육군에서의 기마병의 구실을 했다고 볼 수 있겠습니다. 이러고서 이기지 않을 수 있겠습니까? 마지막으로 전략적인 이유올시다만 보급 면에서도 적이 오히려 유리했습니다. 그들은 가차 없이 물자를 징발했지만, 아군은 대민 구호를 하면서 전투했고 비전투원을 보호하면서 작전을 한 것입니다. 행주幸州 싸움 같은 것은 그 불리를 역용한 예지만 매번 엿장

수 맘대로 되겠습니까? 보급 문제는 명明이 싸움에 나선 다음에는 더 큰 위협이었죠. 그들은 식량을 본국에서 가져오지 않았습니다. 왕 서방들이 좀 잘 먹습니까? 왜군도 물론 현지 조달입니다. 싸움은 누가 이기건 식량이 절대로 부족했습니다. 그리고 어느 편에서나 본국 식량은 가져올 생각이 없다면, 전쟁은 못 합니다. 'ハラがヘッテ ハイクサがデキナイ'라는 말은 이 전쟁에서 왜군이 만들어낸 말입니다. 명明 군軍은 우리 군과 식량을 나누지 않았습니다. 더 먹으려고 했어요. 니디 뚱시 워디 뚱시, 워디 뚱시 워디 뚱시가 그들의 원칙이었습니다. 밥이 평화를 강요한 것입니다. 이것이 육군을 중심으로 해서 봤을 때의 상황입니다. 내가 관계한 수군水軍의 경우는 사정이 판이했습니다. 기동機動·장갑裝甲·화력·경험·개인기·보급 —— 육군에게 있어 아측에 결정적으로 불리했던 이 같은 분야가 수군의 경우에는 반대로 아군이 유리했던 것입니다. 기동에서 보면 적함선의 속력은 우리보다 못했습니다. 5대 4로 우리가 우세했습니다. 또 선박의 구조도 그들의 유람선을 방불케 하는 주함主艦이 전열戰列의 신축성을 크게 해쳤습니다. 우리 배는 전투 위주로 포砲를 한 구라도 더 싣게 만들었습니다. 이런 기계적인 결함 외에도 그들은 물길에 밝지 못했습니다. 그들은 한국인 파일럿을 채용했습니다만 이들의 대부분이 사보타주를 했고 우리 수군의 첩자였습니다. 왜 수군의 이동이나 작전은, 꼭 장님이 달밤에 파밭 매는 것 같아서, 심히 우스운 것으로 관측되었습니다. 다음에 장갑裝甲인데, 이건 제일 이해가 잘되리라 믿습니다. (이때 우리 모두가 끄덕끄덕한다. 이순신 웃는다) 거북선은 왜 수군의 화력 정도

는 무시할 수 있었습니다. 우리는 거북선으로 적의 일각에 타격을 가합니다. 적의 전열이 흩어집니다. 거북선은 적진의 속으로 들어가 치고받습니다. 전차戰車와 보병의 합동 작전을 바다 위에 옮긴 것을 머리에 그리면 될 겁니다. 이 무기로 단단한 재미를 봤지요. 그 다음이 화력이군요. 육군의 경우에 피아 전력의 엄청난 차를 만들었던 이 요소가 수군의 경우에는 늦춰잡아 맞먹는 정도였습니다. 이것은 명明 군의 전통적인 수군 편제에서 함정의 화력이 중요시됐고 우리도 그들을 따르고 있었기 때문입니다. 다음에 개인기인데, 왜군 병사는 일반적으로 검술 수준이 높았습니다. 육전에서는 이름 있는 우리 장수가 적의 졸병들에게 목숨을 잃었는데, 수전에서는 그들이 이 실력을 다 나타낼 수 없었습니다. 배가 기우뚱기우뚱하는 데서는 정칙定則대로의 용검用劍이 불편했던 것으로 관측했습니다. 우리 측은 그저 호미로 미친 개 때려잡는 식으로 했습니다. 검술상으로는 멋대가리 없는 반칙이죠. 한 번은 왜군 장교가 배에 뛰어오르더니 조상을 따지기 시작해서 누가 누구를 낳고 누가 또 누구를 낳고 하는 중에 우리 수병 한 사람이 잡담 제하고 뒤에서 앞통수를 갈겨 바닷속에 처리했죠. 함선이 떨어져서 포격으로 대하는 경우에는 물론 이 기사도의 실력은 한푼 값어치 없는 것입니다. 이와 관련해서 전투 경험도 그렇습니다. 그들 수병은 기관 부분이 배꾼일 뿐 거의가 육군이 배에 실려 있다는 데 불과했습니다. 해상 수송 도중에 있던 육군이라는 말이 어울립니다. 아마 왜군의 기본 전략은 짧은 해협을 단숨에 건너서 육지에서 결판을 낼 생각이었기 때문에 수군이란 것을 수상부교水上浮橋

쯤으로 생각했던 모양인데, 전략적으로는 이것이 가장 큰 실수였습니다. 풍신수길이 나폴레옹이었다면 내가 한 몫은 넬슨에 해당할 거요. 우리 육군의 신병이 제일 무서워한 조총과 일본칼이 무력해진 데다가 대체로 염소 같은 경우에 볼 수 있듯이 전투를 위주하지 않는 짐승들은 집단이 돼 있을 때 강한 법입니다. 배를 탄다는 것은 집단을 이룬다는 말입니다. 이것이 우리 병사들의 공포심을 더는 데 큰 몫을 치렀습니다. 그러니까 육지의 백병전이라는 것이 보다 원시적이고 실존주의적인 것이라면 수전은 선박·화기의 조종을 매개로 한 것이니까 보다 기계적이고 따라서 근대적이랄 수 있소. 배가 가라앉아도 동행이 있고 유독 혼자 당하는 일이 아니니 덜 억울하기도 해서 팔자소관으로 돌릴 수 있었던 게 아닌가 관측됩니다. 다음으로 보급인데, 둔전법屯田法을 취해서 자급자족하고 대민 구호까지 했습니다. 이것으로 우리 수군은 배불리 먹으면서 싸웠소. (지그시 눈을 감는다)

사학자 그러면서도 공세를 취할 힘까지는 없었다는 말씀인가요?

이순신 (눈을 뜨면서) 공세, 공세, 하지만 나한테 힘이 있었다손 치더라도 안 됐을 것이오.

사학자 네? (놀라면서) 그 까닭을······

이순신 (약간 역정난 듯이) 여보, 공세를 취해서는 어쩌라는 거요?

사학자 왜 본토에 상륙해서······

이순신 (낯을 찌푸리면서) 바른 정신으로 하는 소리요, 그게?

상륙을 해서 내가 소서행장 노릇을 하란 말이오? 원래 왜란의 근본이, 풍신수길이가 글이 없어 국제 정세에 어두웠기 때문에 일어난 것입니다. 그는 명明을 쳐서 천하를 얻겠다는 것이 소원이었습니다. 천하는 그가 얻지 않아도 천하입니다. 천하는 천하의 것입니다. 중원의 인심이 왜국의 수길이를 부르지 않는데 가겠다 함은 무명지사無名之師요 패도가 아니겠소. 동양 3국은 오랫동안 국경이 안정되고 종족이 안정되어 풍습이 서로 달라서 자연의 안정을 얻은 지 오래요. 이것을 지금 와서 이리저리 바꾼다 함은 소의 머리를 뜯어다 원숭이 꼬리에 붙이고, 원숭이 꼬리를 떼어다 토끼 머리에 붙이는 것이나 다를 것이 없소. 소는 넘어지고, 원숭이는 곤두박질하고, 토끼는 실성할 것이오. 이치가 이러한데 무슨 상륙이고 무슨 공세요. 해괴하고 망측한 사문의 난적이오. 그런 생각은……

사학자 알았습니다. 마지막으로 한 가지만 더 여쭈어보겠습니다.

이순신 물으시오.

사학자 전혀 학문적인 호기심으로 묻고자 하는 것이니 어찌 생각지 말아주십시오. 각하께서도 아시다시피 당시 중앙정부는 각하의 공을 잘 알아주지 않았고, 각하는 죄수의 신세가 된 적도 있습니다. 이것은 정부가 바른 정치를 하지 않은 증거로 볼 수 있으며, 각하와 같이 유능하고 고결한 분이 정부를 맡았더라면, 하는 생각을 하는 사람들이 있는데—다시 말해서 혁명하실 생각이 없으셨는지요?

이순신 왜국 본토에 상륙하라는 말이나 같소. 그런 무리를 해서 뭘 하겠소?

사학자 무리라뇨?

이순신 간신이 있다 해서 사직을 바꿀 수는 없소. 선왕지도先王之道가 하나인데 무슨 명분으로 천하를 빼앗는단 말이오. 골탕 먹는 건 백성뿐이오. 조선 왕조가 들어설 때 이미 피는 흘릴 만큼 흘렸소. 만일 천하를 걱정하는 사람이 있다면 그는 자기 자리에서 천하에 유익한 일을 하면 되리라 믿소. 만일 내가 천하를 엿보았다면 또 숱한 사람이 죽었어야 했을 게 아니오? 그러면 백성은 하루도 편한 날이 없었을 것이오. 또 나는 그렇게까지 해서 내가 이 조선을 무릉도원으로 하루아침에 둔갑을 시킬 경륜이나 있었다면 모르되 나는 아직도 글을 다 읽지 못한 사람이오. 그런 생각을 내지 못했소.

사학자 고맙습니다.

이순신 퇴장. 원균 뒤처지면서 무슨 말을 할 듯싶더니 고개를 흔들면서 이어서 퇴장. 죄수, 독고준 일행을 향한다.

"보신 바 들으신 바와 같습니다. 자, 이순신의 생각하는 방식을 보셨죠? 그는 왜 본토 상륙을 전혀 고려에도 넣지 않고 있습니다. 그에게 힘이 있었다 하더라도 그는 그렇게 하지 않았을 것임을 분명히 말하고 있습니다. 그의 용기·총명·높은 덕성을 가지고도 오늘날 필부匹夫라도 한 번 생각함 직한 일을 생각지 못한 것입니다. 그의 국제 정치감각은 왜란을 가리켜 풍신수길의 견식 부족이요,

필부의 만용으로 보게 합니다. 그는 혁명도 반대하고 있습니다. 선왕지도가 하나뿐인데, 하고 그는 말하고 있습니다. 그에게 있어서 왕권정치·봉건제도 속에서 이씨李氏를 이씨로 바꾼다는 건 아무 뜻도 없습니다. 만일 우리가 이순신이 '사회계약론'이나 '자본론'을 발명치 못했다고 비난하는 것이 아니라면 그의 처신은 전혀 옳습니다. 체제 내에서는 전혀 논리적이었습니다. 체제란 동양의 현 국경이 합리적이며, 여기서 병사를 일으키는 것은 난동이며, 정치제도는 천지개벽 이래 선왕지도가 모범이라는 생각 방식이 상식으로, 따라서 문화적 약속으로 통하고 있는 현실을 말하는 것입니다. 그리고 그 자신은 성聖 자를 붙이는 것이 합당할 만한 군자君子였습니다. 민주 정치가 모두 링컨이 아닌 바에야 변학도가 있다는 것이 군자를 부정하는 일이 될 수는 없습니다. 만일 당시에 민란이 있어 이순신이 그 토벌을 명받았다면 그는 회의함이 없이 그렇게 했을 것입니다. 그 민란은 수령이 설령 정몽주였더라도 말입니다. 이순신이 그렇게 행동한 것은 덕德, 지智, 인仁, 용勇 같은 일반 개념이 아니라 구체적인 문화형의 종류에 따라서만 해석할 수 있다는 것이 결론입니다. 이순신은 한국인이었기 때문에 한국인의 민족성에 따라서 그렇게 행동한 것이 아니라 당대의 최고 수준의 인텔리겐차로서 그렇게 행동한 것이었습니다. 그의 세계관은 유교적 세계관입니다. 유교는 중국인의 사유물이 아니었습니다. 원래 일류급의 사상이란, 창시자의 고향에 매여 있는 그런 쩨쩨한 것이 아닙니다. 그것은 곧 천하天下의 것이 되고 맙니다. 그만큼 보편적인 설득력과 현실성이 있는 것입니다. 이스라엘과 그리스는 곧 약소국가가 되어서 다행입니다만, 중국은 정치적으로도 변성해서 좀 딱한 형편을 만들었으나 아는 사람들은 다 구별했습니다. '성현聖賢의 도道'와 '되놈'을. 그들은 공자가 중국에서 태어난 것을 용서해준 것입니다. 이 같은 세계관을 서로 비교하고, 정리를 해서 인간의 행위에 질서를 가져오게 하는 것이 우리가 해야 할 일입니다. 문화형은 왜 다른가? 신채호가 지적한 대로 묘청·김부식, 당시에는 서로 체계를 달리하는 복수 체계군의 하나, 다원 가치군의 하나이던 국학적 사고방식은, 이순신과 같이 개인적으로 나무랄 데 없는 사람에게 있어서는 이미 객기와 다를 것이 없고, 유교적儒敎的 세계질서가 정통적이고 정의에 합당한 것으로 되어 있습니다. 이순신 정도의 인물도 그 그물을 벗어나지 못한 것입니다. 여기에 문제가 있습니다. '5천년래의 제일대사건'이라고 한 것은 맞는 말입니다. 민족성이 변한 것이 아니라 시대사조라고도 합니다만, 아무튼 생각하는 법이 달라진 것입니다. 대체로 어떤 문화가 얼마나 지속하느냐는, 그 문화가 사람의 욕망의 충족과 조절에 얼마나 능력이 있느냐에 달려 있습니다. 충족과 조절의 방식은 합리적일수록 좋습니다. 합리적이란 무리가 없고 이치에 맞는 것입니다. 이치란 자연과 인성人性의 됨됨이입니다. 유교적 국가는 토지의 세습적 소유와, 신분과, 과거제도의 세 기둥이 받치고 있었습니다. 신분과 토지 소유는 반드시 병행하지 않았으며, 인재와 신분은 적어도 신분 안에서는 유동적이었습니다. 토지는 세습화되는 것을 피하려 했으며, 중앙정부는 갖은 방법으로 양반들의 토지를 몰수하여 이것을 재분배하였습니다. 자본주의 경제에서의 화폐의 기능을 토지가 담당한 것입니다. 대기업에 고율의 세금을 부과해서 그 부를 다시 천하의 상금賞金으로 돌리는 방식입니다. 이 과정만 엄격히 수행된다면 이론상으로 제도는 영원히 청신할 수 있습니다만, 사실은 그렇게 되지 못하고 부정이 끼어들었습니다. 이 제도하에서 신분과 재산을 유지하는 조건은 그 소유주가 '군자'여야 한다는 것입니다. 이것이 약속입니다. 이것이 이 사회의 경제적 질서에 대한 문화적 명분입니다. 그러므로 '양반'이란 이념상으로는 문화가치를 포함한 것이며 단순한 경제적, 정치적, 신분적 표시가 아닙니다. 그것은 살신성인殺身成仁이란 말이 보여주듯이 공적인 가치이며 국민적인 가치입니다. 그는 춥다고 먼저 불 쬐려 해서는 안 되고, 배고프다고 남 먼저 밥상에 돌격해서는 안 되며, 급하다고 망동해서는 안 되며, 진리를 위해서는 순교殉敎할 수 있어야 합니다. 번문욕례가 아니라 법치주의입니다. 함부로 예법을 세우면 민생이 편할 수 없습니다. 정치적 안정이 경제 발전의 요건이라는 말이나 한가집니다. '양반'이란 극기克己·절제·봉사하는 계급입니다. 독일 사람 막스 베버가 관찰한 근대 시민의 이념을 '양반'은 요구하고 있었던 것입니다. 양반의 몫은 속죄양贖罪羊과 같습니다. 제도의 존속에 필요한 제물입니다. 충신·열녀·효자는 이 제물의 세 가지올시다. 아테네 시민들이 신神들에게 제사드린 것처럼 그들은 제물을 드린 것입니다. 이 제물을 보고 백성은 만족하는 것입니다. 법도의 존재를 확인하는 것입니다. 민란을 일으키고 싶은 욕구가 눌리는 것입니다. 그리스도의 수난은 이와 매우 유사한 구조를 가지고 있습니다. 신神·인人 양성을 가진 그리스도의 수

형受刑은, 지배자인 여호와에게는 극기의 표현이며, 인간에게는 참회와 대죄待罪의 표현입니다. 이것은 이스라엘 국가의 정치적 심리기제機制의 표현으로 관측되며 여호와는 유교에 있어서의 도道·천天에 해당하는 이스라엘적 등가물等價物의 의인화擬人化이며, 쉽게 말해서는 국가의 이상적 표현입니다. 아무튼 군자·열녀·효자는 제물입니다. 막스 베버의 근면하고 정직하고 절제하는 시민이 제물인 것처럼. 신채호의 취미를 따른다면 이들은 국선國仙입니다. 화랑입니다. 그들은 꽃입니다. 인륜人倫의 꽃입니다. 난세·말세에는 이 제사가 어지러워집니다. 군자·열녀·효자 대신에 간신·탕녀·패륜아가 제물을 가로채는 것입니다. 바리새의 무리, 악질 자본가가 여호와의 인자人子와 사회의 근면지사勤勉之士를 잡아먹는 것입니다. 천은 굶주립니다. 여호와는 불쾌합니다. 자본주의는 야수들의 밀림이 됩니다. 이것은 제사祭事를 어지럽힌 데서 오는 신들의 노염을 부릅니다. 카이사르의 것을 카이사르에게, 여호와의 것을 카이사르에게 바친 때문입니다. 니디 뚱시 워디 뚱시, 워디 뚱시 워디 뚱시올시다. 이것은 절대 불호不好입니다. 백성들은 'ㅅラがヘッテ ハイクサがデキナイ'하고 속삭이기 시작합니다. 이때 혁명이 옵니다. 제도의 어딘가에 무리가 있었던 탓으로 인제 제도는 그 이상 버틸 수 없는 것입니다. 유교적 국가의 기둥인 군자·열녀·효자만 해도 그렇습니다. 그것은 너무나 높은 도덕입니다. 저마다 충신이요 열녀요 효자라면 간단하겠습니다만, 그렇지 못합니다. 식량 생산이 일정하고, 감투의 수가 일정하고, 서비스 업종의 수도 일정한 사회에서는, 욕심이 적어서 남에게 밥그릇이나 감

투나 이성異性을 양보하고 소의소찬·안분安分하고 시앗을 투기하지 않는 사람이 군자입니다. 이 사회의 모럴은 배분에 치중해 있습니다. 이용 가능한 재화의 양은 아예 정해진 것으로 치부합니다. 해님은 하나, 임금도 하나, 길(道)도 하나인 것입니다. 이 같은 사고방식의 지배하에 있는 한 혁명은 혁명일 수 없습니다. 전봉준은 무주茂朱 고을에 붙인 방에서, '君仁臣直 父慈子孝 然後乃成國'이라고 썼습니다. 그리고 스스로를 가리켜 '吾徒雖草野遺民 食君之士 服君之衣'라고 했습니다. 영국이나 프랑스에서의 혁명의 경우도 처음에는 왕에 대해서 대단히 분명치 못한 태도를 취했던 것은 사실입니다만 그들의 경우에는 왕권 정치를 누를 만한 생각하는 방식이 이미 준비돼 있었고, 그 방식이 아니면 살기에 불편한 계급이 준비되어 있었습니다. 이들은 분배가 아니라 생산에 관심이 있는 계급이었습니다. 욕망의 억제가 아니라 욕망의 조절에 지혜의 뜻이 있다고 생각한 계급입니다. 여기서, 그러면 그러한 생각하는 법의 변화는 어떻게 이루어지느냐 하는 문제를 가지고 의견이 갈라졌습니다만, 재화의 생산기술의 발달이 원인이라는 설이 유력합니다. 감투와 직업의 가짓수와 재화의 양이 불어나면 생각하는 법도 달라진다는 이론입니다. 그래서 이 생산기술의 발전을 전제로 하지 않은 혁명은 주머닛돈이 쌈짓돈이 되기 쉬우며, 소비에트가 그저 그만한 상태밖에 유지 못하는 것은 그들의 기술 수준이 자본주의 경제의 그것과 같은 한에서는 기껏 '분배'의 공정 위주라는 유교 국가적 소극적 정의밖에 이룰 수 없으며, 사실 그들 사회가 정체·통제·교조敎條가 두드러지고 극기만을 강조하는 결과 위선자 — 거짓군자(투사라고도 부름 — 지은이 주)를 득시글하게 만들어낸 까닭이 여기에 있다는 것입니다. 그들 이론대로라면 정의가 실현되는 사회에서는 기술의 발전이 천리마千里馬처럼 빠르고, 불의가 사회의 등뼈가 돼 있는 사회에서의 기술적 발전은 앉은뱅이 서울 가는 식이어야 할 텐데 현실은 반드시 그렇지는 않으니, 그들은 무척 괴로우리라 믿습니다. 같은 인간으로서 너그럽게 동정해야 할 일입니다. 영국 사람인 '지에미 와도'가 이런 변화의 원흉이라고 알려지고 있습니다. 그는 증기기관을 연구하는 기간 중 지에미, 즉 그의 어머니가 와도 거들떠보지 않았다는 데서 이런 이름을 가지게 된 것입니다. 그리스도가 예루살렘 신전神殿에서 지에미 와도 굽히지 않은 고사를 따라서 이름 붙인 것입니다. 우리 인류는 지에미 와도 동하지 않는 이런 인물들을 여럿 가지고 있는데, 이런 사람들이 생각하는 방식을 고쳐놓은 사람들입니다. 그리스도는 여호와라는 증기기관에 열중하고 있었던 것입니다. 여기서 이야기를 조심스럽게 정리하지 않을 수 없는 것이 여호와와 증기기관차, 그리고 도道는 서로 다른 대상들이기 때문에, 이 대상의 차이에서 생각하는 방식이 변하지 않았는가를 검증해볼 필요가 있단 말씀입니다. 생각하는 방식의 변화는 어떻게 돼서 일어나는가를 밝혀보려는 것이 본인의 비원悲願이올습니다만, 이것은 여간 어려운 일이 아니어서 사람을 폭삭 늙게 만들며 해골이 지근지근 쑤셔서 십중팔구 신경통에 걸리게 합니다만 어떻게든 이 일을 해내지 않고는 사람이 창피스러워서 못 살겠다, 미치겠다, 아니꼽다, 밸이 꼬인다, 설사가 난다, 구토증이 난다, 아침에 일어나면 머리가 내둘린다, 그럴 나이도 아닌데 방사房事를 좀 푸짐하게 치른 끝이면 맥이 없다, 이런 분들을 위해서 기필코 특효약을 만들어야겠는데 문화가 왜 변하는가? 어느 것이 가장 바람직한 형型인가? 이것이 우리의 과제올시다. 우리 시대가 꼭 치러야 할 일이 이것입니다. 문화형 상호간의 공정 환율의 책정입니다. 저는 이 일에 종사해줄 동지를 찾고 있습니다. 저의 앞으로의 연구는 동료와의 공동연구가 필요한 단계여서 이 이상 한 걸음도 나갈 수 없습니다. 각하, 감찰관 각하, 나는 당신이 그분이라는 것을 오래전부터 알고 있었습니다."

죄수는 고달픈 듯이 의자에 앉는다. 그리고 독고준을 뚫어질 듯이 바라본다. 그의 눈빛은 어떤 과학자들의 그것처럼 맑고 고왔다.

"각하, 만족하셨을 줄 믿습니다. 이제 각하의 여행의 종착역에 오셨죠?"

독고준은 무슨 말인지 알 수 없으므로 이렇게 묻는다.

"무슨 말입니까?"

"너무 놀리지 마십시오. 각하는 물론 저 죄수의 청을 들어주시겠죠?"

"청이라니?"

"저 죄수의 신병 인수인이 되시는 일 말입니다."

"저 사람을 내가 맡는다는 말입니까?"

"그렇습니다."

"그렇게 하면 저는 어떤 의무를 져야 합니까?"

"아니, 이야기가 헛나가는 것 같습니다. 각하께서는 이 사람을 인수하시러 여기 온 것이 아닙니까?"

"아닙니다!"

"이거 놀랐군요."

"절대로 아닙니다."

"그러니까 이 사람의 이야기에 반대란 말씀이군요?"

"저는 잘 모를 대목이 많기 때문에 말할 자격이 있을지 모르겠습니다마는, 제가 알아들을 수 있었던 한에서는 그럴싸한 대목이 더 많았습니다."

"실은 저 사람 얘기가 옳으냐 그르냐보다도 각하께서 저 사람 때문에 오셨는가 아닌가가 문제입니다. 저 사람 말이 다 잡소리라도 각하께서 원하실 테니 그러면 인계하라, 이런 지시를 받고 있습니다."

"아무튼 저는 저 사람 때문에 온 것은 아닙니다."

"아니 정말입니까?"

"정말입니다."

"각하는 누굴 찾고 계십니까?"

"실은……"

"네?"

"실은 나도 모릅니다."

역장은 인상이 험상궂어진다.

"아무리 말단 관리라구 너무 얕보시는군요."

"아닙니다, 사실입니다."

"사실 나는 어떻게 지금 여기 있는지 모릅니다."

그는 상대방에게 미안하다는 감정을 나타내 보이기 위해 무슨 말을 해주었으면 좋을까 안간힘을 썼으나 무슨 할 말이 생각나지 않는다.

"정말입니다. 나는 사실 내가 누군지도 모릅니다. 네, 이만하면 아시겠죠? 네? 내가 누굽니까? 제가 왜 감찰관인가요?"

역장은 새파랗게 질려서 독고준을 쳐다본다. 두 사람에게서 떨어져 서 있던 검차수 두 사람 중에 키가 큰 쪽이 다가서더니 역장에게 말한다.

"마패를 가지고 있나 물어보세요."

"실례가 되지 않을까?"

"이판사판이 아닙니까?"

"그렇지두 않아."

"왜 그렇습니까?"

"또 절차가 남아 있으니 말일세."

"그렇더라도 너무 막연한 일이 아닙니까?"

"노력만 아끼지 않으면 그리 대단한 일도 아니잖는가."

"그렇게만 말씀하실 일이 아닙니다. 경향 각지에 가짜가 득시글하다는데 뒤가 구린 자를 안전 제일주의로 떠모시다가 오히려 웃음거리가 됩니다."

"자네, 협박하는 건가?"

"제 심정을 모르실 리가 없으실 텐데 왜 그러십니까?"

"알기사 알지만서두, 실수할까 봐 그러네."

"그러시니까 이 시골에서 헤어나시지 못하는 거야!"

검차수는 손등으로 역장의 배를 툭 건드린다. 역장은 흠칫 배를 물리면서 입맛만 딱딱 다신다.

"자, 해봅시다."

독고준은 불안하다.

"그래 볼까?"

역장은 이렇게 말하면서 한 발 나선다. 그 말에 독고준은 한 발 물러선다.

"실례가 될지는 모르겠습니다마는……"

역장이 이렇게 운을 떼자 검차수는,

"필요 없어요, 그래 봤자. 다짜고짜로 물어요"

하고 짜증을 낸다. 역장은 그제야 큰 소리를 낸다.

"마패가 있으면 내놓아요!"

"마패라뇨?"

"없으면 당신을 체포해서 이 방에 넣고 대신 죄수를 석방하겠소. 이 차는 또 다른 사람이 바꾸어 탈 때까지 죄수를 싣고 무한의 시간을 운행하기로 돼 있소."

"마패라뇨?"

"당신의 가슴속 깊이 숨겨둔 비밀 말이오."

여름. 그 순간, 이런 낱말이 그의 머리에 불쑥 떠오른다. 여름. 나도 모를 비밀인데. 여름은 무엇일까.

그때 갑자기 비행기의 엔진 소리가 은은히 들려온다. 그러자 역장과 두 부하가 귀를 막으면서 비실비실 물러난다. 그들의 모습이 변하고 있다. 역장은 얼굴 피부가 주홍빛이 되면서 털이 수북이

자라 있다. 키가 큰 검차수는 주둥이가 한 자가량 내밀리고, 두 귀가 모자 위로 비쭉 솟았다가 개털모자의 귀처럼 더펄 접힌다. 그는 꿀꿀 하고 낑낑 신음한다. 그리고 오줌을 찔끔 싸는데, 어쩐 영문인지 오줌은 독고준의 바짓가랑이 속에서 뜨뜻하게 주르르 흐른다. 키가 작은 검차수는 눈이 화경같이 커지고 얼굴에 삽시간에 주름살이 수없이 잡혀서 이목구비 중에 눈만 알아보겠다.

"알았어요. 그만해주세요, 제발. 무례한 저희들을 용서해주세요."

세 마리의 요물들은 손이 발이 되어 애걸복걸 비는 것이다.

시골 정거장. 석왕사란 이름이 정거장 정문에 붙어 있는데 서예 글씨처럼 틀에 넣어 걸려 있다. 현판이라는 느낌. 정거장은 한산하여 사람 왕래가 없다. 선로는 비어 있고 녹이 슬었다. 선로의 두 궤도 사이에 깔린 자갈 사이로 해바라기가 몇 포기 솟아나 있고, 그 노란 화판이 한낮의 햇볕에 앉아 있다. 은은히 들리는 항공기의 엔진 소리. 한가하고 무거운 소리다. 그 소리를 독고준은 듣고 있는 모양이다.

엔진 소리. 은은한. 저 여름의 소리. 저 소리는 내가 어디서 들은 소릴까. 모든 것은 내가 저 소리의 뜻을 알아낼 때 분명해진다. 그것만은 나는 알고 있다. 어떻게? 어떻게 그것을 아는가? 그것은 나도 모른다. 그러나 알고 있다. 그것은 분명하다. 그때 모든 것이 풀린다. 그것만 확실하다. 아니 확실한 것 같다. 아니라면 나한테 무슨 이유가 있겠는가? 아니 분명하다. 그렇고말고. 저 은은

한 소리. 점점 멀어져가는 저 소리. 그 속에 모든 게 숨겨져 있는데 나는 그것을 알 수 없다니. 여기서 빨리 빠져나가야 할 텐데. 여기서 빠져나가는 게 당장 급한 일이다. 아무도 사람이 없구나. 여기서 빠져나가야 할 텐데. 여기는 어딘가? 석왕사라니. 석왕사, 무슨 뜻일까. 무슨 뜻이든 빠져나가야 한다. 그런데 이 정거장에는 아무도 없는 것일까. 조용하구나. 벤치에 앉아서 이렇게 있는 것도 나쁘지는 않아. 아아 이렇게 영원한 시간을 앉아 있을 수만 있다면, 나는 오랫동안 꿈꾸었지. 이런 데서, 헤아릴 수 없는 시간을 이렇게 앉아 있고 싶다는 바람. 비도 눈도 오지 않고 이렇게 앉아 있을 수 있는 처지를. 그런데도 나는 어디론가 가야 한다는 것일까? 여기가 정거장이기 때문에 나는 어디론가 가야 한다는 것일까? 엔진 소리, 저 소리가 내 속의 무엇인가를 파헤친다. 바람과 같은 것을. 햇빛 같은 것을. 텅 빈 것을. 바람, 알릴락 말락한 무더운 바람, 가기는 가야 한다. 어떻게 되든 가긴 가야 할 것 같은데 어디로 가야 할 것일까. 아니, 가지 않아도 되는 것이 아닐까. 이제 소리는 들리지 않는구나. 아니다, 가야 한다. 저 소리가 분명히 말해주었다. 내가 알 수 없지만 분명한 것을 저 소리는 말해주었다. 나는 가야 한다. 그런 생각이 든다. 아무튼 여기를 빠져나가야 하겠는데.

독고준, 일어서서 역사驛舍 쪽으로 간다. 현판이 붙은 자그마한 역사에는 인기척이라곤 없다. 표 파는 창문으로 간다. 창문에는 쇠그물이 덮였는데 그것은 녹이 슬고 군데군데 삭아떨어졌다. 위쪽에는 거미줄이 걸렸는데 마늘쪽만 한 거미가 정지靜止해 있다. 여보시오. 조심스럽게 불러본다. 여보시오. 거미가 갑자기 움직여서 사라진다. 독고준은 다시 개찰구를 빠져서 안으로 들어온다. 사무실 문을 노크한다. 대답이 없다. 또 두드린다. 대답이 없다. 살며시 문을 민다. 방 안에 들어선다. 책상이 셋, 그리고는 아무도 없다. 표 파는 자리에는 수북이 차표가 쌓여 있는데 자세히 본즉 모두 검찰한 구멍이 뚫려 있다. 독고준은 별 생각 없이 낡은 차표를 만져보기도 하고 의자에 걸터앉아도 본다. 서랍을 열어본다. 도시락이 들어 있다. 도시락 뚜껑을 열어본다. 밥은 말짱하게 치워지고 열무김치 한 오라기가 붙어 있다. 열무김치구나, 하고 독고준은 감탄한다. 일어서서 밖으로 나온다. 그 사이 방 안에 있었다고 눈이 부시다. 그는 손으로 눈썹 위를 가린다. 건물을 끼고 돈다. 그쪽에 숙직실 같은 방이 나선다. 숙직실이라고 하는 것은 아궁이가 달린 방이기 때문이다. 문이 열려 있고 발이 드리워져 있는데 문턱 아래에 하얀 고무신 한 짝이 놓여 있다. 그는 발 너머 방 안 기척을 살피는데 어두워서 잘 보이지 않는다. 그래도 서 있다. 한정 없이 기다릴 수도 없는데, 하고 그는 생각한다. 여보세요. 그는 불러본다. 여보세요. 작은 목소리다. 대답은 없다. 그는 조심스럽게 발을 들치고 들여다본다. 하얀 수염이 난 역장이 옷을 입은 채 목침을 베고 자고 있다. 머리맡에는 읽다 만 구식 장정의 큼직한 책이 반이 갈린 채 엎어져 있다. 독고준은 발을 내린다. 노인이 단잠을 자는데 깨울 수도 없다. 그는 망설이다가 도로 찻길을 건너 벤치에 와 앉는다. 해바라기를 바라본다. 왕잠자리가 한 마리 그 넓적한 잎의 그것도 가장자리에 앉겠다고 매달리다가는 날아오르고 한다. 잎이 건들건들 움직이기 때문에. 독고준은 그것을 본다. 여기 앉아서 노인이 깨기를 기다리기로 한다.

역장이 깨면 어떻게든 될 테지. 단잠 자는 노인을 깨울 수야 없지 않은가. 그가 깨면 상의해서 좋도록 해야지. 그런데 이 싸한 냄새는 어디서 나는 것일까. 쓰레기통이 가까이에는 보이지 않는데. 오물이 썩는 냄새다. 한여름인데 썩구말구. 잠자리란 놈이 어지간하구나. 저렇게 끈덕지게 붙어 있구나. 왜 단단한 줄기에 붙지 않고 저러는 것일까. 해바라기는 언제 보아도 좋다. 여기 앉아서. 암, 그럴 수도 있지. 영감이 언제까지나 깨지 않는다면 나는 언제까지나 여기 앉아 있을 수 있지, 해바라기와 잠자리를 보면서. 그것이 내 바람이 아니었던가. 그렇게 오래, 앉아 있고 싶다는 것이. 나는 언제까지라도 앉아 있을 수 있다. 저 멀리 뻗은 녹슨 철길 저쪽에서도 해바라기가 있다. 저건 코스모슨가 보구나. 그런데 이렇게 좋은 곳을 자주 빠져나가고 싶은 게 웬일일까. 나는 여기 앉아 있고 싶은데, 그래도 가고 싶으니 웬일일까.

그는 일어서서 벤치 앞을 왔다 갔다 한다. 숙직실 쪽을 바라본다. 다시 벤치에 앉는다. 잠자리는 아직도 거기에 있다. 그는 다시 일어서서 철길을 건너 숙직실 앞으로 온다. 발은 드리워진 채. 흰 고무신도 그대로다. 여보세요. 그는 나직이 부른다. 방 안에서 끙, 하는 소리. 여보세요. 일어나 앉는 기척. 이윽고. 게 누가 왔소? 네 지나가던 사람입니다. 발이 들쳐지고 수염이 하얀 역장이 앉은 채 내다본다. 주무시는데 안됐습니다. 하면서 그는 신을 벗고 방 안에 들어선다. 마주 앉아도 별로 할 말이 없으니까 그저 덤덤히 있는데 노인은 발바닥을 문지르면서 이렇게 묻는 것이다. 그래 댁은 뉘시오. 독고준은 이렇게 대답한다.

"지나가던 사람입니다."

"그래 어디로 가는 분이길래."

"네, 실은."

"아니 굳이 알리는 건 아니고. 바쁜 걸음이 아니면 쉬다 가시구료."

"실은 좀 여쭈어볼 일이 있어서."

어쩐 일인지 그런 말이 나온다. 그럴라치면 역장은 반갑다는 듯이 허, 하면서, 그래 그 일이 무슨 일이냐고 묻는다.

"실은 사람을 좀 찾고 있어요."

독고준은 그렇게 말해본다. 영감은 알았다는 듯이 끄덕인다. 이목구비가 반듯하여 곱게 늙었는데 옛날에 영의정이나 판서 하는 사람들은 이런 풍신이었을 것이라고 독고준은 생각하고야 마는 것인데 그것은 별로 대수로운 생각은 아니고 실인즉 딴 얘기가 궁금한 것인데 역장은 좀체로 틈을 주지 않는다. 그러면서 얘기하기를 옛날에 제갈공명은 삼고초려를 받기 전에는 몹시 한가한 살림을 꾸려가면서 족한 나날을 보냈는데 그만 유혹에 넘어가서 객사를 했다고 말하는 것이다.

"오장원五丈原 말이지요?"

하고 독고준은 걸려든다. 그렇다는 것이 역장의 대답인데 오장원에서 그렇게 죽은 것이 제갈공명에게 다행스러웠는지 어쩐지는 잘 모르겠다는 것이다.

"그럴 것도 같군요"
하고 독고준은 잘 모르겠으면서도 맞장구를 친다. 만사는 역장이 봐주기에 달렸다고 생각하기 때문에 마음이 약해진 것이다.

"글쎄 그렇지 않소?"

역장은 지그시 독고준을 노려보는 것이다. 분명히 맞장구를 쳤는데 역장이 곧이듣지 않은 것은 필시 속으로 딴 궁리가 있어서 그러는 것이 아닌지 적이 의심이 가서 대체 이 사람이 무슨 꿍꿍이가 있누, 하고 그의 표정을 유심히 살펴보지만 도무지 알 수가 없는 일이다. 그런가 하면 역장은 역장대로 독고준이 하는 말을 호락호락 믿지 않는다는 것을 나타내 보이려고 그러는지 지그시 눈을 감은 채 가끔 입맛만 딱딱 다신다.

"네, 무슨 말씀을 하셨던가요?"

독고준은 깜짝 놀라면서 엉거주춤해 보이기까지 하는데 실인즉 그도 그럴 만한 일이 딱히 있어서라기보다도 그렇게라도 하지 않고서는 이 자리를 모면하기가 미상불 어려우리라는 그 딴에는 상당히 생각이 있어서 하는 노릇인데 그런 사정을 역장이야 알 리가 없겠지만 겉으로 보기에는 다 꿰뚫어보고 있는 것 같아서 여간 불안하지 않다. 아무럼 저도 사람이면 인정이 있을 테니 거기에 기대보는 길밖에는 없다고 생각해보는 길밖에는 딴 도리가 없다.

"정 떠나야겠소?"

역장은 이윽고 불쑥 물어온다. 독고준은 아무래도 그랬으면 하는 생각이어서 조심스럽게 대꾸를 하게 된다.

"그랬으면 합니다만."

"당신도 딱한 사람이오. 내가 무어랬소. 삼고초려까지 말하지 않았소?"

"제가 여기를 찾아왔단 말씀이죠?"

"허, 참 답답하군. 금방 얘기했는데도 또 딴소리를 하는군"

하고 입맛을 딱딱 다신다. 독고준은 면구스럽고 민망스러워서 못 견딜 지경이다. 그렇더라도 이런 때 할 말은 해야 된다고 속으로 작정을 하고는 역장이 또 무슨 말을 꺼내는가 기다려본다.

"내 말은 백 번이나 한 소리요"

하고 역장은 말한다. 독고준은 대꾸는 해야겠는데 어떤 말을 하면 실례가 되지 않을지 자신이 서지 않아서 다음 말을 기다린다.

"그러니 이러구저러구 긴 말을 하기도 싫고 피차 알 만큼은 안 처지니 그렇게 하는 게 어떻겠소. 나도 실인즉 외로운 몸이고 슬하에 둔 자식이 없는 건 아니지만, 그렇더라도 욕심은 역시 욕심이어서 무리한 얘긴지는 모르지만 굳이라도 그리 됐으면 하는 것이오. 고깝게 여길지는 몰라도 진정이 그러하니 나로선 아무 구린 데가 없단 말이오. 일인즉 어렵다면 어렵고 쉽다면 쉬운 것인데 이만큼 얘기했으면 설마한들 딴소리야 있겠소? 그야 당신 욕심으로는 또 그렇지도 않을지 모르겠소. 이만하기도 천만다행한 것이 꿈자리가 좋기에 망정이지 더 섬뜩한 일이 벌어지지 말란 법도 없는 것인즉 사람은 결단이 있어야 하는 것인즉 지금이 잘 생각할 때란 말이오. 도무지 사방을 둘러보아야 적막강산인데 우리 정을 붙이고 사는 날까지 살아봅시다. 이래도 한세상 저래도 한세상 뜬구름 같은 인생이라 하지 않았소. 맨손 들고 왔다가 맨손 흔들며 가는 인생인데 여보소 야박하게 굴지 마소. 정이 아쉬워 붙드는 이 소매 뿌리치지 마소."

역장은 후 한숨을 쉬면서 푹 고개를 숙인다. 독고준은 가슴이 막히면서 눈시울이 뜨거워진다.

그래도 어쩐지 여기서 지면 그만이다 싶으면서 와락 무서워진다.

"그렇긴 합니다만서두."

이렇게 말하니 역장은 이윽히 독고준을 건너다보면서 말하기를,

"독한 사람이구료"

하는 것인데 독고준은 그저 미안스럽고 안된 생각에 쥐구멍이라도 있었으면 들어가고 싶은 심정인데 역장은 연해 고개를 저으면서,

"독한 사람이구료"

한다. 이래도 독고준은 멍청하게 마주 쳐다볼 뿐이지 이렇다 할 말도 못 내고 있자니 괴로운 속은 이루 헤아릴 길이 없다.

"아무튼 사단事端은 크게 벌어졌으니 낸들 속이 없겠소만 그렇다고 오기로 에라 모르겠다 할 수도 없으니 속이 타는구료. 내가 당신을 본 것이 탈인데 그게 내 병이 됐으니 이제는 내 힘으로는 어찌할 수도 없는 지경에 이르렀으니 장차 이 일을 어찌하면 좋단 말이오. 사면초가에 팔방이 꽉 막혔으니 차제에 나 혼자서 꾸려 나가보자니 말도 안 되고, 그렇다고 당자 본인이 가타부타 안 하는 일을 억지로 해서 지라면 책임은 혼자 지겠소만 누가 당신에게 미친다면 10년 공든 탑이 무너지겠으니 그 일도 끔찍하고 내 사정이 정히 딱하오. 전자에 내 부하들이 혹 실례가 된 점이 있는지도 모

르겠소만 그것도 알고 보면 다 이녁을 위해서 한 일이지 제 속셈에서 나온 것은 전혀 아닌 줄은 잘 알지 않소? 어떻소?"

"그야 물론……"

"그러니 하는 말이오. 그걸 알아주신다니 적이 안심은 되오마는 그것만으로 만사가 무사해질 것은 아니니 아무래도 생각 같아서는 여기서 단단히 무슨 결판을 내기는 내야 할 모양인데 미심쩍기는 여전하구만. 한두 번도 아니고 이런 계제에 미적미적하면서 망설이고 보면 필시 일을 그르칠 염려가 십중팔군데."

역장은 발 너머로 밖을 기웃거리면서 중얼거린다. 어디선가 땅땅땅 뚱땅, 하는 쇳소리가 들려온다. 독고준은 지루하고 짜증스러워서 금방이라도 밖으로 뛰어나가고 싶지만 그럴 수도 없는 일이어서,

"여기서 떠나는 차는 언젭니까?"

하고 묻는다.

"떠나는 차?"

역장은 한참 생각에 잠기는 듯싶더니,

"하두 오래된 일이라, 알아보긴 하겠소만……"

하면서 머리맡에 놓았던 이야기책을 집어들고 뒤적뒤적한다. 독고준은 행여나 하는 마음으로 조바심이 나서 그것을 지켜본다.

"허, 없구만…… 워낙 오래된 일이어서 미상불 어렵겠는데……"

"안 되겠습니까?"

"안됐소만 어렵겠군."

"안 되겠습니까?"

"글쎄, 그런 것 같아요."

역장은 책을 내려놓고 난처해서 쳐다본다.

"어떻게 딴 도리는 없을까요?"

"글쎄 딴 도리라는 게 워낙 오래된 일이라 그때 계시던 분들이 지금은 모두 작고하고 문적도 남은 것이라곤 이것뿐인데 여기서 못 찾으면 다른 방도가 있겠소?"

독고준은 한숨을 쉰다.

"그런즉 세상일이 뜻과 같지 못한 게 예사고 보면 너무 낙심할 것도 못 됩니다. 우리들도 소싯적에는 한번 넓은 하늘에 날아보고 싶은 게 원이었소. 죽지 부러지고 기력이 쇠하고 보면 어쩔 도리가 없어서 이러고 있는 게 아니겠소? 그래 사무실에는 들러봤소?"

"네, 아까."

"그래 뭐랍디까?"

"아무도 못 보았습니다만."

"그래요?"

역장은 의심스러운지 저쪽 사무실 동정을 살피는 시늉을 한다. 서랍에 도시락이 있는 것으로 봐서는 역장의 말이 옳은 것도 같아서 조금 안심이 되고, 결국 이 사람을 잘 구슬리는 수밖에 없다는 생각이 굳어진다.

"연로하신데 어려우시겠습니다"

하고 독고준은 염려해보는 것이다.

"나? 글쎄, 탈은 없는 편이오마는, 이러고 고생한 끝에 소원이나 성취했으면 한이 없겠소만. 손자 같은 당신을 두고 내가 먼저

갈 수는 없고 해서 이렇게 버티고 있소마는 내리사랑은 있어도 치사랑은 없다고 어찌 될는지는 아직도 모르겠구면. 손이 모자라서 오랫동안 역사(驛舍)도 손을 못 보았고 이제 다시 짓는다는 일은 더욱 염도 못 내고 있는 터인데 그래도 그런 일은 별로 괴롭지 않소. 큰 집이 기울어 3년이라구 아직은 멀었소. 내 평생에 일을 당하려니는 생각지 않소만 그것도 내 생각이구, 어찌 될는지. 지난번 장마에도 여기저기 새고 했는데 그런 대로 때우고 메우고 했구면. 아무튼 일은 큰일인데."

독고준은 여기서 떠나는 차편을 알아는 봐야겠는데, 이쯤 되면 더욱 거북해져서 맡기가 참으로 어려워진다. 땅땅땅 뚱땅, 하고 망치 소리가 또 들려온다.

"저 소리가 들리시오?"

"네, 들립니다."

역장은 빙긋이 웃으면서,

"내가 뭐랍디까?"

"네?"

"내가 한 말이 있지 않소? 내 부하들이 전자에 혹 실례되는 일이 있었을지 모르되 결코 딴마음이 있어서 그러는 것은 아니라고 말이오. 지금 기관차를 점검하고 있는 모양인데 내 속을 짐작하고 저희들이 일을 꾸려보는 모양이군."

"그러니까 차가 떠난단 말씀이신가요?"

"야속한 양반아, 기왕에 떨치고 가는 길 그리 박정하게 마시오. 차가 채비를 차리자면 아직 시간이 있으니 서두르지 마시오. 나가고 싶소?"

언짢아하는 역장의 기색에 독고준은 다 된 일이 파장이 될 것 같아서 손을 저었다.

"아닙니다. 저로 말하더라도 실은 서운한 것으로 말하면 한량이 없습니다"

하고 말한다. 역장은 교활한 웃음을 지으면서,

"암만, 그러실 테지. 그러니 천천히 예서 기다리고 있으면 기별이 올 거요. 저 사람들이 저래뵈두 다 속은 있는 사람들이오. 이날 이때까지 내 밑에 있으면서도 서로 얼굴 붉힌 일 없이 해준 사람들이오. 저희들대로는 섭섭한 일도 있겠지만 그런 표를 낸 적이 없지요"

하고 한숨을 후 쉰다.

"다 윗사람 알아보고 그러는 것일 테죠"

하고 독고준은 말한다.

"글쎄, 나야 무어 시원한 일 한 가지 해준 적이 없으니 그렇게 생각할 주제는 못 되는 게 사실이오. 열에 한 가지 갖춘 게 없는 처지에서 꾸려가자니 여간한 일이겠소?"

그렇게 말하고는 또 땅땅땅 뚱땅, 하는 소리에 귀를 기울인다. 사위는 고요하고 쇳소리만 울리는데 한적하기 이를 데 없다. 독고준은 앉은 채로 몸을 조금 꼬아서 발 너머로 밖을 내다보니 저쪽 자기가 앉았던 벤치 앞에 구식 증기기관차가 한 대 들어와 있고, 한 사람은 키가 크고 또 한 사람은 작은 두 사람이 망치로 바퀴를 두드려보고 있는 것이다. 독고준은 실은 그 소리가 들렸을 때 뒤

돌아보고 싶었으나 참아오다가 지금 눈으로 똑똑히 보고 나니 마음은 하늘에 오른 듯싶었다. 그는 희색이 만면하여 돌아앉았다가 그만 온몸의 피가 싸하니 식어버린다. 역장은 이글이글 타는 눈으로 그를 지켜보고 있다가, 그가 돌아앉자 얼른 딴전을 부렸지만 독고준은 역장의 그 눈을 보고야 만 것이다. 그는 두려운 가운데도 마음을 수습하여 이 고비를 잘 넘겨야겠다고 생각한다. 여기서 허한 데를 보이면 큰 변을 당하리라는 생각이 퍼뜩 떠오른 것이다. 그래서 얼른 말을 꺼내면 도리어 의심을 살 것 같아서 그저 태연히 마주 보면서 동정을 살핀다. 역장은 독고준의 속을 아는지 모르는지 다시 여전한 태도로 한 손으로 이야기책을 뒤적뒤적하면서 발너머 밖을 무심하게 내다보고 앉아 있다. 쇳소리는 더 들리지 않고 그나마 고요함을 깨놓는 그 소리가 없고 보니 더욱 적적하다. 역장은 이야기책을 뒤적이면서 삼고초려 삼고초려 이런 소리를 입속으로 뇐다.

"삼고초렵니까?"

"삼고초려구말구."

역장은 인자스럽게 웃으면서 끄떡끄떡한다. 독고준은 왜 그런지 가슴이 막히고 눈시울이 뜨거워진다. 삼고초려구나, 하고 입속으로 중얼거려보니 기차고 뭐고 이대로 눌러앉아버리고 싶은 생각이 문득 인다. 이렇게 발 사이로 들어오는 여름 햇볕이 혼곤하게 찬 방 속에 앉아서 수염이 하얀 역장을 마주 보고 있게 자기는 오래전에 작정이 되어온 것 같은 느낌이 드는데, 한참 만에 그런 생각에서 퍼뜩 깨고 보니 이번에는 저번처럼 확실히 잡지는 못했지만 역장의 눈빛이 또 이상했던 것 같아서 그는 오싹한다. 방심하고 있으면 당하겠구나 하는 생각이 얼른 인다. 역장은 여전히 발 너머로 밖을 내다보고 앉아 있다. 역장은 지금 무슨 궁리를 하는지, 정말 기차를 마련해줄 생각인지 알 길이 없다. 독고준은 마주 앉아 있는 사이에 부하들이 저지른 일이어서 자기 말로는 부하들이 알아서 하는 일이라고 하지만 역장의 말과 같이 부하들의 처사를 옳게 여기는지는 정작 알 수 없는 일이어서 독고준은 또다시 불안해진다. 이렇게까지 된 마당에 역장이 또 딴 꿍꿍이를 꾸민다면 여기서 빠져나가는 일이 거의 바랄 수 없게 되지 않을까 두려워지는 것이다. 무슨 붙여볼 만한 말도 생각나지 않고 잘못 건드리면 그가 또다시 만류하게 된다면 그때는 어떻게 거절해야 할지 생각만 해도 끔찍하다. 간신히 버티고 있지만 그는 심히 불안하다. 잠자코 있자니 더 안타까워져서 그는 말을 하려고 하는데, 웬일인지 입이 떨어지지 않는다. 아무리 힘을 주어봐도 턱이 열리지 않는 것이다. 입속에서 혀를 놀려보려고 하니 그것도 말을 듣지 않아서 마치 입 안에 나뭇조각을 물고 있는 기분이다. 어찌 된 일일까?

그러는데 역장이,

"오는군"

하고 말한다.

독고준이 돌아다보니 검차수 한 사람이 철길을 건너온다. 독고준은 살았구나, 한다. 역장은 태연한 채로 앉아 있다. 검차수는 문 앞에 멈춰 서더니 안을 들여다본다. 역장이 무슨 말을 하려니 하고 독고준은 기다려보지만 그는 아무 말도 안 한다. 그렇다고 독고준이 나설 수도 없는 노릇이라 일은 딱하게 됐다. 그래도 은근히 마음은 놓이는 것이 이쯤 된 일을 설마 깨지야 않으려니 하는 실상 허망한 믿음이 있는 것이 묘한 일이다. 검차수도 더 움직일 기색이 없고 발 저편에 서서 이쪽을 건너다볼 뿐인데, 역장이 이렇게 말한다.

"가기는 가야 할 사람인 것도 같고."

같고라니. 숨이 딱 막힌다. 저 영감이 나를 놓아주질 않을 셈인가.

"하기는 내가 무리를 해서 당신을 붙들자는 것은 아니지만 말이 난 김에 시원히 털어놓고 싶으니 들어보시오. 전자에도 말했다시피 우리가 이 고생을 하고 있는 것도 다 누구 때문인 줄 아시오. 따지는 게 아니라 일인즉 그러하다는 말이 아니겠소. 본시 이런 일이라는 게 누가 마음대로 하려고 해서 되는 일도 아니고 또 누가 말리려든다고 막아지는 일도 아니라는 게 분명하지 않소. 이치가 그러니까 내 사정이 딱하다는 것도 알아주어야 하지 않겠는가 하는 그 말이오. 안 그렇소?"

독고준은 그 말에 꼭 찬성은 아니면서도 거스르는 것이 어쩐지 두려워서,

"그야 저도 모르는 것은 아닙니다"

하고 대꾸하고 만다. 역장은 그런 말은 들으나 마나라는 표정으로 말하는 것이다.

"그런즉 답답하다는 말이 아니겠소. 내가 이 나이에 젊은 사람에게 권할 만한 일을 권하는 것이지 어디 안 될 일이야 권하겠느냔

말이오. 아무리 고지식한 사람도 굽힐 때는 굽히는 것이 자연의 이치요. 아무리 천하의 장산들 별수가 없는 일이오. 그러하니 지금에 와서 내가 잘못 했다든가 혹 당신에게 무슨 실수가 있었다든가 이런 일은 아예 싹 잊어버리고 심기일전해서 새출발을 해보는 게 어떻겠소. 여기가 비록 보잘것없는 시골 역일망정 양식은 우리 식구 먹을 이만큼은 장만이 돼 있고, 땔감은 저탄장에 수십 년치는 있고 아따 한 발만 나서면 저 산이 모두 땔감인데 무슨 걱정이겠소. 이야기책도 책광에 그득 차 있으니 동지섣달 긴긴 밤도 그 아니 즐겁겠소?"

"아니 이야기책이 그렇게 많단 말씀이신가요?"

어쩔 수 없이 역장이 한 손에 든 책으로 눈이 간다. 역장은 빙긋 웃는다.

"있다마다. 『삼국지』에 『서유기』『금병매』『수호지』『구운몽』『춘향전』『열하일기』에 『홍길동전』에 없는 것이 없소."

독고준은 흐뭇하다. 역장은 더 나긋한 말투로,

"그러니 억지로 권하지는 않을 것이니 내 잠깐 다녀올 사이에 잘 생각해보시오"

하고는 일어서서 밖으로 나간다.

독고준은 발 너머로 역장과 검차수가 나란히 걸어가는 것을 바라본다. 그들은 찻길을 건너서 기관차 있는 쪽으로 걸어가는데 검차수가 가끔 뒤를 돌아다보면 역장이 팔꿈치로 쳐서 말리는 눈치다. 독고준은 혼자 앉아 있다가 깜빡 잠이 들었다. 비몽사몽 간에 부르는 소리가 있어서 문득 깨어보니 아버님과 어머니가 하얀 소

복을 입고 머리맡에 서 계신다. 놀라 일어나 앉으며,

"웬일이십니까"

하니 어머니가 수심이 가득해서 그에게 다가서려는 것을 아버님이 팔꿈치로 막으면서 이렇게 말씀하신다.

"우둔한 놈아, 여기가 어디라고 이리도 깊이 잠들어 누웠느냐. 요망한 것들이 너를 해치려 하여 위험이 임박하였으니 곧 일어나서 이곳을 떠나거라"

하시고는 어머니를 재촉하여 방을 나가신다. 문득 놀라 깨어보니 그 사이 앉은 채로 깜빡 졸았던 모양이다. 그는 오싹 오한이 난다. 곰곰이 생각하니 역장에게 딱 잘라서 가겠노라고 하지 않은 것은 큰 실수였다. 그는 산란한 마음을 수습하여 역장을 기다릴 것도 없이 곧 일어나서 밖으로 나온다. 기관차 옆에서 역장과 검차수가 이쪽을 지켜보고 있다. 독고준은 철도를 건너서 그들에게로 가까이 갔다. 역장은 벌써 눈치를 챘는지 거들떠보지도 않는다. 그는 역장을 향하여,

"곧 떠나야겠습니다"

하고 말한다. 역장은 고개를 끄덕인다.

"그러지 않아도 알리러 보낼 참이었소. 차도 준비가 됐으니 오르시오"

하고 선선히 권한다. 역장이 자기 입으로 이렇게 말할 때 얼른 좋을 일이라고 생각이 들어서 그는 황망히 차에 올랐다. 그가 들어간 칸은 비어 있었다. 그는 역장 일행이 보이지 않는 쪽에 자리를 잡을까 하다가 마지막인데 공연히 사소한 일로 화가 될 것 같은 생

각이 나서 그만두기로 하고 바로 그들이 올려다보는 창문가에 자리를 잡았다. 칙칙 푸욱, 하고 저쪽 앞에서 기관차가 김을 뿜어대고 사람은 여전히 단출한 대로 독고준은 기차가 떠나기 임박한 술렁술렁한 기분이 되는 것이다. 기차가 움직이기 시작한다. 역장은 차렷 자세로 거수경례를 하는데 서운한 빛이 역력하다. 독고준은 독한 사람이라던 그의 말이 생각나서 내가 못할 짓을 하기는 하는구나 싶으면서 비감해진다. 그런대로 차는 달려서 이윽고 그들의 모습이 사라졌다.

그는 등걸이에 머리를 기대고 얼굴은 창밖으로 돌리고 있었다. 쿵쿵거리는 울림이 전해지는 그의 머리는 그보다 더 낮추어서는 때리는 것이 못 되는 그런 연약한 매를 맞고 있는 기분이었다. 창밖에 보이는 풍경은 매양 같은 모양이 자꾸 밀려와서 그의 몸으로 재고 있는 기차의 울림이 아닌들 이 기차가 제자리에 서 있지나 않을까 싶을 만하였다. 낮은 야산과 벌판에는 번쩍이는 나무들이 드문드문 서 있는데 유심히 보니 그 나무들은 불에 탄 죽은 나무들이었다. 불에 타서 숯이 된 표면이 햇볕을 튕겨내는 것이었다. 이렇게 넓은 면적이 온통 산불에 싸여버린 것인가. 가도가도 죽은 나무들뿐이니 그것은 분명하였다. 철길에 바짝 붙어 서 있는 나무도 간혹 있어서 그것이 불에 탄 것이라는 데는 틀림이 없었다. 이렇게 불이 휩쓸었으면 그 당장에는 필경 풀도 타버렸을 것이지만 이듬해 봄에는 더 성하게 자랐을 것이다. 새파란 하늘 한쪽에는 뭉게구름이 우뚝 솟아 있다. 독고준은 고달팠다. 이렇게 머리를 강철의 진동에 맡기고 이대로 한없이 가고 싶었다. 어디로 가지 않아도 좋고 그저 가기만 하였으면 나는 그만이다, 하고 그는 생각하였다. 하얀 구름이 그의 눈을 부시게 했다. 가도가도 한 모습인 죽은 나무들이 그의 눈을 지루하게 만들었다. 그래서 그는 눈을 감았다. 뒷머리에 전해지는 단조로운 울림이 그에게서 버티는 힘을 빼앗았다. 꿈속에서 그는 어느 알지 못하는 지하도 같은 데를 걸어가고 있다. 지하도는 돌로 쌓았는데 군데군데 쇠창살로 가린 전등이 있어서 길을 비치고 있다. 어디선가 끊임없이 싸한 냄새가 나는데 오물이 썩는 냄새다. 쓰레기통에서 나는 그런 냄샌데 아무 데도 그런 물건은 보이지 않는 것이다. 어느 모퉁이를 돌아가니 거기는 마구간같이 된 곳인데 쇠창살이 박힌 창문 안으로 사람이 보인다. 그는 독고준을 보자 반색을 하면서 무슨 이야기를 하는데 독고준은 듣고 있으면서도 듣는 대로 잊어버려서 아무 뜻도 모르는 이야기를 듣고 만다. 그 사람은 자꾸 조른다. 조르는 이야기도 그 사람은 열심히 하는데 듣는 대로 잊어버려서 대꾸를 할 도리가 없다. 그 앞을 지나서 다음 칸으로 옮아갔더니 거기는 사람이 없다. 거기서 잠이 깬다. 깨는 순간에 그는 내가 꿈을 꾸기 시작하는구나 하는 생각이 든다. 꿈에서 기차를 타고 가면서 죽은 나무들을 보고 있구나 하는 생각인데, 생시가 생시 같지 않다니 하는 생각은 하면서도 이것도 꿈이구나 하고 생각하는 것이다. 그는 자리에서 일어섰다. 얼마나 잤는지는 모르지만 머리도 몸도 가뿐하였다. 그는 텅 빈 찻간을 걸어서 문을 열고 나가서 다음 칸 문을 밀고 들어갔다. 거기도 비어 있다. 그는 거기를 지나서 다음 칸으로 갔다. 거기도 비어 있다. 이 차를 타고 있는 것은 나뿐인가 하고 그는 생각하였다. 그는 이 기차를 돌아볼 생각으로 나선 것이었으므로 또 다음 칸으로 들어섰다. 거기도 비어 있었다. 그는 자꾸 나갔다. 어느 칸이나 다 비어 있는 것도 놀랍거니와 그는 벌써 서른다섯 개를 세었는데도 그의 앞에는 또 객차가 있는 것이었다. 그는 창문으로 머리를 내밀고 기관차 쪽을 바라보았다. 기관차는 까마득한 저편에, 아직도 객차 스무 개는 더 이어진 저편에 있었다. 독고준은 뒤를 돌아다보았다. 그런데 뒤에는 달린 칸이 없었다. 독고준은 열차의 맨 마지막 칸에 타고 있는 것이다. 그는 자기가 오던 쪽으로 되돌아가서 들어온 문을 열고 나섰다. 그의 앞에서 그 뒤칸의 문이 나서는 것이다. 그는 또 창밖으로 머리를 내밀고 보았더니 지금 있는 칸이 끝이다. 그는 또 한 번 문을 열었으나 그의 눈을 맞이한 것은 기차의 꽁무니에서 빠져 달아나는 두 철궤가 아니고 여전한 다음 객차의 문이었다. 그는 단념하고 다시 기관차 쪽으로 나가기 시작했다. 마흔 개를 세었는데도 객차는 끝나지 않는다. 창밖으로 내다보니 여전히 바구니 스무 개는 더 남아 보인다. 그는 잠시 망설이다가 자꾸 가보기로 작정하고 걸어갔다. 아무리 가도 기관차는 나타나지 않았다. 이제 그는 헤아리지도 않았다. 마침내 어느 차량과 차량 사이에서 그는 사람을 보았다. 그들은 오르내리는 계단에 앉아 있는데 누런 군복에 빨간 견장을 단 군인이 옆에 앉은 여자의 저고리섶 사이로 손을 넣어 젖을 만지고 있다. 여자는 흰 모자에 흰 옷 입은 간호원이다. 간호원이 일어서서 독고준의 팔을 잡는다. 그 군인은 흰 바탕에 '헌병'이라고 쓴 완장을 두르고 있다. 그녀는 이렇게 말한다.

서유기 169

"실은 지금 모시러 가던 참이었습니다"

하고 그의 팔을 잡아 끈다. 그는 독고준을 다음 칸으로 끌고 들어갔다. 그 칸에 조봉암曺奉岩이가 혼자 앉아 있다. 그는 수척해 있었다. 독고준과 간호원이 가까이 가도 그는 감은 눈을 뜨지 않았다. 그는 거의 해골처럼 보인다.

"자, 보세요."

간호원이 외마디 소리 지르듯이 날카롭게 부르짖었다. 독고준은 그녀가 흥분하는 까닭을 알 수 없었다.

"왜 그러십니까?"

"네?"

"어디 불편하신 데라도……"

"불편? 이렇게 죽은 사람이 다 있는데 (손가락으로 조봉암을 가리켰다) 좀 불편하면 어때요? 이 사람이 죽었을 때 우리의 욕망도 죽은 거예요. 이 사람이 죽었을 때 우리의 야심도 죽은 거예요. 아하 끔찍도 해라. 당신은 보고만 있었죠?"

"네? 이 사람이 죽었습니까? 난 아직 신문을……"

"신문? 신문에 죽었다고 나면 죽어야 한다는 말인가요?"

그때 문이 열리면서 헌병이 고개만 들이밀고 말했다.

"이봐, 당신이 울고불고해서 어떻게 되는 게 아니잖아? 적당히 해 두고 오란 말이야"

하고 말하였다.

"당신은 잠자코 있어요. 어이그, 밤낮 그 생각뿐이지"

하고 핀잔을 준 다음에 다시 독고준을 향했다.

"좋아요, 내가 화를 내려던 건 당신이 이 사람이 이 지경이 될 때까지 손끝 하나 까딱 안 한 게 섭섭해서 그랬는데 그 얘긴 더 안 하겠어요. 그 대신 부탁이 있어요."

"뭡니까?"

"이 사람은 지금 빨리 치료해야 합니다. 그러니 도와주셔야겠어요."

"어떻게 돕는단 말입니까?"

"다음 정거장에서 나하고 이 사람이 내릴 테니 당신이 이 자리에 앉아 있다가 누가 찾거든 내노라고 해달란 말입니다."

"그건 못 합니다."

"아아니 못 하다니요."

"못 합니다."

"이유가 있을 것 아녜요."

"내가 그렇게 해야 할 이유가 없습니다."

"부끄럽지 않아서 그런 말을 해요?"

"뭐가 부끄럽단 말입니까."

"그럼 당신은 이이가 돈을 받아 썼다고 하시는 거예요?"

"저는 모릅니다."

"그렇다면 말이 안 되잖아요?"

"말이 안 되다뇨?"

"이분이 그런 돈을 안 썼다면 당신이 망설일 게 뭐냐는 거예요?"

"망설이긴 내가 뭘 망설인다는 겁니까?"

서유기 171

"이 자리에 앉아 있어달랬더니 못 한다고 하시잖았어요?"

"그건 못 합니다."

"그것 봐요. 그러면서 무슨 변명을 늘어놓으시는가 말요."

"변명은 내가 웬 변명입니까?"

"그게 변명이 아니고 대체 뭐예요?"

"변명이 아닙니다."

"그럼 뭔가요?"

"내 생각이죠."

"아아니 이이 누굴 약을 올리시나, 아이 참, 분해."

"그런 게 아닙니다. 저는 그렇게 할 수가 없다는 겁니다."

"돈 받아 썼다고 믿지도 않는다면서 그럼 뭣 땜에 의무를 기피하려고 하느냔 말예요."

"무슨 의무입니까?"

"점점. 다시 따져봅시다. 당신 저이가 돈 받는 거 봤어요?"

"못 봤습니다."

"그것 보세요. 그러니까 저이는 죄가 없단 말예요."

"저는 죄가 있다고 하지 않았습니다."

"그럼 됐군요."

"네?"

"승낙해주신다는 거겠죠?"

"뭘 말입니까?"

"이 양반이 정말 왜 이러실까? 다음 역에서 우리가 내릴 테니 자리를 대신 맡아 달라는 것 아녜요? 그렇게라도 수를 쓰지 않으면 이이는 내리지 못할 거란 말예요."

"저는 못 합니다."

"의무를 회피하는 거예요."

"내가 조봉암이가 아닌데 어떻게 조봉암이가 되란 말입니까?"

"누가 되라고 했어요? 우리가 탈 없이 빠져나갈 때까지만 속여 달라는 것이죠."

"마찬가지십니다."

"두려우신가보죠?"

"두렵습니다."

"유다는 염치까지 버렸구나. 뻔뻔스럽게 그 흉악한 속을 감추지도 않다니."

"나는 남의 일 때문에 내 일을 망치고 싶지 않습니다."

"남의 일이라뇨? 그이가 남이란 말예요?"

"내가 아니니 남이 아닙니까?"

"좋아요. 당신처럼 타락한 사람은 꼭 벌을 받고 말 거예요. 당신은 지금 큰 공을 세울 수 있는 기회를 놓치고 있는 거예요. 지금이라도 늦지는 않았어요. 불우한 시절에 도와준 은혜는 잊을 수 없지 않아요?"

그때 문이 열리면서 헌병이 또 말해왔다.

"그만하구 오라구, 응?"

"알았어요, 문을 닫아요."

그녀는 한숨을 푹 쉬었다.

"저 작자 등쌀에 못 살겠어요. 지긋지긋해요, 아주. 게다가 전

벌써 매독梅毒이 옮아버렸어요. 여기서는 약을 구할 길이 없어요. 네, 그러니까 저한텐 이게 기회예요. 이 기회를 놓치면 없어요. 절 데리구 달아나주세요, 부탁입니다."

독고준은 저도 모르게 한 발 물러섰다. 그녀는 당황한 빛을 보이면서,

"매독이라고 한 건 거짓말예요. 전 저자한테 아직 몸을 맡기지 않았어요. 저자가 죽이겠다는 거예요. 네? 전 어떡하면 좋아요?"

독고준은 딱한 생각이 들었으나 별다른 궁리가 날 턱이 없었다.

"그래 저자를 좋아하시지 않는가요?"

"징그러워라. 무얼 보고 좋아하겠어요. 저자는 피와 성액性液의 진탕 속에서 허우적거리는 짐승이에요."

"피와 성액이라. 그것 말고 또 무엇이 있습니까. 그게 다가 아닙니까?"

"정말 그렇게 생각하세요?"

"남들이 그러는 말을 들은 것뿐입니다만……"

"본인은 어떻게 생각하시는가 말이에요?"

"저 말입니까?"

"그래요, 당신 말이에요."

"글쎄요, 저는 잘 모르겠습니다."

"자기는 잘 모르면서 저더러는 그렇게 하라는 것이군요?"

"아닙니다, 그렇게 하라는 건 아니고……"

"그럼 뭐예요?"

"그런 말을 하는 사람도 있더라는 얘기죠."

"왜 저더러 그런 말을 하세요?"

"지금 말하지 않았습니까? 다시 말하면……"

"다시 말하면 뭐예요?"

"다시 말하면……"

"다시 말하면, 나는 그럴 생각이 없지만 너 같은 년이야 그럭저럭 사는 게지 뭘 도사리는 거냔 말씀이시죠?"

"아닙니다" 하고 말하려는데 그의 혀가 갑자기 굳어지면서 발음이 되지 않는다.

"그렇죠?"

그녀의 눈에는 핏발이 섰다.

"아닙니다" 하고 말하려는데, 그의 혀는 꼭 못질해놓은 나뭇조각처럼 움직이지를 않는 것이다. 그는 젖 먹던 힘을 다 들여서 자기 속에 있는 그 세 치 안팎의 고깃덩어리를 움직여보려고 안간힘을 쓰는 것이나 발음은커녕 고깃덩이는 굳을 대로 굳어서 목구멍을 꽉 막고 있어서 신음소리도 나와지지 않았다.

불이 난 외양간에 갇힌 늙은 황소같이 기겁을 하는 울음을 짖어대면서 갑자기 기차가 멎는다. 그러자 간호원은 황급히 문을 열고 나가는 것인데 독고준도 물론 그 뒤를 따랐다. 그들 앞에는 달려가는 헌병의 모습이 보인다. 기관차에까지 달려온 독고준은 역장과 두 사람의 검차원이 들것에 사람을 싣고 있는 것을 보았다. 헌병은 조금 떨어져서 뒷짐을 지고 서 있는 이광수李光洙하고 무슨 농담을 하고 있었다.

"정선 씨군요?"

하고 간호원이 참견을 했다.

이광수는 아무 대꾸도 없이 역장 일행이 작업하고 있는 것을 바라본다.

"전 『흙』의 애독잡니다만, 아마 이 장면은 계절은 겨울, 눈이 내리고 시각은 밤이었던 것으로 알고 있습니다만……"

하고 헌병이 말하였다. 독고준도 그 말이 맞다고 생각하는 것이었다.

"그렇습니다"

하고 이광수가 말했다.

"그렇기는 합니다만, 할 수 있습니까? 비상시에는 역시 전시 태세로 나가야 할 게 아닙니까?"

이렇게 이광수가 말하자 헌병은 아첨하듯이 웃으면서 말했다.

"물론입죠. 눈 내리는 밤. 철도 자살. 간통하는 아름다운 유부녀. 아니 간통이면 유부녀지, 처녀가 간통하는 법은 없겠죠? 문학에 소질이 없어서 이렇게 실수를 합니다. 전 역시 문학을 하지 않는 게 좋았다고 생각합니다. 사실 재능이 없이 예술에 손을 댄다는 것처럼 슬픈 일이 있겠습니까? 저는 그저 문학을 사랑하는 일개 독자로서 만족하고 있습니다. 그러나 저 자신 소설을 쓰지는 못할망정 소설을 보는 안목만은 어지간하다고 자부를 합니다. 아까 얘기가 딴길로 들어섰습니다만 그 간통한 아름다운 여자가……네 아무렴요. 못생긴 여자가 서방질한다, 이건 웃음거립니다. 전 그런 건 아주 질색입니다. 네 선생님, 그렇지 않습니까? 세계 명작 소설의 어느 것을 봐도 움직일 수 없는 진립니다. 서방질한 추녀醜女라. 안 되죠, 네, 안 되구말구요. 그런 추태가 있어서 될 말입니까? 일색 소박은 있어도 박색 소박은 없다느니 간사스런 위안을 하는 말이 있습니다만 얼마나 능글맞은 오입쟁이가 만들어낸 말인지 기실 징그럽기까지 하잖아요, 네? 절대로 서방질은 미인이 해야죠. 그래야 멋이 있죠. 윤 참판의 외동딸 윤정선인즉슨 미인이죠. 꿀 같던 오류동 하룻밤에 불의의 씨를 배고 급기야 어느 눈 내리는 밤에 철도 자살. 좋습니다, 저는 이 대목을 몇 번 읽었는지 모릅니다. 사실, 무작정 달리던 기차가 황급한 기적을 울리며 급정거를 할 때의 그 설레임. 사는 보람이죠. 열차 근무를 이 맛에 하지요. 무슨 낙이 또 있겠습니까? 하긴, 눈 내리는 밤이란 건 어쩐지 러시아 소설을 연상시키지 않습니까? 안나가 열차에 뛰어든 건 그게 낮이었던가요 밤이었던가요?"

이광수는 문득 볼멘소리로 대꾸하는데, 이렇게 말한다.

"여보 내가 표절을 했단 말요?"

헌병은 이광수의 어깨를 툭 쳤다.

"아따, 가야마 상, 집안 같은 사이에 뭘 그러십니까? 하기는 반공反共이 제국의 북방정책의 근본인 데 비추어보아서 비록 제정 시대 얘기라고는 할망정 러시아 소설을 닮은 것 같은 데가 있어서는 안 되겠다 하는 생각에서 이렇게 시각을 밤으로 잡고 또 눈도 안 내리는 철로 바꿨다는 것도 이해가 된다, 이런 말씀입니다."

"난 농담은 즐기지 않는 성미라서 말을 둘러치는 건 좋아하지 않아요. 나로 말하면 정선이한테 미안한 점도 있고 해서 지금 매우 울적합니다. 워낙 근심 걱정 없는 집안에 태어난 애를 허숭許崇이 같은 사람에게 보냈던 것이 애당초 잘못이 아니었던가 싶어서 여간 괴롭지 않소. 결국 고등 문관 시험에 합격한 남자면 사윗감으로야 그 이상 바랄 게 있겠느냐 한 것이 잘못입니다만 그것도 따지고 보면……"

"선생님, 그건 할 수 없는 일 아닙니까? 결혼이 원래 운수 노름인데 그야 고문 패스, 네, 이 고문 패스할 때의 이 어감이란 참 기막히지 않습니까? 고문 패스, 이렇게 가만히 외워보세요. 한국의 근세사, 식민지 주민의 신화神話가 이 한마디에 얼마나 은은하게 어려 있나 말씀입니다. 또 딴 얘기를 했군요. 뭐 그리 딴 얘기도 아닙니다만, 아무튼 고문 패스, 고문 패스, 아이구 고문 패스, 이게 웬일입니까? 멈출 수 없군요. 고문 패스 아이구 고문 패스, 그만 패스, 고문 패스, 이거 야단 고문 패스……"

헌병은 자기 입을 때리고 있었다. 이광수는 어처구니없는지 쓴웃음을 짓고 만다.

"혼났습니다. 겨우 멎었군요. 글쎄 딸꾹질처럼 자꾸 고문 패스가 나오지 않습니까? 아무튼 이 고문 패스가 문젭니다. 종교도 잊어버리고, 문화도 잃어버리고 그렇다고 돈 버는 것도 어렵고 문벌도 소용없이 된 조선 사람들이란 말입니다. 돈 없고 문벌 없고 재주밖에는 없는 사람이 고등 문관 시험에 패스하는 것 말고 삶을 이겨내는 길이 또 달리 뭐가 있겠느냔 말입니다. 고문 패스, 그렇습니다. 미국 개척 시절에 노다지광鑛들이 있지 않았습니까? 그거죠. 일확천금. 일확신분. 일확행복. 일확구원이죠. 그래서 유위한 조선의 자제들이 와세다에 적만 걸어놓고는 금강산으로 묘향산으로 오대산으로 계룡산으로 들어간 겁니다. 네, 들어간 겁니다. 그들의 조상처럼 말입니다. 글 읽으러 말입니다. 알상급제 금의환향하러 말입니다. 조선인 자제들의 심중을 이해하고도 남습니다. 고등 문관 시험은 한용운 스님 말마따나 그들의 임이었단 말입니다. 어느 시대에나 그 시대 사람들의 가장 기본적인 욕망을 단단히 쥐어잡고 뒤흔드는 신화가 있단 말씀입니다. 상해上海의 부랑자들이나 만주 벌판의 비적匪賊들에게 동조하지 않은 얌전하고 쓸모 있고 똑똑한, 전도유망한, 한마디로 유위한 조선 자제들의 꿈이 바로 고문 패스였단 말입니다. 글 속에 부귀공명이 있다 이것입니다. 이건 우리 동양 삼국에 줄곧 있어온 문화사적인 전통입니다. 금의환향의 사상입니다. 무슨 우수한 재주꾼들이 벌 떼처럼 모여들었단 말입니다. '패스'하는 날이면 문벌이 살고 가문의 영예요, 개천에서 용상 가까이 뛰어오를 수 있고, 용상에 뛰어오른단 말이 아니라 용상이 보이는 곳으로 뛰어오른단 말씀이죠. 그뿐입니까? 문벌가의 규수와 혼인하는 길이 열리고 급기야 부귀공명에 다남 다복이란 말씀입니다. 식민지 통치하에서 현지 원주민 자제들이 고등 문관 시험에 모여드는 광경은 눈물겹도록 아름다운 한 폭의 그림입니다. 허숭은 이러한 시대의 전형입니다. 묵중하고 실팍한 사람, 양심도 있고 재능도 있고 다만 상해로 만주로 달려가는 지랄병만 없는, 그야말로 폐하께서 바라는 청년입니다. 그 허숭이를 선생님은 그렸던 것입니다. 선생님만이 이 가장 주목해야 할 식민지 조선의 한 전형을 붙잡고 그에게 살이 있고 피가 있는 생명을 준 것입니다. 변호사 혹은 베노사. 얼마나 삽상한, 울림 좋은 말입니까. 어느 시골 노파가 베노사, 하고 뇌어보는 광경을 한 번 상상해보십시오. 그녀에게 심청이보다 더 착한 딸이 있대도 어림없죠. 근방 논밭이 모두 그 집 것인 저 읍내 김부자네 사윗감이란 말입니다. 아니죠. 베노사 나으리는 이제는 그 집도 시큰둥하게만 보여서 서울 어느 문벌가에 마음이 있다는 이런 판국이 됩니다. 그래서 허숭이는 윤정선의 남편이 된 것입니다. 식민지 조선의 입신출세담의 주인공입니다. 네, 선생님은 유순(兪順)이한테 미안하지도 않습니까?"

이광수는 고개를 숙였다. 그때 간호원이 또 참견을 하는 것이었다. 이때 역장 일행은 부상자를 땅에 내려놓고 유심히 이쪽 이야기를 듣고 서 있었다.

"어머, 그런 무식한 얘기가 어딨어요? 그건 등장인물과 작자를 혼동한 소박한 독자만이 할 수 있는 질문이란 말예요."

헌병은 간호원을 뚫어져라 바라보더니 차마 입에 담지 못할 욕설을 퍼부었다.

그녀는 울먹이면서 독고준의 가슴에 푹 안겨왔다. 헌병은 다시 이광수 쪽으로 돌아섰다.

"선생님을 나무라자는 게 아니었어요. 선생님의 이야기 만드시는 솜씨가 제 마음에 꼭 들었다는 겁니다. 유순이와 결혼했다면 이야기가 훨씬 따분했을 게 아닙니까? 그러니까 유순이는 소박을 맞아야 했죠. 안 그렇습니까?"

"사실이오. 내 가슴도 미어지는 것 같았소. 다 내 몸에서 나간

피붙인데 어느 것인들 더하고 덜하겠소."

"어련하시겠습니까? 그러니 유순이는 소박맞고 기구한 팔자가 되어야 합니다. 고통스러운 지옥에 떨어진 순진한 처녀처럼 볼만한 게 어디 있습니까? 구경거리치고는 말예요. 마음 착한 콩쥐가 탄탄대로 호의호식에 좋은 서방 만나서 파뿌리까지 뽑았다, 이건 소설이 아니죠. 소설은 그 뭡니까, 옥신각신하는 게 있어야 하잖습니까? 선생님은……"

이때 간호원이 또 참견을 했다.

"아이 어쩌면 저런 끔찍한 소릴 할까? 오매, 거기는 피도 없고 눈물도 없당가, 아이구 참말 징하요."

헌병은 껄껄 웃었다.

"할 수 없습니다. 아녀자들이 저렇군요. 선생님이 하신 일을 모른단 말이에요. 선생님은 허숭이를 윤정선이와 결혼시켰기 때문에 김갑진이 같은 또 한 사람의 전형을 만들어낼 수 있지 않았습니까? 만들어낸 게 아니라 등장을 시킨 것이죠. 김갑진. 좋습니다, 참 좋더군요. 양반의 몰락한 자손이 어쩌면 그리도 측은하고 실감납니까? 김갑진이 심정에도 이해가 갑니다. 원래 양반은 자기 계급의 사람이 천한 출신에게 곤욕을 당하는 걸 보고는 참지 못합니다. 이게 계급적 연대감이란 것이죠. 김갑진의 눈에는 윤정선이가 측은하고 안됐던 것입죠, 네. 인생의 멋이라는 것, 여자의 생리라는 걸 모르는 허숭이 같은 사내에게 매어진 정선의 운명이 그에게는 애처로웠을 게 아닙니까? 애처롭구말구요. 갑진이는 허숭이 부르기를 노상 숙맥이라잖아요? 숙맥이죠. 아, 고문 패스했것다, 가인을 아내로 삼았겄다, 이러고서 인생을 즐기는 것 말고 또 사내 대장부가 할 일이 뭐 있느냔 말입니다. 살여울 한구석에서 그 무슨 궁상이냔 말예요. 신혼의 단꿈은커녕 아직 처녀 시절의 찌뿌드드한 몸도 채 풀기 전에 독수공방하는 정선이를 보고 의분을 느끼지 않았다면 그게 사람이랄 수 있겠습니까? 갑진이는 고등 문관 시험에 떨어졌지요. 이 또한 당연한 노릇입니다. 갑진이는 귀족입니다. 찌그러진 일각 대문 안에서 맨발로 벽만 차고 누웠을망정 허숭이하고는 신분이 틀리단 말씀입니다. 그의 피 속에는 양반의 게으름이 흐르고 있다, 이런 말씀입니다. 개화 세상 만난 상놈이나 벼슬에 환장했지 양반의 자손에게는 아득한 할아버지 적부터 이에 신물이 나도록 누려온 가업家業이 아닙니까, 벼슬이란. 그것도 양반이니 으레 돌아올 일이지 시험을 치구 한다니 천하에 그런 더러운 일이 또 어디 있어요? 남의 재물을 빼앗아다가 광대놀음 시켜보고 맘에 들면 상으로 내준다는 격이니 기골 있는 명문 자제가 그 판에서 굿해야 옳겠습니까? 정권을 빼앗긴 현지現地 양반 계급의 후손으로선 당연한 앙심이요, 오기요, 반항이요, 절망입니다. 몰락한 귀족의 절망이니 진짜 아니고 배기겠습니까? 그래서 카페요, 바요, '긴자〔銀座〕'입니다. 그래서 고등 문관에는 낙방입니다. 금의환향하는 김갑진이는 생각만 해도 구역질이 납니다. 그래서 그는 낙방해야 합니다. 그는 괴롭습니다. 속이 끓습니다. 참판 영감은 시골뜨기 숙맥에게 딸을 주어버립니다. 그렇게 시집간 정선의 신세가 또 어떠했습니까? 농촌운동? 이 무슨 덜떨어진 촌놈의 객깁니까? 글쎄 꽃다운 아내란 말입니다. 몸을 풀고 싶은 스무 살 청춘을 덩그런 집에 버려두고 시골구석에 가서 청승을 떨고 있다니 말이 됩니까? 이러고서 사내대장부가 못 본 체할 수 있겠습니까? 김갑진이와 윤정선의 정사情事는 계급적 카타르시스였습니다. 물은 낮은 곳으로 흐르고 산비둘기는 산으로 간 것입니다. 쾌락이 인생의 전부인 것을 아는 남녀 한 쌍의 귀족이 운명에 반항한 것입니다. 아아 오류동의 그밤. 정열의 그밤. 이것이 김갑진이의 참다운 모습입니다. 그는 패배한 부족部族의 아들입니다. 그는 정복자의 관청에서 굽실거리고 살기에는 너무나 자존심이 강합니다."

"그의 자존심의 증거가 그의 게으름입니다. 그의 어찌할 수 없는 게으름입니다. 게으름은 절망의 표정입니다. 김갑진의 절망은 그의 소속 계급이 외래 침략자에 의해 강요된 탈권奪權에서 오는 것입니다. 그는 에덴에서 추방된 아담의 후옙니다. 그의 원리는 그의 조상이 권력 투쟁에서 패하여 권력의 에덴에서 몰려났다는 그 사실입니다. 그의 절망은 그러므로 뛰어나게 정치적인 것입니다. 그의 절망은 얼빠진 1930년대의 모더니스트들의 그것처럼 탐미적耽美的인 것도 아니요, 토속적 하급 계층의 비극을 서술한 자들처럼 팔자 한탄도 아닙니다. 그것은 정치적인 패배자의 후손의 절망, 즉 정치적인 절망이에요. 가장 확실한 정치의식의 소유잡니다. 그때 그의 눈에 비치는 것이 정선의 결혼 생활입니다. 야만인에게 시집간 그의 계급적 귀부인의 불행한 운명입니다. 그의 절망이 분노로 변합니다. 그것이 김갑진의 유혹의 계기가 됩니다. 윤정선만 해도 그렇습니다. 그녀도 어김없이 쾌락주의잡니다. 세상이 온전하면 그녀의 할 일이라는 게 삶을 즐기는 것 말고 다른 무엇이 있겠습니까? 그녀는 남성인 김갑진처럼 패배한 귀족의 울분을 가질 필요도 없습니다. 그녀는 고등 문관이 된 허숭이를 남편으로 맞습니다만, 고등 문관이란 그녀에게는 신분의 표시일 뿐이지 사랑의 표시는 아닙니다. 양반 가정의 여자에게는 신분은 당연한 일이고 사랑은 다음에 와야 할 일입니다. 그녀에게는 남편이 변호사래서 희한할 것도 없고 눌리지도 않습니다. 그래서 그녀는 허숭이에게 남편으로서의 의무, 즉 사랑을 요구합니다. 허숭이 살여울로 가는 데 대해서 그녀는 이해할 수 없습니다. 그녀는 남편이 유순이 때문에 그곳에 가는 줄 압니다. 그녀의 생각은 구체적인 것이지요. 농촌운동 때문에 자기처럼 아름다운 여자를 버린다는 건 그녀로서는 믿을 수 없는 것이에요. 그녀는 자기의 자존심의 회복을 원합니다. 김갑진이가 그녀를 알아줍니다. 오류동에서 알아줬단 말입니다. 만나야 했던 두 사람이 끝내 만난 것이죠. 이 두 남녀의 관계와 대조되는 것이 유순이 부부의 생활입니다. 유순이 남편의 눈으로 보면 유순이는 계급적 배신잡니다. 그녀는 이미 그녀를 배신한 허숭이를 못 잊어 하는데 이것은 배신자에 대한 부당한 옹호밖에 안 되며 그런 유순이가 미운 것입니다. 그의 눈에는 허숭이가 자기 계급의 여인을 짓밟은 배신자로 보입니다. 그런 사람이 농촌운동을 하고 누구를 지도하고 하는 것을 그는 믿지 않는 것입니다. 유순이는 적에게 내통하고 있는 가증스런 여자인 것입니다. 그녀의 짝사랑은 간통인 것입니다. 마음으로 생각하고 있다는 것이 바로 간통인 것입니다. 한편 유순이처럼 착한 여자가 또 있습니까. 살여울을 떠날 때 그녀가 준 옥수수 뭉치의 뜻을 허숭이가 알 만한 지혜와 선량한 마음이 있었더라도 비극은 피할 수 있었을 겁니다. 네, 생각해보세요. 세상에서 제일 값진 선물입니다. 허숭은 이 옥수수 알알처럼 소담한 성의를 짓밟은 것입니다. 그가 정선이와 결혼하는 까닭은 은혜를 입은 윤 참판의 청을 거역하지 못해서인데 이렇게 한심한 사람이 어디 있습니까? 그는 사랑을 모르는 것입니다. 따라서 사람을 모르는 것입니다. 그는 벌거숭이로 비교해볼 때 어느 등장인물보다도 불쌍한 사람입니다. 그가 유순이와 결혼하지 않은 것까지는 좋습니다. 출세하고 보니 시골 색시가 싫어졌다면 도리 없는 일입니다. 그렇다면 좋아하는 여자와 살아야 할 것이 아니겠습니까? 그런데 그는 정선이를 버리는 것입니다. 그러면 그는 누구를 사랑하는 것입니까? 아무도, 어느 여자도 사랑하지 않는 것입니다. 그가 사랑하는 것은 살여울이라는 마을입니다. 그렇습니다. 살여울이 그의 임입니다. 자, 이제 가장 중요한 대목에 들어섰습니다. 허숭의 임은 살여울입니다. 그건 확실한 것이 화냥질한 자기 아내가 살여울을 깨닫게 되었을 때 그는 아내에게 만족을 느끼며, 살여울의 일꾼에게 첫사랑의 여자를 짝지워서 살게 합니다. 모든 생각이 살여울 중심입니다. 그는 정말로 살여울을 사랑하는 것입니다. 이게 문젭니다. 그가 요즈음 고아원 원장들처럼 살여울을 미끼로 한몫 보자는 것이면 풀이는 간단한데 그의 경우에는 살여울을 진실로 사랑하는 것입니다. 그는 식민지 지식인의 양심의 아픔을 대변하고 있습니다. 그것이 사회 개량이라는 믿음입니다. 그렇습니다. 살여울 믿음입니다. 살여울 종교입니다. 그는 신앙촌의 교주가 되고 싶었습니다. 그는 불교 신자도 기독교 신자도 아닙니다. 그는 믿음 없는 근대 지식인입니다. 믿음을 마다한 근대 지식인 가운데서 받아들여진 새로운 믿음이 사회 개조라는 믿음입니다. 이것이 서구 정신사의 모습인데 일본에서 서양 공부를 한 허숭은 이 종교에 들어간 것입니다. 사회 개조에는 과격파와 온건파가 있는데 과격파의 예루살렘은 모스크바요, 온건파의 예루살렘은 덴마크입니다. 허숭은 물론 온건파지요. 이 사회 개량교는 원래가 기독교의 한 가닥이기 때문에 기독교가 가지고 있는 모든 성격을 다 가지고 있습니다. 신앙을 위해서는 모든 것을 바칠 것을 요구합니다. 그래서 허숭은 마누라도 첫사랑도 버리는 것입니다. 자리도 버리는 것입니다. 살여울을 에덴으로 만드는 것, 그것이 허숭의 꿈입니다. 그는 성자聖者인 것입니다. 성자에게 로미오를 바란 윤정선은 얼마나 불행합니까? 유순은 사랑하는 사람의 속을 재빨리 알아차렸던 것입니다. 그는 허숭이 아랫목에서 자기의 허리만 주물러주는 사내가 아닌 것을 알았습니다. 그리고 허숭을 사랑하는 길은 허숭의 신앙을 사랑하는 길밖에 없다는 것을 압니다. 그래서 그녀는 교주를 모시는 수녀가 되는 것입니다. 이어 정선이도 입교합니다. 산월이도 입교합니다. 여인들이란 별수 없어서 남자에게 차였을 때만 종교에 들어오는 것입니다. 이것이 허숭에 대한 가장 옳은 풀이입니다. 그의 신앙이 사회 개조이고 보면 정선이와의 결혼을 전후한 행동은 짐작이 가는 것입니다. 그가 위선자였던 것이 아니라, 여자란 그에게는 첫째 문제가 아니었던 것입니다. 첫째 문제가 아닌 바에는 물러설 수도 있기 때문입니다. 그래서 그는 윤 참판의 은혜에 양보했던 것입니다. 정선이가 탐나서가 아니었던 것입니다. 그래서 정선이가 그에게 로미오가 되기를 바랐을 때, 그는 별꼴 다 보겠다고 생각하면서 살여울로 와버린 것입니다. 정선이의 신앙인 몸의 사랑은 그에게는 견딜 수 없이 천한 것이었습니다. 허숭은 다 옳았습니다만 단 한 가지만 틀렸습니다. 그는 장가를 들지 말아야 했던 것입니다. 성직자는 속세와 인연을 맺지 않는 것이 좋습니다. 맺어놓고서도 안 맺은 듯이 행동하라는 것은 너무한 일이기 때문입니다. 만일 맺었더라도 윤정선이와 같은 쾌락의 재미를 아는 여자가 아니고 유순이, 이 종교적인 여자, 관념의 사랑만으로도 능히 만족할 수 있는 천사와 했더면 아무 일도 없었을 것입니다. 육체의 기쁨을 아는 여자를 데리고 천국에 들어간다는 것은 낙타가 바늘구멍으로 들어가기보다 더 어려운 것입니다. 뉘우친 윤정선과 김갑진이는 초라해 보입니다. 정선이는 불구자가 되었습니다. 절름발이 춘향이가 웬 말입니까? 김갑진이, 작품의 마지막에서 밀짚모자를 흔드는 김갑진이는 얼마나 초라해 보입니까? 그도 허숭의 신앙에 걸려버린 것입니다. 신앙은 전염합니다. 더욱이 허숭이 위대해서가 아니고 그 풍토의 위생 조건이 적합할 때는 그 땅에 사는 사람은 다 걸릴 위험이 있는 것입니다. 절망 속에서 사는 식민지 현주민들. 그들 가운데 노예의 삶에 불만을 가진 자들은 모두 위험한 것입니다. 그들은 속세와 인연을 끊고 노예의 땅 이집트로부터 자기 백성을 이끌고 가나안으로 돌아갈 모세가 되기를 바라는 자들입니다. 그렇습니다. 허숭은 모세이며, 집단 망명의 지도자입니다. 그는 압록강을 건너서 망명하지 않고 살여울로 망명했던 것입니다. 살여울을 이끌고. 홍해를 건너는 대신에 나일 강을 건너서 카이로로 망명한 모세입니다. 원자폭탄 때문에 육지로 기어오른 저 태평양의 거북이가 허숭입니다. 그리고 그를 따르는 세 마리의 암거북이와 그의 살여울 권속 거북이들입니다. 이것이『흙』의 세계지요?"

이광수는 무릎을 세우고 주저앉았다.

헌병은 그 앞으로 오락가락하면서 계속하는 것이었다.

"이것은 선생님에 대한 비난은 아닙니다. 선생님은 사실을 말씀하신 것뿐이니까요. 당시 국내에 살았던 식민지 인텔리의 뛰어난 전형을 아로새겨놓은 것입니다. 선생님은 리얼리스트였습니다. 허숭을 이상화하지도 않고 어느 인물을 두둔하지도 않았습니다. 김갑진이도, 윤정선이도, 유순이도, 작은 갑이도 이건영 박사도 다 그대롭니다. 헌병대 조서와 완전히 일치합니다. 있지 않은 영웅을 그리지 않은 것이 선생님의 잘못입니다. 그러나 허숭은 당대에 괴로워하면서 길을 찾으려던 수많은 불령선인의 타입을 훌륭히 밀고해주셨습니다. 덕분에 당국으로서는 조선인 지식 분자들의 동태를 소상히 알 수 있었습니다. 이것은 선생님이 총독부에 대한 충성을 위해서 애써주신 충실한 보고서였습니다. 또 선생님의 모든 작품뿐 아니라 당대의 조선 소설의 모든 작품 가운데서도 가장 뛰어난 문장이었습니다. 억지로 멋을 부린 데가 없고 다만 대상의 정확한 파악만을 위주로 한 허심하면서도 점잖은 문장이었습니다. 한국 소설 문장의 틀을 마련하신 겁니다. 대인군자의 글입니다. 물 같은 글입니다. 밥 같은 글입니다. 꾀를 부린 데가 어디 한 군데 없습니다. 우리처럼 조서를 많이 보고 자백서를 많이 본 눈에는 환합니다. 이놈이 거짓말이구나, 허풍 치는구나, 속임수구나, 다 압니다. 그런 놈은 얄미워서 더 고문을 합니다. 물 바께쓰나 마시면 그때는 산문散文이 나오는 법이죠. 불쌍한 유순이가 애기 떨어져 죽는 장면 같은 거 좀 좋습니까? 전 그 대목을 즐겨 읽습니다. 사실 식민지에 나와서 근무하면서 그만한 소설도 없었다면 무슨 낙이겠습니까? 솔직한 얘깁니다. 그 후에도 선생님은 계속 총독부에 충성을 하셔서 급기야는 창씨개명하시고 조선 사람들이 살길은 제국 신민이 되는 길밖에 없다, 이렇게 갈파하시지 않았습니까? 카이로로 망명했으니 유대 백성이 살길은 결국 바로 왕의 신하가 되어 빨리 이집트에 동화하는 길밖에 더 있겠습니까? 가로 가나 모로 가나 서울만 가면 안 됩니까? 살면 고향이요, 정들면 가나안이지 바로의 나라라고 사람 잡아먹는 곳입니까? 사막으로 달아난 저 비적패들과 부랑자들이 마음 붙이고 사는 살여울 백성들에게 주재소를 습격하라고 고함을 지르는 것을 선생님은 경계하셨죠. 결국 『흙』의 속편은 선생님께서 몸소 실연實演해 보이신 것이죠. 작은 갑이도 군대 갔다 오너라, 큰 갑이도 징용 가고, 유순이는 정신대挺身隊로 가거라. 살여울 사람들아, 이집트 이름으로 고쳐라. 아브라함이니 야곱이니 하지 말고 바로니 모하메드니 알리바바라 고쳐라. 이렇게 설유하셨죠. 당신은 정말 논리적이고 정말 애국자였습니다. 국내에 망명한 이상 그렇게 될 수밖에 없는 길을 끝까지 갔으니 논리적이고 그러면서 백성을 사랑하는 길을 버리지 않으셨으니 조선 민족의 애국자였습니다. 사실 국적이란 게 대체 뭡니까? 저 유대의 거지 같은 놈들이 국적이란 사상을, 이 균을 퍼뜨렸단 말입니다. 로마에서는 시민권만 얻으면 로마인이었습니다. 이게 문명사회가 아니고 무엇입니까? 이집트든 시리아든 그리스든 골이든 색슨이든 슬라브든 본적지야 하여간에 로마 시민권만 얻으면 로마인이었단 말씀입니다. 인간의 행복이나 역사의 행복은 인종에 있는 게 아니라 법률에 있었단 말입니다. 이걸 유대놈들이 받아들이지 않고 선민사상을 고집하는 바람에 로마의 문명 세계가 그만 사분오열 산지사방으로 도로아미타불이 되었단 말입니다. 우리 동양에서도 마찬가지 아닙니까? 당 태종이 고구려를 쳤을 때 글쎄 고분고분 맞아들였더면 어엿한 중화中華의 백성이 됐을 게 아닙니까? 그걸 글쎄 먼 길에 온 사람을 먼눈을 만들었으니 그 무슨 방정맞은 짓입니까? 말이야 바른 말이지 저 홀필렬忽必烈이가 일본에 왔을 때도 좀 기상 조건이나 알아보고 잔잔한 날씨에 왔더면 얼마나 좋습니까? 일본 전토가 싹 밀렸을 게 아닙니까? 아라비아의 전사들과 십자군의 기사들도 싹 뭉갰는데 사무라이라고 별수 있겠어요? 하필이면 석 달 열흘 광풍만 부는 철에 배를 내서는, 서방질하던 몽골 년들만 살판나게 해줄 게 뭐였더냐 이 말입니다. 원래가 고비사막에서 나온 씨갈인데 억울할 게 있어요? 원元 서방 와서 제 계집 찾는 격인데. 또 기회야 있었죠. 풍신수길이가 건너왔을 때 한사코 막을 게 뭡니까? 그 이순신인가 하는 양반 정말 야속합니다. 생뚱 같은 철갑선을 만들어가지구는 기를 쓸 게 뭐냔 말이에요. 그때 곱다랗게 길을 내주었으면 사람 팔자 알 수 있습니까? 무슨 변이 일어났을지. 아니면 조선 사람 손발은 5천 년 동안 보국대 가고 없었나요? 강 하나 건너가서 금 그으면 내 땅인데 그리도 죽치고들 앉아서 꾀죄죄한 궁중에서 비상 든 약탕관만 안고 다녔으니 될 말입니까? 그러니 보다 못해 일본이 나서서 동양천지를 묶어 하나를 만들자는 게 대동아공영권大東亞共榮圈 아닙니까? 선생님은 그걸 아셨던 게죠. 이 동양사의 숙제를 아셨던 것이죠. 보편제국의 꿈을 실현하는 것이 아시아의 길이라는 걸 아셨던 것이죠. 선생님의 그 원대한 생각을 모르는 자들이 이러쿵저러쿵 한 것이죠. 일본과 손을 잡아야만 조선 민족의 살 길이 있다, 이것이 선생님의 이상이었습니다. 그래서 몸소 창씨개명을 하시고 조선의 자제들에게 싸움터에 나가서 피 흘리라고 하셨죠. 피 흘려 남 줍니까? 다 이자가 붙어서 돌아오리라는 걸 알고 계셨던 것이 아닙니까? 저 만주 벌판의 비적들과 상해 뒷골목의 정치 깡패들이 선생님의 충정도 모르고, 선생님이 사랑하신 조선 민중에게 해로운 일만 골라서 하고 있었으니 선생님께서야 얼마나 가슴 아프셨겠습니까? 아아 생각하면 모두 일장춘몽이었군요. 승승장구 귀축鬼畜 미·영군을 내몰면서 남쪽으로 내려가던 그때를 생각하면, 아직도 이 가슴 울렁거립니다. 일본이 이기기만 했더라면 징용 갔던 사람들은 모두 연금을 받았을 것이구 조선 사람들은 모두 일본 사람이 돼서 잘살았을 게 아닙니까? 원래가 동조동근同祖同根이었으니까요. 그랬더면 조선 사람들도 고생한 보람이 있었을 테고 선생님은 조선의 지도자로 길이 추앙받으셨을 게 아닙니까? 이것이 다 그릇된 국적주의, 민족주의가 빚어낸 해악입니다. 유대 놈들의 그

룻된 편견이 서양 근대 국가들을 사로잡아서 기껏 문화적으로 하나가 되었던 유럽을 갈래갈래 찢어놓은 것입니다. 중세 유럽 사람들은 국가라는 관념을 가지고 있지 않았습니다. 그들은 모두 한 나라— 하나님의 나라에 속해 있는 것으로 알고 있었습니다. 민족 국가란 것은, 지방의 영주들이 법왕에 반항한 데서부터 비롯된 것이죠. 조선까지 전해와서 비적들과 부랑자들이 이용하게 된 것이죠. 선생님은 이 민족 국가라는 것이 역사의 장난이며 가설假說에 지나지 않음을 통찰하고 새 역사의 가장 앞지른 길을 가려고 하셨으며 조선 민중에게 그 길을 지시하셨던 것이죠? 안 그렇습니까?"

헌병은 이광수 앞에 멈춰 서며 동의를 구하는 것이다. 이광수는 앉은 채로 손가락으로 땅바닥에 글만 쓰고 있다. 역장 일행은 여전히 태연스럽게 이쪽을 지켜보고 있다. 간호원에게 팔을 잡힌 채 한옆에 서서 지켜보고 있는 독고준으로 말할 것 같으면 이광수가 뭐라고 할까 하는 게 미상불 궁금하지 않은 것이 아니었다. 이광수는 여전하게 땅에 글씨만 쓴다. 이광수는 아무 생각도 없이 글씨만 쓴다. 헌병이 한 말을 들었는지 안 들었는지 전혀 요량할 수 없다. 독고준은 기차를 바라보았다. 기차는 텅 비어서 어느 창문에서도 사람의 머리 하나 내밀지 않는다. 하얀 보를 씌운 것들은 여전히 역장 일행의 뒤에 놓인 채 검차수 한 사람이 무료한지 망치를 들어 들것을 딱딱 두들겨본다. 기관차도 아니겠고 다친 사람을 망치로 두들겨봐서는 어쩌자는 것인구, 사람두. 독고준은 이렇게 생각하는 것인데 검차수는 동료의 옆구리를 꾹꾹 찌르니까, 동료는 그래? 하는 안색을 지으면서 자기도 망치를 들어 보자기 위로 두들겨본다. 이때 역장은 일어서서 기관차로 다가서서 바퀴 사이를 기웃기웃하는데 얼핏 보기에 떨어진 물건 찾는 사람 같다. 독고준은 흉물스런 역장이 저러다 부하들을 데리고 휙 차를 몰고 갈 생각이 아닌가 하는 염려가 들어서 아직도 팔을 잡고 붙어서 있는 간호원에게 눈짓으로 기차로 돌아갈까? 했더니 그녀는 살랑살랑 도리질을 하면서 독고준의 손을 끌어다 자기 성기性器 위에 지그시 밀어붙이는 것이다. 독고준의 눈짓을 잘못 생각한 것이 틀림없었으나 떠들면 다른 사람들이 일제히 쳐다볼 것이 틀림없고 그렇게 되면 변명해봐야 소용없게 되기가 십중팔구이었기에 가만있기로 하였다. 헌병은 더 채근하지도 않고 모자를 벗어서 턱걸이를 길게 늘여서는 모자를 한 손으로 허공에 받쳐보고 있는데 그의 눈에만 보이는 허공중의 어떤 머리에 자기 모자를 씌워보고 있는 모양이다. 이광수는 여전히 땅에 글씨만 쓰는데 워낙 바닥은 풀밭이었지만 하도 후비적거려놔서 벌겋게 황토흙이 파헤쳐졌는데 그 위에다 대고 뭐라뭐라 헛손질을 하고 앉아 있는 것이다. 해는 머리 위에 쨍쨍하고, 역장은 바퀴 사이를 기웃거리다가는 허리를 펴고 저 멀리 철도가 뻗어가는 앞쪽을 바라보는 것이 꼭 며느리를 앞세우고 점심 그릇을 이고 오는 할멈을 바라보는 늙은 농사꾼 같다. 독고준으로서는 아무래도 역장의 거동이 마음에 걸릴 수밖에 없는 것이 유독 혼자 떨어져서 서성거리는 까닭을 알 수 없기 때문이다. 만일 이광수가 어떻게 나오는가에 관심이 있는 사람이라면 곁에서 떠나지 않고 하회를 기다릴 것임에도 불구하고 기관차 옆에서 어물거리는 것은 필시 그쪽에 더 중한 일이 일어날 징조라고 보아야 할지도 모르기 때문인데 그렇다고 거동만 보아가지고 어떻게 행동을 하다가 잘못하는 날이면 만사를 그르치고 말겠기에 걱정이었다. 독고준의 지금 작정은 별것이 아니고 기차를 타고 가면 어딘가 역장 일행의 손이 미치지 않는 곳이 나올 터인즉 거기서 도망을 하자는 것이다. 그는 아무리 생각해보아도 이제는 자기가 예전에 살던 곳이며 자기가 누구인지며가 도무지 생각나지 않았으므로 우선 역장의 굴레를 벗어나야 하겠다는 생각밖에는 없었다. 그렇다고, 허허벌판에 혼자 남는다는 것도 매우 힘든 일이다. 그렇게 해야 될 때는 그렇게라도 할 생각을 아닌 게 아니라 가지고 있었지만, 그것은 만부득이한 그때 일이고 기차가 가는 데까지는 따라가보자고 생각하고 있었기 때문에 그럴 수밖에 없었다. 그는 모든 기억을 다 잊어버리고 있었으나 다만 한 가지 자기가 어디론가 가야 한다는 일, 그리로 가려고 길을 떠났다는 사실, 그 길은 무엇과도 바꿀 수 없다는 사실, 그 길은 그의 목숨이라는 사실, 그 길로 빨리 가야지 이렇게 도중하차를 하는 것은 시간을 낭비하는 것뿐이라는 사실, 이런 모든 것은 확실하였다. 확실하지 않은 것은 한 가지뿐인데 어디로 가야 하는지 모른다는 것뿐이다. 홀연히 간호원의 팔을 뿌리치고 도망하지 못하는 것도 실은 그 때문이어서 그가 간호원의 팔을 뿌리치고 냅다 저 벌판으로 저 불에 탄 나무들과 새하얀 뭉게구름이 아득히 뭉게뭉게 솟아오른 여름, 풀이 눈에 시도록 무성한 벌판의 저 끝으로 달려가고 싶어도 자기가 가야 할 곳을 모르는 바에야 역장 일행을 따라가는 것보다 그 편이 더 낫다고는 단정할 수 없는 일이고, 또 설령 그렇게 하는 것이 더 못하다고는 또한 할 수 없는 일이었지만 벌판에서 길을 잃고 짐승들의 밥이 되는 것보다는 낫지 않은가 하고 생각하는 것인데 이순신 장군의 말마따나 싸움은 화려치 못할망정 이기는 게 목표인 바에는 수모를 참고서라도 견딜 때까지 견뎌보는 길밖에 없다는 데서 역장이 기관차 언저리를 서성거리는 것을 불안스럽게 쳐다보게 되는 것이었으며, 간호원의 팔을 뿌리치고 냅다 저 벌판으로 저 불에 탄 나무들과 새하얀 뭉게구름이 솟아오른, 여름풀이 눈에 시도록 무성한 벌판의 저 끝으로 달려가는 것이 무서워서가 아닌 것이었다. 독고준은 안타까웠다. 그러나 그의 주위에 있는 사람들은 아까 찻간에서 그의 혀가 말을 들어주지 않았던 것처럼, 다시 말하면 그의 혀가 나무토막처럼 뻣뻣해진 채 움직이지 않았던 것처럼 그렇게 이 사람들도 움직여주지를 않았다. 그러나 움직이지 않고 있는 것이 여행의 목적으로 보아서 결과적으로 잘된 일인지 안 된 일인지를 판단할 수도 없는 입장인 것이 독고준 자신이 자기가 가는 목적지며 노순路順을 모르는 바에야 지금 지체하고 있는 것이 어떤 사태인지를 알 수라고는 없는 연고로서다. 그에게 닥쳐오는 일이라고는 모두 그의 가고 싶다는 마음과는 무연한 것들뿐이었다. 간호원은 독고준의 손이 자기 성기性器에서 떨어지는 것을 막기 위해 자기 손을 겹쳐서 줄곧 누르고 있었다. 그것은 몹시 뜨거운 성기였다. 그의 손바닥에는 여자의 어두운 살의 터널로 들어가는 입구의 무성한 수풀이 느껴지는 것이었다. 그의 손바닥은 자못 마음이 약해질 기미를 보이는 것이었다. 독고준은 괴로웠다. 그러나 자기가 가야 할 길이 그 터널로 통해 있다는 느낌이 들지 않는다는 그

한 가지 막연한 확신으로 그는 자기 손가락들의 반란을 간신히 누르고 있는 것인데 여자는 그런 사정을 아는지 모르는지 그의 손등만 누르고 있는 것이 남이 보면 독고준이 장난하려는 것을 그녀가 말리고 있는 것처럼 보일 것임에 틀림없었다. 그런 체면까지 세우겠다는 야속한 생각은 없어서 독고준은 그대로 놓아두었다. 이때 이광수가 손을 툭 털면서 일어섰다. 그리고 헌병을 향해서 이렇게 말하였다.

"사탄아 물러가라."

그럴라치면 헌병은 늘 웃으면서 그의 얼굴을 쳐다보곤 하는 것이었다. 이광수는 독고준을 향했다.

"거기 젊은이, 내 말을 들어보시오. 이 헌병이 한 말을 행여 믿어서는 안 되오. 내게 몇 가지 잘못이 있는데 그걸 말하기 전에 당시의 내 심정을 말하리다. 내가 일본에 협력한 것은 내 몸의 안락을 위해서만은 아니었소. 지금은 입 싹 씻고 있지만 당시에 아시아 사람을 누르고 앉아서 착취를 하고 있던 것은 바로 서양 사람들이었소. 인도는 영국이 차지하고, 버마도 영국이 차지하고, 베트남은 프랑스가 차지하고, 필리핀은 미국이 차지하고, 인도네시아는 네덜란드가 차지하고 있었소. 성한 나라라고는 일본과 중국뿐이오. 중국도 홍콩이다, 마카오다 해서 만신창이요. 이것이 사람을 노엽게 하지 않을 수 있는 광경이오? 자기 나라에 민주주의와 기독교를 가진 나라들이 어쩌면 이런 짓을 할 수 있었느냐 말이오. 이 사람들의 민주주의는 노예 위에 올라앉은 자유 시민을 말하는 것이오. 그리스나 로마의 정치 체제요. 이들은 오랜 역사와 문화를 가진 아시아에 난데없이 달려들어서는 속이고 어르고 해서 나라를 빼앗고 노예를 삼았단 말이오. 빼앗긴 자가 바보라고 천인공노할 소리를 하는 자들이 있는데, 나쁜 놈을 두둔해도 분수가 있지 문명인의 감각을 가진 자로서 어디 할 소린가 말이오. 도둑 하나를 순경 열이 당하지 못한다 하지 않았소. 아시아는 오랜 동안 민족 국가의 분립이 안정돼 있던 지역이오. 제 땅에 제 사람이 살거니 하고 살아왔단 말이오. 그렇게 수천수백여 년을 살았다고 하면 남의 땅에 가서 제 땅 만든다는 것이 엄두도 안 나는 자연스런 이치라는 것쯤 당연한 일이 아니오. 두 눈 가진 사람들이 사는 나라에 애꾸눈이 쳐들어온 것이오. 여기서부터 아시아의 치욕이 시작됐단 말이오. 입속으로 가만히 중얼거려보시오. 식민지. 원주민. 원주민은 다 무어야. 어디에 비껴서 어떻게 원주민이란 말이오. 침략자들이 우리를 부른 명칭이란 말이오. 아시아 전체가 노예가 되었단 말이오. 그들은 언필칭 아시아를 개화시켰다는 거요. 근대화시켰다는 거요. 이런 가증스러운 이론이 어디 있소? 아시아의 개화는 그들 침략의 결과지, 목적은 아니었단 말이오. 그들은 병원을 세우고 학교를 세웠다고 하는구료. 사람의 행복은 상대적인 거요. 중세사회는 중세사회의 논리가 있고 유기적인 사회보장 방법이 있었소. 교육이나 의료는 공동체가 책임지는 일이었소. 그들이 가져온 사회제도 때문에 개인은 고립되고 제 힘으로 교육하고 제 병은 제가 고치기로 사회가 변해버렸기 때문에 학교나 병원을 세우지 않고는 안 되도록 되어 있단 말이오. 왜 이런 말 같지도 않은 소리를 하는지 알 수 없구료. 그들은 짐승들이었소. 그들이 우리를 짐승으로 다루었기 때문에 그들은 짐승이 된 것이오. 성경과 플라톤을 가진 자들이 이런 짓을 했기 때문에 그들은 아무 핑계도 댈 수 없는 것이오. 그들은 모르고 한 것이 아니라 알고서 한 것이니까. 그들의 해독은 무서웠소. 그들은 과학에서 앞선 탓으로 우리를 노예로 삼을 수 있었는데, 악한 자에게 힘 있으면 어떻게 되는가를 똑똑히 보여줬죠. 그들은 스스로가 짐승이 됨으로써 우리도 짐승으로 만들었소. 우리는 정신을 차리지 못했소. 여자 신세가 한번 삐그덕하면 걷잡을 수 없듯이 우리는 가속도적으로 자신을 잃어갔소. 그들은 우리를 사냥질할 것이오. 2차대전 후에는 미국과 소련의 대립으로 서양 제국주의에 대한 비난이 자리를 찾지 못했으나 모든 근본은 근세 이후의 서양 제국주의의 도덕적 악덕에서 비롯된 것이오. 그들 자신이 오늘날 세계의 어둠을 만들어 낸 범죄자라는 것을 뉘우쳐야 될 거요. 그들의 역사적 원죄는 식민지를 정복했다는 바로 그 사실이오. 이 큰 피비린내 나는 범죄에 대한 깨달음과 회개 없이는 그들은 스스로도 구원을 받지 못할 뿐더러 다른 나라에 계속해서 피해를 입힐 것임에 틀림없소. 또 해방된 아시아 국민도 자기들이 당한 일은 부당한 일이었다, 그들이 가한 일은 나쁜 일이었다는 걸 분명히 안 다음에 협조하면 할 일이지, 그래도 그들 덕분에 개화했지,라든가, 우리 탓도 있었지, 하는 엉뚱한 생각을 하는 한 영혼의 독립을 영원히 찾지 못하고 말 것이오. 아무튼 아시아의 대부분이 서양 사람들에게 강점돼 있던 무렵에 그들 서양 사람들에게 싸움을 걸고 나선 일본의 모습이 그만 깜빡 나를 속인 거요. 나는 잊어버렸던 거요. 바로 그 일본이야

말로 우리 조선에 대해서는 서양이었다는 사실을 말이오. 그렇게 쉬운 일을 잊을 수 있느냐 하겠지만 사실이니 어떻게 하겠소. 그 때 내 눈에는 노예 소유자인 서양을 대적한 일본만 보였지 그 일본이 우리의 원수라는 사실은 보이지 않았소. 나 자신을 변명할 생각에서가 아니라 그때의 내 마음이 움직인 모양을 정확하게 따라가보고 싶은 것뿐이니 오해 마시오. 자, 그러면 그렇게 환한 이치가 왜 보이지 않았느냐 하면, 아마 그 까닭의 하나는 이것이 아닌가 하오. 즉, 조선과 일본은 본국과 식민지 사이가 아니고 합방하였으니 이론상으로는 대일본제국은 공동의 나라지 어느 한쪽의 나라가 아니다 하는 생각이 분명히 있었소. 물론 헌법이 다짐하는 혜택을 균등하게 받지 못하고 있었지만 법률상으로는 합방이니 장차 동등한 국민이 되리라 하는 것이 내 바람이었는데 거짓 허울에 마음을 붙였다는 것부터가 내 마음이 허했던 탓이었소. 또 이에 덧붙여서 내게는 보편 세계에 대한 희망이 있었소. 세계는 장차 하나가 될 것이다, 하나가 되어가는 과정에서 비슷한 문화를 가진 나라끼리가 먼저 합쳐진다는 것은 좋은 일이라고 생각되었소. 민족이란 것은 결국 '나'인데 이 나를 버린 세계가 진정한 문화적 세계가 아니겠는가 하는 것이오. 이왕 일이 이렇게 되었으니 이 운명을 어떻게 하면 최대한 이용할 수 있는가 하는 것이 내 괴로움이었소. 내가 발견한 해결은 비록 내 손으로 버린 '나'는 아닐망정 사후에라도 그것을 생각하고 마음먹기에 따라서는 스스로 버린 나, 민족적 해탈이라고 볼 수 있지 않겠는가, 나를 버리는 데 내 살 길이 있다, 이렇게 생각하고 나는 창씨개명했던 것이오. 버리려면 철저히 버려야 한다, 이게 내 생각이었소. 이렇게 더듬다 보니 이것 역시 내 마음이 허한 탓이었소. 만일 자기의 '나,' 민족의 '나'에 대해 자신을 가진 사람이라면 그것을 버릴 수는 없을 것이니, 나는 결국 우리의 '나'를 업수이 보고 우리의 '나'가 세계에 내놔서 능히 통한다는 자신이 없었던 게 분명하오. 또 그때 내가 동조동근설을 진심으로 믿고 있어서 일본과 하나가 되는 것은 결코 나를 버리는 것이 아니라고 생각했다 치더라도 자신이 있었으면 대한제국 속에 일본이 들어왔어야 옳다고 생각해야 됐을 텐데 그렇게 못 한 것은 역시 내 맘이 허했던 탓이오. 이제껏 말한 것은 당시의 내 마음속에 어지럽게 그러나 확실히 있었던 그림자들인데 그것이 지금에 와 헤아려보면 어느 것 하나 이치에 닿지 않는 것인 것만 보아도 내 마음이 허했던 것을 알겠소. 한마디로 내 마음이 허했고 허한 마음에 허깨비가 보였던 것이오. 그렇소, 요샛말로 나는 절망하고 있었소. 그때 나는 절망하고 있었소. 절망한 노예가 사슬에 묶인 자기 몸이 연화대蓮花臺 꽃자리 위에 올라앉아 염주를 손목에 걸고 있는 것이라고 환상한 것이오. 나는 시세가 이미 그른 줄 알았었소. 일본의 굴레에서 빠져나가기는 이미 그른 줄 알았었소. 내게 보였던 그 모든 허깨비들은 실상 시세가 다 그른 줄로 판단한 내 허한 마음에 들끓는 귀신들이었소. 나는 희망은 이미 사라졌고 운명의 고리는 닫힌 것으로 알았소. 조선 민족은 요동할 수 없는 굴레 속에 영원히 갇혀버린 줄 알았었소. 내 식견이 모자랐던 탓이오. 일본제 빅터 5구짜리 라디오 하나가 세계로 통한 나의 창문이었소. 그 창문에서는 부사산富士山과 조선총독부

밖에는 보이지 않았소. 아아 단파短波 수신기 하나만 있었더라도 (이광수는 가슴을 쥐어뜯었다), 그놈 하나만 있었더라도 이 천추에 씻지 못할 잘못을 저지르지 않았을 것을. 미친 시대 속에서 한 인간의 슬기는 보잘것이 없었소. 나는 지쳤던 것이오. 내 조국의 광복을 기다리다가 나는 지쳤던 것이오. 나는 상해와 만주·미주에서 싸우고 있는 사람들의 일도 알고 있었소. 그러나 만주는 끝내 일본이 삼키고 말았고 그래도 세계는 가만있었소. 중국 천지를 휩쓸어도 세계는 그냥 보고만 있었소. 그러면 그 고장에서 싸우던 사람들은 어디로 갈 것이오? 미국 사람들이 우리를 도와줄 것인가? 한일합방을 묵인한 나라가 우리를 도와줄 것인가? 바랄 수 없는 일이라고 나는 생각했던 것이오. 운명은 장난을 즐기기에 일본이 아시아를 정복하고, 세계는 그래도 가만히 있을 줄 알았소. 그 당시에 느꼈던 내 마음의 갈피를 어떻게 전달하면 좋을까? 아시아 여러 나라의 민족주의 지도자들이 일본에 희망을 걸고 있다는 소식도 들렸소. 나는 이것이 대세라고 생각했던 것이오. 그리 되면 이제 조선이 살길은 아시아 민족을 해방하는 싸움에 협조한 대가로 하다못해 자치를, 다음에는 독립을 얻도록 하는 것이 현실적인 생각이라고 판단했던 것이오. 인도의 국민회의파가 영국에 협조해서 싸우는 대신 승전하면 자치를 얻기로 한 것과 형식으로는 아무 다름이 없소. 물론 그런 내락을 받은 적은 없소. 그러나 승전한 일본에게서 그런 양보를 얻을 수 있으리라는 게 나의 꿈이었소. 그렇다면 내 협조는 분명히 위장 전술이었어야만 말이 서는데 사실은 모두가 위장만은 아니었소. 내 미친 머리가 꿈꾼 헛된 희망—

조선과 일본이 서로 나를 버리고 하나의 나라가 되는 것을 내 맘 한구석에서는 분명히 바라고 있었소. 내가 염치가 없었소. 원님 덕에 나팔은커녕 관기 수청까지 옆방에서 하자는 내 심사는 더러웠소. 이기면 일본이 이겼지 조선 사람이 이기는 것이 아닌 바에 제 나라의 운명을 남에게 맡기다니. 또 잘못이 있소. 두 나라가 한 나라가 되는 것이 역사의 길이라는 생각은 민족이라는 것을, 과거라는 것을 너무나 얕본 탓이었소. 개인에게서 해탈이 어려운 것이 속세와의 인연 때문이 아니겠소?"

"육신으로 속세에 얽혀 있고, 육친으로 얽히고, 욕심으로 얽혀 있소. 민족도 마찬가지요. 국토로, 인종으로, 언어로, 이미 가진 이득으로 그들은 얽혀 있소. 이것을 나는 얕본 것이오. 나는 결국 정치가가 못 되었소. 못 되었으면 예술가답게 입을 다물었더면 좋았을 것을. 아니, 그것도 말이 안 되는군. 예술가가 현실을 똑바로 보지 말란 법이 없소. 그렇군요. 나는 『흙』의 속편을 쓰는 것이 옳았소. 허숭이 왜경의 등쌀에 배겨나지 못하고 결국 상해로 가는 이야기를 썼어야 옳았소. 그곳에서 새로운 운명과 싸우는 모습을 그려야 했소. 그런 사람들이 실지로 있었으니. 그런 속편을 썼으면 나는 감옥에 들어갔을 것이오. 나는 죽었을지도 모르오. 놈들의 고문 때문에. 아아, 이제야 알겠소. 나는 마땅히 죽어야 할 자리에서 죽을 용기가 없었던 것이오. 그러나 국내에 있었던 사람으로서는, 일본의 천하가 되어 가는 줄로만 안 사람으로서는 그 길 밖에 없지 않았을까? 그렇소, 내가 국내에 있었다는 것부터가 나빴소. 나는 3·1만세 당시에 망명했어야 옳았을 것이오. 그것을 나는 하지 못했소. 그 사정은 묻지 말아주시오. 아무튼 나는 못했소. 그 단 하나밖에 없는 논리적 해결을 나는 실천하지 못했소. 그렇지만 국내에 있었더라도 죽은 듯이 있었으면 나는 명예는 건졌을 것이오. 민중에게 아편은 주지 않아도 되었을 테지. 가만히 있기는커녕 나는 설교하고 예언하고 가르치려고 했소. 왜 그랬을까? 그렇소, 망명하지 못했다는 실점失點, 출발점에서 그르친 이 실점을 만회하려는 안간힘, 민족을 자기 허영심의 대상으로 삼은 사심私心이 있었던 것이오. 상해나 만주에 간 사람들이 이루지 못한 일을 나는 앉아서 일거에 이루어버리자는 생각이었소. 허한 마음에 피어난 꽃은 허한 꽃, 아아 허영이었구료. 이 마음 악함이여, 오, 벌하소서, 악한을 벌하소서. 영겁의 지옥 속에서 이 몸은 헤매어지이다."

이광수는 가슴을 쥐어뜯었다. 그리고는 머리칼도 쥐어뜯었다. 헌병은 허리에 손을 얹고 왔다 갔다 한다. 이광수는 그 자리에 힘없이 앉는다. 역장이 검차수들을 손짓해 부르니까, 검차수들은 얼른 일어나서 그쪽으로 간다. 헌병은 손을 얹은 채 왔다 갔다 한다. 그러다가 그는 획하니 독고준에게로 돌아섰다.

"여기 있는 사람이, 정치와 문학을 가장 괴롭게 그리고, 양심적으로 산 사람입니다. 문학을 현실 개조의 도구로 생각할 때 정치를 건드리지 않을 수 없습니다. 그 정치가 작가에게 문제로 비치지 않을 때는 간단합니다. 그 작가의 문학에서 정치는 공기 같은 것이 됩니다. 우리는 공기의 존재를 문제 삼지 않는 것처럼 정치도 문제가 되지 않습니다. 작자가 당대 정치에 불만이 있을 때가 문젭니다. 옛날 작가들도 물론 정치적 불만을 작품 속에 그렸습니다. 그러나 근대 이후의 문학과 그 이전의 문학은, 정치를 다루는 데서 특히 뚜렷이 드러나는 다름이 있습니다. 대체로 근대 이전의 문학에는 작가가 뚜렷하지 않은 작품이 많고, 게다가 작품의 양이 적습니다. 그 결과 그 소량의 문학 작품이 오랜 세월을 두고 되풀이 사용됩니다. 새 레퍼토리가 자꾸 창작되는 것이 아니라, 정해진 레퍼토리가 반복 물려받아지는 국악國樂 같은 것이 그 좋은 예입니다. 그러한 레퍼토리가 고전古典입니다. 한 가지 작품이 여러 시대에 걸쳐 쓰이면 예술과 시대라는 것은 상관이 없는 것이다, 하는 인식을 가지게 됩니다. 근대 이전의 사회는 오랫동안 사고방식에 있어서, 제도에 있어서, 풍습에 있어서, 근본적으로 바뀌지 않았기 때문에 사람들은 아주 옛날에 만들어진 작품으로도 즐거울 수 있었던 것입니다. 또 정치적 불만이 있는 경우에도 작가는 직접 당대의 권력자를 지목하는 일 없이 비유나 우화의 방법으로, 즉 옛날에 어떤 나쁜 왕이 있었다, 하는 식으로 할 수가 있습니다. 옛날이나 지금이나 정치 제도는 같은 것인즉, 옛날의 나쁜 왕을 나무라는 것은 지금의 나쁜 왕에게도 들어맞는 것입니다. 이렇게 해서 작자는 당대의 권력자의 박해를 비킬 수가 있게 됩니다. 그 결과는 또 다른 까닭에서일망정 당대에서 소재를 택하지 않고 옛날 소재나 시대를 문학이 가지도록 합니다. 다음에 사회의 풍습·신분이 오랫동안 붙박여 있었기 때문에, 문학 작품에 나오는 인물이나 사건에 무작정 바뀜이 있을 수 없습니다. 인물이나 사건의 패턴이 뻔한 것일 수밖에 없다는 말입니다. 고대 소설이 대체로 권선징악인 것은 이 때문입니다. 감상자는 줄거리를 알려고 소설을 읽는 것이 아니라 익히 아는 내용을 다시 한 번 즐기기 위해서 읽는 것입니다. 그래서 문체가 중요하고 구어체가 아닌 체가 사용됩니다. 될수록 현실, 일상日常, 당대當代와의 거리감이 있는 것이 비실용감非實用感을 내는 데 효력이 있었던 것입니다. 이렇게 근대 이전의 문학은 본질적으로 당대성을 필요로 하지 않았고, 결과적으로 문학은 국악의 정례 레퍼토리나 동양화의 전통적 소재, 산수화조山水花鳥나 서양 중세미술에서의 수난도受難圖처럼 소재가 고정됩니다. 서양 중세의 목가소설이나 동양 시가에서의 자연 풍물 같은 것이 그것입니다. 이것들은 일부인日附印이 없는 대상들입니다. 그것은 그저 달이고, 그저 산이며, 성자이면 그저 성자일 뿐입니다. 이렇게 해서 '예술적 소재'라는 고정관념이 생겨난 것입니다. 지금도 '가을' 하면 특별히 예술적인 작품 제목인 줄 아는 중학생이 있는 것을 생각해보면 알 만하실 줄 압니다. 마지막으로 근대 이전의 문학에서는 정치란 그리 중대한 테마가 아니었습니다. 왜냐하면 그들은 인간의 길흉을 정하는 것은 신神이나 운명이라고 생각했지 정치라고는 생각지 않은 것입니다. 고대나 중세에서 권력자는 관념상으로 또는 정서적으로 신神의 대리자였지 신은 아니었던 것입니다. 인간의 운명은 인간으로서는 어쩌지도 못한다고 그들은 생각했습니다. 왕도 마찬가집니다. 그도 신의 종이며 운명의 신하임에는 노예나 다름이 없습니다. 그렇습니다. 근대 이전의 가장 깊고 고상한 테마는 정치가 아니고 종교였던 것입니다. 자, 그러면 근대 이후의 세계를 봅시다. 중세 사회의 보편적 문화가 무너지고 민족 국가가 성립하면서 전혀 반대의 현상이 나타납니다. 민족의 토착 문화, 민족의 언어, 민족의 생활을 중시하는 자각 밑에 가까운 데서 소재를 취하게 됩니다. 공간적으로 시간적으로, 가까운 것일수록 값어치가 나가게 됩니다. 내셔널리즘 초기의 정례 코스로 돼 있는 문화적 복고주의도 이 공식에서 벗어나는 것이 아닙니다. 그것은 공간적으로 가까운 것, 시적으로 표현하면 공간적 당대에 대한 집착으로서, 동시대의 외국 것보다는 옛날의 우리 것이 우리한테는 더 당대라는 것을 표시하는 바, 민족의 오기인 것입니다. 그러므로 근대예술의 당대주의를 증명하는 역설인 것입니다. 이같이 하여 근대문학에서의 당대성 우위의 원칙이 서게 됩니다. 그것은 필연적으로 다음과 같은 결과를 가져오게 됩니다. 먼저 중세문학에서의 소재의 고정이라는 원칙이 무너집니다. 이제 '예술적 소재'라는 고정관념은 통하지 않습니다. 사군자四君子만이 소재가 아니라, 호박꽃도 민들레도 쑥갓도 시금치도 동등한 미적 흥분제입니다. 목동과 젖 짜는 처녀만이 소설 주인공이 아닙니다. 방직 여공과 연통 소제부도 소설 속의 신으로 승격합니다. 그레고리안 성가聖歌만이 음악이 아닙니다. 요란스런 화음和音이 등장합니다. 이렇게 해서 소재의 민주주의가 실현됩니다. 옛날 시인들은 선인에게 보태거나, 선인에게서 빼는 것을 두려워했습니다. 그는 다만 전달자였습니다. 고전의 패러디가 많은 것은 이 때문입니다. 윤색하고 지방색을 가미하는 경우에도 경건하게 패턴은 살렸던 것입니다. 근대 예술가들은 마구잡입니다. 그들은 무엇이건 어떻게든, 전혀 멋대로 만듭니다. 그래서 주옥편만 가지런하던 정례 레퍼토리가 옥석구분玉石俱焚, 방대하게 늘어납니다. 자, 이제 가장 중요한 이야기, 정치의 이야기를 합시다. 정치도 근대 예술의 당대주의에서 예외가 될 수 없으니 이제는 옛날의 어떤 왕, 이런 식으로는 안 됩니다. 일부인이 찍힌 당대의 이야기를 알아먹게 써야 합니다. 상징이나 우화로 쓰는 것은 당대주의에 어긋나는 것입니다. 그런데 곧이곧대로 쓰자니 야단입니다. 권력자의 아픈 곳을 찌르면 그는 가만있지 않습니다. 그는 박해를 받습니다. 죽임을 당할 수도 있습니다. 쓰느냐 안 쓰느냐 그것이 문젭니다. 근대 작가는 후퇴의 길이 막힌 예술갑니다. 게다가 근대인에게 있어서 정치는 근대 이전 사람들의 그것과는 뜻이 다릅니다. 근대인의 종교는 정칩니다. 근대인은 신神은 죽었다고 끝장을 낸 사람입니다. 사람의 길흉을 다스리는 권리와 의무를 빼앗은 사람들입니다. 정치는 이차적인 문제가 아니라 제일차적인 문젭니다. 사람의 행복은 법왕과 승려의 기도 속에 있지 않고, 대통령의 결재 서류와 투표 용지 속에 있다고 믿게 된 사람들입니다. 신앙에 양보가 없듯이 정치에도 양보는 없습니다. 물론 이런 시대에도 근대 이전의 예술가들처럼 정치를 탐탁한 소재로 생각지 않고 당대에서 한 발 혹은 여러 발 물러선 시대, 공간에서 소재를 잡고 그 소재도 번거롭게 이것저것 하지 않고 종류를 고정시켜서 그렇게 한정된 소재 — 그 종족의 지난날의 정서를 꼭 같은 패턴, 꼭 같은 가락으로 되풀이 읊어내는 예술가가 있는 법이고 또 값어치가 있습니다. 그들은 종족의, 지금은 유물이 된 정서의 수호가, 체현자로서 마치 저 국악의 명창, 동양화의 명장 같은 장인인 것입니다. 그의 본질적 기능은 창조에 의한 변증법적 변신變身이 아니고 반복에 의한 특수의 계승입니다. 이것은 대단히 값있는 일로서 우리는 그런 사람들을 인간 문화재라 부릅니다. 이들은 값있는 존재들이지만 근대인은 아닙니다. 그래서 근대의 원리인 당대주의를 논리적으로 일관시키려고 마음먹은 사람들의 눈에는 현장에서의 도피라고 보이는 것입니다. 그렇기 때문에 그는 끝까지 가야 하는 것입니다. 왜냐하면 정치는 근대인의 종교이기 때문입니다. 이것이 근대 문학의 논리적 결론이기 때문입니다. 자기가 그 속에서 살고 있는 사회의 정치적 질서가 근대인의 인간적 존엄성의 원리에 어긋난다고 판단한 근대 작가가 근대문학의 원리인 당대주의 — 자, 여기서 이 자가용의 용어를 버리고 통속적 표현을 택합시다 — 다시 말하면 사실주의의 원리에 충실하면서 당대의 정치적 근본을 비켜서지 않고 예각적銳角的으로 정면에서 소설로 만들 때 그 사회가 그러한 정의의 소리를 놔두면 흔들릴 만큼 약하거나, 그런 소리를 소화할 만큼 어른이 돼 있지 못하거나 폭군이나 독재자가 권력을 잡고 있을 때 그 작가를 기다리고 있는 것은 박해이며, 박해는 그 사회의 선량도가 0일 때 박해는 극대極大이며 작가의 생명은 0이 됩니다. 즉 그는 쓸라[殺了]하게 되는 것입니다. 근대문학의 정상, 정치문화의 발밑에는 죽음의 검은 사화구死火口가 아가리를 벌리고 있습니다. 마치 종교의 발밑에 죽음이 있듯이. 그는 쳐다볼 하늘을 갖지 못했습니다. 그는 하늘을 물리친 정신이므로. 그는 기껏 역사라고 불리는 저 지평선을 바라봅니다. 거기서 그는 유토피아의 모습을 봅니다. 미래의 아이들이 우거진 푸르름, 맑은 호숫가에서 사자와 더불어 뛰노는 마이너스의 창세기를. 그러나 누가 압니까. 그것은 사막에서 지쳐 죽어가는 아라비아인의 갈증으로 실성한 내장감각內臟感覺이 피어올린 요염한 꽃, 저 사막의 장난꾸러기 신기루가 아닌지를. 불의를 보고 참지 못하는 그의 가슴에도 죽음의 그림자는 어립니다. 그는 괴롭습니다. 죽느냐 사느냐 그것이 문젭니다. 이 고통스러운 근대인의 드라마를 곧바로 걸어간 사람이 있습니다. 이 사람을 보십시오. 이광수 선생입니다. 그는 동시대 동료들이 탐미로, 복고로, 은둔으로, 풍월로, 서민 취미로 각기 비켜섰을 때, 근대문학의 결론의 예각銳角한 창 끝으로 곧바로 걸어갔습니다. 그리하여 그는 배신했습니다, 스스로와 민중을. 믿음이 있었으므로 배신이 있었던 것입니다. 돌을 던질 사람이 있거든 던지십시오."

헌병은 독고준을 노려보았다. 독고준은 이광수를 보았다. 땅바닥에 뭐라뭐라 글씨만 쓰고 있다. 헌병은 말했다.

"당신은 이광수 선생을 모시고 여기 남겠지요?"

독고준은 머뭇거렸다. 헌병은 또,

"안 그렇소?"

하고 말한다. 위협할 셈인지 허리에 찬 칼을 철커덕거린다.

"아니 저는……"

독고준은 머뭇거렸다.

"아니라니?"

무슨 소린지 모르겠다는 듯이 헌병은 어안이 벙벙한 얼굴이다.

"선생님 혼자서는 처리도 못 하실 테니……"

하면서 헌병이 들것을 가리키는데 역장 일행은 간 곳이 없다. 행여나 싶어서 뒤를 돌아보니 그들은 벌써 차에 올라서서 창문 하나씩 차지하고는 창틀에 팔굽을 짚고 이쪽을 유심히들 보고 있다. 안 되겠다 싶은 게 독고준의 심정이었다.

"저는 가볼 데가 있습니다"

하고 단호하게 말한즉 헌병이,

"이런 매정스런 사람 봤나"

하면서 기가 차는 모양이다. 옥신각신하다가 헌병은 이번에는 부드럽게,

"자네 소설 쓸 야심을 가지고 있지 않나. 선생님한테 사사하게. 소설 쓰는 법을 여간 잘 가르쳐주실라구? 머리에 쏙쏙 박히게 말야"

하는 것이다.

"그래도 나는 가야 합니다."

독고준의 말이 이 말인데 듣다 못했는지 이광수가 일어서면서,

"보내게. 자네 말이 맞네. 자네는 자네 길을 가야 하네. 소설 쓰는 법은 자네 손으로 찾아야지"

한다. 독고준은 미안해서,

"아닙니다. 소설 쓰려는 게 아니라……"

한즉,

"알겠네. 인생이 소설 아닌가. 인생도 쓰고 소설도 살아보게."

이렇게 말하는 것이었다. 이때 간호원이 내달으면서,

"선생님, 제가 남겠어요. 전 석순옥이에요"

한다. 그러자 헌병이,

"아닙니다. 제가 남겠습니다"

하는 것이었다. 이광수는 간호원에게 부드러운 눈길을 보내면서,

"자네는 가게. 앞길이 창창한 사람을 붙들고 싶지 않아. 직책으로 보아 자네가 남게. 내가 다소간 의학의 상식이 있으니"

하고 말하길래 독고준과 간호원은 다행이다 싶어서 얼른 차에 탔다. 기적은 우렁우렁, 기차는 움직이기 시작하였다. 이리하여 이광수와 헌병과 윤정선이를 남겨놓고 턱도 없으면서 모진 마음먹은 독고준은 길 떠나는 것이었다.

어느 가을날 아침이라고 한다. 독고준은 문득 잠에서 깨었다. 그는 무슨 꿈을 꾸고 있었으나 잠에서 깬 순간 그만, 잊어버렸다. 그만 잊어버렸다는 것은 우습다. 왜냐하면 깨었을 때는 이미 꿈의 내용은 전연 생각나지 않았고 다만 꿈을 꾸었다는 의식만 남았기 때문이다. 그것은 마음의 거울에 어린 그림자 같은 것이어서, 구체적인 내용은 싹 지워진 채 그 꿈이 짐짓 물들여놓은 여운의 윤곽만 남아 있었다. 즐거운 꿈은 분명 아니었다. 그 여운은 허망하고 안타까운 그런 것이었다. 허전함과 안타까움은 전혀 어긋나는 느낌인데도 그들은 여운 속에 같이 있었다. 그건 가을과 같은 것이었다. 방은 채광이 나쁜 편은 아니었다. 동남으로 난 창호지는 시뿌연 빛이 환하였다. 준은 늘 하는 버릇으로 반듯이 드러누운 채 천장을 올려다보았다. 천장지는 얼룩얼룩한 모양이 무슨 풀잎 같기도 하고 또 어찌 보면 수없는 메뚜기들의 떼무리 같기도 했다.

그뿐이 아니었다. 잠시 눈을 감았다. 다시 들여다보면 수많은 거미들이 벌룸벌룸 기어가고 있었다. 분홍빛 잔등에 새파란 다리를 허우적거리고 있었다. 독고준은 이불 밑에서 발가락을 옴지락거렸다. 그의 왼쪽 엄지발가락 바깥쪽에는 사마귀가 있었다. 그는 오른발 엄지발가락으로 그것을 만지작거렸다. 발톱에 걸어서 지그시 민다. 아프지는 않다. 자기 몸의 한 부분에 발디딤 자리를 가지고 있어서 그것을 타고 벼랑 같은 데를 기어 올라가는 기분이다. 그는 발가락으로 장난은 하면서도 여전히 천장지를 보면서 멋대로 그림을 만들면서 생각하였다. 꿈에 대해서였다. 무슨 꿈이었을까. 정말 꿈을 꾸었는지 않았는지도 확실치 않아, 아니 분명 꾸었어, 그건 확실해. 그건 확실해도 무슨 꿈인지는 여전히 생각나지 않았다. 아무리 해도 알지 못하리라는 것을 그는 알고 있었다. 예전에도 번번이 그런 일이 있었지만 궁리를 해보아서 생각해낸 적은 없었다. 내용도 모르는 꿈을 알아내려는 안간힘에서 그는 빠져나올 수가 없다. 꿈속에서 입이 열리지 않을 때처럼, 혹은 사형이 집행되기 직전에 있으면서 알리바이를 대지 못하는 무고한 죄인의 마음 같은 것이었다. 방 안에는 정갈한 기운이 서리어 있고 창호지는 좀더 환해졌다. 일어나 볼까.

  마침내 그는 이불을 밀어붙이고 일어났다. 일어나려고 했다. 그런데 사실은 그렇게 하지 못했다. 이불을 밀어붙인다고 생각은 하는데 이불이 밀리지를 않는 것이다. 그러자 이불이 그를 지지눌러대는 착각에 사로잡혔다. 사실은 그는 아직 한 번도 팔을 놀리지 않았던 것이다. 그는 이번에는 분명하게 팔을 들어올리려고 했다.

그제서야 그는 가슴이 꽉 막히도록 놀랐다. 팔이 올려지지 않는 것이다. 겨드랑이 언저리에서 무엇인가 꼬물꼬물할 뿐 팔은 올려지지 않는다. 그는 윗몸을 벌떡 일으키면서 자기 팔에 무슨 일이 생겼는가를 들여다보았다.

악? 그는 소스라치면서 그대로 굳어버렸다. 이런 일이. 이게 도대체…… 그는 속으로 꺽꺽 더듬거리며 두 번 세 번 머리를 저었다. 자욱한 안개가 눈앞에 낀 듯이 느꼈으나 다음 순간 말짱하게 개었다. 그가 본 것은 구렁이로 바뀐 자기 몸에 붙어 있는 손이었다. 손에는 팔이 없고 그 손은 몸통에 바로 붙어 있었다. 비닐 장판처럼 번들거리는 흰 배도 보였다. 그는 도로 털썩 드러누웠다. 피로했어. 무언가 말할 수 없이 서글픈 느낌이 왈칵 덮쳤다. 그 자신의 생활 같은 것은 아무래도 좋았다. 그는 동생과 누이에 대한 오라버니요 형이자 아버지며 어머니이기까지 했다. 다만 그들을 넉넉히 거두지 못하는 것이 그의 슬픔이었다. 월남할 때 그의 부친은 삼남매를 불러놓고 말했었다. "우리는 이제 다 산 목숨이다. 너희들이 좋은 데 가서 잘살면 그만이야. 빨리 떠나거라." 그 옆에서 어머니는 치마폭에 얼굴을 묻은 채 종시 얼굴을 들지 못했다. 고생은 이루 말할 수 없었으나 이제 동생 철은 고등학교 1학년, 누이 숙은 고등학교 3학년, 내년 봄이면 대학생이 된다. 그렇다. 독고준은 그녀를 대학에 보낼 생각이었다. 그는 검차원이었다. 검차원의 벌이만으로는 살 수 없는 일이었다. 그래서 그도 남들처럼 뒷벌이를 가지게 됐다. 물론 그것은 나쁜 일이었다. 그러나 철도국에서 나쁜 일을 하지 않는 것은 기관차뿐이었다. 독고준은 심심

찮게 뒷벌이가 있었다. 그가 남보다 주변이 좋아서가 아니라 주변이 없어서 그런 것이었다. 나쁜 일이란 혼자서 하면 뒤탈이 많고 또 손이 여럿이면 수월한 탓으로 대개 '건'이 생기면 패가 어울려서 해내는데, 독고준은 몫을 아득바득 다투지 않기 때문에 어느 패에서나 좋아했기 때문이다. 다른 사람들은 눈에 핏발이 서서 나쁜 일을 하는 데 비해, 독고준은 그저 시름시름 도둑질을 한 것이었다. 그래서 부수입도 한밑천 뚝딱은 당치도 않고 새 발의 피처럼 자자부레한 것이었으나, 독고준에게는 죄송하고 고마운 보너스였다. 그는 생활에 만족하고 있었다. 그에게는 철과 숙이가 있었다. 똑똑한 철이, 사내답고 공부 잘하는. 미인이고 상냥한 숙이. 그들이면 그만이었다. 그에게 잡념이 있다면 한 가지 그 일뿐이었다. 숙직을 하다가 문득 우렁우렁 밤 비행기 지나가는 소리에 문득 잠이 깨게 되면 한참씩 잠을 설치다가 다시 잠들곤 하는데, 그럴 때면 반드시 꾸게 되는 꿈이 있다.

고향에 있을 때, 날이면 날마다 미국 비행기가 와서 폭격을 한 그 여름의 어느 날에 있던 일이라 한다. 그때 그는 중학교 3학년이었는데, 학교에서 소집이 있다는 연락을 받고 그는 고지식하게 마을에서 아침 일찍이 떠나서 학교에 나간다. 학교에는 아무도 없다. 그는 빈 거리를 헤매고 다닌다. 처음에는 같은 반 아이들이라도 만날까 해서였으나 그렇게 걸어다니는 사이에 그는 인적이 끊긴 거리에서 넋이 나가버린다. 터덜터덜 걸어가는 것이 어쩐지 좋다. 그는 이 골목 저 골목으로 돌아다닌다. 그는 어쩐지 좋다. 어느 집 앞에서 그는 우연히 멎는다. 뜰에 가꾼 꽃밭이 한창이었던 것이다. 문들은 닫혀 있고 인기척은 없다. 그는 멍하니 그 꽃들을 바라본다. 그때 비행기의 폭음이 은은히 들려온다. 빈 집의 문이 열리고 한 젊은 여자가 달려나온다. 달리면서 그의 팔을 잡고 함께 뛴다. 가까운 곳에 있는 방공호로 들어갔을 때 폭음은 머리 위에서 들렸다. 캄캄한 속에서 사람들 틈에 끼어 그들은 아직도 손을 잡고 있다. 중학교 3학년생인 어린 소년을 어떤 모르는 누나가 그렇게 보살펴주었다고 해서 이상할 것은 조금도 없다. 가까운 데서 폭탄이 터지는 소리가 들린다. 폭음·어둠. 한여름의 더위와 콩나물 시루 속처럼 빽빽한 굴속. 바로 머리 위에서 굉장한 소리가 나면서 굴이 흔들린다. 그들은 부둥켜안았다.

따뜻한 팔과 얼굴에 스치는 머리카락 속에서 그는 정신을 잃었다. 가까운 구호소에서 눈을 떴을 때 그의 곁에 누운 부상자들은 모르는 사람들뿐이다. 이런 꿈이다. 비행기가 우렁우렁 지나는 소리를 들으면 왜 그런지 꼭 이 꿈을 꾼다. 그러고 깨면 다시 한참씩 잠을 설치다가야 다시 잠들곤 한다. 그뿐이었다. 잊히지도 않고 가끔 그렇게 꾸는 것뿐이고 더이상 더 어떻다는 것은 아니었다. 부모님 계시는 고향이 그리운 까닭이라고 그는 생각했다. 그러나 그에게는 철이가 있고 숙이가 있었다. 그들이 그의 희망의 모두였다. 그것이 부모님 앞에 효도이기도 하다. 그들을 넉넉하게 생활시키지 못하는 것만이 그의 아픔이었다. 고단한 피난 살림 때에 비하면 나아진 것은 사실이지만 독고준은 여전히 피난민이었다. 남북통일의 그날이 오면 철도에서 일한 덕을 톡톡히 보고 싶은 것이 그의 원이었다. 고향에 돌아가는 날 그때는 부모님은 세상에

서유기 215

계시지 않을지도 몰랐다. 그래도 그는 가고 싶다. 부모님 무덤 앞에 성장한 남매를 데리고 엎드려서 실컷 울고 싶다는 그 한 가지 소원이었다. 그날이 언제가 될지 기약할 수도 없었다. 내년에 숙이를 대학교에 보낸다는 것도 아무 작정이 없는 그의 소원일 뿐이다. 그 일이 맘에 걸려서 이 며칠 사이 그는 기분이 무거웠다. 그래서 그런 모양이지. 고단했어. 헛것을 본 것이지.

독고준은 천장에서 눈길을 옮기면서 몸을 일으키었다. 싸늘한 무서움이 그의 심장을 꽉 틀어쥐었다. 이것은 어떻게 된 일인가. 이것은 어떻게 된 일인가. 이것은 어떻게 된 일인가. 그의 몸은 정말 변해 있었다. 구렁이가 된 그의 몸에는 네 개의 발이 달려 있다. 다섯손가락과 발가락이 있는 손과 발이, 팔과 다리는 어디다 잃어버리고 몸통에 달려 있다. 혹시 뱃속에 들어가 있는 것이 아닌가 싶어서 그는 움직여보았으나 손발이 꼬물거릴 뿐이었다. 흡사 도마뱀이었다. 어떤 생각이 들어서 그는 몸을 움직였다. 그랬더니 네 발이 옴지락거리면서 그의 몸을 그가 생각하고 있는 데로 실어가는 것이었다. 그 자리란 다른 데가 아니고 거울이 걸려 있는 기둥 밑이었다. 그러자 그는 자기 몸이 코브라 뱀처럼 꼿꼿이 일어서는 것을 보는 것이었다. 그렇게 해서 그는 거울 속을 들여다보았다. 뱀 한 마리가 그를 마주 쳐다보고 있었다. 놀라서 까무러치는 대신에, 그가 한 다음 움직임은 아주 다른 것이었다. 그는 얼른 문고리를 걸었다. 그다음에야 땅바닥에 털썩 몸을 내렸다. 내린 몸은 도마뱀처럼 배를 깔고 있다. 오빠 세수하세요. 그는 깜짝 놀랐다. 숙이가 뜰에서 부르는 소리였다. 응 지금 나간다. 그는 지어서 의젓한 목소리로 대답하면서 자기가 말을 할 수 있다는 것을 알았다. 그러자 그는 문득 생각했다. 내가 혹시 착각을 하고 있는 게 아닌가. 숙이 앞에 모습을 나타내도 그녀 눈에는 아무렇지도 않을는지 몰라. 그러나 자신이 없었다. 오빠 세수하세요. 아이 웬일일까. 숙이는 뜰에서 이리로 건너오는 모양이었다. 그는 얼른 이불 속으로 기어들어갔다. 머리가 보이지 않게 파고들었다. 방문을 걸어놓은 생각이 나서 얼른 고리를 따놓고 도로 누웠다. 그는 손이 아니고 입을 쓰는 자기를 발견했다. 오빠 일어나세요. 그녀는 드르륵 문을 열었다. 독고준은 이불을 뒤집어쓴 채 말하는 것이다. 응, 나 오늘 쉬련다. 어머, 어디 편찮으세요? 응, 뭐 좀 몸살인가 봐. 괜찮아. 하루 누워 있으면 풀릴 테지. 너 빨리 학교 가라. 네, 그럼 미음 쑤어놓고 갈 테니 곤로에다 데워서 드세요. 나 오늘 조퇴할까요? 아이다. 어쩜 오후엔 나도 나갈는지 모르니까. 숙이는 조심스레 문을 닫고 물러간다. 애, 철이는? 걔는 벌써 간걸요. 알았다. 그는 휴우 한숨을 쉬면서 이불 속에서 빠져나왔다. 그는 자기 몸을 몰아서 거울이 있는 데로 가서 아까처럼 거울을 들여다보았다. 구렁이 한 마리가 유리알처럼 표정 없는 눈으로 그를 쳐다보고 있다. 그는 입으로 거울을 떼어 한쪽 벽에 세웠다. 거울은 온몸을 비칠 만큼은 크지 못하기에 그는 이리저리 움직이면서 자기를 비쳐 보았다. 검은 바탕에 약간 푸른 기가 도는 등의 살갗. 비닐 장판처럼 번들거리는 배 쪽의 살갗. 몸통은 그의 몸만 한 굵기를 가졌고 길이는 그의 키 갑절쯤 되었다. 거기에 사람의 손발이 그야말로 손발만이 달려 있다. 손발을 움직여본즉 그것은 뱃가죽 안으로 쏙 기어드는데 그쪽이 훨씬 구렁이다웠다. 창호지를 통해 비치는 광선은 인제 한결 더 환해졌다. 좋은 날씨인 모양이었다. 새들의 지저귀는 소리가 들렸다. 부엌 쪽에서 숙이가 달그락거리는 기척이 날 뿐 집 안은 조용했다. 독고준은 거울과 반대편 벽에 가서 바싹 붙어 누웠다. 이것은 어찌 된 일일까. 이것은 어찌 된 일일까, 이것은 어찌 된 일일까, 이것은. 숙이가 또 걸어온다. 그는 재빨리 이불 속으로 기어들어갔다. 문을 드르르 열고 숙은 말한다. 오빠 다녀오겠어요. 응. 숙은 문을 닫고 제 방으로 간다. 부시럭부시럭 챙기는 소리가 들리고 이윽고 대문이 삐이꺽, 그녀는 갔다. 멍하니 그 소리를 듣는다. 갑자기 집 안이 서머서머하게 조용해졌다. 째깍. 째깍. 똑딱. 숙이 방에 있는 탁상시계 소리가 똑똑히 들린다. 어떻게 할까. 그는 몸을 뒤채봤다. 좀 불편하지만 배를 위로 반듯하게 누울 수 있다. 천장지는 다름이 없다. 수없이 많은 메뚜기들의 대군大群, 분홍빛 거미들. 곱슬곱슬한 머리를 쳐들고 움직이는 양들. 양들은 분홍빛이다. 거울에는 방바닥에 반듯하게 드러누운 채 움직이지 않는 구렁이가 비쳐 있다.

숙이가 학교에서 돌아온 것은 오후 4시였다. 그녀는 한 손에 책가방을 든 채 독고준의 방문을 열었다. 좀 어떠세요? 어머 식사는 하셨어요? 독고준은 이불 밑에 숨은 채 대꾸하지 않았다. 한참이나 있다가 그는 말했다. 숙아, 너 어떤 일이 있더라도 놀라지 마라. 나를 불쌍히 여기고 도와주겠니? 무슨 일인지는 몰라도 오빠 말씀대로 하겠어요. 독고준은 이불 속에서 기어나왔다. 악. 그녀는 방바닥에 주저앉았다. 숙아, 내가 달라졌지? 아침에 일어나 보니 이렇게 돼 있었어. 그래서 출근을 안 하겠다고 한 거야. 이게 어찌 된 일일까? 그녀의 떨리는 목소리가 들린다. 저, 정말 오빠 가요? 너 무슨 소릴 하니. 내 목소릴 모르겠니? 그래두. 자 이것 봐. 그는 사마귀가 있는 발을 내밀어 보였다. 이거 사마귀잖아? 그리구 우리가 월남할 때 얘기를 할까? 아버님은 사랑방으로 우리 셋을 불러다 놓고 "우리는 이제 다 산 목숨이다. 너희들이 좋은 데 가서 잘살면 그만이야. 빨리 떠나거라." 이렇게 말씀하셨지. 어머니는 곁에서 줄곧 우시고. 또 우리가 저 강원도 산길에서 길을 잃고 헤맬 때 걸어가는 길 앞에 산토끼가 갑자기 뛰어나오지 않았니? 그때 넌 오빠 저 산토끼 봐, 하면서 나를 보고 웃었지. 생각나니? 자 이러면 내가 가짜 아닌 건 알겠지? 응? 그녀는 멍하니 서 있었다. 숙아, 어쩌면 좋을까? 내가 무슨 몹쓸 죄를 져서 이런 기막힌 일을 당할까? 난 너만 믿는다. 얘 숙아. 넌 내가 정말 오빤 줄 믿어주니? 그녀는 고개를 숙이고 한참 있다가 힘없이 끄덕인다. 오빠…… 그녀는 흐느껴 울기 시작했다. 그는 숙을 달랬다. 숙아. 제일 걱정이 철이구나. 그놈한테는 또 무어라고 한담. 응, 너 개가 돌아오면 사정 얘기를 해라. 그녀는 또 끄덕였다. 그리고 용기를 내어 독고준을 찬찬히 들여다보았다. 독고준은 뻣뻣해지는 자기 몸을 느꼈다. 이윽고 숙은 방에서 나갔다. 독고준은 그대로 굳은 채 넋을 잃고 엎드려 있었다.

   철이 돌아온 것은 한 시간쯤 후였다. 어서 자. 숙이가 그를 불렀다. 그녀는 동생을 뜰 한모퉁이 코스모스 꽃밭가에 불러 세우고 타이르는 모양이었다. 독고준은 주둥이로 미닫이를 살며시 열고 문틈으로 그들을 내다보았다. 처음에 철은 농담으로 알고 꽃송이를 따서는 누이의 얼굴에 던지곤 하였다. 숙은 거의 울상이었다. 그러자 그녀는 쭈그리고 앉아 울기 시작했다. 독고준은 미닫이를 닫아버렸다. 미안하고 슬픈 생각이 짓눌렀다. 그는 기다리기로 했다. 숙의 말을 다 듣고 나면 어차피 철은 가만있지 않으리라. 방에 들어오든지 말을 건네어오든지 할 것이다. 독고준은 방 한가운데서 문과 똑바로 마주 서서 기다리고 있었다. 둘의 발소리가 그의 방문 앞에서 멎었다. 잠시 그들은 기척도 없이 서 있었다. 조심스럽게 문이 열렸다. 독고준의 모습을 본 철이 털썩 주저앉았다. 그러나 그는 독고준에게서 눈을 떼지 않으면서 다급하게 외쳤다. 저게 뭐야? 숙은 아무 말도 하지 않았다. 너는 뭐야? 철은 독고준에게 대고 소리쳤다. 준은 그의 성난 얼굴을 물끄러미 쳐다보았다. 그의 혀는 나무토막처럼 움직여주지 않았다. 간신히 입이 열린다. 철아 너 내 목소리 모르겠니? 그 목소리에 철은 꿈틀하는 듯했다. 어떻게 된 거야. 철아, 나를 더 괴롭히지 말아줘. 그는 숙에게 눈짓을 했다. 그녀는 넋 빠진 사람같이 된 철을 끌고 나갔다. 철은 끌려나가다가 준의 발가락을 유심히 보았다. 그들이 나간 다음 그는 벌렁 드러누웠는데 몸은 슬그머니 돌아가더니 엎어지는 자세가 되고 만다. 어차피 숙에게는 알리는 길밖에 없었으나 철에게 알린 것은 잘못이었다고 생각했다. 혹시 밤을 지내고 나면 모든 일이 어수선한 악몽으로 밝혀질지도 모르는 일이었다. 할 수 있는 데까지 감춰두는 것이 옳았을걸 그랬군. 아무튼 지금에 와서는 어쩔 수 없이 됐다. 그러자 준은 개운한 생각이 들었는데 자기의 그러한 심정이 조금 놀라울 지경이었다. 그는 학교 시절에 벌 받을 일을 선생님에게 고백했을 때처럼 마음이 놓였다.

다음 날 아침 그는 일어나는 길로(일어난대야 한잠도 자지 않았으니까 결국 새벽을 기다리고 있다가라는 말인데) 거울을 보았다. 구렁이 한 마리가 의안義眼 같은 눈으로 그를 마주 보는 것이었다. 그는 얼굴을 돌렸다.

얼마 후에 그들은 집을 옮겼다는 것이다. 그들이 원래 있던 집은 적산집 불탄 자리에 세운 판잣집인데 집보다 땅값이 괜찮은 시내 한복판에 있었다. 그들은 권리금을 받고 이 교외로 나와서 판잣집을 샀다. 판잣집이라고는 하나 기와를 얹지 않았을 뿐 재목은 미군부대에서 나온 말끔한 것이었다. 뜰도 넓다. 이사를 온 날 철은 오랜만에 상을 펴면서 야 이번 집이 더 좋아, 하고 잠깐 신나 하였다. 준의 일과는 집을 보는 일이었다. 숙은 어떻게 교섭했는지 명년 봄 졸업과 동시에 아나운서로 채용해주겠다는 언약을 받아왔다. 그녀의 말에 의하면 준은 말 못 할 병에 걸려서 어느 요양소로 간 것으로 했다는 것이었다. 준의 머리에 언뜻 소록도小鹿島란 이름이 떠올랐다.

명랑하던 철이 집에서는 거의 말이 없는 애가 되었다. 물론 준이 없는 데서 제 누이하고는 두런두런 얘기하는 것을 들을 수 있었으나 가끔 대들면서 다투는 소리를 들을 수 있었다. 전에는 전혀 없던 버릇이었다. 그럴 때면 그는 숨을 죽이고 숙이가 무어라고 동생을 달래는 것을 들으려고 귀를 기울이는 것이었다. 이 집은 뚝 떨어진 집이어서 그들 가족에게 간섭하는 사람이 없어서 좋았다. 동네 사람에게 준은 반신불수의 병자로 돼 있었다. 철은 처음부터 적대적이었다. 숙은 차마 그런 내색은 없었으나 꺼리듯 피하는 태도였는데, 그것은 독고준에게는 그때마다 아픔이었다. 철과 숙의 그런 태도에 가끔 가벼운 노여움을 느낀다. 누구의 죄도 탓도 아니었다. 제일 괴로운 사람은 독고준 자신이었다. 그러나 그러한 노여움은 거기서 더 나가지는 않았다. 비록 마음속에서일망정 그들을 적으로 본다는 것은 독고준에게는 어림도 없었다. 넓은 세상에 그가 독고준임을 밝혀줄 사람은 그들을 빼고 누가 있는가. 독고준은 숙이가 들여놓아주는 식사를 혼자 쓸쓸히 먹는 것이었다. 숙이와 철이 등교하면 그의 시간이다. 숙이 바빠서 그대로 간 때면 그는 설거지를 했다. 부엌에서 살림붙이들을 다루면서 그는 생각하는 것이었다. 이렇게 평생 아무 일 없이 지낼 수만 있으면 그는 행복할 거라고. 그는 가끔 저녁밥을 지어서 두 남매의 상을 차려놓고 자기 방에 가서 기다렸다. 그러면 숙은 꼭 우는 것이었다. 준은 미안해서 다시는 그러지 않으마고 다짐했으나 그렇다고 캄캄해서 돌아오는 숙을 기다리고 앉았을 수는 없었다. 그는 가끔 그들의 방을 들여다보았다. 남의 방을 엿볼 때처럼 조심스러웠다. 남매의 나란히 놓인 책상을 바라본다. 『필승 수학』 『알기 쉬운 물상』 『영어 회화의 정복』 『간추린 이웃 나라의 역사』, 철의 책상에 있는 책은 그런 것들이었다. 숙의 경우는 좀 달랐다. 교과서 말고도 소설책이 꽤 꽂혀 있었다. 『소월 시집』 『춘희』 『좁은 문』 『테스』 『폭풍의 언덕』 『독고준 명작집獨孤俊名作集』 이런 등속이다. 숙은 소설을 좋아하는 모양이야. 그는 이렇게 생각하는 것이었다. 그 자신 소설이라고는 옛날에 『殉愛譜』『魔人』『魔都의 香불』 따위를 몇 권 읽은 것이 아물아물할 뿐 전혀 아는 바 없었으므로 무어라 말할 수는 없었으나, 공부하는 학생이 소설을 읽는 것은 해롭다는 정도로 여기고 있었는데 그것도 제 생각은 미상불 아니고 학교 시절의 담임선생이 하던 말같이 생각되었다. 그는 철의 서랍을 열어봤다. 그림 물감, 칼, 셀룰로이드자, 단어장 그리고 드롭스 사탕이 반 봉지 남아 있었다. 독고준은 쿡 웃었다. 숙의 서랍을 열어본다. 그녀의 서랍에는 자물쇠가 달려 있었으나 어쩐 일인지 그날은 드윽 열렸다. 계집애 소지품답게 잘 챙겨져 있다. 쓰지 않은 공책, 무슨 바느질 쌈지 같은 것, 편지 묶음. 그 묶음에 아직 끼워넣지 않고 그냥 얹어놓은 편지가 있다. 그는 무심히 그것을 집어, 보낸 사람의 이름을 찾았다. 이름이 적혀 있지 않다. 잠깐 망설이다가 편지를 뽑아서 읽는다.

전략하옵고,
이렇게 당돌하게 편지 쓰는 것을 용서해주십시오. 저는 이 편지를 몇 번이나 찢고 다시 쓰고 또 찢고 했습니다. 오히려 이런 덜된 짓을 하지 않으면 저 혼자만은 흐뭇할 수 있는 것을 다칠까보아 그랬던 것입니다. 그러나 저는 끝내 이 쑥스러운 편지를 쓴다는 유혹에 지고 말았나이다. 저는 바로 S고등학교 3학년입니다. 이렇게 말씀드리면 제가 어디서 귀 양을 보았고 어떻게 이름을 알게 되었는지도 대강 짐작하실 줄 믿습니다. 저는 당신과 마찬가지로 S중학을 거쳐 S고교로 진학한 학생입니다. 제가 왜 귀 양을 특별히 생각하게 되었는가 그것은 저도 모르겠습니다. 제가 고등학교에 막 입학하던 그날 우리 학교와 귀 양의 학교에서는 똑같이 입학식이 있었고, 그날 제 역사도 시작되었나이다. 담 하나 건너인 귀 양의 학교, 마로니에 아래 잔디 위에 귀 양은 앉아 있었나이다. 귀 양은 붉은 표지의 책을 무릎에 얹고 교복 위에 푸른 점이 박힌 하얀 스웨터를 입고 있었나이다. 그날 이후 저는 그 모습을 잊을 수 없는 몸이 되었나이다. 저는 친구들과 같이 담에 기대어 그쪽 교정을 건너다보며 무심히 농담을 하는 사이에도 언제나 눈으로는 귀 양을 찾고 있었나이다. 물론 나를 기다렸다는 듯 항상 귀 양의 모습을 볼 수 있었던 것은 아니었나이다. 어떤 때 등교하다가 우연히 부딪히기라도 하면 저는 오히려 딴전을 피우며 태연하려고 애썼습니다. 내가 당신에게 특별한 관심을 가졌다는 것이 행여 드러날세라 저는 두려웠던 것입니다. 저는 귀 양에게 끌리면 끌릴수록 제 정체가 드러날세라 조심했습니다. 지난 세 해 동안 이런 일은 수없이 있었습니다. 그런 태도를 바꾸어 불쑥 이런 글을 쓰게 된 이유는 간단합니다. 돌아오는 봄이면 우리는 학교를 떠나야 합니다. 그리고 우리가 다시 만나는 시간과 장소는 아무도 기약할 수 없는 것입니다. 이 생각을 하고 저는 말할 수 없이 쓸쓸했습니다. 이런 바보 같은 놈이 이런 바보 같은 생각으로 3년을 지냈다는 일이 영구히 그 바보의 기억 속에만 있게 된다는 사실이 참을 수 없도록 쓸쓸했습니다. 그래서 저는 편지를 내기로 했습니다. 저는 이 편지로 하여 아무런 효과도 노리지 않습니다. 이런 바보가 있었다는 일, 이것만을 귀 양에게 알리고 싶다는 참을 수 없는 맘입니다. 귀 양은 저 옛날얘기를 알고 계시리라 믿습니다. 임금님의 귀는 당나귀 귀, 하고 죽어서도 속을 풀지 않고서는 배기지 못했던 사람의 이야기 말입니다. 그리고 세 해 동안 제 마음속에서 목련처럼 따뜻이 피어 있어 나를 위안해주던 (아아 얼마나 우스운 표현입니까. 위안해주던이라니, 아아 이 마음 부끄럽나이다) 당신에게 감사를 표하고 싶었던 것입니다. 그래서 이 편지에 제 이름을 밝히지 않은 것입니다. 할 말은 다 했습니다. 이 순간 제 두려움은 역시 쓰지 않은 편이 낫지 않을까 하는 것입니다만 이 편지를 낸다고 하여 그 누구를 과히 해칠 것도 없다고 생각하면서 그대로 전달하기로 합니다. 행복을 빕니다.

어떤 바보로부터

편지에는 그 말대로 보낸 사람의 이름이 없다. 독고준은 잠시 멍하니 엎드린 채 그 편지에서 받은 느낌을 어떻게 수습하지 못했다. 그보다 먼저 그는 읽은 편지를 황급히 봉투에 밀어넣고 얼른 방을 기어나왔다. 그는 대문간을 흘낏 쳐다보기까지 했다. 그때 시간은 2시를 조금 지난 뒤였는데도 그는 자기 방에 돌아와서 한쪽 구석에 또아리를 틀고 누웠다. 어느 사이엔가 그것이 그에게 제일 편한 자세가 되어 있다. 그 자신의 지난날에는 한 점의 분홍빛 기운도 없었다. 그리고 그런 과거가 어떻다고 생각해본 일도 없었다. 그 편지는 독고준에게 설명할 수는 없으나 지극히 헝클어진 충격을 주었다. 그것은 말하자면 후회와 같은 것이라고나 할까. 무엇인가 돌이킬 수 없는 실수를 한 것 같은 심사였다. 여태까지 자기 과거를 그렇게 서운하게 생각한 적은 없었다. 아무리 생각해도 동생들을 위해 살았다는 것은 옳은 일이었다. 아버님이 신신당부하신 일을 자기는 무능하나마 지켜온 것이 아닌가. 그런데도 지금은 어딘가 개운치 않았다. 그는 자기 생활을 깊이 파고들어가서 그 참다운 사진을 찍는 그런 생각의 기술이 없었다. 오늘을 산 다음에 내일을 살고 또 모레를 살고 하는 그런 사람이었다. 그에게는 생각한다는 것은 산다는 일보다 더욱 어려웠다. 산다는 것은 그저 살면 되었으나 생각한다는 일은 까다롭고 요량할 수도 없고 막연한, 그렇다, 막연한 일이었다. 이날 그는 보통 때처럼 집 안을 이것저것 치우는 일도 없이 자기 방에 박혀서 오래도록 또아리를 풀지 않았다. 그래도 4시가 되자 그는 또아리를 풀고 기어나가서 저녁을 짓고 그들의 방에 상을 차려놓는 것까지 잊지는 않았다. 숙이와 철이 돌아오는 것을 그는 문틈으로 지켜보았다. 철이 먼저 오고 반 시간쯤 후에 숙이 들어섰다. 마루 끝에는 유리문이 달려 있는데 양지가 발라서 낮에는 거기서 웅크리고 지내는 때가 많았으나, 철이 그것을 싫어하는 눈치를 안 다음부터는 될수록 그들의 눈을 피해서 모습을 나타내지 않도록 조심하는 것이었다. 숙과 철은 무엇인지 쑤군쑤군하더니 철의 짜증나 있는 목소리가 들려왔다. 글쎄 누가 내 책상 서랍을 뒤졌단 말이야. 숙은 달래고 있었다. 독고준은 그 소리를 듣는 순간 피가 머리로 울컥 몰렸다. 그는 단숨에 그들의 방문 앞에까지 기어가서 머리를 세우고 입으로 문을 열어젖혔다. 그들의 놀란 얼굴이 이쪽을 향한다. 독고준은 철을 노려보면서 말했다. 그래 내가 열어보았다. 그래 형이 너희들 소지품을 보았기로서니 네가 어디서 그 따위 버르장머리야. 철은 하얗게 질려서 털썩 주저앉더니 책상에 엎드려 엉엉 울기 시작했다. 그제야 독고준은 아차 싶었다. 그는 숙을 봤다. 그리고 놀랐다. 그녀의 눈에는 공포의 빛이 가득했다. 독고준은 날카로운 송곳으로 가슴을 찔린 듯한 아픔을 느꼈다. 그는 힘없이 자기 방으로 기어갔다.

 남매는 말없이 각기 자기 책상에 마주 앉아 있다. 철의 눈은 앞을 보는 그대로 불쑥 말한다. 누나, 나 집을 나갈래. 숙은 깜짝 놀라며 연필을 놓고 돌아앉았다. 너 무슨 소리니. 형한테 꾸중 좀 들었다고. 철은 그제야 숙을 향하면서 말했다. 형? 누가 형이란 말야? 그게 어디 우리 형이야? 아까 날 노려볼 때 난 분명히 느꼈어. 그놈은 우리 형이 아니야. 애는, 너 무슨 말을 그렇게 하니. 철은 아무 대답도 없이 책을 집어들었다. 한참 후에 철은 일어서더니 방에서 나갔다. 숙은 살며시 문을 열고 내다봤다. 철은 유리문 앞에 우두커니 서서 밖을 내다보고 있었다. 숙은 자리에 돌아와서 서랍을 열었다. 그녀는 예의 무명씨로부터의 편지를 집어들고 두 손 가락으로 봉투를 벌리고 들여다본다. 오빠가 읽었을까. 읽어도 괜찮아. 그녀는 편지를 묶음에 끼워넣었다. 어느새 철은 들어와 앉아서 책을 들었다. 그러나 그는 낮은 소리로 말했다. 누나 우리 도망할까? 숙은 그를 보았다. 그는 계속했다. 난 무서워 못 견디겠어. 그때 마루 쪽 독고준의 방에서 무엇인가 탁 방바닥에 떨어지는 소리가 났다. 그들 남매는 부지중 손을 꼭 마주 잡았다. 누나 정말 그렇게 해. 저런 괴물하고 어떻게 살아. 집은 저 괴물한테 줘버리고 우린 도망가. 나 학교 못 다녀도 좋아. 숙은 타

서유기 227

일렀다. 그런 말 하믄 못써. 오빠가 우리 땜에 얼마나 고생했니. 오빠가 불행할 때 버리고 가겠니. 난 네가 그런 나쁜 아인 줄은 몰랐어. 오빠는 우리 때문에 지쳐 지금은 일이나 하고 여념이 없는 사람이 되어버렸지만 고향 있을 땐 정말 똑똑하고 촉망받는 학생이었어. 난 잘 모르지만 공부만 계속했더면 큰사람이 됐을 거야. 우리 때문에 희생된 거야. 오빠는 월남 후 딴사람이 됐어. 넌 모를 테지만 고향에 있을 때 오빠는 아주 날카롭고 야심도 있는 소년이었어. 성격도 지금하고 달랐어. 지금은 솔직히 말해서 무딘 사람이지만 그것도 다 우리 땜에 지쳐서 그런 거야. 아니야, 우리 형은 죽었어. 저놈은 형이 아니야. 우리 형은 무더도 좋은 사람이었어. 그래도 고향에서의 일하구 월남한 다음의 일을 다 알고 있잖아? 오빠하고 우리밖엔 모르는 일 말야. 그리구 너 오빠 발가락에 있는 사마귀 보지 못했니? 사마귀 같은 건 얼마든지 만들 수 있어. 어머나. 그녀는 부지중 철의 곁에 다가앉으면서 몸을 바르르 떨었다. 그래도 철아 너 오빠 목소리 듣지 못하니. 그 목소린 아무도 흉내내지 못해. 그 말엔 철은 아무 대답도 하지 않았다.

    독고준은 자기 방에서 거울을 들여다보고 있었다. 그의 마음의 아픔에도 아랑곳없이 얼굴은 조금도 수척하거나 어두워 보이지 않았다. 그의 얼굴은 그와 완전히 떨어져서 다른 삶을 거만하게 살고 있었다. 그는 그 얼굴에 대한 평가를 점점 달리하고 있었다. 그는 그 얼굴을 미워했으나 요즈음은 두려움을 느끼고 있었다. 입은 차디차게 다물고 눈은 얼음처럼 찼다. 그 눈이 가끔 웃을 때가 있었는데 그럴 적이면 그는 소름이 끼쳤다. 그는 그 얼굴을 찬탄하는 마음조차 은근히 들었다. 그러나 그것은 그의 얼굴이 아니었다. 그는 이대로 가면 자기는 미칠 것이 틀림없다고 생각했다. 사실 지금까지 미치지 않은 것만도 야릇한 일이었다. 그는 철을 꾸중한 일을 몹시 뉘우쳤다. 지난날 그들에게 큰 소리 한 번 치지 않은 준이었다. 그는 자기의 난폭한 행동이 얼마나 철을 슬프게 했을까 생각하면 견딜 수 없었다.

아버지와 어머니한테서 그들을 맡았을 때 난 이렇게 하려고는 하지 않았지.

독고준은 차차 게을러졌다. 지금도 숙이 늦을 때면 여전히 밥을 지었지만 그전처럼 쉴 새 없이 기어다니면서 집안일을 치우는 일은 거의 없어졌다. 대신에 그는 자기 방에서 또아리를 틀고 생각에 잠기는 일이 많게 되었다. 그날 이후 그는 오랜 꿈에서 깨어난 사람처럼 고향에서의 일이 조금씩 생각이 나는 것이었다. 학교에서 소집이 있다는 새 전달을 받은 그는 새벽에 몰래 집을 나섰다. 피난을 와 있는 곳에서 학교까지는 20리는 잘 되었다. 그는 철길을 따라서 걸어갔다. 철로 사이로 받침목을 밟아가면서 그렇게 혼자 걸어가는 것은 즐거웠다. 예전에는 그는 이 철로 위를 달리는 기차를 하루에 두 번 타는 통학생이었다. 전쟁이 시작된 이래 기차는 달리지 않고 있었다. 이윽고 조그만 역이 나선다. 그것은 눈 익은 정거장인데 학교가 있는 도시까지의 사이에 있는 단 하나의 중간역이었다. 그가 구내를 피해서 거기서만은 큰길로 가려고 철로에서 막 빠져나오는데 그를 부르는 사람이 있다. 정거장 앞에 멎어 있는 기관차 옆에 세 사람의 역원이 서 있다. 그들 가운데 두 사람은 손에 망치를 들고 있고 나머지 한 사람은 그들과 다른 복장을 하고 있는데 아마 역장인 모양이었다. 그 사람이 부른 것이었다. 그 사람은 이쪽으로 걸어온다. 독고준은 자기가 철로를 걸어온 일이 생각났다. 그의 앞에까지 온 역장은 어디로 가는 길이냐고 물었다. 독고준은 사실대로 말했다. 역장은 독고준더러 민청원이냐고 물었다. 소년단원이라고 대답했다. 역장은 너 정신 있니? 요즈음은 매일같이 폭격이 있어서 일 없는 사람은 낮에는 나와 다니지 않아. 아마 잘못 전해진 말을 들었을 거야 너는. 그러니까 이 길로 돌아가요. 안 돼요, 하고 준은 대답했다. 그는 늘 자기를 자아비판을 시키고 싶어 하는 소년단 지도원 선생을 생각했다. 방학이 끝난 뒤 그 무서운 자아비판을 해야 할 생각을 하면 폭탄에 맞아 죽는 편이 나았다. 역장은 그래도 말렸다. 학교에 가도 아무도 나와 있지 않을 거야. 내 말대로 돌아가는 것이 좋아, 하고 역장은 말했다. 승강이하고 있는 동안에 그는 어지러워졌다. 해는 벌써 꽤 뜨거웠고 그는 고단했다. 전날 밤에 한잠도 못 잔 탓이었을 것이다. 눈앞이 아물아물하면서 그는 정신을 잃었다. 어디선가 무엇을 두드리는 소리에 정신이 들었다. 땅 땅 땅 땅, 하는 소리를 들으면서 그는 벌떡 일어났다. 그는 숙직실 같은 곳에 누워 있다. 그의 머리에는 도시락이 받쳐져 있었다. 그는 무심히 뚜껑을 열어본다. 밥은 치워졌고 열무김치가 한 오라기 남아 있다. 열려진 문에 드리운 발 너머로 그는 아까 그 사람들이 기관차에 붙어서 일하고 있는 것을 보았다. 그는 살며시 일어나서 밖으로 나왔다. 그의 신발은 문턱에 놓여 있었다. 그는 조심스럽게 개찰구를 빠져나왔다.

표 파는 문은 굳게 닫혀 있었다. 큰길에 나서자 그는 오던 길을 계속했다. 정거장이 저만큼 떨어졌을 때 그는 큰길을 버리고 다시 철로에 들어섰다. 번들거리는 철로는 허허하게 멀리멀리 뻗어 있었다. 쉬고 난 까닭인지 그의 다리는 가벼웠다. 그를 미워하는 소년단 지도원 선생도 이제 그더러 비판하라고 하지는 않을 것이었다. 그는 공부도 잘하고 결석도 지각도 하지 않는데 왜 지도원 선생이 그토록 자기를 미워하는지를 알 수 없었다. 지난번 소년단 토론 대회 때도 그는 토론을 썩 잘했는데도 그 때문에 지도원 선생은 그의 자아비판을 요구했던 것이다. 그는 아직도 토론회 때의 원고를 생생하게 욀 수 있었다. 남조선에서 한 줌도 못 되는 미 제국주의의 앞잡이 이승만 도당은 오늘 이 시간에도 우리의 동지와 무고한 인민들을 학살하고 있습니다. 붉은 군대의 위대한 힘으로 일본 제국주의로부터 해방된 오늘을 맞이하여 우리 소년단원은 새로운 각오를 가져야 하겠습니다. 조선 인민은 침략자들과 용감히 싸워온 역사를 자랑하고 있습니다. 임진왜란 당시에도 이순신 장군, 논개와 같은 슬기로운 인민의 아들딸들을 선두로 용맹스런 항쟁 끝에 우리는 승리했습니다. 오늘날 공화국 남반부를 차지하고 총칼로 애국적인 인민들을 위협하고 있는 미 제국주의도 반드시 물러나고야 말 것입니다. 우리는 일본 제국주의에 용감히 대항했던 인민들처럼 되어야 하겠습니다. 우리는 제2, 제3의 이순신, 논개가 되어 미 제국주의 침략자들과 그 앞잡이들을 우리 땅에서 몰아내야 하겠습니다. 소년단원들은 박수까지 쳤다. 그런데 토론회가 끝나고 열린 자아비판회에서 소년단 지도원 선생은 독고준을 공격하는 것이었다. 독고준 동무는 유물변증법적 역사관을 배우려는 노력을 게을리 하고 있으며, 소부르주아적 사고방식으로. 낡아빠진 야담식 역사의. 인민들의 아래로부터 밀고 나온 항쟁을 평가하는 데 있어서. 이와 같은 가증스러운. 인민의 항쟁은 고립해서는 결코 승리할 수 없다는. 위대한 붉은 군대의 역할을 평가하는 데 있어서. 전기가 나가서 촛불을 밝혀놓은 방과 후의 교실. 그를 지켜보는 소년단 간부 동무들의, 누군가를 닮으려고 애쓰는 미움을 가득 담은 눈동자들 앞에서 독고준은 무서움에 껵껵 더듬었다. 그리고 원고를 써준 누님을 원망했다. 그러나 누님이 원고를 써줬다는 말은 끝내 하지 않았다. 그래서는 안 될 것 같았기 때문에. 그는 걸어가면서 그때 그 무섭던 지도원 선생의 눈을 생각했다. 가야 했다, 다시는 그런 자리에 서지 않기 위해서. 누님은 아무 말도 하지 않았다. 누님의 말대로라면 이순신은 훌륭한 장군일 텐데, 하고 독고준은 생각하였다. 그의 다리는 생각과는 관계없이 받침나무 위를 잽싸게 옮겨가고 있었다. 이렇게 조용한 철길 위를 혼자서 생각을 하면서 걸어가는 것이 그에게는 즐거웠다. 이순신이 만든 거북선, 세계에서 제일 먼저 만든 철갑선이라지. 그런 무기를 만들어 싸웠으니까 일본 제국주의를 이길 수 있었던 것이 왜 틀리다는 것일까. 인민들이 아무리 용감하게 싸워도 그런 무기가 없었더면 졌을지도 모르는 일인데. 내가 왜 소부르주아일까. 지각도 결석도 안 하는데. 공부도 잘하는데. 지금까지도 그것을 알 수 없다. 그는 병정들을 가득 싣고 물 위를 달리는 이순신의 배를 머리에 그렸다. 그 배는 무슨 힘으로 갔을까. 그는 바다 쪽을 바라보았다. 바다에 배는 없었다. 전쟁 전에는 늘 한두 척의 배가 다니는 것이 보였는데. 이순신의 배는 사람이 노를 저을까. 굉장히 많은 사람이 저어야 했겠다. 이순신 장군은 배 꼭대기에서 명령을 하고. 배에서 일어나는 일들을 상상하면서 그는 걸어간다. 많이 걸었다. 그래도 그의 머릿속의 거북선은 아직도 바다 위를 가고 있다. 갑자기 와르릉거리는 소리에 돌아본다. 저 멀리 철로 위를 사람이 탄 손차가 가까이 오고 있다. 그 사람들이다. 독고준은 철길을 벗어나서 둑 아래 풀숲에 숨었다. 요란스런 소리를 내면서 아까 정거장에서 본 그 사람들을 태운 차는 지나갔다. 그는 일어서서 잠시 망설이다가 이번에는 큰길로 걸어갔다. 이제 도시는 가까이 바라보였다. 거기서부터는 길가에 가끔 커다란 구덩이가 파져 있었다. 그리고 전봇대가 줄에 감긴 채 넘어져 있는데 까맣게 타서 숯기둥처럼 보였다. 숯기둥들은 햇빛에 반짝이고 있었다. 길가 풀숲에 개가 한 마리 죽어 있다. 개는 구더기들의 산이었다. 개의 모양을 한 구더기들이 바글바글 끓으면서 그 자리를 떠나지 않고 있는 것이었다. 개는 배를 깔고 사지를 앞뒤로 뻗치고 있는 모양이 꼭 앞으로 달려가려는 것처럼 보인다. 한참 바라보다가 그는 다시 걸음을 옮겼다. 도시는 가까워지고 있다. 그는 『플랜더스의 개』를 생각했다. 그것은 그의 국민학교 담임선생이 들려준 이야기였다. 그것은 그가 들은 얘기 가운데서 제일 마음에 드는 이야기였다. 그 때문에 혼이 난 일을 생각하면서도 여전히 좋았다. 그가 친구들에게 그 얘기를 들려준 것이 소년단 반장 아이에게 알려져서 그는 또 자아비판을 한 것이었다. 소년단 지도원 선생은 말하는 것이었다.

그것은 인민을 기만하기 위하여 제국주의자들이 만들어낸 달콤한 사탕발림입니다. 부르주아들은 프롤레타리아를 동정하지도 않으며 춥고 배고파서 얼어 죽어도 내버려두는 것입니다. 가증스런 부르주아가 가난한 소년의 죽음을 보고 동정한 듯이 써놓은 것은 인민을 속이기 위한 잔꾀입니다. 썩어빠진 부르주아의 대변자인 예수의 그림을 소년이 그토록 보고 싶어 했다는 것은 비과학적인 이야깁니다. 며칠씩 굶고 얼어죽게 된 아이가 어떻게 그 따위 그림 하나 때문에 교회에 갔겠습니까. 그는 신부에게서 도움을 받으려고 한 것입니다. 그런데도 신부는 도와주지 않았습니다. 눈물도 정의도 없는 이런 자본가들과 그 졸도들에게 사정을 해봐도 소용이 없습니다. 소년을 속인 그림을 인민의 손으로 찢어버리고 자본가들과 그 앞잡이들을 타도하는 것만이 우리가 해야 할 일입니다. 독고준 동무는 인민의 적들이 만들어낸 이 같은 야만적인 이야기를. 야만적인 이야긴데도 독고준은 그 이야기가 좋았다. 죽은 개가 아니었다면 그는 집으로 데리고 갔을 것이라고 생각했다.

  독고준은 날이 갈수록 게을러졌다. 그는 날마다 자기 속에서 어떤 다른 자기를 캐내고 있었다. 캐낸 자기의 부스러기들이 독고준에게는 모두가 그리운 것들뿐이었다. 그날 구호소에서 의사가 자기를 가리키며 간호원에게 하던 말을 생각해냈을 때, 그는 어떤 빛이 자기 머릿속으로 흘러들어오는 것을 보았다. 뇌를 다쳤을지도 몰라, 뇌를. 그랬던가. 그는 그 일 이후로 가끔 머리가 쑤시는 증세가 있기 시작한 일도 생각해낼 수가 있었다. 월남 이후 그는 새 고장에서 얼이 빠졌다든지 기운을 잃었다는 것만으로는 설명할 수 없는 용렬한 사람으로 살아온 것을 새삼 생각하는 것이었다. 이런 생각은 그에게는 놀라운 발견이었다. 그는 새 사람이 되어가고 있는 것처럼 느껴짐과 동시에 절망하였다. 그는 구렁이였다. 그가 성한 사람일 때는 생각나지도 않던 일이 자꾸 생각났다. 성한 사람일 때 아무렇지도 않던 월남 후의 생활을 요즈음 그는 뜯어보고 돌이켜보는 힘을 가져가고 있었다. 그런데 지금 그는 흉측스런 물건이었다. 이런 꼴을 하고서 집 안을 돌아다니고 아이들 밥을 지어준 생각을 하고 그는 자기를 저주하고 싶었다. 아이들이 얼마나 싫어했을까. 자기는 이런 몰골이 되기에 꼭 알맞은 마음보를 가지고 살아왔다고 그는 생각하였다. 구렁이가 되고서도 형인 것처럼 굴려고 한 나. 그는 수치심으로 자기 몸이 굳어지는 것을 느꼈다. 그럴 때 그는 무엇인가에 대한 노여움으로 높이 뛰어오르며 몸통을 휘둘러 벽을 때리고 방바닥에 철썩 떨어지는 것이었다. 숙이와 철이 가끔 듣는 소리는 이 소리였다. 그는 더욱 방에서 나가기를 꺼리게 되었다. 또아리를 틀고 엎드려 있는 그의 머리는 더욱 맑아지고 무럭무럭 새살이 돋아나듯 그는 지난날의 기억들을 되새겨가는 것이었다. 그는 자기 인생을 망쳐버린 그 여름날을 생각하였다. 그러자 그는 그 기억들의 맨 끝자리에 떠오르는 얼굴을 보는 것이었다. 깊은 밤에 비행기 지나는 소리가 우렁우렁 들려오면 그는 그 여름날 철로 위에 들어서는 것이었다. 역장은 그를 말리고 있었다. 그는 숙직실에 걸린 발 너머로 기관차에 붙어 있는 그들을 보는 것이었다. 여름 햇볕에 반짝이는 두 가닥 레일 사이로 침목을 밟으며 그는 걸어가고 있었다. 이순신 장군의 거북선이 달려가고 있었다. 논개는 남강물 속으로 떨어지고 있었다. 촛불을 켜놓은 방과 후의 교실에서 그는 자아비판을 하고 있었다. 요란한 소리를 내며 손차가 달려온다. 구더기집이 된 죽은 개가 풀밭을 헤치고 달려가고 있었다. 그는 죽은 개를 집에 데리고 갈 수는 없었다. 사람이 없는 텅 빈 도시는 그를 취하게 했다. 그는 뜻 없이 거리를 헤맨다. 그는 소부르주아이고 책과 현실을 혼동하는 아이였지만 소년단 지도원에게 다시는 싫은 소리를 듣지 않기 위해서 폭탄이 쏟아지는 거리로 수십 리를 걸어온 용감한 소년이었다. 그는 사람이 없는 도시가 좋았다. 이 거리에는 그가 알지 못하는 참으로 많은 일이 있었고, 그가 알 수 없는 소리를 하는 참으로 많은 사람들이 있었으나 지금은 아무도 없었다. 그래서 도시는 완전했다. 도시와 그는 지금 틈새 없이 어울려 붙어 있었다. 지나는 모퉁이마다 그에게 새 얼굴을 보여주는 것이지만 그것들은 새롭다는 것만큼이나 정답기도 하였던 것이다. 모든 것이 노곤하고 아름다웠다. 천주교당의 십자가는 무서운 철의 새들이 덮쳐드는 그 하늘을 향하여 자신이 있다는 듯이 눈부시게 빛나고 있다. 그것도 그의 것이었다. 그는 어느 집 꽃밭을 보고 있었다. 꽃들은 아름다웠다. 요란한 폭음. 문이 열리고 젊은 여자가 달려나왔다. 손을 잡고 뛴다. 방공호 속은 숨이 막힐 듯하다. 강철의 날개가 공기를 찢는 소리가 들리고 쿵, 하고 땅이 울린다. 그러자 바로 머리 위에서 굉장한 소리가 나면서 그에게로 무너져 오는 살냄새와 그리고 머리칼.

역장은 보이지 않는다. 벤치에 혼자 앉아서 깜빡 졸았던 모양이다. 그 짧은 사이에 꿈을 꾸었던 모양이다. 꿈의 내용은 싹 숨어지고 그의 머리에 남은 것은 횅뎅그렁한 텅 빔이었다. 그 빔은 슬픈 것이었다. 그러나 한편 살았다 하는 생각이 드는 그런 것이었다. 꿈속에서 어떤 일이 있었는지 모르는 대로 그에게 남은 느낌은 이만큼 확실하다. 발밑에 노트 한 권이 떨어져 있다. 집어서 본다. 노트에는 이렇게 적혀 있다고 한다.

〔가설 1〕 세계는 내적內的, 외적外的의 두 얼굴을 가진다. '밖'은 이른바 자연계이며 '안'은 정신을 말한다.
〔가설 2〕 '안'과 '밖'은 총량은 같고 부호符號를 달리한다.
〔가설 3〕 '밖'에다 어떤 기술적 조작操作을 줌으로써 '안'을 붙잡을 수 있다. 이 조작을 미적 창조美的 創造라 부른다. 시詩는 그런 가장 순수한 조작의 하나이다.
〔가설 4〕 곧 '안'의 물체物體를 '밖'으로 옮기고, 밖의 사물을 '안'으로 옮기는 일이다.

장치 투명유치법透明誘致法
　　　내공간상內空間像 추적포착법追跡捕捉法
　　　에어 포켓의 설구법設構法
　　　진공가설법眞空架設法

설명 이미지의 형성을 말하는 것으로 외공간外空間에 진공眞空을

만드는 것이다. 그러면 그 진공에 조응照應하여 이루어진 내공간內
空間의 진공 속으로 내공간의 질량이 흘러들어간다[流入現象].
　우리는 흔히 외공간 이미지의 형성은 외공간 이미지 그것에 목
적이 있는 것으로 생각하나 잘못이다. 외공간 이미지는 내공간으
로부터 그를 닮은 진공이 흘러와서 담기기 위한 그릇이며, 내공간
의 질량이 흘러가서 머물[宿]도록 가꾸어진 자리[座]이다.
　모형에 따라 설명한다.

모형

　　발끝으로 선 무희
　　종이 비둘기
　　백조의 湖水

　여기 세 개의 이미지가 있다. 앞의 두 이미지는 조형적造形的 이
미지이지만, 세번째 이미지는 내공간적 이미지다. 즉, 앞의 두 이
미지에 의해서 외공간에 있어서의 '무희'의 모습을 온전히 조형화
造形化하는 것에 의하여 세번째 이미지의 추상적 의미 개념이 분명
히 부상浮上하는 조형성을 얻은 것이다. 다시 말하면 앞의 두 이미
지는 진공지대眞空地帶의 몫을 하고 있으며, 그로써 세번째의 문화
사적文化史的 이미지가 부상하는 것이다. 이때 주의할 일은 '백조
의 호수'라는 사상적 이미지 그것이 문제가 아니고, 그 사상적 이
미지의 내공간적內空間的 물체성物體性이 문제라는 사실이다. 내공
간의 세계란 의미意味 관련關聯의 논리적 구조를 뜻하는 것이 아니

다. 그것은 질량質量이 있는 물리적 공간이다. 내공간적 물리상物理像과 의미 관련의 관계는 조각彫刻과 그 조각의 윤곽의 관계에 비유될 수 있다. 따라서 '무희'라는 이 시詩가 나타내려고 하는 물리상은 종이 위 어느 곳에 있는 것이 아니고 정신의 공간, 즉 내공간에 순간적으로 부상하는 것이다. 시에 있어서 리듬이라고 하는 것은 아마 이 내공간적 물리상이 부상할 때의 역학적力學的 움직임의 시간적 표현일 것이다. 그러나 그것은 반드시 움직이는 소리라는 식으로 청각적 표현에 한정될 필요는 없다. 그것은 움직이는 그림자,라는 식으로 시각적으로 말해질 수 있으며 가장 확실하게는 배 위로 뱀이 기어가듯 한다,는 식으로 촉감각적 표현도 가능하다. 시란 만드는 것이 아니라 발굴하는 것이다.

  위의 풀이로 대게 짐작이 갈 줄 아는데, 내공간에 초점을 두고 풀이했지만 거꾸로 이 시는 외공간적 물리상을 부상시킨 것이라고도 할 수 있다. 내공간상과의 대조로 분명히 스스로의 물체성이 강조돼 있기 때문이다. 대조라는 것은 실재實在와 실재實在, 물물과 물물이 서로의 주권主權을 은근하게 인정하는 것을 말한다. 진공지대인 척 보인 것은 내공간상이 성형成形되게 하기 위한 위장이며, 외공간상은 여전히 정조를 지키고 불가입성不可入性을 침투당함이 없다는 결과가 되는 것이다. 가장 쉽게 풀이해보자. 내공간상의 현출現出, 유도誘導를 위하여 외공간상이 가지는 구체성, 의미성 따위를 한껏 박탈, 희박화, 적나화赤裸化하여 보임으로써 유입流入하기 쉬운 듯한 모습을 가장하여 내외가 더불어 실재성實在性을 가지게 되게 하는 것이다. 그것은 '안'이 밖을 부르고 '밖'이 안을 부르는 모습이며, 견우 직녀의 만남이며 따라서 시의 제작은 '만남'이다. 그것은 '밖'이 없으면 '안'이 없고, '안'이 없으면 '밖'이 없는, 팽팽하게 끌어당기는 세계다. '안'이 '안'에 머물고, '밖'이 '밖'에만 머물 때에는 운동은 없다. 다만 '안'과 '밖'이 서로 부를 때 비로소 눈뜸〔自覺〕이 있고, 움직임이 생기고, 시간이 창조되고, 무의식은 자아自我가 되며 문화가 이루어지는 것이다. 현실은 언제나 이런 모습으로 있다.

결론 그러면 이 같은 내외공간은 대체 무엇 때문에 존재하는가. 모른다. 이 단단하고 불가투입적인 존재 자체의 근거는 알 수 없다. '그저 있다.' 아, 이 그저 있다는 쓸쓸함이여. '안'에 구하고 '밖'에 구해도 끝내 '까닭'은 없다. 그저 있다. 홀연히 깨달아야 할 것인가. 이것으로 좋다고. 불타처럼. 하나 의심 많은 자는 화禍 있구나. 이 대승大乘의 선각禪覺은 우리들에게는 '그저 있다'는 이 투명한 사실, 너무나 크낙한 부조리에 닿은 인간 이성理性의 마비 증麻痺症, 일시적一時的 자아상실自我喪失, 착각적 단념이라고 자꾸 생각하는 것이다. 무無란 존재의 동의어이다. 이유 없는 존재는 무와 같으므로. 두드려도 열리지 않더라. 죽음. 우리들이 아직 보지 못한 세계. 미지의 공간. 죽음. 그렇다. 이 환영幻影에 떠는 소일거리. 그것이 인간제행人間諸行이다. 인간이란 안달하는 존재다. 죽음 앞에서의 두려움을 얼버무리기 위해 슬프고 아픈 제 눈가리개를 하고 있는 것. 다만 그 눈가리개의 솜씨에 미끈함과 서툶, 뛰어남과 못함이 있을 뿐이다. 우리는 정치를 하고, 이데아를 구하며 종교에 가본다. 알았다고 믿어본다. 유한有限이 무한을 측량하려는 데서 빚어지는 실수와 비극, 아니 희극. 최고의 자리는 비극이 아니라 희극에게. 소리 높이 껄껄 웃어넘길 것인가. 그러나 미치지(狂)도 못하는 프로메테우스의 신세. 여기 원죄原罪의 사상이 나타난다. 우리들 이토록 괴로움은 필시 크낙한 죄를 범한 그 때문이리니. 증명할 수 없는 신념. 끝내 자기를 죄인이라 파악한다. 아ㅇ 통회痛悔 있으라. 아프게 뉘우치라. 그런 연후에 오는 대목. 기도. 비는 것만이 남은 일. 대비大悲의 자력慈力은 설마 버리지 않을 것이니 서쪽 하늘이 열리고 그 원만圓滿의 모습이 나타나 비쳐오는 자광편만慈光遍滿한 속에 말씀이 비몽사몽간에 들리기도 함이여. 좋을시고 좋을시고, 부처의 제자 아무개, 좋은 깨달음을 얻었구나. '그저' 살자. 자재인自在人이어라, 라고. 다음에는 감사의 삶. 이미 구원받은 몸. 그러나 지극히 복된 서방정토西方淨土에 다시 나는 그날까지, 법을 안 자의 기쁨의 삶. 벌써 슬픔은 내 모르는 바. 슬픔이란 깨달음을 얻지 못해 헤매는 자의 마음. 이윽고 캄캄한 어둠 속으로 덧없이 사라져갈 자의 어렴풋한 예감일 뿐. 슬픔은 없다. 아미타불의 본원本願이 날로 퍼지고 이루어져 제도濟度가 완성되어지이다. 여래如來의 업은 거룩하여라 거룩하여라. 이리ᄒᆞ여 나무아미ㅌㅂ불 ㄴ무ㅇ미ㅌㅂ불 염불 소리 낭랑한 속에 뎅데뎅 — 막幕.

"웬 탈선인가?"

"탈선 아니야. 시론詩論이래도. 자네 여기까지 가야 하네. 시란 것도 선각에 이르는 수업의 일방편이란 말일세. 또 깨달음을 이룬 다음에는 부처의 고마움을 시적 형상이란 방법으로 선전한다는 보실행이란 말일세. 옛날 시인이 제사祭事를 겸사兼司한 건 이런 연유란 말이야."

"그럼 지금은?"

"사람들도 타락했고, 시인도 쓸 만한 게 없단 말일세."

"흠."

(이것은 막간 잡담 녹음이라고 생각하시압)

시작詩作이란 자각 행위이다. 시에 의하여 비로소 내공간상이 자각된다.

• 시란 그러므로 존재의 확인 행위이다.
• 내공간상이란 공상空想이 아니다. 외공간상이 구체적인 만큼 구체적인 '사물'이다. 그것은 부피를 가지고 있다.
• 영혼의 역학 말이다.
• '안'과 '밖'의 두 세계는 공空의 장場에 서 있다. 공의 장은 두 세계의 공유장共有場이며 따라서 조응관계照應關係가 성립한다. 공의 장이란 '죽음'을 말한다.
• 공의 장이란 존재의 뒷면이며 죽음이란 그 뒷면의 인간적 입장에서의 명명命名이다.
• 있다는 것은 없다는 것이며 없다는 것은 '그저 있다'는 말이다.
• 무가 있다는 것은 부처의 손에 지탱되어 비로소 그렇다. 이것을 자력慈力의 상임작용常任作用이라 한다.
• 구름을 타고 구만리의 굉장한 비행을 했다고 생각한 것이 부처의 손바닥에서 아장거린 걸음마였다. '손오공'형의 이야기.
• 우리들이 생각하는 시간. 필름 뭉치처럼 줄줄 늘어나는 그런 시

간이란 없는 것이다. 초속超速의 비행기를 생각해보자. 초속 사진기는 이 비행기를 부동의 모습으로 정착시킬 것이다. 등속운동을 하는 물체 상호간에는 움직임은 없다. 순간을 관찰하면 운동은 존속하지 않는다. 이렇게 해서 저 아킬레스와 거북의 이야기가 나온다. 여기서 이야기의 맹점은 공간을 고려하지 않은 데서 온다. 비행장·경주로라는 배경에 견줘보면 비행기와 아킬레스가 이동한 공간은 자명하기 때문이다. 공간에는 '죽음' '역사' '시대' '생애' 같은 것이 있다.

• 움직임·생명은 이런 공간·배경 위의 현상이다. 생명의 장을 우리는 문화나 역사란 이름으로 유한화有限化하지만, 그것은 우리들의 행동 가설로서 방편상 그러는 것이고 사실은 무한하며 무저無底하다. 그것은 시간으로 잴 수 없이 크다. 죽음의 깊이는 잴 수 없다. 그러므로 이 죽음의 장 위에서의 이동이란 부동과 같다. 인사제행人事諸行이 실은 한자리에서의 눈 깜짝 사이의 제자리걸음.

앞의 글에서 존재의 안과 밖의 세계가 어느 정도 밝혀졌으나 다음에 중요한 문제가 남는다. 곧, 그렇다면 '나'란 대체 무엇인가라는 것이다. 우리는 이른바 '정신'으로부터 그 특권을 빼앗고 그것을 내적 자연의 세계로 파악하고 따라서 외적 자연의 세계와 같은 평면에 놓음으로써 정신에게서 신비의 면사포를 벗겨버린 것이다. 이래서 '나'란 무엇인가, 가물가물한 아지랑이 같은 것이 아니고 물체라는 것을 증명하였다. 그러나 이 증명은 사기였다. '나'와 정신을 혼동한 것이다. 우리 경험으로 보면 '나'의 뒤에는 또 하나의

'나'가 차디차게 도사리고 앉아 있다. 그 나를 붙잡는 것은 절대로 불가능하다. 그것을 혹은 파토스라느니 주체성으로 파악하려 한다. 혹은 삶이니 본능이니 하는 움직임으로 보려는 생각이 매력적인 사상으로 번번이 주장되고 있다. 그러나 이것은 '나'의 파악의 불가성을 운동 개념으로 얼버무리는 데 지나지 않는다. 늘 한 걸음씩 처져서 우리를 지켜보는 또 하나의 눈은 붙잡히지 않는 것이다. 그것은 그러므로 절대로 움직이지 않는다. 최대의 파토스적 격정의 극점에 있어서도 역시 그 밑바닥에 차갑게 그 흥분을 지켜보고 있는 또 하나의 눈이 있다는 것을 우리는 안다. 우리의 '나'란 이같이 움직이지 않고, 절대로 움직이지 않고, 그저 보는 눈, 움직이지 않고 바라보는 눈에 의하여 감시되고 있다. 우리의 '나'란 도리어 그 눈에 추파를 보내고 혹은 투정을 부려보는, 어떤 때는 씩씩한 레지스탕스를 해보기도 하는 배우이다. 그것은 '나'의 궁극의 근거이면서 또 벌써 '나'라고는 절대로 말할 수 없는 극한점이다. '나'란 그 극한점으로의 방향이지 어떤 '물건'이 아니다. 이 눈은 안팎 세계의 접점에 자리 잡고 있다. 인간의 행위란 이 보는 눈과 내적 공간상과 외적 공간상의 트리오다. 이 보는 눈의 건너편으로 돌아갈 수는 없다. 절대로. 이 눈은 하나의 탄력점이다. '나'를 여기까지 몰아넣은 사고思考는 이 점에 와서 강하게 튕겨진다. 삶으로. 그것은 뚫고 나감을 허락지 않는 존재의 마지막 문이다. 다그쳐온 힘이 강할수록 튕겨지는 힘도 강하다. 그것은 반작용이 적용되는 탄력의 점이다. '노력'이란 이 눈에 대한 접근 추구의 운동이며 체념이라든가, 삶이란 그저 살기 위해서 있다, 따위의 말은 이 탄력점으로부터 강하게 튕겨졌을 때의 나의 체념과 교활한 굴복의 표현이다. 그리고 끝내 우리가 보고 있는 이 안팎 세계를 빼고 더 다른 어떤 실재가 있는 것이 아니다. 실재란 눈에 보이는 이 세계, 꽃피고 새 우는 이 세계 그것이라고 보기에 이른 것이다. 이것은 이 탄력점에서 채운 눈물겨운 투정이다. 반발해보아도 임은 여전히 그립고 가만히 지켜보면 또다시 그립다는 식으로 '나'의 괴로움은 끝내 끝없는 짝사랑으로 끝난다. 이 탄력점이 이른바 자아감정自我感情의 원천이다. 우리는 이것을 붙잡으려고 피투성이의 자기 탐구라는 짝사랑을 한다. 그러나 애끓는 탐구의 하소연도 그녀에게는 쇠귀에 경 읽기다. 그녀는 그저 즐긴다. 그저 본다. 뜬세상의 번뇌에 문득 마음 약해지는 일이란 결코 없다.

안팎 세계와 그것을 보는 혹은 튕겨내는 탄력점으로서의 눈과 이 세 단위로서의 존재는 설명될 수 있다. 안팎의 두 단위로써도 움직임은 이루어지지만 움직임 자체를 자각하지는 못한다. 움직임 속에 있으면서 자기는 움직이지 않고 그저 보기만 하는 이 눈이 있고야 비로소 자각이 이루어지는 것이다. 자각이란 안팎 세계가 서로 호응하여 이 탄력점에 육박하여 거기서 다시 삶으로 되쫓겨날 때의 분함, 슬픔, 차인 남자의 쓸쓸함, 억울함이다. 자기를 아는 것이다. 분수를 아는 것이다. 실연이 자각을 가져오는 것은 이 까닭이다. 자각이란 한계 의식이지 충족 의식이 아니다. 시詩도 행동이다. 행동이란 자각에의 운동이다. 이 운동 방향이 '나'다. 안팎 공간의 세계는 진공이 아니다. 그것은 부피가 있는 세계이며 무게가 있는 세계이다. 그것은 에텔이 충만한 세계이다. 안팎 공간은 이 에텔에 잠겨 있다. 아니 이 에텔의 요철凹凸 상태다. 이 에텔을 '언어'라 부른다. 물체가 공간의 요철이고 공간은 에텔이며 에텔이 언어라고 한다면 이 세 개의 등식 결론은 언어가 실재한다는 데에 귀착한다. '언어만이 존재한다,' 이것이 진리다. 말을 보통 실체가 없는 부호라고 하지만 그것은 틀린 말이다. 우리는 꽃이라는 말에 의하여 실은 그 밖의 아무것도 가정하는 것은 아니다. 꽃이라는 말로서 다만 꽃을 소유할 뿐이다. 이렇게 하여 안팎 세계는 언어의 다른 이름이다. 시가 가장 순수한 행동이라는 것은 이 때문이다. 말이라고 할 때 돌쇠의 말이나 조지의 말이나 피에르의 말을 연상하지 말라. 그것들은 '말'의 불완전한 번역물이다. 내가 말하는 '말'은 존재로서의 말, 안팎 공간의 요철의 체계인 원어原語을 뜻한다. 행위란 이 말을 하나하나 드러내고 외는 일종의 어학 공부다. 우리가 알고 있는 말은 그저 조금, 그것도 원어는 아니다.

  말의 조화된 다이나믹한 파도를 타고 존재의 굳센 망막網膜인 저 탄력점에 부딪쳐가는 일, 그것이 행위다. 그러므로 행위는 모두 질서를 구하는 움직임이다. 모렬이란 질서다. 탄력점인 그 눈은 모든 개인에게 공통된 하나의 광장이다. 그것은 하나밖에 없다. '개인'이란 각기의 각도로 이 점으로부터 방사放射되는 '각도角度'이다. 이 각도의 크기와 위치가 결정하는 방사(정확하게는 오히려 그곳으로의 집중이지만)의 방향이 개인이다. 이리하여 개인이란, '나'란 방향이다. 모든 방향은 결코 중복하지 않는다. 그것이 '나'의 배타적 독립감으로 느껴지는 내용이다.

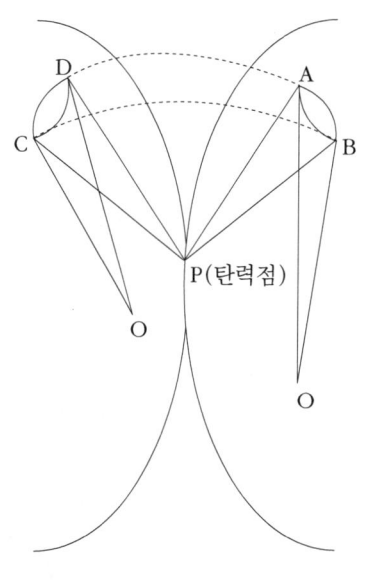

도표에서 CDP, ABP가 내외공간에서 개인이 점하는 역域이며, 내외계內外界의 연결을 표시한 체감體感표시表示 점선點線으로 이루어진 입체立體 ABCDP가 개인의 소유이다. 각기 개인은 저마다의 점역占域을 가진다. 혹은 넓게, 혹은 좁게, 혹은 널리 펼쳐지고, 혹은 바로 거기에 쪼그리고. 그 점역은 노동의 다과多寡에 비례한다. 어떤 개인역個人域은 P점에서 접하지 않고 각기의 내외공간에서의 점역이 체감선으로만 연결된 것도 있는데, 이런 개인을 소외돼 있다고 부른다(DCO, ABO).

이 탄력점은 그러면 무엇인가. 이 이른바 '눈'은 신神인가? 그것은 내외공간과 차원을 달리하는 제3의 공간의 틈, 좁은 해진〔破〕자리다. 그러므로 그 공간의 질은 앞의 두 공간과 다르며, 그 탄력이란, 자기 보존을 위한 표면장력表面張力이 시키는 노릇이다. 즉 물방울과 기름방울이 접한 점에 수은방울이 접했다고 생각하라. 그것은 제3왕국에서 출장 나온, 안팎 세계의 국경에 설치된 감시대다. 망루다. 양심이라고도 불리고, 주체성·의지·데몬·무의식·일자一者·물자체物自體·절대정신·가치·이데아·로고스·길道 따위, 철학에서 실제로 주장된 것들은 각기 뉘앙스와 파악의 깊고

옅음, 우열은 있지만 모두 이 탄력점의 별명이다. 나와 이들 사상가와 근본에서 다른 데는 이들 선배들은 다소간에 정신에 우위를 주고 그들 실재가 결국 어떤 의미에서 '정신적'인 것이라고 하지만 나는 이 정신이란 안개 같은 것을 물체로서 확인하고, 제3공간의 찢어진 '틈'을 참가시켜 '나'란 영원히 나의 소유일 수 없으며 '나는 신의 사물'임을 분명히 하려는 점이다.

이른바 '나'란, 이 탄력점으로 향한 운동을 계속하는 한 무리의 이미지들의 파동이며, 다발(束)이라는 것. 여러 가지 이미지를 속에 가진 벡터(그것은 천체계天體系에 비유될 수 있다)라는 것, 이것이 '나'의 뜻이다. 그리고 또 수없이 많은 '나'들이 모여서 사회를 만든다. 이것은 나를 주체로 보고 표현한 것이지만 공간 쪽에서 보면 그만한 숫자의 공간의 요철凹凸이 있다고 말할 수 있다. 존재란 운동이며, 운동이란 시간이며, 시간이란 안달이며, 안달이란 질서에의 욕심이며, 욕심이란 자기 목적이며, 자기 목적이란 슬픔이며, 슬픔은 존재의 공간에 일어난 바람이며, 바람은 공간의 요철이며 주름이다. 아마 존재의 공간은 높은 데서 보면 주름투성이의 얼금뱅이 할머니의 얼굴 같으리라. 이 공간에 바람이 없었던 그 처음 태초太初에, 존재의 공간은 매끈매끈 동글동글 어디 한 군데 상처도 없는 숫처녀 같은 화용花容이었으리라. 그러나 현실로는 아가씨는 몸을 망친 것이다. 삶의 슬픔이란 이 순결 상실에 대한 가슴 미어지는 아가씨의 뉘우침이리라(뉘우치는 아가씨가 있다면이지만). 인사 제행의 α가 이 삶의 슬픔이라면 제행諸行 그것은 순결 회복의 비원悲願에 비롯하는 발버둥이다. 그러나 삶의 그러한 발버

둥을 저 탄력점은 단호하게 막고 있다. 그것은 부정不淨한 이질異質의 공간이 자기 속으로 흘러들어오는 것을 바라지 않는다. 에덴동산의 문은 굳게 잠기고 문에는 열 十 자 판장이 못질되었다. 문은 좁다. 그것은 겨우 한 사람만이 간신히 드나들 수 있다. 역시 아리사는 옳았다. 그런데 문은 안에서만 열린다 한다. 이 저주받은 내 것이 아닌 나의 '눈'은 감고 싶어도 못하는 업業의 눈이다. 사는 한 그것은 보지 않으면 안 된다. 어떠한 끔찍한 장면에도 눈을 돌릴 수는 없다. 감지 못하는, 눈까풀이 화석化石된 영원한 불면의 괴로움이다. 생각해보라. 존재의 마지막 극점極點에 꼭 물려 있어서 눈 깜짝도 못 하고 영겁을 보는, 되보는 불가투不可透의 눈. 그것은 시간 속에서 행해진 모든 것을 본 것이다. 일체에 대한 증인이다. 이윽고 그날 우리를 차갑게 고발할, 내가 아닌 그러면서 나에게 가장 가까운 증인이다. 이 업業의 깊은 눈을 감기는 것은 오직 신의 손밖에는 없다. 자비의 원願이 이루어지는 날 크낙한 손이 뻗쳐 이 비참한 업의 윤회로부터 "쉬어라" 하는 말을 하시리라. 그때까지는 오로지 볼 뿐, 아니 보임을 당할 뿐. 옛날 얘기의 보은의 까치처럼 우리 연약한 머리로 저 탄력점을 향하여 부딪쳐갈 뿐이다. 인사제행이 곧 구령救靈의 나그넷길이다. 본다는 것은 이처럼 행위의 근본에 있다. 그것 없이는 '나'의 뿌리가 설명되지 않는다. '안'과 '밖'과 그것을 보는 '눈'과 이 세 단위가 실재實在를 풀이하는 데는 빠질 수 없다. 모든 철학자는 두 개의 단위로 이 일을 하려 하기 때문에 늘 관념론에 빠진다. 이 결코 움직이지 않는, 실재의 '틈'으로서의 눈, 반발점이 꼭 필요한 것이다. 이 점은 자각도 않는다. 기뻐하고 좋아하지도 않는다. 자각하고 희비喜悲하는 것은 방향인 '나'뿐이다. 이 방향의 진폭의 증감, 점역占域의 변천, 내외공간에 있어서의 자리 — 이것이 이른바 성격을 결정한다. 개성이란 다름〔特異〕이 아니라 깊이〔深淺〕의 문제다.

  안팎 세계는, 운동이 이루어지기 위해 있으며 보는 눈으로서의 탄력점은 한계 의식을 주어 운동이 자기 운동의 무목적함을 알게 하는 신의 경고판으로, 방문榜文으로, 계명으로, 구원에의 다짐으로 필요한 것이다.

  신화와 동화에 대하여는 원시적 사고思考의 타이프로 간단히 처리하는 의견에 우선은 찬성하자. 모든 합리를 다한 철학적 사고의 끝에 오는 누를 길 없는 신화적, 동화적 표현의 마음은 그러면 어떻게 풀이해야 하는가? 그것은 존재의 이편에서 보이지 않는 저편을 말하려고 할 때 어쩔 수 없이 그럴 수밖에 없는 순환이며, 사람은 파토스로 그 튕김점〔反撥點〕에 부딪쳐감으로써 자기의 있음을 확인하는 것처럼(기둥에 부딪쳐 아프면 당신의 머리통이 존재하는 것은 확실하다. 나는 아프다, 그러므로 나는 존재한다), 모든 보이지 않는 것을 번역하여 손으로 만질 수 있는 사물로 만들고 싶어 하는 욕심이 시키는 소치다. 보이는 것, 만질 수 있는 것, 그 욕심에 따라 우리는 '정신'을 '물체'로 번역하였다. 이미지란 부피이며, 공간의 요철이며, 또 그것은 '말'이기도 했다. 모든 형이상학이 끝내는 이성理性으로 색칠한 동화라면 우리들의 시를 감각으로 색칠한 철학으로 만들어도 아무도 책할 처지가 못 될 이치다. 예술이란

'농담'이다, '놀음'이다, '장난'이다. 존재는 역설이다. 그것은 야누스다. 좌충우돌하고 신나게 돌아가다가 문득 보니 제 그림자와 싸웠더니라. 이것이 모든 사고思考의 참모습[眞相]이다. 선인先人이 절대 확실한 것을 붙잡았다고 기뻐하면서 죽은 그것이 실은 허깨비요 신기루였다는 것을 쫓아가서 폭로하는 것, 선인의 말꼬리를 잡는 쩨쩨한 짓이 이론철학사의 내용이다. 그리고 또 같은 일을 한다. 이것이 비판정신(학자들이 노랫가락처럼 외는)이란 작자다. 크나한 슬픔이 다가섬을 어찌할 수 없다. 그리고 문득 보는 창 너머 저편 새파란 여름 하늘을 모르는 척 흘러가는 구름의 모습이 깊은 찬탄의 한숨을 불러낸다. 그것은 관세음보살의 거룩한 노니심인지 모른다. 아니 그저 구름이어서 좋은 것이다. 구름, 구름.

저 구름, 저 하늘의 흰 구름의 마음이 내 것이 됨은 과연 어느 날일 것인가!

자, 이제 사세는 분명하다. 우리는 행위에 의하여 말의 공간을 허물어간다. 혹은 자각해간다. 혹은 깨우쳐간다. 깨운다. 크나한 '말'의 나라가 옛이야기의 마술에 걸려 잠든 성城처럼 깊은 잠에 빠져 있다. 여왕은 옥좌 위에서 잠들고, 요리사는 부뚜막 앞에서 잠들어 있다. 병사는 성벽의 망루 위에서 잠들었다. 문화의 세계, 개인의 기억의 세계는 이 크나한 잠의 세계에서 깨어난 부분이다. 크나한 성의 전체에서 보면 그것은 아주 쪼맨한 몫이다. 자기는 여왕인 기분이어도 실은 여왕에게 달린 시녀인지도 모른다. 너무도 오랜 잠 끝에 지엄한 신분, 즉 제 분수를 잊어버리고 자기가 시중드는 사람이 아니라 시중받는 사람이라고 그릇 안 것이다. '우리들 신을 잊었노라, 창조의 기억이 너무 아득하여,' 이 착각이 비극의 뿌리다. 전체 가운데 깨어난 부분이라는 것과 자기를 그릇된 신분으로 상기했다는 이 두 가지 사실이 이기利己과 자기 중심과 그 실패의 비극을 만드는 것이다. 엄연한 전체의 조화, 아직 깨지 않고 화석化石된 채로인 성안의 사람들과 자연과 기구들이 합쳐서, 깨어난 '나'를 거부하고 이해하지 않는 어두운 힘으로 다가든다. 이것이 운명이라 불리는 것이다. 전체와 '나'의 부조화, '나'의 착각에서 오는 실수, 그것이 운명이다. 운명은 권위이다. 아무도 이 여왕의 성스러운 통치권을 벗어날 수 없다. 거기에 우리의 슬픔이 있다. 그것은 의지라고는 할 수 없다. '나'를 주장하는 자에게만 '의지'로 맞설 뿐이지 살신殺身한 자유인인 경우에는 다정한 겨레이며 남스러움〔他者感〕이나 적대감은 있을 수 없다. 이 존재의 성이 온전히 깨어날 때 아마 움직임은 멎고 정신은 자기를 도로 찾으리라. 무엇 때문에 공空의 공간에, 화자 없는 말의 공간에 처음 물결이 일게 되었는가, 그리ㅎ야 수없는 실수와 어긋남의 사연을 풀어냈는가? 아마 크낙한 죄를 우리가 저지른 탓이리라. '아버지'에게 맞선 탓이리라. 허무의 불안은 죄인의 심판에의 두려움이니까. 또는 신의 지루함이나 변덕에서나 장난기에서 비롯된 것이다. 앞의 사고형에 따를 때 우리는 엄숙한 죄악의 느낌과 뉘우침과 기도와 믿음에 사는 종교적 삶이 나타나고, 뒤 사고형에 따를 때 존재의 근원의 그 어처구니없음에 맞서는 되는 대로의 허무한 장난스런 삶의 태도가 나온다. 그것은 내기〔賭博〕이다. 잘만 되면 우스꽝스런 우상숭배의 어리석음을 저지르지 않고 존재의 참을 간파하여 꾀스럽게 처신했다는 통쾌한 결과가 될지도 모르지만, 또 '나'의 끈덕진 미몽迷夢과 끝내 신의 말을 어긴 카인의 길을 갈지도 모르는 위태롭기 그지없는 재주놀이다. 예술의 길은 후자後者다. 그는 위태로운 줄타기를 한다. 시인은 영원한 불신앙자다. 그는 위태로운 재주를 부린다. 그에게는 엄숙함과 장난은 이웃해 있다. 그는 가장 신성한 것을 모독하고 싶은 욕망에 허덕이고, 가장 진지한 사항에 농담을 하고, 슬픔의 한가운데서 킬킬거리곤 한다지. 그리하야 자주, 착한, 그러나 예술가 기질이 아닌 사람들의 오해를 부르고 언짢게 만든다. 슬픈 일이다. 나는 방향이기 때문에 방향은 제가 흐름의 주류라고 알기 쉽다. '나'의 방향으로 존재가 움직이고 있는 것이라고 정해버리는 것이다. 우리들이 공감이라고 부르는 말로 나타내는 사실의 그 얼마나 헛된 것임이여. 제멋대로의 망상을 뇌까리면서 남도 공감하리라는 망상에 빠지는 일이 얼마나 많은가. 현대예술이 지극한 추상과 장난을 의식적으로 하고 있는 것은 이런 귀여운, 소박한 공감 확신에의 반발로 보는 것이 옳으리라. 성실을 다해도 신의 눈으로 보면 우스꽝스러울지도 모른다면, 차라리 오연히 알면서 장난해주겠다는 자포자기이며 투정이다. 그러나 이 일 자체도 별로 꾀스럽게 굴었다고는 하기 어렵다. 이런 일 자체가 또 더 한 번 졸렬한 어린애 같은 투정, 즉 귀여운 치기가 아닌가? 하고 되물을 수 있다. 이쯤에 대체로 이런 몸가짐의 한계가 있을 터이다. 장난에도 한계가 있다. 장난이 끝내 그저 장난, 바보의 너털웃음에 지나지 않게 되면 그건 아무것도 아니다.

장난이 아류가 되면 참다운 정신 — 고행하는 장난 — 은 죽는다. 장난은 끊임없이 피 흐르는 자기 고문拷問에 뒷받침되지 않으면 안 된다. 저 탄력점에 부딪친 방향인 '나'의 기도의 한 방편, 가슴 미어지는 괴로움과 자기 비웃음의 자세로서만 용서받을 물건이다. 한마디의 농담을 지껄이는 것으로 얼마나 결정적인 모험과 모독을 하는 것이 될지도 모른다는 사태〔狀況〕에 대한 분명한, 결과에의 책임을 알고 있는 행위가 아니면 안 된다. 그러므로 그것은 늘 불안정한 균형이다. 줄타기다. 신과의 내기〔賭博〕이다. 야누스다. 절망이네, 허무네 하고 눈깔들을 희번덕이는 사람들을 보는 것처럼 밥맛 잡치는 꼴은 없다. 구역질. 우리는 낙관하는 것이 허락되지 않음과 같이 절망함도 또한 허락되지 않는다. 어느 쪽에 기울어지든 결국 삶을 얕보는 간사스러움이다. 우리들의 '말'은 불완전하다. 우리가 만드는 이미지란 불완전하다. 이미지란 삶의 모든 행위를 말한다. 행위란 각기 저마다의 방향에서 삶의 공간에 요철을 만들어가는 일, 곧 이미지를 만들어가는 일이니까. 시는 커뮤니케이션이면서 독백이다. 불완전하지만 우리는 스스로의 어쩔 수 없음과 삶을 사랑하고 싶은 마음으로 어색하게 이 가없는 공간에서 자기의 방향을 달려가는 길밖에 없다. 그리고 몇 번씩이나, 아니 죽음이 오는 그때까지 저 허무의, 그저 보기만 하는 탄력점으로 피투성이의 부딪침을 계속할 뿐이다. 이 같은 애오라지 한 줄기의 구도求道의 길에서 문득 자기를 우스꽝스럽다고 바라보기도 하고, 쓴웃음을 짓기도 하고, 또는 소리 없이 울고 때로 하늘나라의 소리를 들은 듯한 순간에는 순진하게 가슴 울렁거림도 있는 팽팽한 마음의 모습이 결국 시의 아름다움인 것이다. 늘 웃음을 낭비하고 있는 사람의 웃음은 죽은 살가죽의 우그러짐이다. 늘 괜스레 찌푸린 낯짝은 석고로 빚은 데드마스크에 지나지 않는다. 무쇠처럼 강하게 삶을 사는 사나이의 크낙한 웃음은 근사하다. 우람하게 삶을 긍정하고 사는 사람이 어쩌다 문득 내비치는 불안의 그림자는 흠칫 가슴을 친다. 대체로 한쪽에 쏠린 모습은 가난하며 존재의 모순에 정직하게 반응하는 모습은 아름답다. 시인은 헤매는 양羊임을 명심하라. 목자가 아니다. 시인은 헤매는 동안에 가장 많은 일을 한다. 헤매라! 시를 버릴 때 최고의 시가 이루어지는 것이다. 그것은 사실이다. 시를 통하여 시를 버리는 지경까지 이르는 것이 시인의 소망인 것도 사실이다. 그러나 버릴 그때까지는 그저 방황하라. 시는 보는 일이 아니다. 보는 일은 저 탄력점만이 능히 할 수 있는 일, 시는 만지는 것이다. 쓸어보는 것이다. 모양(形) 있고 부피 있는 물체를 만지는 것이다. 세계의 모든 물체가 사랑스럽게 보이기 시작할 때 시인은 형상에 음淫해 있는 것이다. 형상에 음하라. 다시 말하면 '말'에 음하라. 이른바 '정신'도 물체이다. 안개가 아니고 물체다. 내공간의 물리상이다. 이른바 메타포가 숭상되는 것은 이 정신의 물체성이 무의식적으로 파악되고 있는 증거다. '네 입술은 5월 꽃밭의 장미'라고 할 때 실은 암유가 아니고 사실인 것이다. 시인은 미친 듯이 형태를 찾는다. 무엇인가 확실한 것을 구하며 확인하고 싶은 것이다. 붙잡기 소원인 것이다. 모양 없는 덧없는 흐름 따위 말은 참을 수 없이 불안하다. 우리는 만질 수 있는 것, 붙안을 수 있는 것이 아니면 마음 놓지 못한다. 한없이 형태에 매달린다. 이리 보고, 저리 보고, 만지고, 붙잡아본다. 일체를 형상화하라. '허무'라는 무형적 표현은 '벽壁'이라는 유형적 표현을 뒤집어놓은 것에 지나지 않는다. '벽壁'의 막힘, 까닭 없음, 밀쳐도 때려도 '나'를 받아들이지 않는 물체의 불가투입성不可透入性이 미치고 환장한 눈에 어슴푸레 안개 낀 막막한 '허무'라는 허깨비로 보이는 것이다. 아무리 발버둥쳐도 모양 있는 세계, 형形의 세계, 부피의 세계를 떠날 수는 없다. 춤. 슬픈 모색. 몸짓. 움직이는 조각. 보이는 음악. 외공간과 내공간에 같이 요철을 만들어가는 최고의 시. 춤. 현실에서 바랄 수 없는 질서 있는 동작의 몽타주에 의하여 존재의 공간에 요철을 만들어가는 윤리 행위— 그것이 춤이다. 이래서 시는 춤이다. 무희는 '사랑'에다 뺨을 비비고 '의젓함'과 악수를 나누며 '슬픔'을 만져보며 '노여움'의 가슴에 매달려 달래며 '서글픔'의 손을 이끌어 가슴에 품는다. 모든 추상명사가 그녀에게는 물체로 나타난다. 댄서의 하나하나의 포즈는 내공간을 만지고 두드리고, 그 둘레를 혹은 조용하게 혹은 급하게 걸어다니는 외공간적 표현인 것이다. 이를테면 안팎 공간이 요철 세계이므로 댄서의 포즈와 동작은 그 철면凸面인 것이다. 그리고 저 '눈'은 영원의 관객이다. 우리는 미치게 미치게 춤춘다. '눈'은 그저 본다. 우리는 춤춘다. 까닭 모르고 춤춘다. 까닭은 알려질 수 없는 것. 무도회란, 추는 자〔外空間〕와 취지는 자〔內空間〕와 보는 자〔彈力點〕가 어울린 슬픈 놀이이다.

　세계를 신의 상징으로 받아들이는 것. 그러나 여기에는 적어도 존재에는 까닭이 있어야 한다는 인과율의 전제를 믿지 않으면 안 된다. 그러나 마지막 존재存在에는 까닭이 없을 수도 있다는 견해에도 반증은 댈 수 없다. 이때 삶은 한없는 까닭 없음〔偶然性〕으로 우리를 당황케 한다. 산다는 것, 살아 있다는 일의 우연함이여. 우연함이란 실존감實存感의 표현이다. 자각 없이 받아들여지고 있던 '나'를 바라볼 때 비로소 있음의 현실이 생생하게 느껴지는 것이다. 우연함이란 까닭 없음, 부조리, 유머, 장난, 외경감畏敬感 따위의 있음, 존재存在에의 놀라움을 뜻하는 말들의 동의어이다. 그러므로 미학美學에서 우연함이 가지는 뜻은 깊다. 우연함은 이미지를 떠올리고 부피를 준다. 그것은 뜻 없는 '사실'이다. 뛰어난 우연함을 지닌 시에 접하여 이상한 안타까움과 숙연한 멋쩍음을 느끼는 것은 존재의 우연함을 나타내려는 시인의 음모가 성공했기 때문이다. 그것은 뛰어난 이미지 구성이 시키는 노릇이다. 전혀 동떨어진 몇 개의 이미지, 혹은 당돌한 한 개의 이미지가 훌쩍 내던져지면 그것들은 생생한 사실감reality으로, 설명을 거부하면서 다가선다. 물체의 불가투입성이 주는 압박감이라 하겠다. 어느 만한 우연함을 나타내는가는 시인의 경험의 깊이와 폭에 맞먹는다. 존재는 '벽'적인 물건이다. 그것은 막혀 있다. 우리는 갇혀 있다. 두꺼운 벽을 때리고 치고 울부짖은 끝에 그 차가운 벽에 머리를 기댄 고단한 시간에 혼미하게 어렴풋이 떠오르는 허깨비, 그것이 신이다. 나를 가두어놓고 있는 것 그것이 신이다. 갇힌 자가 생각하는 원인은 상상想像일 수밖에 없다. 왜냐하면 간수는 한 번도 모습을 보인 적이 없으니까. 수인囚人은 자기가 갇힌 사실을 가지고 간수의 있음을 미루는 길밖에 없다. 그래서 사고思考란 늘 자기 순환이다. 산다는 것은 갇힌 삶을 산다는 것이며, 갇힌 삶이란 죄의 갚음이며, 그것도 모범수가 아니라 광포한 죄수라면 끊임없이 신을 노하게 하는 것이란 종교적 신념은 여기서 나온다. 그리고 이 갇힘, 이 슬픔이 바로 자각에 의한 반성을 거쳐 사람을 용서하기 위한 신의 사랑이라고 믿게 될 때 종교적 삶이 시작된다. 그리고 벌써 우연함이 아니라 깊은 찬미로 세계를 바라보고 신기함과 정다움의 느낌을 받는다. 이렇게 하여 윤회의 지옥은 보살이 사랑을 베푸는 자리가 되고, 슬픔은 계시가 되고 자기를 버리고 크낙한 사랑에 의지하는 감사의 삶이 실행된다. 신을 인정해야만 인격이 성립하고 윤리가 성립한다. 신 없는 윤리는 타협이다. 얼버무림이다. 약속이다(불안한). 니체는 신은 죽었다고 생각했으므로 윤리는 타협으로밖에 보지 않았던 것이다.

사람은 죽으면 티끌이 된다. 육체는 외공간 세계에 흩어지고, 정신은 내공간 세계에 흩어진다. 자각은 사라지고 '나'는 없어진다. 전체 속에 묻혀버린다. 티끌에서 목숨이 태어나는 과정은 알 수 없다. 신의 창조를 인정치 말자, 신의 세계 과정에의 앙가주망을 인정치 말자고 한사코 잔꾀를 부리고 세계를 사고思考 속에 용해시켜서 자기를 신의 입장에 놓으려는 태도가 가장 큰 죄다. 자기가 피조물被造物임을 아는 것. 자기가 한 덩어리의 티끌임을 알라. 이 앎으로부터 당신의 뜻대로 되어지이다 하는 고분고분함이 나온다. 이것이 근본이다. 자기를 버림이 없이 존재에의 길은 열리지 않는다. 안절부절못해서는 안 된다. 기다리자. 아직 젊다. 충분히 생각할 것. 서둘러서 신통치도 않은 신부新婦에게 걸려드는 것보다는 기다리는 것이 낫다. 얼마 동안 신과는 준교전 상태의 참호전을 유지하고 전방 지휘관급에서의 포화 중지의 가협정으로 머무르기로 잠정 방침을 정한다. 지루한 이 교착 상태는 과연 대회전大會戰이 될 것인가, 평화가 될 것인가. 혹은 항복이 될 것인가 다음 호를 기대하시라.

세계는 이미 만들어졌다. 만드는 것이 아니라 만들어져가는 것, 그것이 삶이다. 창조적 행위란 어떻게 잘 만듦을 당해가느냐는 사실의 자기 좋을 대로의 표현이다. '나'가 있다는 것은 저 '눈'이 나의 움직임을 보고 있다는 말이다. 그 탄력점이 '나'를 통일시키는 것이다. 안팎 세계의 어느 만한 부분을 그 눈은 보아준다. 그러면 그 시야 속에 든 두 세계의 부분은 서로 친근감을 가지고 각기 자기 몸, 자기 마음이라는 결합 의식을 가지게 된다. 이것이 자기 의식이다. 탄력점으로 움직여가는 질량의 흐름, 그것이 '나'다. '나'는 전외계와 전내계에서 각기 작은 부분을 세 들어 살고 있는 셋방살이꾼이다. 당당한 자기 집에 살고 있는 줄 잘못 알고 돼지 먹따는 소리를 뽐내며 백—마는 가자 울고 어쩌고 해서 바탕을 드러내는 것까지는 제멋이라 치고라도 공중도덕을 해치는 점만은 구슬픈 일이다. 비극이란 희극인 줄도 모르고 잔뜩 흥분한 모습의 구슬픔.

'나'는 저 '눈'이 보아주는 동안만 통일을 유지한다. 그러나 대체로 60~70년 되면 사람 좋은 하느님도 '나'의 독선과 얼간스러움에 정이 떨어져 봐주지 않게 된다. 그러면 '나'는 산산이 흩어져 각기 안팎 공간 속에 녹아 흩어져버린다. 이것이 죽음이다. 하느님의 봐주고, 봐주지 않게 되는 것, 이것이 사람의 남(生)과 죽음이다. 하느님은 지루하고, 고독하고, 대범하고, 변덕 많은 인물이다. 또 장난꾸러기여서 네 아이를 충성심의 증거로 죽여보라고 골리기도 한다. 깡패보다 더하다. 그런가 하면 갑자기 다정스러워지면서 사람의 모습을 빌려 자학적自虐的 놀이, 부르주아 자선 취미를 만족시켜보기도 한다. 까다로운 난봉꾼이다. 이 또한 고마운 사랑의 변덕, 고와서 때리는 사랑의 심술이라고 이해하는 정경부인형型, 오쟁이 지는 남편형이 종교인이다. 종교인과 신선은 구별하지 않으면 안 된다. 종교인은 순진하고 처녀적이며, 두려워하고, 눈치 보고, 적은 사랑에 가슴 막히고, 착하고, 약간 얼간이고, 우물쭈물하고, 사람을 따르고, 속는, 수줍은, 사팔뜨기 같은, 울보고, 어리광스럽고, 양가의 자녀답고, 애오라지 한 줄기, 한 번만 사랑할 수 있고, 커피를 잘 엎지르고, 옛적 시골 아낙네들처럼 고생에 견디고, 일부一夫종사하고— 결국 경건한 자이며, 신선이란 뱃심 좋고, 언제나 쓴웃음 짓고, 엄연하며, 사람을 깔보며 무뚝뚝하고, 차갑고, 태연하고, 굴러먹은 계집 같고, 남의 것을 제것처럼 먹고 마시고 피우고, 여자를 갈보라 생각하고 남자를 놈팽이라 생각하며, 무슨 질문 있으면 하라는 듯한 얼굴에, 변덕스럽고 게으르고, 샤카와 예수를 친구 부르듯 하고, 방금까지 극락에서 샤카와 화투치기를 하고 있던 듯이 굴며, 자기가 물구나무서서는 세상이 뒤죽박죽이라 욕하며, 세상 죄를 혼자 짊어진 듯이 하며, 철학을 종교라고 그릇 알며 — 결국 고약한 과대망상자이다. 그런데 아무래도 나에게는 후자의 소질이 짙다. 아프게 뉘우치라. 이 마음 악함이여. 그런 이 몸짓도 가짜다. 연극이다. 차라리 미치기라도 했으면 마음 편하련만 어지간해서는 망가지게도 생겨먹지 않았다. 가끔 문득 제가 측은해진다. 불쌍한 녀석 차라리 내 손으로, 하고 무딘 면도날이며 하얀 정제錠製를 생각하다가도, 아니 잠깐, 때가 가노라면 좋은 궁리도 생기려니 하면서 마음 고쳐먹는다. 신의 눈이 보아주는 동안은 살지 않으면 안 된다. 사람은 신의 망막網膜 속에 존재한다. 신이 딴눈을 팔 때 '나'의 실재성도 엷어지며 사라진다. 심령학心靈學이 지금 나에게 가장 관심을 끄는 것도 그것이 정신의 물리성을 인정하는 것 같기 때문이다. 『서유기西遊記』의 사상은 깊다. 손오공을 다루지 못해서 부처들에게 응원을 청하러 가는 마귀들은 극락의 연못에 있던 고기이기도 하고, 말이기도 하고, 기르던 새이기도 하고, 고양이이기도 하고, 오래 가까이 두고 쓰던 기물이기도 하는 그 이야기에는 가장 깊은 사상이 있다. 그것은 3년 서당살이에 풍월을 읊게 된 서당 개들의 이야기다. 생명 없는 물건이, 혹은 제 분수를 넘은 동물들이 부처의 뜰에서 도망쳐 나와 소동을 피운 끝에 부처의 호통 한마디로 쥐구멍 찾듯 본모습을 드러낸다는 그 이야기는 훌륭한 자연철학이며, 논리학이며 신학神學이다. 목숨 없는 물건이 자기 환상幻想 속에서 '나'를 참칭僭稱하고 부처의 뜰을 벗어나 헤맨 끝에 부처의 노여움, 혹은 부르심으로 깨어 본래의 자리에 돌아간다는 것은 그대로 기독교의 창조·죄·구원의 이야기가 아닌가. 『서유기』는 위대한 책이다. 춤, 이 가슴 미어지는 몸짓. 우리는 관람석에 앉아서 무대를 바라보는 신세가 아니다. 우리가 관객이라고 생각하는 데서 실수가 생긴다. 관객은 신이다. 그가 정당하게 그것을 손에 넣었는가 어쩐가를 따지는 것은 바보다. 현실로 우리가 댄서이고 그녀가 귀부인인 바에는.

역장은 곁에 와 앉으면서 심드렁해한다. 독고준은 걸려들면 그만이다 싶은데 그러기로서니 너무하지 않은가 생각도 해본다. 역장은 이렇게 말한다.
"보셨죠?"
"노트 말인가요?"
"그럼요."
"읽었습니다."
"어떻던가요?"
"어떻다뇨?"
"네, 혹시 기분이 상하셨다면 용서하십시오. 굳이 듣고 싶지도 않습니다."
"아니올시다. 정말 할 말이 없어서 그럽니다."
"그게 정말인가요?"
"역장! 저는 거짓말할 필요가 없습니다."
"그래도 한마디쯤. 이걸 쓴 사람을 알고 싶지 않으세요? 몹시 괴로워한 사람이죠. 지금 그 사람이 뭘 하고 있는지 알고 싶으시지 않으세요? 제 아들놈이랍니다. 제 아들놈을 좀 도와주십시오. 밤낮 방구석에서 이런 것만 쓰고 앉아 있으니 아비 된 마음이 어떻겠습니까? 난 그런 걸 바라지 않습니다. 이런 생각에 발이 묶이게 되면 신세를 망치죠. 쉽게 살 수 있는 인생을 어렵게 살게 되는 거죠. 좋은 아닙니다. 네, 그런 친구들이란 대개 좋은 아이들이죠. 애는 친구가 없어서 그렇습니다. 이런 데 살다 보니 재미 붙일 것이라고는 사실 없겠죠."

독고준은 아카시아가 심어진 역 구내를 새삼스럽게 둘러본다. 사실 적막하다. 그때 어디선가 높은 하늘을 날아가는 비행기 엔진 소리가 들려왔다. 그것은 듣던 소리다. 아주 오래전에 어느 날 그가 들은 음향이었다. 그 음향 속에는 뜨거운 괴로움이 있었다. 부르는 소리가 있었다. 꽃과 불탄 집과 어떤 소년이 있었다. 독고준은 일어섰다.

"저는 갑니다."

독고준의 말.

"가다뇨?"

"가야 합니다."

"갈 데가 있을 것 같습니까?"

"저를 협박하시긴가요."

"누가요?"

"제가요? 아닙니다. 역장님. 왜 제가 협박을 합니까? 나도 모릅니다. 그러나 설명해드릴 수도 없군요."

그는 마침내는 기차를 내주고야 말 것이라고 생각은 하면서도 이 정거장도 오늘로 마지막 보는가 생각하면 서운하기도 하다. 잠자리들은 저편 철로 위에서 하릴없이 반짝거리면서 날아다니는데 거기가 해바라기 있는 데다. 해바라기는 철로의 두 궤도 사이에 푸수수하게 심어졌는데 기차가 다니는 길에 해바라기 심은 마음은 알다가도 모를 일이다. 치이칙 푹, 하고 기관차는 그만한 거리를 앞뒤로 스적스적 움직이고. 검차원들은 어디 갔는지 보이지 않고. 여름인데 하기는.

"결국 정식으로 표를 사가지고, 그게 옳겠죠?"

역장의 이 말이 잘 생각해보면 지금으로서는 기중 이치에 닿는 말이라고 생각하면서 독고준은 개찰구를 지나 역사 안으로 들어갔다. 표 파는 창문을 똑똑 두드린다. 숨을 죽이고 기다리고 있었던 모양으로 재빨리 열리면서 사람의 얼굴 하나가 거꾸로 나타난다.

"들어오기가 어렵지 수속만 마치면 이제 맘 놓아도 됩니다."

얼굴은 그렇게 말한다. 독고준은 불안한 것은 여전하였으나 의심하는 빛을 보여서는 이롭지 못할 것이 번연해서 얼른 대답했다.

"처분만 바라겠습니다. 여기서 안 되면 천명天命이라고 봐야죠, 뭐."

얼굴은 만족한지 껄껄 웃으면서,

"진작 그렇게 나와야지. 우리도 사람이야. 들어오쇼"

하면서 얼굴이 쑥 들어가고 창문이 탕, 닫히더니 그 창문 아래에서 탕, 소리가 나면서 사람이 기어 드나들 만한 통로가 열린다. 이발소에서 흔히 보는 거울 아래 뚫린 그런 문이다. 발로 내질러 연 모양이어서 문은 벽에 부딪쳤다가 떨걱 멎는다. 독고준은 그 속으로 들어가는데 안이라야 그 방이고 계원은 한 사람뿐이다. 계원은 기관차를 두들기던 그 검차수다. 그는 책상에 앉아서 카드를 정리하고 있다. 독고준은 조바심이 나지만 사무를 보는 사람들이 중간에서 방해를 받으면 짜증나 하는 것쯤은 알고 있었고 그런 심정에 져서 멈칫멈칫하는 것이 줏대가 약한 사람이 어디서나 손해를 보는 계제가 된다는 것쯤도 알고 있었지만 그렇다고 아직 아무 연락도 받지 못하고 보면 이런 하급下級 계원들의 심술로 예상치 못한 차질이 없으란 법도 없고 보면 기다리는 수밖에 없었다. 그러는데 이러구러 문이 열리는가 싶더니 역사의 안쪽에서 간호원이 들어와서 검차원이 일하는 책상에 팔굽을 얹고 턱을 괴고는 쑥덕쑥덕 주고받는다. 검차원은 한 번도 독고준 쪽으로 낯을 돌리지 않지만 그럴수록 그들이 자기 얘기를 하고 있다는 생각은 되레 굳어진다.

"……글쎄, 세상에 믿을 사람 어디 있겠어?"

끝내 간호원의 말끝이 이렇게 드러나고 만다. 검차원도 이제는 버젓이,

"알고만 있을 일이지, 허튼소리하고 다니지 마라."

실컷 들어놓고는 나무라는 게 얄미운지 간호원은 뽀로통해서,

"내가 미친년이지"

하고 한숨을 푹 쉰다. 그러자 검차원의 말.

"배부른 소리 마라."

"배로 말하나, 마음이 말하지."

"배건 마음이건, 이제껏 뭣 때문에 고생한 거야."

"왜 오늘은 이렇게 까다롭게 구는 거요? 둘뿐인데 어때?"

검차원은 독고준을 눈으로 가리킨 모양이다. 일부러 얼굴을 돌리고 있었기에 보이지는 않았지만 거의 본 것이나 매한가지로 느낄 수 있었다. 아니나 다를까, 간호원은,

"내 정신 좀 봐"

하고 운을 떼놓고는,

"저분한테 알리러 왔는데"

하는 것이었다. 독고준은 이제는 괜찮겠지 싶어서 비로소 돌아앉으면서 그녀를 쳐다봤다. 간호원은 검차원이 들여다보고 있는 일의 내용과 관계가 있는 말을 주고받는지 카드를 가리키면서 수군거리고 있다.

"좀 두고 봐야지, 경과가 좋지 않다고……"

"족쳐야지. 아픈 맛을 보아야."

"그럴 수도 없는 일이고."

"마음 독하게 먹어야 한다구. 말해온 걸 어떻게 들었어?"

이런 말이 들린다.

"잘 간수하고 있겠지?"

"아이 지긋지긋해."

그녀는 남자가 따지는 데 진절머리가 났는지 휙 방에서 나가버렸다. 독고준은 하도 무료하고 해서 일어서서 서성거리는데 검차수는 말하기를,

"순순히 구는 게 좋을 거야"

하는 것이다.

"네, 저도 안심하고 있습니다."

"안심?"

"안 될까요?"

"정 반항하고 깔보려들면 좋지 않을 거야."

"아니, 제가……"

"말을 해야만 알겠나. 시세가 돌아가는 걸 알아차려서 현명하게 처신을 해야지. 이르는 말을 듣지 않으면 자꾸 시일만 더욱 늦어질 뿐이야. 나도 사람이야. 인정을 모르는 게 아니라 사람이란 그 자리에 있으면 그 자리가 시키는 일을 하도록 돼 있는 게 세상 아닌가. 몸을 아끼란 말이야."

독고준은 이게 웬일인가, 무슨 다른 소리를 하고 있는 모양인데 검차원이 워낙 진지하게 말하는 품을 대하니 실컷 듣고 나서 무슨 얘기냐고 되묻기에는 이미 때가 늦었음을 알 수 있어서 안타깝기는 그지없다.

"알겠어? 내 말 허술히 듣지 말고."

재차 검차원이 이렇게 시작하는데 문이 열리며 간호원이 나타났다.

"독고준 씨이."

그녀는 손에 든 서류를 들여다보면서 부른다.

"네."

독고준은 그녀를 유심히 바라본다.

"들어오세요."

부지중 검차원을 쳐다봤더니 가보라고 눈짓을 한다.

"고맙습니다."

독고준은 말만은 곱게 해서 해될 리야 없으려니 싶어서 선선히 그렇게 말했다.

"그런 걱정은 말구."

검차원은 그래도 민망한지 차마 독고준을 바로 쳐다보지는 못하면서 부축하듯이 대꾸하는데 손에 들었던 서류를 얼른 감추는 것이라 한다.

"어서요."

간호원의 재촉에 못 이기는 척하면서 독고준은 안내하는 대로 따라 들어섰다. 그 문을 들어서니 거기는 방이 아니고 긴 복도인데 휑뎅그렁한 것이 얼마나 길게 뻗친 깊이인지 짐작도 안 간다.

"어딥니까?"

독고준의 그 말에 간호원은 머뭇머뭇하면서 좀체 대꾸하려 들지 않는데 시골 관청이 아니면 고아원 같은 느낌이 들었다.

"어딥니까?"

또 한 번 이렇게 묻다가 독고준은 아차 하였다. 여자 혼자라고 깔보고 불손하게 구는 것을 괘씸하게 여기는 빛이 그녀의 얼굴에 나타났기 때문이다. 그래서 더 아무 말도 않고 따라가려니 어느 방문 앞에서 멎는데 그녀는 옷깃을 여미고 문을 똑똑 두드린다. "들어와." 안에서 대답이 있자 그녀는 거의 도망치듯 날래게 솟구치면서 문을 열고 들어가버린다. 독고준은 섭섭했다. 복도를 단둘이 걸어왔기로서니 그동안 지나치리만큼 애를 쓰면서 여자에게 어떤 종류의 불안을 주지 말자고 해왔는데 올 데로 오자마자 그렇게까지 내놓고 그동안의 불안을 노골적으로 내보이는 데는 평시에 여자를 얕은 것들이라는 생각은 없었던 만큼 더욱 서운했다. 새로 들어선 그 방은 한편에 커다란 철도 지도가 벽에 걸렸는데 대여섯 명의 남자들이 앉아서 술을 마시고 있었다. 간호원은 방금까지 그 자리에 있다가 떴던 것이 분명한 것이 술을 따르며 이야기를 붙이는 품으로 그렇게 알 수 있었다. 독고준은 바로 문간에 마련된 긴 의자에 앉아서 그들을 바라보았다. 그것은 역장과 헌병과 이광수 와 그리고 검차원들이었다. 모두 흰 가운을 걸치고 있는데 책상 위에는 청진기며 망치며 못뽑기, 톱, 핀셋 따위가 널려 있다. 인상 적인 것은 발치에 비운 술병이 수두룩이 널렸는데 그들은 취해 보이지도 않고 다만 창백한 것이 좀 지나쳐 보였다. 간호원은 돌아 가면서 한 사람 한 사람에게 귀엣말을 해가는데,

"어때? 큰 소리로 하라구!"

어떤 사람은 이렇게 짜증을 내면,

"쉬"

하고 곁엣 사람이 말리면서,

"본인의 신경도 살펴줘야지."

이런 말이 오가는 것을 보면 알 것도 같지만 꼭 확실한 느낌은 사실 아니었다. 이윽고 그들은 일제히 일어서면서 독고준에게 다가왔다. 독고준도 일어섰다.

"염려 안 해도 돼."

"안심해."

"마음 푹 놓구."

이런 말들을 하면서 독고준의 팔이며 어깨며를 붙들고 복도로

나서는 것이었다. 그들이 지나가는데 가끔 수레 달린 침대에 흰 보자기로 가린 사람 비슷한 것을 싣고 간호원들이 지나갔다. 그들은 독고준을 에워싸고 어느 방으로 들어섰다. 거기는 보통 교실만 한 크기의 방인데, 촛불이 켜진 교탁 앞에 독고준은 세워졌다.

"자 됐지요?"

하고 누군가 말했다.

"대강."

다른 사람이 말했다.

"그러면……"

한참 술렁술렁하더니 그들은 독고준을 교단에 세워놓은 채로 자기들은 그 앞에 놓인 책상을 하나씩 차지하고 앉았다. 그러자 검차원이 벌떡 일어섰다. 그는 한 손으로 책상 위에 무슨 서류를 벌이면서 말을 시작했다.

"독고준 동무, 동무를 인민의 적으로 기소합니다. 동무는 가장 악질적인 썩은 부르주아이며, 인민의 아래로부터 불타오르는 건설 의욕에 찬물을 끼얹는 기회주의자이며 자본가의 스파이입니다. 동무는 이성의 역사가 시작되고 인간을 착취하는 자들의 오랜 멍에를 부수고 인민이 새로운 시간을 분초마다 창조하는 때를 당하여 낡은 이데올로기에 대한 애끓는 미련을 감히 감추려고도 하지 않았으며 오히려 비웃음과 궤변과 아전인수의 비뚤어진 논리를 조작하여 결과적으로 적들을 이롭게 하였으며 공화국에 해를 끼쳤습니다. 동무는 기본적으로 옳은 역사의 노선에 대하여 말꼬리를 잡는 식의 모함을 가하여 본말을 전도한 유언비어를 퍼뜨렸습니다. 뻣

속까지 스며든 부르주아적 나태와 비관주의를 소리 높이 외쳤으며 그래도 한 가닥 반성의 빛이 없었습니다. 조국이 일찍이 악의 질서에 사로잡혀 검은 태양 아래 3천리 강산에는 사슬 끄는 소리와 적들의 고함 소리만이 높았을 때 역사의 전위대들을 이끌고 조국의 북쪽의 산맥을 비호같이 넘나들면서 불의 역사를 만들고 있던 위대한 당의 영도자의 신성불가침한 빛나는 기록을 동무는 의심하였습니다. 이것은 용서할 수 없는 죄악입니다. 썩은 늪에서 번식하는 독균이 우글거리는 자기 자신의 주관적 환상밖에는 믿지 않고, 엄연한 역사의 시간에 적들의 피로써 물든 기념비를 세운 절세의 애국자에 대하여 감히 일개 부르주아로서 용서할 수 없는 의심을 가진 것입니다. 오늘날 수령의 애국적 투쟁의 역사는 공화국의 정신적 기초이며 상실되었던 민족적 자부심의 유일한 회복제이며 보다 찬란한 승리를 위한 빠질 수 없는 활력제인 것입니다. 이 역사의 신화를 믿느냐 믿지 않느냐 그곳에 그가 마르크스 레닌주의자냐 아니냐 하는 분기점이 있는 것입니다. 여기엔 타협이란 있을 수 없으며 어떤 종류의 유보留保도 있을 수 없습니다. 전부냐 무냐, 길은 두 가지 중 하나입니다. 빛나는 애국의 전통을 이어받고, 인민을 자기의 눈동자같이 사랑하는 수령의 영명英明한 지도 밑에 철옹성처럼 단결하여 한줌도 못 되는 제국주의자들의 앞잡이들을 때려부수는 것, 이것이 오늘날, 낮보다도 환한 역사의 바른 길입니다. 그럼에도 불구하고 독고준 동무는 이미 낡아빠진 부르주아의 기만적 깃발인 비판정신을 운운하면서 자기 자신의 죄악을 감싸려고 하였습니다. 누구보다도 악질적인 그의 소행은 인민들의 고귀한 피와 땀으로 소중하게 쌓여가는 승리의 역사에 대한 가증스러운 반역이며 파괴 행위입니다."

이때 역장이 벌떡 일어났다.

"재판장."

"가만 계시오. 기소 도중에 방해해서는 안 됩니다."

이순신은 그렇게 말했다.

"그러므로 본직은 피고 독고준에게 무기징역을 구형합니다."

검차원은 자리에 앉았다. 재판장이라고 불린 사람은 검차원에게,

"심문하시오"

한다. 검차원은 일어섰다. 옆에 앉았던 간호원이 그의 옷깃에서 티를 집어내준다.

"피고는……"

하고 시작하려고 하자, 역장이,

"재판장, 독고준 동무를 피고라 부르는 것에 반대합니다. 이 자리는 그런 자리가 아닌 줄 압니다."

"이의를 채택합니다. 앞으로 피고를 피고라 불러서는 안 됩니다."

검차원은 쓴웃음을 지었다.

"알았습니다. 독고준 동무는 공화국을 전복할 목적으로 여기까지 잠입해 왔지요?"

독고준은 역장을 바라보았다. 재판장이 그때 말했다.

"피고는 묵비권을 행사할 생각이 아니라면 대답하시오."

역장이 이렇게 말해준다.

"바른 대로만 증상을 말해요."

그래서 독고준은 대답했다.

"그렇지 않습니다."

"그렇지 않다니?"

"그런 목적으로 온 것이 아닙니다."

"그러면 어떤 목적으로 왔습니까?"

"말할 수 없습니다."

"좋습니다. 여기에 증거가 있습니다. 독고준 동무는 이곳까지 오는 중 여러 검문소에서 그의 목적을 암시하고 있습니다. 그는 여러 가지 질문에 대해서 모두 회피하고 여러 가지 유혹을 모두 거절하였는데 남는 것은 그렇다면 본직이 지적한 목적밖에는 있을 수 없습니다."

재판장은 검사가 건네는 서류를 받으면서,

"그것은 내가 판단할 일입니다. 증거로 채택합니다"

하고 말한다.

"심문을 계속하시오."

"네, 그러면 독고준 동무에게 묻겠는데 동무의 취미는 무엇입니까?"

독고준은 잠시 머뭇거리다가 대답했다.

"곡마단입니다."

"뭐라구요? 법정을 모욕합니까?"

"아닙니다, 사실입니다."

"그러면 곡마단 구경을 좋아한다는 말이죠?"

"구경뿐이 아닙니다."

"무슨 말입니까?"

"하는 것도 좋아합니다."

"하다니? 곡마를 할 줄 안다는 말입니까?"

"할 줄은 모릅니다."

"그러니까, 할 줄 알면 하고 싶다, 그런 말인가요?"

"그렇습니다. 그것도 비교적 작은 규모의 곡마단에 소속해서 이 마을 저 마을로 술 익는 마을마다 다녀봤으면, 하는 것이 소원입니다."

"그런 생각이 든 것이 언제부턴가요?"

"자세히는 모르겠습니다만 아마 곡마단을 처음 봤을 때부터가 아닌가 생각합니다."

"독고준 동무는 인생에서 곡마단 따라다니는 것 말고는 뜻 있는 일이 없다고 생각합니까?"

"그런 것은 아닙니다."

"어떤 것입니까?"

이때 역장이 말했다.

"이의 있습니다. 이것은 유도심문입니다."

"아닙니다, 답변자의 사상적 동태를 알기 위하여 필요합니다."

"인정합니다, 독고준은 답변하십시오."

독고준은 고개를 떨어뜨리고 낮은 소리로 말했다.

"왜 그런지 저도 모르겠습니다."

"모른다구?"

"곡마단을 좋아하는 사람이면 알 수 있으리라고 생각합니다."

"그걸 답변이라고 생각합니까?"

"바른 대로 말한 것뿐입니다."

"여기를 어디로 알고 있소!"

잠자코 있던 헌병이 참지 못하겠다는 듯, 버럭 소리를 질렀다. 역장이 황급히 일어섰다.

"재판장! 법정의 질서가 독고준에게 공포감을 주는 것이 되어 가고 있습니다. 잠시 휴정을 요구합니다."

"채택합니다. 잠시 휴정합니다."

그 소리를 기다렸다는 듯이 간호원은 검차원의 어깨를 주무르기 시작한다.

독고준은 첫여름의 햇빛 속에 우뚝 솟은 낯익은 수도원을 쳐다보았다. 그 건물의 안엔 어디도 인기척이 없다. 그는 고향에 돌아온 것이다. 저 다리를 건너면 거기가 W시의 초입이다. 잘 알고 있다기보다 잊어버릴 도리가 없는 길이다. 그 저쪽 끝에 아득하게 보이는 다리에 들어섰다. 강물은 깡그리 말랐고 바닥에는 조약돌 깔린 틈틈이 풀포기가 내려다보였다. 그는 생각하였다. 이제 한이 없다. 이 다리를 다시 건너볼 수 있다니. 그는 난간에 팔굽을 올려놓고 강바닥을 오래 내려다본다. 다리에서 가까운 곳에 죽은 개가 버려져 있다. 그는 사방을 둘레둘레 바라보았다. 아무 달라진 데가 없다. 그는 다리를 건너간다. 고개를 넘으니 거기가 시市 운동장이다. 운동장으로 들어가는 철문은 열려 있고, 그는 안으로 들어갔다. 원형의 땅과 스탠드에는 죽은 개 한 마리 보이지 않는다. 그는 스탠드에 올라갔다. 맨 꼭대기에 한참 서 있다가 내려와서 중간쯤에 걸터앉는다. 허리를 구부리고 아래를 내려다본다. 여기도 물론 자주 온 곳이었다. 운동대회가 있을 때마다 여기 앉아 그의 학교 선수들을 응원하던 곳. 갑자기 확성기가 울린다. 잠깐 단전됐던 기계가 다시 이어질 때처럼 끊어졌던 그 사이의 시간에 한쪽 끝이 걸쳐진 그런 발성으로.

나가라 W고의 용사들아
승리의 깃발이 날린다
싸워라 이 넓은 싸움터에
붉은 피가 나오도록 싸워라
힘 있게 뻗친 튼튼한 다리
W고의 용사가 아닌가

싸워라 W고
이겨라 W고
승리하라 W고
장하구나 건아들
씩씩하게 자라나는
W고 건아들아
승리는 우리에게
월계관은 W고에

건이니 월계관이니 하는 낱말들. 유럽의 무슨 학교, 무슨 학교들에서 비롯해서 개화기 일본 사람들에게 옮겨 심어져서 이 땅의 식민지의 시간에 또다시 옮아온 그 애교심이라는 관습. "모자 벗어어, 응원 준비이." 모자 중허리를 움켜쥐고 오른쪽에서 왼쪽으로 흔들면서 고래고래 그 응원가를 불러야 하는 시간들. 삼삼칠 박수. 그 촌스런 박래舶來의 원숭이 놀음을 공산주의라는 것을 믿는 사회에서 여전히 놓아두고 있던 것을 생각하면 6·25까지의 북한 사회의 촌스러움, 그나마 공산주의라는 공식론에 어울리는 정서와 예법의 틀도 마련하지 못한 데서 오는 겉도는 기분— 그런 것이 생각난다. 그럴 수밖에 없지 않은가. 생활의 필요가 이념을 낳고, 이념이 행동을 조직하고, 그렇게 조직된 행동이 생활을 바꾼다— 는 모양으로 공산주의가 이루어진 것이 아니라 점령군이 데리고 들어온 공산주의자들이 벼락치기로 군림함으로써 비롯된 정권. 박래품舶來品임에는 마찬가지다. 그럴 때, 그 당대를 사는 사람들에게는 그 박래품은 그들의 개인적 삶의 실감의 핵심에 들어오지 않고 겉도는 어떤 근질근질한 이물감異物感으로 받아진다. 그 이념이 보편주의의 권위를 가지고 추상적이며 논리적인 절대적 복종을 요구하면서 그 이념 속에 섞여든 박래성을 에누리해줄 아량도 슬기도 없을 때, 그처럼 불행한 사회도 없다. 그 무렵 북한 사회는 새 사회가 아니었다. 그것은 회칠한 무덤. 봉건적, 권위 신봉적, 폐쇄적, 일본 군국주의적, 관존민비적 삶의 근본 태도 위에 공산주의라는 회칠을 한 추악한 무덤이었다. 너와 나 사이에, 몸짓 속에, 웃음 속에 배어들고 넘치지 못하는 어떤 공식론도 삶을 행복하게 할 힘을 갖지 못한다. 삶에 대한 넘치는 욕망에서가 아니라 개화한 사회의 정의라는 자격으로 들어온 어떤 이념도 가짜다. 정의라고 해서 공짜일 리가 없다. 공짜로 주어진 것은 반드시 갚음이 따르는 법. 자손 대대로 두고두고 갚는 것. 더구나 빚 지워진 당대에게는 살기 위한 빚이 아니라 빚을 위한 삶이 강요되니. 그런 모든 것을 그때 어떻게 알 수 있었던가. 알지는 못해도 목숨은 느끼고 있었지. 그런 모든 것이…… 이때 확성기에서 웅얼거리던 노랫소리가 뚝 그치고 격한 목소리로 누군가 이야기하는 것이었다.

"급히 알립니다. 급히 알립니다. 악질적인 반동 부르주아의 개이며 매판 사상 전파자이며 인민의 적인 스파이가 공화국 북반부의 민주 기지를 파괴할 목적으로 잠입해 들어왔다는 정보가 들어왔습니다. 모든 공화국 공민은 도시에서 농촌에서 일터에서 학교에서 일제히 일어서십시오. 당과 수령의 부름을 맞받아 인민의 적을 색출하는 사업에 용감하고 견결하게 일어서십시오. 간첩은 공화국 북반부에 건설된 사회주의의 물질적 및 정신적 성과들을 파괴하기 위하여 남조선 괴뢰 도당들에 의하여 밀파된 자입니다. 위대한 소련 인민과 스탈린 대원수의 힘으로 해방된 조국의 북반부에 다시금 제국주의자들의 피의 사슬을 들씌우려는 것이 그의 임무입니다. 공화국 북반부의 제반 민주개혁을 무효화하고 땅은 배부른 지주에게, 복순 동무는 심심한 자본가에게 돌려주기 위하여 그는 우리 조국에 잠입해왔습니다. 이 불공대천의 원수를 사로잡기 위한 싸움에 철옹성 같은 단결로 견결히 일어서십시오. 지난번 조국 전쟁에서 조국을 배반하고 제국주의자들의 머슴 노릇을 하기 위해서 어둠의 땅으로 달아났던 소자산성小資産性 부르주아의 이 당돌한 반혁명에 불같은 분노로써 맞섭시다. 조국의 하늘과 강도, 산과 바다도 그를 용서치 않을 것이며 들판의 풀포기도 일어서서 그를 고발할 것입니다. 그의 기만적 파괴 활동은 오늘날 역사의 필연적 운동에 가담하여 평화적 인류의 일원으로 아침 햇살같이 행진하는 조국의 미래에 대한 가장 심대한 암적 존재로 되고 있습니다. 그는 당과 수령의 빛나는 전통과 업적에 대하여 지극히 관념적이며 퇴폐적인 중상모략을 일삼아 왔으며 제국주의자들의 압제에 대하여 싸우는 인민들의 투쟁의식의 불길에 구정물을 뿌리는 개 노릇을 하고 있습니다. 그는 환상의 연막 뒤에서 독가스를 살포하며 죽음을 찬미하고 있습니다. 공화국 북반부에서 그의 활동이 방치된다면 수령님의 은혜로 이루어진 인민의 낙원은 하루아침에 끔찍한 피바다가 될 것입니다. 그는 인민들 사이에 자본주의자들이 즐겨 쓰는 불신과 분할의 씨를 뿌리고자 합니다. 사람과 사람 사이에 과연 믿음이 있을 수 있는가라느니, 너와 나 사이의 심연深淵이라느니, 사회와 개인의 모순이라느니 하는 부르주아들의 음담淫談의 세균을 퍼뜨리기 위하여 그는 파견된 것입니다. 모든 수원지水源池 관리 일꾼들은 보다 높은 경각성으로 경계 임무에 임하는 것이 요청됩니다. 그는 후안무치하며, 사악한 목적을 위해서는 수단 방법을 가리지 않을 것이므로 모든 지구의 적위대는 24시간 비상사태로 들어갈 것입니다. 공화국 내각은 이 시간 현재 회의 중에 있습니다. 전국적인 조처에 관한 결정이 있을 동안 모든 일꾼들은 맡은 바 자리에서 올빼미 같은 눈알들을 희번덕이고 있어야 합니다. 그는 눈뜨려는 인민들의 역사의식을 잠재우고 노예의 쾌락을 설교하며 관념적 해탈을 권하며, 온갖 제국주의자들의 토사물吐瀉物들을 비싼 값으로 인민에게 강매하려 하고 있습니다. 삶의 진정한 이해관계에 눈떠야 할 인민들에게 닭이 먼저냐 달걀이 먼저냐를 따지는 것이 심오한 진리라고 선전하고 있습니다. 중세기의 제국주의적 승려들이 바늘 끝에 몇 사람의 천사가 올라설 수 있는가를 토론하던 그 식입니다. 역사에서 퇴장해가는 썩은 세력이 풍기는 온갖 더러운 냄새를 그는 가지고 왔습니다. 그가 잠입한 것을 알게 된 발단도 민족의 태양이시며 전 세계 평화 애호 인민의 벗이며 조국 전쟁을 승리로 인도하신 탁월한 전략가이신 수상 동지가 오늘 점심식사 때 문득 어디선가 흘러오는 이 냄새에 비위가 상하신 데서 비롯된 것입니다. 오늘날 남조선에서는 살인, 강도, 매관매직이 예사로 이루어지다 못해 요즈음에는 까닭 없는 반항이라는 것이 유행하여 까닭 없는 살인, 강도, 방화, 간통이 회오리바람치고 있습니다. 그릇된 생활을 하는 그들에게만 까닭 없이 보이는 것이지 너무나 충분한 까닭이 있는 것입니다. 그들은 이 같은 풍조를 가리켜 이제야 조선에도 '현대'가 시작되었으며 21세기에 들어섰다고 떠벌리며 소설과 시에서의 보람찬 방향도 이쪽에 있다고 헛소리치고 있습니다. 자본주의자들의 집요한 거짓 속에 살아온 그들 인민에게 계속하여 아편을 공급해온 아편장사가 이 간첩의 직업이었습니다."

방송이 끝났다. 그리고 더는 아무 소리도 들리지 않았다. 그리고 아무 일도 일어나지 않았다. 그래서 방금 들은 목소리가 전혀 독고준에게는 환청幻聽같이 느껴졌다. 그는 일어서서 스탠드를 내려왔다. 철문을 통해서 운동장을 나섰다. 얼마를 가다가 그는 뒤를 돌아다보았다. 부서진 운동장이 보였다. 어디가 들어가는 문인지 알아볼 수 없게 스탠드는 무너져내려서 거기는 널따란 폐허였다. 그는 로마의 원형극장의 사진 같다고 생각하였다. 금방 말짱했었는데 이상한 일이라는 생각이 들었지만 더 생각지 않았다. 도인민위원회 건물 앞 큰길을 지나간다. 거기도 사람 그림자는 없었다. 인민극장 앞에 이른다. 벌판에 서 있는 남녀가 그려진 간판이 걸려 있고 '시베리아 대지大地의 곡曲'이라는 제목이 씌어져 있다. 극장 문은 열려 있다. 그는 안으로 들어설 때 약간 흥분한다. 그러나 아무도 말리는 사람은 없었다. 그보다 숙성한 그리고 어찌어찌해서 그보다 불량해진 학급 동무들이 학교에서 말리는 구경을 몰래 다닐 적에 이 극장이 독고준에게는 신비한 건물이었다. 그러나 지금은 그를 말리는 사람이 아무도 없었다. 그 속도 텅 비어 있었다. 그는 2층에 올라가서 자리에 앉았다. 사람이 들끓던 장소가 비어 있는 모습은 서머서마하였고 그는 빈 집에 들어온 도둑 같은 기분이 들었다. 그러자 극장의 확성기가 소리치기 시작했다.

"간첩 침투 사건의 속보를 말씀드리겠습니다. 간악한 적은 이미 깊숙이 이곳 우리 시에 잠입한 사실이 밝혀졌습니다. 그는 얼마 전에 이곳 서울시 운동장에서 명상을 범하고 사라진 것이 밝혀졌습니다. 그는 북쪽 스탠드 중간 지점에 앉아서 명상을 저질렀는데 이 명상으로 그는 공화국에 대한 적의를 다시 한 번 확인하였으며 인민에 대하여 중대한 모욕을 가했습니다. 그는 근본에 대한 평가를 회피하고 소절小節을 물고 늘어지면서 공화국의 인민들이 즐긴 생활을 헐뜯었습니다. 이자의 말대로라면 자기 생활의 주인이 된 인민들이 밝은 생활의 주인이 된 인민들의 밝은 생활보다도 노예들의 유행가가 더욱 좋은 것으로 됩니다. 할 수 없는 이 뼈까지 썩은 자본가의 개는 소자산성小資産性 민주주의의 과도적 형태에 대한 역사적 배려를 고의로 무시하고 공화국에 있어서의 주권의 소재를 보려 하지 않았습니다. 그는 유물사관의 보편적 진리더러 몰락한 친일 지주 계급과 소시민 계급의 서푼짜리 '교양'에 뇌물을 쓰지 않는다고 투정을 했습니다. 그들 토착 반민족 집단의 정신적 예절이라는 것이 착취와 착취에 대한 자기기만의 환상 위에 씌워진 가짜 비단이라는 사실을 숨기고 그는 흘러간 노래를 그리워하고 있는 것입니다. 당과 수령에게 목숨을 바칠 견결한 투쟁 의욕을 지닌 인민은 어떻게 행동하는 것이 역사의 수레바퀴에 발맞추는 것인가를 알고 있으며 다만 그들 자본가의 개들만이 아무것도 모르는 것입니다. 혁명적 인민들의 불같은 정신을 알지 못하는 그들에게만 혁명 사업은 고통으로 비치는 것이며 미래를 향하여 모순과 싸우는 인민들에게는 당과 자기, 수령과 자기 사이의 아무런 분열을 모르는 것입니다. 이 스파이는 계급 사회의 일반적 정서인 대립과 분열을 모든 사회에 추상적으로 적용하려 하고 있습니다. 공화국에는 당과 수령에 보다 더 충성스러우려는 사회주의적 경쟁 이외의 어떠한 대립도 성립할 수 있는 물질적 기반이 없는 것입니다. 역사의 오랜 시기를 통하여 발효되어 온 사유私有의 정조情調는 이 사회에서 발붙일 데가 없다는 것을 모르는 것은 자본주의의 개들뿐입니다. 뿐만 아니라 그는 이 명상이라는 방법으로 인민이 건설한 운동장을 파괴하였습니다. 인민들이 당과 수령을 위하여 체육사업에 나서던 공간은 이리하여 파괴되었습니다. 그는 현재 시내에 잠복하여 다음 공격 목표를 노리고 있는 것이 확실하며 모든 적위대원은 그를 발견하여 체포 혹은 사살하는 사업에 일어서십시오. 스파이의 인상을 말씀드리면 그는 관념적이며, 명상적이며, 정신사적精神史的이며, 목가적이며, 실존적實存的이며, 쇄말적鎖末的이며, 상징적이며, 회상적回想的이며, 노예적인 얼굴을 가지고 있습니다. 이런 자를 발견한 대원은 지체 없이 공격을 시작하는 한편 상부에 연락하여야 합니다."

독고준은 이런 말을 들으면서 그 소리가 어디선가 들은 소리 같다고 생각하였다. 그 생각을 오래 할 겨를도 없이 확성기는 다시 울리기 시작한다.

"여기는 이성병원理性病院입니다. 환자 한 사람이 탈출했습니다. 환자는 정신사精神史 병잡니다. 잘 아시다시피 정신사병은 이 세기에 들어와 널리 퍼진 병으로서 대부분의 사람들이 보균자로 병원체 발견이 시급히 요구되고 있는 터입니다. 이것은 서구 사람들의 지리상 발견의 시대와 더불어 시작된 병으로서 결론부터 말씀드리자면 가치 체계의 다원화 현상이 빚어낸 판단 감각의 혼란이라고 하겠습니다. 이 병에 대해서는 제자백가의 설이 있어서 통설을 보지 못하고 있습니다만, 대체로 학파를 갈라 본다면 세균학파, 병리학파, 환경위생학파 그리고 임상학파가 있습니다. 본원은 세균학파의 재단으로 설립된 기관으로서 대체로 이 학파의 이론에 의해서 병원체의 발견에 목표를 두고 있습니다. 본원의 입장은 현재와 같이 세계 정부의 설립을 보지 못하고 있는 세계에서는 중첩된 난관을 가지고 있습니다. 본원은 정치적으로 엄정 중립한 자리에서 과학으로서의 세균학적 입장을 지키려는 것인데, 이러한 시도는 다른 학파들의 정치적 이해관계 때문에 중상과 모략에 끊임없이 직면하고 있습니다. 말할 것도 없는 일이지만 정신사병의 치료는 병원체의 발견이 그 왕도王道로서, 과학자의 입장은 오직 이 한길로 집중되어야 하며 그것이 결국은 대국적으로 가장 훌륭한 정의이기도 할 것임에도 불구하고 이를테면 환경위생학파 쪽에서는 이 같은 본원의 태도에 대하여 비문학적인 공격을 가하고 현재의 환자 자체를 절멸시킴으로써 문제를 해결하는 것이 아니라 해소해버리자는 과격론을 주장하기에 이르고 있습니다. 우리는, 환자는 그 어떤 병을 막론하고 인도적으로 취급되어야 하며 결과론의 입장에서 환자를 사회의 공적公敵으로 취급하려는 이 같은 태도는 인류가 도달한 문명 감각에 어그러지는 것이라고 생각하고 있습니다. 과거에 문둥병에 대해서 이 같은 야만적 태도가 취해진 일이 있었습니다만 오늘날에 와서는 이러한 방법의 야만성은 명백한 것이 되었는데 유독 정신병의 경우에 이러한 야만적 태도가 지양되지 못하고 있음은 유감스러운 일입니다. 물론 본원은 이 병이 반드시 병원체에 의한 것이라고 단정한 바는 없으며, 분비선 및 신경계의 난조亂調 현상으로 설명될 수 있는 가능성을 부인하지 않으며 현재 그와 같은 연구 방향에 대해서도 인원을 배당하고 있습니다만, 문제는 그렇더라도 해부학적인 현실에 밀착하는 것이기 때문에 다른 어느 학파보다 비非관념적이라는 사실에는 변함이 없을 것이며 그런 경우에는 화학 치료제의 발견이나 외과적 방법에 중점이 두어지게 될 것입니다. 이런 점에서 본원은 의학상에 있어서의 주체 학파로서 생명의 정향성定向性을 근본적인 전제로 한다는 점에서 환경학파의 완전 무기주의無機主義와는 날카롭게 대립하는 것입니다. 근자에 과격한 환경학파, 그 가운데서도 공중 위생학파에서는 극단으로 달려 지난 2차대전에서 유대 사람들을 집단 도살하는 만행을 저질렀습니다. 이것은 병자를 제거함으로써 병을 제거한 가장 최근의 일인데 유대인들이 그와 같은 병자가 된 것은 다름 아닌 건강자들의 비인도적인 압박에 의한 비위생적 환경에 기인한 것인데 환경을 고치지 않고 병자를 벌한 것은 그들의 이론에서 보아 그 이상 모순이 없습니다. 과학자에게는 환경을 정치적으로 바꿀 직접적 행정력이 현재로서 주어져 있지 않기 때문에 병리 현상 요인을 명확히 하는 것만이 가장 지름길인 것입니다. 만일 병의 구조가, 그 제諸 계기가 밝혀진다면 정치가들은 그들의 이해관계에서 달갑지 않을망정 예산을 할당치 않을 수 없는 것입니다. 현재처럼 과학계에서는 위생학적 권고밖에는 할 자료가 없는 시간이 길면 길수록 정치가들은 청소니 절제니 하는, 관념적이며 인민의 노력에만 의존하려는 원시적 구호 밑에서 부패를 누릴 것입니다. 환경학파는 비록 그 본의가 그렇지 않다 하더라도 결과적으로 정치가들의 이 같은 기만적 도덕주의에 가담하여 인민의 고통을 가중시키는 결과를 가져오게 하고 있습니다. 많은 통계에 의하면, 방역에 지친 나머지 과로로 발명한 사례가 놀랄 만큼 증대하고 있는 것을 생각하면 전율戰慄할 사실입니다. 건강의 이름으로 저질러진 이 죄악에 대해서 대체 어떻게 보상해야 한단 말입니까? 본원에서 탈출한 환자는 가장 흥미 있는 케이스를 대표하는 환자였으며, 과학적 연구를 위하여 귀중한 재산인 것이며, 인류의 건강을 원하는 어떤 사람도 이 환자에게 위해危害를 가해서는 안 될 것입니다. 이 환자를 발견하는 사람은 즉시 본원으로 연락해주십시오. 환자의 인상을 말씀드리면 정신적 무국적無國籍, 패러디 감각선感覺腺의 이상 분비, 도식벽圖式癖, 가치價値 무매개적無媒介的 행동, 방관벽 등입니다. 이 같은 환자를 발견하신 분은 지체 말고 본원으로 연락하시기 바랍니다."

독고준은 이런 뉴스를 들으면서도 별반 주의하지 않았다. 그는 고향에 돌아온 것으로 그만이었다. 그의 삶이 완성된 지금에, 여기서, 이 고향에서 일어나는 모든 일이 자연스러웠으며 의당 그렇게 되어야 한다는 느낌이 그를 지배하고 있었다. 그는 어업조합을 옆으로 보면서 해안통을 걸어갔다. 고등어가 높이 쌓여 있는데 오래 버려둔 모양이어서 썩고 있었다. 거기도 사람의 그림자는 보이지 않았다. 소방서와 정거장 사이를 지나는데 역 구내에서 확성기가 울려오는 것이었다.

"간첩은 이번에는 인민극장에 침입, 반동 팸플릿을 뿌려놓고 달아났습니다. 또한 혼란을 틈탄 음모자들은 해적 방송을 시작하여 안으로부터 적에게 호응하고 있습니다. 적위대의 모든 지역대는 즉시 정세에 대한 교양 학습회를 조직하여 사상적 단결을 공고히 하여야 하겠습니다. 적들은 방송에서 가소로운 발악을 하고 있습니다. 그들은 썩어가는 부르주아 정신을 스스로 진단한다고 하면서 가짜 과학의 간판을 매고 나왔습니다. 그들의 이론은 구차스럽고 구구합니다. 우리들의 눈에는 태양처럼 환한 일이 그들에게는 밤길처럼 어둡다는 것입니다. 그들의 모순을 계급적 이해관계에서 분리하여 과학적으로 순수하게 연구한다는 것입니다. 이 부르주아적 개나발, 이 매판적 상소리쟁이들을 어떻게 박살했으면 시원하겠습니까? 그들은 양다리를 걸치고 모순을 실체적實體的으로 파악하는가 하면 또 기능적으로 파악할 용의가 있다는 것입니다. 계급의 적들은 갈팡질팡하고 있습니다. 이들을 쓸어버립시다. 그들은 잔꾀를 한정 없이 부리겠다는 것입니다. 우리가 언제 환자를 죽이자고 했습니까? 우리가 죽이자고 한 것은 반동적 부르주아들과 그 앞잡이들입니다. 그들은 이제 망령까지 들었습니다. 그들은 권리를 요구하는 사람들에게 자선을 들이밀고 있습니다. 이놈들은 혼이 나야 합니다. 자기들이 얼밟혔으니 모두 얼밟히자고 하는 것입니다. 우리는 계급적 착취를 묻고 있는 것이지 관념적 카드 맞추기를 놀자는 것이 아닙니다. 그들은 현실적 문제를 추상적 문제로 바꿔치며, 인간의 문제를 생물의 문제로 바꿔치려 합니다. 우리는 이런 사기에 속지 않을 것입니다. 우리는 스파이를 쫓고 있습니다. 이미 그는 두 곳에 나타나서 죄를 범했습니다. 그의 목적은 이제 분명해졌습니다. 지하에 숨었던 부르주아의 잔당들을 선동하여 막강한 인민의 힘에 대항하는 것입니다. 이들의 파렴치하고 시대착오적인 기도를 분쇄합시다. 당과 수령의 주위에 철옹성처럼 뭉친 인민은 이 싸움에서 승리할 것입니다. 교양 학습회에서의 지도 일꾼들은 특히 과학의 계급적 성격에 대해서 다시 한 번 경각성을 불러일으키도록 권고합니다. 모든 시대의 지배계급은 그들 사회의 암흑을 인민의 책임으로 돌리는 갖은 방법을 알고 있었습니다. 그들은 체제의 역사적 잠정성을 신화적 영원성으로 해석하는 데 주력하였으며, 그렇게 함으로써 인민들을 영원히 노예로 만들기를 바랐습니다. 죄와 병을 동일시하는 것도 그들의 야만적 속임수입니다. 오늘날 자본주의의 사회에서는 인간이 병들었다는 선전을 좋아합니다. 그들은 사람과 사람은 진심으로 결합할 수 없다고 떠들며, 그 까닭은 사람은 남을 죽이고 자기만 살려는 욕망을 타고났기 때문이라고 말합니다. 우리는 사람이 이런 욕망을 나면서부터 타고난다는 이론을 믿지 않습니다. 그 이론은 현재의 그들의 부패한 제도를 옹호하기 위하여 지어낸 거짓말입니다. 사람은 남과 어울려서 살려고 하며 인류가 이 세상에 태어난 이래로 남과 어울리지 않은 생활을 한 적이 없습니다. 남과 어울리는 생활을 보다 사람답게 조직하는 방법이 끊임없이 발전해오는 과정, 이것이 역사이며, 이 같은 발전은 억압받는 계급의 혁명적 역량에 의해서만 이루어질 수 있는 것입니다. 그들은 잘난 체하면서 병원체가 발견되지 않았느니 하며 떠벌려댑니다. 그러나 역사 발전의 법칙은 이미 발견된 것입니다 — 방금 들어온 정보를 말씀드리겠습니다. 간첩은 우리 공화국을 파괴할 목적으로 일찍이 26년 전 우리시에서 출생한 독고준으로 판명되었습니다. 이 치욕스러운 향토의 적을 체포합시다. 그는 현재 인민극장을 탈출하여 W역 방면으로 숨어들어간 것으로 짐작됩니다."

독고준은 그 자리에 얼어붙은 듯이 서버렸다. 그는 역 구내에서 누군가 달려나올 것이라고 느꼈으나 아무 일도 일어나지 않았다. 그는 빠른 걸음으로 그의 학교가 있는 쪽으로 걸어갔다. 건물들만 말없이 서 있는 거리를 그는 쫓기듯이 걸어갔으나 그를 쫓는 사람은 아무도 없었다. 그가 천주교당 앞에 이르렀을 때 어디선가 또 방송이 들려왔다.

"여기는 이성병원입니다. 본원을 탈출한 환자는 W시 출신의 독고준입니다. 현재 독고준은 시내에 숨어 있다는 정보를 얻었습니다. 환자에 대한 비인도적 박해가 중지되어야 할 것을 이성理性의 이름으로 요구합니다. 본원은 이 세계의 각 부분의 역사적 불균형 발전에서 빚어진 혼란에 희생된 한 인간이 범죄자로서 취급되는 것에 노여움을 느끼고 있습니다. 지금 현재로 다음 사실을 발표하는 것은 필요한 일이라고 생각합니다. 독고준은 본원의 연구원의 한 사람이었으며, 그는 자기가 정복하고자 한 그 병에 걸린 비극의 인물입니다. 그가 이 병에 걸린 것은 그가 이 병에 가장 가깝게 접근하고 있었던 탓이며 그가 병에 가깝게 있던 까닭은 숭고한 학문적 정열 탓이었습니다. 가장 심각한 이 병을 방관하였거나 물리적 해결만을 일삼았던 사람들이 이제 와서 그를 범죄자로 공격하는 것은 잔인한 일입니다. 그는 환자로 취급되어야 합니다. 그의 최근의 연구 업적으로는 공간론空間論이 있는데, 이 논문은 동료들에 의하여 높이 평가되었습니다. 우리는 이 같은 뛰어난 연구원의 개인적 불행에 대하여 슬픔을 참을 수 없으며 더구나 그를 범죄자로 몰아세우려는 움직임을 용서할 수 없습니다. 오늘날과 같은 혼란의 시대에 과학자들에게서 연구의 자유를 빼앗고 체제의 현실적 정책에 편리한 활동만을 강요하는 것은 문화의 중대 위깁니다. 오늘날 과학은 이미 어느 계급, 어느 국가에도 봉사할 의무를 가지고 있지 않습니다. 만일 봉사할 대상이 있다면 그것은 오직 '이성理性'에게만입니다. 왜냐하면 이성이야말로 영원한 계급, 영원한 국가이기 때문입니다. 이성은 실재하는 사회 세력이 아닙니다. 이성은 인류의 경험이 오랜 노력 끝에 창조해낸 방법적 허구입니다. 그것은 현실의 사회 집단의 정치적 이해에서 스스로를 해방시킨 인류 정신의 승리인 것입니다. 현실의 집단은 이 정신에 얼마나 가까운가에 따라서 그 가치가 규정되는 것이며, 그 역逆은 아닌 것입니다. 혁명 집단은 그 과격한 자기 정당화 요구의 본능으로 현실의 자기를 이성 그 자체로 실체화하려 합니다. 이것은 현실과 허구를 혼동하는 데서 오는 것이며 현실의 악을 반대하는 것이 자동적으로 선이 되는 것이 아닙니다. 현실의 악에 대항하는 선이라는 것을 증명하기 위해서는 그들은 선해야 하는 것입니다. 그들은 이 점을 인정하지 않습니다. 반란은 그 자체로 값있는 것이 아니라 보다 훌륭한 질서를 창조할 때만 값있는 것입니다. 그리고 보다 값있느냐 어쩌냐는 그들이 판단하는 것이 아니라 이성이 판단합니다. 이성은 허구이지만 환상은 아닙니다. 그것은 방법적으로 선취된 미래의 인류의 법률이며 모든 현실은 이에 비추어 심판됩니다. 인류의 발전에 공헌한 사업은 어느 것이나 이 감각 — 이성에 침투돼 있었습니다. 그러나 어느 것도 이성 그 자체는 아니었습니다. 절대라고 주장되는 상대적 선善은 그 상대적 선조차도 상쇄되고 맙니다. 이 같은 의사신擬似神은 양심적인 과학자를 혼란에 빠뜨립니다. 추상적으로만 존재할 수 있는 '과학 정신'이 땅 위에 현신했다는 사실에 대해서 그의 감각은 혼란을 일으키는 것입니다. 그로서는 검증檢證할 수 없는 이적異蹟이기 때문입니다. 신은 역사의 시간 속에 한꺼번에 육화肉化하여 나타나는 일은 없다고 생각하는 사람이 과학자입니다. 그는 자신 있게, 권위스럽게, 노한 음성으로 외치는 혁명이라는 신의 목소리에 당황하고 괴로워합니다. 그의 논리로서는 찬성도 불가능하거니와 반대도 불가능하기 때문입니다. 왜냐하면 논리란, 찬성에는 인색하고 반대를 위해서는 후한 그런 당파적인 것이 아니기 때문입니다. 해결은 하나뿐, 시간입니다. 시간은 육화肉化의 원립니다. 시간이라는 빛이 생겼을 때 과학이라는 사진기에는 비로소 대상이 인화됩니다. 그런데 혁명은 즉시 선택하기를 요구합니다. 시간의 검증 없이 즉시 선 자리에서 혁명의 절대성을 인정할 것을, 신앙 고백을 할 것을 요구합니다. 여기서는 찬성과 반대의 양자택일만이 허락됩니다. 보류라는 선택지選擇枝은 없습니다. 이것이 혼란의 시기에 사는 과학자의 비앱니다. 그가 선택하지 못하는 것은 인간의 인식으로는 불가능한 것을 요구당하고 있기 때문입니다. 그의 지성이 부족하다는 주체적 이유 때문이 아닙니다. 그가 선택해야 할 것은 그 자신의 미래의 결심이나, 폭행에 대한 예견이 아니라 세계에 대한, 남에 대한 예측인데 세계와 남은 그가 소유할 수 없는 것이며 따라서 그것은 보장할 성질의 것이 아니라 통제해봐야 할 문제인 것입니다. 문제는 선택의 대상에 난점이 있는 것이며 그는 무無의 장래를 선택할 것을 요구받고 있는 것입니다. 이것은 과학의 대상이 아닙니다. 남의 몫까지 살아주는 것은 '사나이' 의리지 과학자의 작업이 아닙니다. 과학자는 '내 몫까지 살아주'를 거부하는 것입니다. 이것이 '라울'의 아픔이었으며 독고준의 아픔이었습니다. 인간의 정신은 무無과 더불어 살 수는 없습니다. 내일 태양이 뜨리라는 것을 예측할 수는 있어도 내일, 혁명이 압제가 안 되리라는 것을 보장할 수는 없습니다. 그들 혁명자들은 이것을 인정하지 않습니다. 그들은 찬성이 아닌 모든 사람들을 적으로 판결하고 그에게 차려진 개체의 시간량을 봉쇄합니다. 이렇게 해서 혁명이 처형한 생명은 회복이 불가능한 선고가 집행되는 것입니다. 독고준은 이러한 혼란 속에서 불가능한 선택을 포기한 희생자였습니다. 그 자신이 비인非人이 됨으로써 인간적 문제에 대한 질문이 되고자 한 것입니다. 광인狂人 — 그렇습니다. 광인은 비인입니다. 광인에게 처벌을 가해야 하겠다는 사람들에게 우리는 분노를 느낍니다. 독고준을 발견한 시민은 그를 보호하고 본원에 연락해주십시오."

독고준은 천주교당 부근에서 들려오는 이 소식을 들으면서도 이제는 놀라지 않았다. 지금까지 일로 미루어보아서 아무 일도 없으리라는 짐작을 했던 것이다. 그의 예상대로 아무 일도 없었다. 천주교당의 문은 열려 있고 그 속에 보이는 넓은 뜰은 비어 있었다. 그는 문 안으로 들어가 뜰을 지나갔다. 현관문은 닫혀 있었다. 밀어보니 소리 없이 열린다. 그가 안으로 들어선 맞은편에 또 한 번 사잇문이 있다. 그는 그 문을 밀고 들어섰다. 거기는 넓은 방이었다. 저 맞은편 한층 높은 곳에 제단祭壇이 보인다. 그는 문간에 선 채로 그쪽을 바라보았다. 방의 양 옆구리 쪽은 세로로 긴 창문이 연이었고 얼룩얼룩 색칠을 한 유리를 거쳐 비쳐드는 햇빛이 늘어놓인 의자 위에 부딪혀 구부러지면서 밝고 어두운 무늬를 만들고 있다. 그는 처음 와보는 곳이었다. 천주교당 앞을 늘 지나서 학교로 가고 온 것이었으나 이 안에 들어올 기회는 없었다. 그는 돌아서서 나왔다. 그때 저쪽 신부관神父館일 것인 벽돌집 모퉁이에서 무엇인가 언뜻 지나가는 기척이 났다. 그는 그쪽을 지켜보면서 한참 서 있었다. 아마 잘못 본 모양이었다. 아무도 나오지는 않았다. 그는 뜰을 건너 문을 빠져 다시 큰길로 나왔다. 큰길에는 여전히 인기척이라곤 없었다. 길갓집들은 모두 문이 잠겨 있고 바람 한 점 없는 무더운 여름 한낮에 독고준 혼자서 빈 거리를 걸어간다. 길가 그의 학급 친구 집 앞을 지난다. 고무공장 노동자였다가 최고인민회의 대의원이 된 그의 어머니는 아들의 동무들이 찾아가면 늘 과자를 주었었다. 순하고 착하게 보이는 부인이었다. 최고인민회의가 어떤 것인지 알지도 못할 나이였으나 아무래도 그런 이름에 어울리지 않는 수수한 부인이었다. 그 집은 길가로 문이 난 초라한 집이었다. 그 옆이 커다란 냉면집이다. 이 냉면집 아이도 같은 반이었다. 그 친구는 밤색의 목구두를 신고 다녔는데 지금 생각하니 그것은 미군의 군화였으나 당시에 그 구두는 신데렐라의 유리구두만큼이나 신기하게 보였다. 유리처럼 반들거리는 구두. 그 밤색 구두는 당시 아직도 허술하던 38선을 내왕하는 장사꾼들이 남쪽에서 가져온 상품임에 틀림없다고 그는 회상하는 것인데, 미군 군화가 냉면집 아들만이 신을 수 있는 사치품이라는 현상現象이 있는 사회주의의 사회 — 라는, 그 지난날의 흘려보낸 기억이 새삼 어떤 형언할 수 없는 느낌을 주는 것이었다. 그 냉면집도 지나서 걸어간다. 조금 걸어가면 운동기구를 팔던 가게가 있다. 가게 문은 닫혀 있다. 이 집 주인은 뚱뚱한 중년의 사내로 축구선수였다고 한다. 그가 여름에는 축구선수들이 입는 셔츠에 반바지를 입고 팔짱을 끼고 진열대 뒤에 서 있는 것을 볼 수 있었다. 그 앞이 정치보위부라는 간판이 붙은 건물이었는데 그 지하실에서는 사람을 데려다 코피가 터지게 때린다는 이야기를 어떤 아이가 들려준 일이 있는데, 마치 유명한 사람의 추문을 귀띔해주는 그런 말투로 그 아이는 말했었다. 왜 사람을 불러다 두드려주는지 설명도 안 하고 묻지도 않는 아이들의 사회에선 사실事實만이 주고받아지며 그 사실은 설명이 없는 탓으로 상징적인 단단함을 지니게 되는 법이었다. 사실 미군 군화건 최고회의 대의원이건 정치보위부 지하실이건, 아이들의 눈에는 그런 것들은 모두 무언가 꿰뚫어볼 수 없는 막연하고 아득한 사물이며, 그들의 밖에 있는 사회라는 신비한 괴물의 털이나 발톱, 뿔 혹은 그 괴물의 재채기나 하품 같은 것이었다. 그때 그 무렵 이 도시는 얼마나 넓고 깊었던가. 신비하고 속 모를 단단함을 지니고 있었던가. 처음도 끝도 보이지 않는 그

복잡한 삶의 갈피와 마디, 모퉁이와 골목. 모두 저희대로 살고 있으며 다른 이름을 가지고 꿋꿋하게 걸어다니고 건물에 드나들고. 학교로 넘어가는 고개를 오른다. 고갯길에서 올려다보이는 꼭대기 언덕마루에 토치카가 보인다. 그는 그쪽으로 올라갔다. 그 커다란 시멘트집은 무성한 수풀 사이에 감추어져 있다. 그는 토치카의 총구멍으로 안을 들여다보았다. 속은 비어 있었다. 돌아서 뒤쪽으로 난 문으로 안에 들어간다. 발에 차이는 게 있다. 내려다보니 기관총 탄띠(彈帶)다. 손바닥보다 넓은 탄알의 띠가 무더기로 쌓여 있다. 총구멍 아래에 쌓인 모래주머니 더미 위에 올라서서 구멍으로 밖을 내다본다. 바다가 한눈에 들어온다. 바다는 수평선 위에 커다란 구름을 뒤집어쓰고 빛나고 있었다. 선창과 시내가 바다에서 올라와 쉬고 있었다. 도시는 그렇게 보였다. 상륙해서 포진하고 있는, 바다에서의 침입자들같이 보였다. 좁은 안쪽에서 밖으로 가면서 부채처럼 넓게 펴진 총구멍은 두꺼운 눈까풀이 열려 있는 눈자위 같았다. 그리고 독고준은 열린 눈까풀 안쪽에 있는 눈알이었다. 속눈썹도 있다. 위장한 풀이 총구의 아래위에 얽혀 있는 것이다. 눈이 된 독고준은 도시를 바라보았다. 이 든든하고 큼직한 눈에 알맞게 보이는 풍경도 큼지막했다. 전쟁을 하는 사람들이 이런 집을 만들고 싶어 하는 마음을 알 수 있을 것 같다. 모래주머니 위에 전화기가 굴러 있다. 귀에 갖다 대본다. 깜짝 놀라 뗀다. 소리가 들리는 것이다. 다시 귀에 댄다.

"W시 인민에게 고합니다. 간첩은 시내 곳곳 인민의 재산에 파괴적인 공격을 가했습니다. 간첩은 W역을 폭파하고 정치보위부에 공격을 가하였으며, 천주교당에서 학교 고개 사이에 있는 가옥들을 파괴하였습니다. 그는 이 모든 파괴 활동을 회상回想이라는 흉기로 범행하였습니다. 이 몰락한 부르주아의 회상은 비뚤어진 과거의 독毒으로 인민의 건강하고 올바른 현재에 대하여 보편성 없는 감상感傷의 흙탕칠을 하였습니다. 그는 노동하는 인민의 대표가 자기 나라의 일을 결정하는 자리에 있어야 한다는 너무나 당연한 사실에 대하여 여공애사적女工哀史的인 감개感慨의 허울에 숨어서 업신여기고 비꼬았으며, 소련 인민의 위대한 모범을 따라 인류가 일찍이 경험한 바 없는 새로운 사회를 연구하면서 살아나가는 공화국의 일상생활에 대하여 방관자적 조롱을 퍼부었습니다. 이러한 기회주의적 태도는 반동들의 불법 방송에도 그대로 드러나 있습니다. 여기서도 그들은 과학이네 방법 정신이네 하면서 역사에서의 옳고 그름을 가름하는 태도를 회피하려 하고 있습니다. 머리끝에서 발끝까지 개인주의와 주관주의의 독에 찌들어 있는 이들은 세계의 진행 과정에 대하여 지극히 환상적인 억측에서 이야기를 진행시키고 있습니다. 역사는 모든 개인의 자의적恣意的인 결심의 총화가 아닙니다. 역사는 생산수단의 소유를 무기로 가진 지배계급의 압제에 대한 인민의 항쟁의 과정이며, 인민의 혁명적 독재는 그런 물질적 수단을 적으로부터 빼앗아온 무력적 생활입니다. 그 어디에도 환상은 없으며 객관적 보장과 책임 아래 이루어지는 움직일 수 없는 과정입니다. 생산수단의 소유의 변화라는 이 사실은 사회주의 사회가 공상 위에 세워진 말장난이 아니라 새로운 인간 정신을 창조하는 객관적 보장자保

障者의 구실을 합니다. 그들은 또 말하기를, 시간을 달라는 것입니다. 그리고 노골적으로 그들의 과학적 입장은 시간 밖에 서 있는 것이라고 합니다. 우리의 싸움은 고고학의 대상에 대한 논쟁이 아닙니다. 프롤레타리아 계급이라는 자본주의 사회 안에서 싹튼 미래의 계급이 낡은 시간을 청산하고 지금 곧 새 시간 속에서 새 기원紀元을 살겠다는 지금(現在)의, 미래를 위한 싸움입니다. 그들은 간교하게도 이미 방어할 가치가 없어진 신학상神學上의 비유를 스케이프고트로 삼아서 혁명의 독단성을 증명하려 안간힘 쓰고 있습니다. 인민의 아편으로써 인민의 올바른 생활감각을 잠재우는 역할을 하여온 노예의 논리가 우리에게 무슨 상관이란 말입니까. 우리는 하늘에 있는 통치권에 대해 토론하고 있는 것이 아닙니다. 우리는 땅 위에서의 행복의 권리를 위해서 항쟁하고 있는 것입니다. 그들은 과학을 새로운 신으로 모셔들였습니다. 그들의 과학은 인민이 착취받는 죄악에 대해서는 입을 다문다는 것입니다. 인류의 생활을 합리적으로 조직하고 인간이 스스로의 권리를 공평하게 누릴 수 있는 방법을 연구하는 것이 사회과학일진대, 인간 생활의 선악에 대해 옳고 그름을 판단 안 하는 게 과학이라니 무슨 개나발입니까? 대체 그들 부르주아들이 귀족들에게서 정권을 빼앗을 때는 어떤 과학에 입각해서 그렇게 했다는 것입니까? 그들은 이 질문에 답할 수 없는지도 모릅니다. 그러나 우리는 잘 알고 있습니다. 그들은 인민의 노동을 가로챘으며 그렇게 가로챈 자본을 유지하기 위해서는 과학의 진정한 정신인 '무자비한 비판'을 스스로에게 가할 수 없이 되어버린 것입니다. 그들이 사회과학이란 말조차도 꺼려하는 것은 이 때문입니다. 과학의 무자비함이 그들의 야만적 생활양식의 모순을 폭로하게 될 것을 두려워하기 때문입니다. 그들은 모순이 보이지 않으며 시간이 지나봐야 누가 옳고 그른지 알 수 있다고 말합니다. 제국주의자들의 수백 년에 걸친 식민지 정책이 무엇이었는지 아직도 모른다는 말입니까? 시간이 지나면 그것이 제국주의적 착취가 아니라 인도주의적 봉사였음이 판명될지도 모른다는 말입니까? 적들은 갖은 파괴 활동 끝에, 이제 대담하게도 공화국의 후방 깊숙이 침투하여 제반 혁명성과를 파괴하려 하고 있습니다. 제국주의자들이 보낸 이 스파이를 잡아내는 전인민적 투쟁에 일어섭시다."

목소리는 끝났으나 독고준은 수화기를 귀에 댄 채로 눈 아래 도시와 바다를 내려다보았다. 그 풍경은 아주 낯선 것이었다. 바다로부터 알지 못할 물건들이 상륙해와서 웅크리고 있었다. 그들이 무엇인지, 왜 거기 있는지, 어째서 그런 모습으로 웅크리고 있는지를 아마도 그 전화 속에서 나오는 목소리는 풀이해주겠다는 모양이었다. 그러나 그의 머리에는 목소리가 전해준 내용은 하나도 남아 있지 않았다. 어느 먼 곳에서, 매정스럽도록 어느 먼 곳에서, 잘난 사람들이 찧고 까부는, 삶의 최고 사령부의 회의실에서 요인과 고관들 사이에 주고받아지는 통화를 도청한 초라한 교환수의 심사 같은 것만이 그에게 남은 울림이었다. 왜 그런지 그것은 슬픔이라고나 할 만한 그런 느낌이었다. 또는 노여움이라고 할 수도 있는 그런 느낌이었다. 그러나 그는 겸손해야 된다고 다시 생각했다. 그리고 애써 기억을 되살려 그 전화의 소리가 가르쳐준 데 따라서 저 눈앞에 보이는 것들을 해석하려고 안간힘 썼다. 거대한 희고 부드러운 덩어리가 수평선 위에 떠 있다. 그것은 자지러질 만큼 그렇게 부드럽고, 그것은 자지러질 만큼 그렇게 희디희었다. 그 백白, 그 유柔함, 그 크낙함, 그것들에게 전화기의 목소리를 갈퀴 삼아 다가가서 사로잡으려 해본다. 그러자 그 갈퀴는 거미줄처럼 흩어지고 마는 것이었다. 그 힘과 부드러움 속에. 그 아래 펼쳐진 빛나는 푸름의 움직임. 헤아릴 수 없는 푸르고 빛나는 비늘을 꿈틀거리면서 숨쉬는 그 날개 돋친 커다란 것 위에 슬며시 갈고리를 대본다. 그러자 갈고리는 먼지처럼 빛나다가 간 곳이 없어지는 것이다. 푸른 비늘 돋친 벌판에서 기어 올라와서 빼곡히 줄지어 쉬고 있는 높고 낮은 것들을 그 갈고리로 건드려본다. 그러자 갈고리는 그 높고 낮음의 어느 모서리에 걸려 그것도 모서리가 되고 마는 것이었다. 그렇게 해서 목소리는 바람처럼 그것들 사이에서 어름거리다가 간 데 없어지고, 희고 푸른 것들은 자지러질 듯이 질펀하게 숨차게 꿈틀거리며 뜨거운 숨을 쉬면서, 아스라한 까마득한 숨을 쉬면서 거기 여전히 독고준의 밖에, 토치카의 밖에, 전화기의 밖에, 목소리의 밖에 있는 것이었다. 수화기는 또 속삭이기 시작했다.

"당대當代가 이른 가장 높은 문명 감각의 정상에 서서 당대가 이른 가장 높은 현실 정치에 대해서조차 비판하는 것, 이것이 지성知性입니다. 이렇게 함으로써만 과학은 그 이름으로 신용받기를 주장할 수 있습니다. 거기에 어떤 타협도 없습니다. '이 판국에 그런 언동을 하는 것은 결과적으로,' 이런 말이 아닙니다. 그것은 당인黨人의 말입니다. 우리는 알 수 있습니다. 어떤 판국에는 그것이 진리의 소리일망정 그 소리가 광장에서 발성되어서는 보다 나쁜 자들에게 나쁘게 이용되고, 보다 선한 사람들을 난처하게 만들고 자승자박自繩自縛하게 만들 수도 있다는 사정을. 그런 때는 비록 광장에서 외치고 광장에다 포고布告하지는 못할망정, 밀실에서 혼자 실험하고 확인하고 구락부에서 동료 과학자들과 가라앉은 목소리로 광장에서의 침묵을 조촐하게나마 카타르시스하는 기회를 허락하고 순환 범위가 좁은 학보나 학회지의 두 표지 사이의 공간에서는 그 진리가 발성되는 것을 허락하는 것이 문명사회라고 생각합니다. 그렇기는커녕 특정 현실이 절대라고 우기면서 과학자들에게 광장에서의 침묵은커녕 맹신적 선전원 노릇을 강요하는 사회를 우리는 야만이라 부릅니다. 야만이란 침묵과 한가閑暇와 환상의 생산적 의의를 이해하지 못하는 우둔함을 말합니다. 그것들이 웅변과 분망奔忙과 상식과 짝을 이루어 생명의 두 수레바퀴군群이며 불가不可 배타적 상보相補 원리의 한 쪽이라는 것을 이해하지 못하는 것을 우리는 야만인이라고 부릅니다. 본원에서 탈출한 환자인 독고준은 오늘의 이 야만한 세계의 희생자입니다. 바다를 건너온 분주한 무리들은 분주한 바람을 몰고 왔습니다. 그들은 이 강산의 남과 북에서 침묵을 학살하는 분주함 속으로 사람들을 몰아넣었습니다. 목숨은 분주함 가운데서 고요함의 핵核을 가져야 건강할 수 있습니다. 그들은 이 고요함을 주장하는 과학자들을 범죄자라고 부르고 광인이라고 부릅니다. 우리는 범죄자보다는 광인이라 취급하는 것에 타협을 발견하고 그를 치료할 것을 원합니다. 그는 처형되어서는 안 됩니다. 문명한 시대에서 과학상의 논쟁이 폭력으로 해결되어서는 안 됩니다. 독고준을 살리는 것, 그를 치료하는 것은 과학에 종사하는 모든 사람들의 엄숙한 의무입니다. 본원은 현재 백방으로 환자의 행방을 쫓고 있습니다만 아직 성공하지 못하고 있습니다. 독고준의 행방을 아시는 분은 곧 연락하시기를 바랍니다. 여러분의 협력을 본원은 간곡히 부탁합니다."

누군가를 찾고 있는 소리를 들으면서 독고준은 자기도 누군가를 찾고 있다는 기억을 어슴푸레하게 떠올렸다. 그러나 그는 생각해 낼 수 없었다. 안타까움과 슬픔이 그의 가슴을 미어지듯 가득 채웠다. 전화기 속에서는 또 다른 목소리가 들린다. 푸른 바다를, 고향의 바다를 내다보면서 독고준은 그 목소리를 어렴풋이 듣는 것이라 한다.

"사랑하는 3천만 동포 여러분, 애국 동포 여러분의 모진 괴로움과 노력에도 불구하고 우리는 어두운 골짜기에서 신음하고 있습니다. 돌이켜보건대 불공대천의 숙적 일본은 아 3천만 동포에게 돌이킬 수 없는 환난을 끼쳤습니다. 우리 민족은 예부터 그들 일본에게 터럭만 한 해를 가함이 없었고 한토漢土의 글과 천축의 법을 전하여 그들 삶의 어둠으로부터 보다 밝은 빛의 세계로 인도하는 벗임을 증명하였습니다. 그것은 세계 역사상에서 다시 예를 찾을 수 없는 순수한 전도사업으로 정치적 야심이 전혀 없는 종교적 포교 심리의 발로였습니다. 이것은 권력 정치의 폐습이 뿌리 깊게 박힌 오늘 세계의 정치감각에서는 상상키 매우 어려울 것이나 당시 우리 민족이 이룩한 높은 문화 국가의 정신에서는 표리 없는 흔연한 행동이었습니다. 백제·고구려·신라는 학자와 기술자를 자진하여 그들의 땅에 보냈습니다. 그들은 군대를 파견하는 대신에 문화 사절을 보낸 것입니다. 이것은 국가의 원조 밑에 이루어졌습니다. 그 국가로서는 문화 사절 다음에는 무엇을 보낸다는 생각은 전혀 없었습니다. 다만 변방에 글과 법이 없는 곳이 있으니 그곳에 빛을 보낸다는 것이었으며 기근이 있는 곳에 식량을 보내주는 것과 다름이 없었습니다. 상실된 가운데도 남아 있는 증거로만도 우리 선조들의 철저한 문화 원리는 명백합니다. 변방이 시끄럽고 노략질해오는 것이 그들이 깨지 못한 탓이니 글과 법을 보내 그들을 개화시켜야 한다는 이상론에 철저히 머무를 뿐 무력에 의한 대책을 생각한 흔적도 없는 것은 놀라운 일입니다. 이것은 겁유에서 온 것입니까? 아닙니다. 3국의 춘추 시절의 우리는 수많은 용맹의 이야기를 듣고 있습니다. 자기 민족의 통일전쟁에서 발휘된 용맹이 유독 일본에 대해서만은 엄두도 못 냈다는 것은 어떻게 설명하면 좋을까요. 우리는 이렇게 추측합니다. 당시의 우리 조상들은 당시의 문명과 국제정세와 지리감각에 입각한 일종의 고전적 원리를 가지고 있었습니다. 그것은 민족의 판도는 하늘이 준 것이며 영토적 확장을 타민족에게 기도한다는 것은 일종의 패륜이라고 생각한 현상유지의 원리입니다. 그것은 윤리적 노력인 자제심이나 극기의 결과에서 온 것이 아니라 원시적 지방주의, 지방자치의 원칙이 세련된 형태였습니다. 이러한 감각에서 선인들의 대일 정책은 전통적으로 불간섭·평화·원조·공존이었습니다. 고려 때의 원의 압력으로 일본 공격의 연합을 강요받았을 때 선인들은 매우 당혹했으리라고 짐작됩니다. 그동안에 만주의 판도를 잃고 반도에 완전히 갇혀버린 우리 선인들에게는 영토적 팽창이라는 원시 감각은 거의 완전하리만큼 없어져 있었습니다. 이것이 이조 말까지 계속된 우리 민족의 국제 정치감각이었습니다. 우리는 오늘날 많은 사람들이 우리의 이 같은 경향을 자학적으로 해석하는 것을 유감으로 생각합니다. 역사에서 일찍이 문화인이 되었다는 것은 어느 모로나 자학의 재료가 될 일은 아닌 것입니다. 그것이 옳은 것입니다. 민족의 생명력이 다른 민족의 생명력의 희생 위에서 이루어진다는 야만적인 양식을 우리는 끝내 배우지 못하였던 것입니다. 그 살벌한 지난 역사의 야만의 시간을 통해서도. 우리들의 무의식 속에는 아마 민족은 각기 선 자리에서 살게 마련이며 넘보아서는 안 되며 인간의 에네르기는 안에서 왕도王道의 세련에 있다는 것이었다고 보입니다. 이것은 정적주의라고 할 수 없습니다. 극기하고 선정하고 백성을 위해 고행하는 종교 심리 기제적 정치 관행을 실천하는 것은 게으른 정신이 할 수 있는 일이 아닙니다. 살신성인하는 것은 선인들의 정치 원리였습니다. 살타殺他성인은 그들이 모르는 원리였습니다. 이때 이 원리의 전제로 현재의 각 민족의 판도를 영구적인 것으로 본다는 입장이 있었습니다. 이 점에서 우리 선인은 중국과 그 국제적 정책에서 견해를 같이했습니다. 한민족은 그 역사의 전 기간을 통하여 그들의 자연적 심리적 판도를 넘어 밖으로 쳐나간 적이 없었습니다. 그들 역시 우리 선인들과 같은 국제 감각을 가졌던 것입니다. 그들과 우리는 판도는 크고 작았을망정 같은 심리적 게슈탈트 아래 움직인 것입니다. 우리가 겁유했다고 할 것은 없습니다. 우리는 비록 작으나마 우리 판도가 침입됐을 때는 한사코 싸웠습니다. 이 점에서 우리는 매우 우직한 이상론자며 원칙론자였습니다. 한 민족이 스스로 지킬 생각 없이 그 세월을 버틸 수는 없는 것입니다. 임진왜란도 국제 정책을 같이하는 한韓·중中 두 나라의 연합으로 해결되었습니다. 몽고와 일본의 이단적 반란을 제외하면 이것이 서세동점시까지의 동양의 국제 정치감각이었으며 민족자치가 그 국제 균형의 원리였습니다. 아시다시피 두 이단자인 몽고와 일본은 동양의 정통적 문화 국가인 한·중 두 나라의 안목에서는 결코 문명한 국가가 아니었던 것입니다. 문명치 않다는 것은 하늘이 내린 인간 조건인 민족의 경계를 이해 못 하고 인간이 세울 수 있는 가장 합리적 제도인 민족자치를 이해 못 하는 그들이었기 때문입니다. 이렇게 해서 한국은 최근세까지 일본이라는 나라를 골치 아픈, 할 수 없는 민망한 국가라고는 늘 생각해왔으나 두렵다거나 뛰어났다거나 굉장한 사람들이라고는 생각해볼 수 없었던 것입니다. 동양의 평화는 영원할 수 있었을 것입니다. 이 장場에 만일 다른 장에서의 벡터가 작용하지만 않았더라면. 다른 장. 그렇습니다. 한·중을 주축으로 한 동양 세계는 그들의 '천하' 외에 또 다른 천하와 천하가 있다는 것은 상상하지 못했다는 것보다, 현실적으로 동양의 장에서 힘으로 작용할 수 있음을 느낄 수 없었던 것입니다. 먼 천하들, 풍문의 다른 천하가 불쑥 동양 사회에 진출하는 날이 왔던 것입니다. 근대 유럽은 과학과 산업과 정치 개혁을 이룬 힘으로 이른바 지리상 발견의 시대에 들어서섰습니다. 유럽은 인류 문명의 발상지는 아닙니다. 유럽 지역은 아주 늦게 문명과 국가가 정비되었는데 현재까지 유럽이 폭발적인 힘을 가지게 됐던 조건에 대한 만족할 만한 통설은 없습니다만 그 첫째로 유럽 문화의 혼합성을 들 수 있습니다. 그리스와 이스라엘과 아랍과 로마 그리고 이집트의 문화가 지중해를 매개로 하여 이 유럽 지역에 혼혈하여 독특한 잡종 문화를 형성하였습니다. 문화의 순수성이 아니라 잡종성이 그 힘의 본질을 이룬 것이 유럽 문화의 특질입니다. 유럽 문화는 그러므로 도시형 문화이며 엑조티시즘의 유입과 잡혼을 허락하는 문화입니다. 이런 문화는 지방형 순수 문화에 비하여 매우 탄력성이 풍부하고 변화성이 좋으며 기민하고 실제적입니다. 그것은 까다롭고 맑지는 못하지만 대신 너그럽고 청탁병탐하며 모든 사태에 대처하는 탄력성을 가지고 있습니다. 또 그것은 상대적입니다. 왜냐하면 원래 그 속에는 원리적으로 상반하는 잡종들이 태연히 같이 있기 때문입니다. 유럽 문화를 간단히 도식화하려 할 때 우리가 늘 어리둥절해지는 것이 이 때문입니다. 유럽 문화는 이집트·바빌론·아테네·바그다드·로마가 그러했듯이 한 도시 속에 각기의 민족이 각기의 습관대로 섞여 사는 도시의 혼돈의 생명력을 본질로 합니다. 이 점에서 로마는 이미 유럽 문명의 논리적 형태를 모두 갖추었다고 할 수 있습니다. 근세 유럽 민족주의의 대두는 유럽 문화의 이 같은 본질에 어긋나는 것이 아닙니다. 하나의 로마로서는 감당 못 하도록 넓어진 생활권을 통제하기 위하여 여러 개의 로마가 생긴 것입니다. 그것이 각국의 수도이며 그 수도들은 모두 새로운 로마였습니다. 생활권이 넓어졌다는 의미는 유럽이 지중해 연안만을 '천하'로 알지 않고 세계의 다른 지역을 알게 되었다는 것이며 각국의 수도는 그들의 식민지를 거느린 각기의 로마 제국들로서 유럽은 세계의 도시가 되고 세계의 다른 지방은 유럽의 사이四夷가 된 것입니다. 유럽이 지중해 연안을 넘어 세계로 범람한 힘은 무엇일까요. 첫째로 과학의 급격한 발달입니다. 그러면 과학은 왜 유럽에서 그 무렵 급격히 발달했는가 하고 물을 수 있습니다. 이것은 추상적 논리 추측으로 해결할 일이 아니라 실증적 고찰을 풍부히 한 연후에 답해져야 할 문젭니다만 우리는 다음과 같은 가설을 취하고자 합니다. 유럽은 지중해 연안을 무대로 끊임없이 통상通商함으로써 생활한 상업형 문화를 유지해왔습니다. 이것은 그리스·이집트·로마에 걸쳐 변함없는 방식이었습니다. 상업은 땅과 피에서 사람을 해방시키는 행동으로 그것은 피나 땅 같은 자연적 유대보다 돈이라는 추상적 유대로 움직이는 상태입니다. 유럽은 장사꾼이었던 것입니다. 그들은 떠돌이입니다. 그들의 행동은 여행입니다. 자리를 옮기면 돈이 벌어지는 삶입니다. 그들은 나그넵니다. 진리나 풍류 때문에, 인생의 한恨이나 덧없음 때문에 일장망혜로 나선 나그넷길이 아니라 물건을 싣고 객주에서 객주로 물산을 교역하는 장사꾼의 상업 여행입니다. 유럽이라는 지역 전체가 역사의 기록이 있기 시작한 아득한 시절부터 이런 식으로 살아온 것입니다. 이것이 유럽을 결정했다고 우리는 봅니다. 그는 여러 종족과 여러 지방을 상대로 합니다. 여기서는 삶은 활발하며 국제적이며 개방적이어서 잡종적, 혼혈적 기질과 감정을 만들어냅니다. 오늘날의 미국은 우리에게는 아주 흥미 있습니다. 낡은 유럽의 민족주의가 폐쇄화되었을 때 유럽은 그 본질적 힘을 잃었습니다. 각 민족 국가별로 순화되고 개성화된 유럽은 유럽이 아닌 것입니다. 아메리카는 유럽의 죽음에 대비하고 있었습니다. 아메리카는 독일도 프랑스도 영국도 이탈리아도 아닌 온 유럽이라는 유럽 본래의 정신으로 세워진 나랍니다. 나치스 독일의 순수주의야말로 낡은 유럽의 사망 선고였습니다. 그것이야말로 가장 비유럽적 발상이었던 것입니다. 독일의 패망과 더불어 새 유럽 아메리카는 역사의 지평 위에 그 전모를 드러냈던 것입니다. 인종의 용광로— 아메리카. 바로 유럽의 꿈이 실현된 것입니다. 미국의 개방성 그것이 미국의 힘입니다. 잡종과 혼혈을 두려워하지 않는다느니보다 관계치 않는다는 습성, 그것이 유럽입니다. 수지가 좋을세면 피가 섞인다 관계하얍니까. 아메리카의 인종 차별은 그러므로 아메리카의 생명력이 약화되고 있다는 신호로서 매우 심각한 일입니다. 이야기가 너무 앞질러졌습니다. 극동의 근세사로 다시 돌아가기로 합시다. 이런 유럽이 인도·동남아시아를 석권하고 중국과 일본과 한국으로 밀려왔습니다. 이 지구상의 가장 그럴 듯한 종족이 오랫동안 희유한 균형을 유지하면서 살아온 이 지역에. 그들은 처음에 통상하자고 했습니다. 유럽으로서는 옛날부터 하던 일입니다. 우리 짐작으로는 동양 3국의 정치가들은 매우 어리둥절했던 것이 아닐까 합니다. 세상에 장사꾼 나부랭이가 산더미 같은 배를 몰고 총칼로 장사하자는 변을 언제 당해보았겠습니까. 유럽의 역사를 알고 상상력을 동원하면 지구를 한 바퀴 돌아 물건과 대포를 싣고 먼 나라의 항구에 들이닥치는 것이 그들 유럽인들로서는 역사의 젖줄기에 매달렸을 때부터 배운 배내의 버릇이요, 엉뚱하지도 아무렇지도 않은 일로 뱃길이 열리고 무기가 개량되니까 지중해를 넘어섰다는 것뿐이지만 우리에게는 도시 이해할 수 없었던 것입니다. 즈그 집에서들 농사짓고 살 일이지 별놈들 다 봤다고 처음에는 쫓아보내려다 말을 들어먹지 않으니 신경질이 나고 마지막에는 화가 났을 것입니다. 나는 대원군을 이해할 수 있습니다. 천하에 별 잔망스런 놈들이 다 있다고 대로했을 것입니다. 이런 감각 — 수천 년의 생활습관이라는 역사적 습관 때문에 말이 안 통하는 상태는 그 인간의 지성과는 별문젭니다. 습관은 습관만이 해결하는 것입니다. 나는 요사이처럼 서양 사람이 먹는 것이면 다 먹고 서양 사람이 생각하는 것을 다 생각할 수 있게 된 동양 사람보다는 옛날의, 싫다는 장사를 지랄같이 자꾸 조르니까 버럭 신경질을 낸 옛날 동양 사람이 예술품으로서는 더 진짜라고 생각합니다. 아무튼, 대원군은 지구의 저쪽에서 밀려온 이 억지 장사꾼들을 이해 못 했습니다. 그런데 정통의 동아의 국제 정국에서 항상 촌놈이던 일본은 이해했습니다. 그들은 우리보다 변화의 포착에서 천재적이었던가. 아닙니다. 그들에게는 경험이 있었습니다. 그들은 임진왜란 때 이미 개국하였던 것입니다. 그들은 남쪽의 항구를 네덜란드와 포르투갈 사람들에게 열고 비록 작은 통로였으나 유럽과 통하고 있었으며 유럽적 사고방식을 경험하고 예행연습을 해왔던 것입니다. 그 오랜 실험 기간을 통해 그들은 급격하지 않은 형태로 개국할 수 있는 심리적 준비를 가질 수 있었습니다. 또 막부 아래 강력한 자기 재량권을 가지고 독립해 있던 지방 번주들은 이 서양 무역을 직접 관리하여 그 성격을 터득했으며 현실적인 이해관계를 가지고 있었던 것입니다. 일본의 개국은 뛰어난 상황 판단이나 국학 정신의 탄력성 같은 관념적 원인에서가 아니라, 부유한 국내 세력이 현실적으로 개국을 강력히 필요로 하는 이해관계를 가지고 있었으며 그것은 또 막부의 권력을 탈취하는 기회도 제공한다는 현실적인 정치 경제적 조건에서 추진된 것입니다. 뿐만 아니라 남방의, 유신에 주동력이 된 개국 세력에는 유럽의 막대한 정치 자금이 제공되었으며 명치유신은 유럽의 정치 자금에 의한 쿠데타였다는 것이 진상입니다. 중국도 유럽과의 관계가 비교적 일찍 있었다는 것은 일본의 케이스에 대한 반론이 될 수는 없습니다. 왜냐하면 같은 분량의 독약이 어린이에게는 치명상이지만 어른에게는 그렇지 않은 것입니다. 중국은 그 정도의 통상으로는 현실적인 변혁을 결심할 조건을 내부에 성숙시킬 수 없었던 것입니다. 이도 저도 아닌 한국만이 곤란했습니다. 급속히 유럽화한 일본은 한국을 침략하여 합병하였습니다. 만일 일본이 합병하지 않았더라면 어떻게 되었을까고 상상하는 것은 부질없는 일입니다. 당시의 정세로 우리는 식민지를 면할 수 없었습니다. 그러므로 어느 나라든 우리를 식민지로 삼은 나라는 다 마찬가지로 되었을 것이며 우리의 원수가 되었을 것이라는 것, 이것만이 명백합니다. 이 지구상에 아주 오랜 주기로 덮쳐드는 변화의 시대, 악의 없는 개인이 객관적으로는 죄인이 되며, 특별히 타민족에 비해 못났다고 할 수 없는 민족이 악조건 때문에 노예로 전락하는 시기 — 그런 시기를 당해 비운에 빠진 한국을 일본인들은 가장 비신사적으로 대했습니다. 전기한 여러 가지 역사적 핸디캡의 덕택으로 이긴 자가 된 일본은 그런 역사의 비극을 패자에 대한 관대함으로 대하는 아량은 없었습니다. 그들은 한국의 패배를 역사의 깊고 넓은 시야 속에서 과학적으로 평가하는 문명 감각이 없어서 한국의 패배를 관념적이며, 현상을 고립해서, 실체론적으로 해석하고 그 해석을 정책적으로 추악하게 과장하여 한국인의 영혼에 오래 가시지 못할 아픈 상처를 주었습니다. 그들은 비학문적인 민족성 타령을 퍼뜨리며 한국인이 어느 외딴 섬에서 원시 문화 속에서 수천 년 살았던 종족이기나 하듯이 다루었습니다. 이 염치 없음, 이 공명정대치 못함, 옹졸함, 거짓, 이것에 우리는 노합니다. 영국이나 프랑스나 러시아도 아닌 오랜 천년을 이웃에서 살면서 살림살이 범절을 알 만한 데는 다 알게 살아왔으면서 신세도 지고 폐도 끼쳐왔으면서 하루아침 유럽의 총칼을 익히자 저만 살고 남은 죽으라던 그 야속한 개심사가 미운 것입니다. 그들은 통치 기간을 통해서 한국인을 주눅 들게 하였으며 민족의 유산을 다시 찾기 십중 어렵게 갈가리 찢고 흩어놓았으며 끝내 그들의 패망에 제하여는 국토를 두 동강으로 내어 오늘의 이 지옥을 만들게 하였습니다. 야만의 역사는 여기서 끝나지 않았습니다. 해방된 조국의 양쪽에는 결코 바람직하지 못한 정권들이 섰습니다. 북쪽에는 몽둥이로 개 잡는 식의 견식밖에 없는 점령군의 추종자들이 정권을 잡았으며 남에서는 옛동지들을 버리고 국내에서 다소간에 적에게 부역한 세력과 손잡은 자가 집권하여 민주주의라는 이름 아래 독재와 부패의 정치를 폈습니다. 우리 상해임시정부는 정통正統의 연속과 옹호만이 민족의 살길이며 외세에 대한 자주적 용기를 가진 사람들이 이 정통을 계승하는 때가 민족의 문제가 해결되는 진정한 길이라고 믿는 것입니다. 아아 슬프다. 장개석 총통은 어찌하여 광대한 중원에서 일조에 몰락하여 외로운 섬 야자수 아래서 남십자성 우러러보는 신세가 되었는고. 민족의 비운이 어찌 이다지 물러날 줄 모른단 말인가. 우리는 3천만 민중에게 유럽의 오랜 식민 정치와 적색 러시아의 독선적 혁명 노선이 오늘 세계 민중의 화근이라는 것을 지적할 수 있는 유일한 정치 세력입니다. 오늘날 자유 진영이라는 이름 아래 유럽 세력에 편입되어 양극화된 약소국가들은 당파적 고려 때문에 유럽의 구악을 규탄하기 어려운 처지에 놓이고 말았으며, 소련 위성국에 편입된 국가들은 소련의 무한정치 원리에 대항할 이데올로기적 논리력을 갖추지 못하고 있습니다. 현실 정치를 비판할 순수한 시점視點을 허용하지 않는 어떤 체제도 거짓이며 그럴 듯한 명분 아래 속임수를 쓰고 있는 것이 명백합니다. 오늘의 상황은 옴치고 뛸 수 없이 어렵습니다. 유럽은 그들의 역사적 청산을 대방貸方은 자기들에게, 차방借方은 우리들 타민족에게 둘러씌우는 방식으로 하려 하고 있는 데서 이 고통이 계속되고 있습니다. 세계는 새 역사를 향해 변환기에 놓여 있습니다. 이 시기를 당하여 상해임시정부는 현실을 똑똑히 볼 수 있는 유일한 민족적 시점입니다. 근세사 이후 우리는 거듭되는 불행과 변화 속에서 정통의 감각에 입각한 대의명분으로 행동하는 능력을 잃고 상황을 순간마다 기정사실로 받아들여서, 반응하고 반사하는 데 그치는 버릇이 붙었습니다. 이렇게 되면 현상은 한없이 불리하게만 움직이게 마련이며 지조를 지킨 자는 손해보고 변절에 능한 자는 언제나 호강한다는 결과가 된다는 것으로 한심한 일입니다. 일제 통치하에서 정통 감각이 마비된 사람들이 크고 작은 개인적 실수와 민족에 대한 반역을 저질렀습니다. 정통감각이란 지엽 말단과 겉치레와 공리공담公理公談의 환상을, 유혹을, 그 기만적 자기 변명성을 벗어나서 역사의 줄기와 그 속에서의 제자리를 현실의 여러 요인—민족과 구체적인 자기 책임의 한계를 인식하고 실천하는 '깨어 있는 힘'을 말합니다. 호랑이에게 물려가도 정신만 차리면 산다 하였습니다. 이런 견지에서 우리는 정신주의자들과 정치주의자들의 당파적 편향偏向을 모두 그들의 환상과 이해관계에서 비롯된 그릇된 생각이라 봅니다. 그들은 한국인을 범죄자냐 병자냐의 양자택일로 보고 있습니다. 이것이 다 잘못입니다. 근세사 이래 한국의 역사에서 공적公的 자리를 맡은 자들로서 과실이 있던 자는 그 동기의 선악에 관계없이 범죄자로 취급되어야 합니다. 그것이 공公의 규칙입니다. 그 밖의 백성, 대세를 좌우할 조직적 영향력이 없는 민중은 그 국가적 민족적 운명과의 관계에서 과실이 있는 경우 방향감각을 상실한 병자로 취급되어야 합니다. 이것이 상해정부의 부역자 처리 원칙입니다. 상해정부는 범죄자와 병자의 어느 쪽도 증대하는 것을 원치 않습니다. 왕도王道는 가벼운 벌을 택합니다. 그러나 그것은 흐지부지주의가 아니라 일벌백계를 뜻하는 것으로 그 '일'에 해당하는 자는 가장 엄중 가혹하게 처리될 것입니다. 송사리는 엄하게, 우두머리는 가볍게 벌하는 것은 암흑의 왕들의 뒷거래이지 청천백일하에 인류를 밝히는 정부의 법이 아닙니다. 국가 존망지추에 3천만 민중이여, 자중자애하여 민족의 바른 길을 잃지 말기를. 적들의 간계와 부역자들의 위협에 굴치 말기를."

목소리는 여기서 끊어진다. 갑자기 속이 빈 수화기에서 징, 하니 멀리서 울리는 소리가 있다가 그것마저 들리지 않게 되자 독고준은 내려놓았다. 이 많은 소리를 들었는데도 독고준은 아직도 그가 잊어버린 것이 무엇이었는지를 알지 못했다. 다만 그럴수록 잊어버린 것을 생각해내려는 안간힘은 더욱 끈질기게 부풀어올랐다. 그는 두 팔굽을 총안의 턱에 올려놓고 바다와 거리를 내다보았다. 그것은 아주 낯선 바다였다. 그리고 처음 와보는 도시였다. 어느 것도 모두 생소하였다. 허물어진 집들이 많다. 그래서만이 아니라 그는 사실 그 거리와 길들을 지금 처음 보는 것이었다. 그는 거기서 무엇인가를 찾아내려 하였지만 그럴싸한 것은 아무것도 눈에 띄지 않았다. 아무것도 생각할 것이 없고 할 일이 없었다. 두꺼운 벽의 안쪽. 두꺼운 눈자위의 안쪽에서 독고준은 사람 모양의 눈알이 되어 한 손에는 아직도 수화기를 들고 멍하니 바다와 거리를 내다보았다. 그가 쥐고 있는 수화기는 그라는 눈알에 연결된 신경이라고 그는 생각하는 것이었다. 그는 크낙한 어느 거인의 눈이 되어 이 세계를 보고 있는 눈알이었다. 그의 시신경인 전화기를 통해서 그의 눈은 어느 곳에 있을 시각 중추와 통하고 있을 것이었다. 신경은 많은 마디를 거쳐 혈관과 번들한 살의 벽의 사이를 비집고 와서 눈이 된 그에게 신경의 말을 속삭인 것이었다. 그러나 그는 그 말들을 알아듣지 못하였다. 그래서 그는 자기가 보고 있는 것이 자기의 밖에 있는 것인지 혹은 자기와 이 신경과 대뇌의 중추들도 모두 그 속에 있는 어느 커다란 생물의 내장을 보고 있는 것인지도 알 수 없었다. 내장들 사이에 박혀 있는 눈. 자기의 속에 박힌 눈은 자기가 보고 있는 것들의 의미를 알 수 없을 것이었다. 그가 보는 것은 희고 부드러운 장기臟器와 푸르고 번들거리는 피부와 크고 작은 납작납작한 돌기突起들이었다. 그것들은 뜨겁고 투명한 장수漿水 속에 잠겨 있었다. 그리고 여름의 냄새가 나는 것이었다. 그는 그의 신경이 그의 귓가에서 속삭여준 울림들을, 그 눈의 말들에 반응해보려고 애써보았다. 자기가 박혀 있는 부분이 이 크낙한 기관器官의 어디쯤이며, 눈에 보이는 것들은 무엇이며, 그가 속한 기관이 하려는 행동은 무엇인가를 알려고 하였다. 그것을 알기 위해서는 아마 눈이 된 그에게 연결된, 대뇌의 그 신경선의 속삭임을 알아들을 수 있어야 할 것임에는 틀림없을 것 같았다. 그 많은 울림들. 여기서 보이지 않는 기관의 많은 정보들을 모두 알고 있을 그 신경의 언어들은 그에게는 무언가 슬프고 어두운 입김을 전해주기는 하였지만 그것으로 눈이 된 자기는 아무것도 알 수 없었고 아무것도 보고할 수 없었다. 눈에 보이는 것들이 있음에도 불구하고 그는 그것들을 무엇이라 보고해야 할지를 알지 못했다. 그런데도 그가 반드시 보고해야 할 것은 분명했다. 그것은 자기, 눈이 된 그가 봉사하고 있는 머리의 대뇌 중추의 바람일 것이 분명하였다. 마치 자기 뜻처럼 그것은 분명한 일이었다. 그런데도 그 말들을 알아들을 수는 없었다. 모래주머니 위에 손에 잡은 채 내려놓은 전화기를 내려다보았다. 그것은 그에게 열심히 알려주려고 하는 어떤 보다 지혜 있는 것의 입끝이었다. 그는 그것을 들어 귀에 댔다. 아무 소리도 들리지 않는다. 그는 다시 내려놓았다. 그때 수화기에서 지잉, 하는 소리가 나는 것 같았다. 그는 얼른 집어서 귀에 댔다. 아무 소리도 없다. 한참 기다린다. 들린다.

"대한 불교 관음종 방송입니다. 전국의 신도, 국민 여러분 그리고 이 방송을 들으시는 고해화택苦海火宅의 모든 중생 여러분 안녕하십니까? 종교는 인류 역사의 초창기에 있어서 절대한 역할을 하였고 오늘에 와서도 그 영향력은 계속되고 있습니다. 대체로 고대 사회에서는 제정祭政이 일치되어 있었습니다. 정치의 최고 집행자가 동시에 종교의 최고 제사장이었던 것입니다. 이런 상태는 매우 오래갔습니다. 우리는 현존하는 종교로서 이슬람교·기독교·유교에서 이러한 정치적 종교의 타입을 봅니다. 유교에서의 천天·왕도王道·청사靑史·군자君子로 표현되는 개념은 각각 기독교의 여호와·신국神國·심판·의인으로 표현되는 절대자, 이상 사회, 역사적 심판, 이상적 인간상의 추구에 있어서 두 종교가 거의 동일한 사고 양식에 속한다는 것을 보여주며 매우 정치적이라는 것이 그 특징입니다. 유교에 대하여 사람들은 그것의 정치 편향을 들어 종교로서의 의의를 인정하는 데 부정적인 경우가 있습니다만 유교의 근본은 천天 개념으로서 왕은 천자天子이며 그 대행자일 뿐 천 그 자체라 보지는 않았습니다. 역성易姓 혁명론이 잘 보여주듯이 천天의 개념은 어떤 상대적 현실 정치도 절대화되고 실체화되는 것을 부정하는 절대 부정의 원리로 파악되었던 것이며 유교가 그 사회에서의 신분에 상응한 개인의 윤리를 자세하게 규정하고 있는 데만 주의하여 유교의 형이상학적 종교적 절대성을 간과하는 것은 옳지 않습니다. 이런 점에서 유교는 보편적인 종교이며 특정의 혈연이나 가계家系를 옹호함이 없는 점으로 훌륭하게 종교로 간주될 수 있는 것입니다. 이 같은 유교, 역성 혁명론 같은 자기 부정의 혁명 원리를 가진 합리적인 체계를 가졌던 중국이나 한국이 근세의 시련기에 새 상황에 대처하는 데 실패한 이유는 유교의 사고형 자체의 논리적 결함에서 온 것이 아니라고 생각됩니다. 이유는 다른 곳에, 중국이나 한국 등의 사회가 상업사회가 아니라 농업을 대본으로 하는 사회였기 때문에 논리적 사변력을 전혀 이질적 대상에 적용하는 습관을 가지지 못한 데 있습니다. 그것은 엑조티시즘을 모르는 문화이며 신기한 것을 높게 평가하지 않은 문화였습니다. 중국의 산업 형태 속에서는 유교는 부단히 자기를 일신하는 갱신력을 가지고 있었지만 다른 형태의 산업 형태에서는 유교는 자기를 적응시키지 못한 것입니다. 유교는 그 논리가 오래 친밀했던 풍속에서 자기를 추상하여 순수 논리가 되는 필요를 느끼지 못했던 것입니다. 중국이 너무 넓었기 때문입니다. 그 자체로서 한 세계를 이룰 만한 지역이 너무 일찍부터 정치적, 문화적인 통일을 달성하였기 때문에 그것은 특수와 보편의 분열을 대외적인 계기에서 경험하지 못했습니다. 그것은 타자를 가지지 않은 보편이었습니다. 혁명은 안에서의, 자기와의 싸움이며 그러므로 역성易姓과 수신修身 이외의 혁명 방법을 몰랐던 것입니다. 유럽은 당초부터 잡다한 보편의 잡종으로 세계를 생활하였고 따라서 관념적 경향으로서가 아니라 생활 경험으로서 국제주의가 되었던 것과는 판이한 역사 속에서 이어온 것이 유교였습니다. 중국이 세계에서 고립해 있는 동안에는 이것은 훌륭한 논리였습니다. 그리고 어떤 계기로 그들이 과학의 응용을 시작할 수 있었다면 아마 유교적 원리는 과학 세계의 정치 원리로서 종교로서 그대로 남을 수 있었을 것입니다. 그러나 그들은 정치적 독립을 잃었고 따라서 유교도 새로운 상황에 대한 지도 원리로서도 경원되게 되었습니다. 유교는 그 논리적 결함 때문에 새 사회의 원리가 못 된 것이 아니라 논리를 구사하는 사람 쪽의 경험의 부족으로 그렇게 된 것입니다. 여기서도 우리는 종교나 철학이 그 자체로 실체론적인 자동적 힘을 가진 것이 아니라 그 체계를 생산한 인간의 삶의 경험과 내적으로 연결되어 있으며 그 경험 내용이 급격하게 달라지면 체계가 가지는 추상적 논리력은 기능하지 못한다는 것을 알 수 있습니다. 인간의 논리는 경험과의 연결이 단절되었을 때 그것은 한갓 문의紋衣이며 죽은 물건에 지나지 않습니다. 사상이 바뀌는 것이 중요한 것이 아니라 생명력이 북돋아지는 것이 요쳅니다. 그럴 때 죽은 문화조차도 새 얼굴을 드러낼 것이며 새 생명을 위한 양식樣式의 구실을 할 것입니다. 이렇게 말하는 것은 양식의 차이는 외견상 아무리 개성적이라 하더라도 그것들이 상당한 정도로 세련된 것이라면 필연적으로 삶의 원상原像을 표현하게 마련이며 삶의 원상은 인간인 한 시공을 초월하여 동일하며, 양식의 차이란 인간족이 풍토의 조건에 따른 생활습관에서 발전시킨 사투리 같은 것이라고 생각하기 때문입니다. 사투리란 표준어를 전제한 것이며 비록 완전한 표준어가 현실적으로 불가능하더라도 그것이 붙잡기 힘든 상태로나마 실재하는 것이 언어에서의 진실입니다. 그러므로 세계 여러 민족의 흥망성쇠를 그들의 문화의 관념 형태형에 의해 해석하자는 것은 본말을 전도한 것으로 그 역逆이 진실입니다. 중국과 한국의 경우 오랫동안의 생활권의 고정과 그 속에서의 생활양식의 비모험적 성격이 새로운 상업형 문화의 이동성에 직면해서 보인 무력함의 진정한 원인이었습니다. 그것은 한쪽은 역사적 생존의 초기부터 실천해온 경쟁 방법이었으나 한쪽은 비로소 처음 당하는 생존 방법이었던 것입니다. 이런 경우 유럽의 강점은 자명합니다. 그런데도 근세에 이르는 동안 유럽이 동양을 지배 못 한 이유는 바로 유럽과 동양의 관념 형태나 생활방식 자체의 형태적 우열을 논하는 것은 무의미하며 그 관념 형태가 통용되고 있는 사회에 기술적 변화가 있었을 때 비로소 균형이 깨진 것을 뜻합니다. 쉽게 말해 유교나 불교보다 기독교나 그리스 문화가 추상적으로 우수하달 이유는 없으며 그러므로 십자군은 아랍의 기사들을 기독교의 힘으로는 꺾지 못했던 것입니다. 잘난 것은 기독교나 아리스토텔레스가 아니고 호기심을 끌 물산을 운반하는 데 만족치 않고 호기심을 끌 물건을 발명하도록 몰린 장사꾼들의 투기심이었습니다. 이것은 순수한 생명력의 양量의 많고 적음의 문제가 아니라 그 생명력이 발휘된 장場의 차이에서 온 것이었습니다. 동양인들은 그들의 최대의 정력을 자기를 정복하는 데 썼습니다. 유럽인들은 남을 정복하는 데 썼습니다. 자기와 남을 향해 움직인 생명의 운동의 절대치와 순수 게슈탈트는 추상해서 비교하면 모두 같습니다. 앞에서 유교와 기독교의 형태적 유사성을 지적한 바와 같습니다. 그러나 그, 같은 양의, 같은 파동波動형의 생명이 움직여간 장場이 다른 것입니다. 우리는 자기를 이기는 것을 이상으로 삼았으나 그들은 남을 이기는 것을 이상으로 삼았습니다. 물론 기독교는 자기를 이기라고 가르치지 않느냐고 하실 것입니다. 옳습니다. 기독교가 안 그렇다고 하는 것이 아니라 유럽 속에서는 기독교와는 다른 원리가 동시에 있었으며 유럽은 기독교와는 이질적인 이 원리로 남에게 죄를 짓고는, 기독교 앞에 가서 참회하는 쌍권총을 가졌던 것입니다. 그들은 주일에는 장사하고 일요일에는 참회하였던 것입니다. 동양 사람들은 자기 생활 속에서 이같이 주일週日의 리얼리즘을 발전시키지 못했습니다. 타민족에 대해서나 자국 내에서나 그들은 항상 현실에서는 불가능한 원리 — 종교적 원리의 감시 밑에서 자기 행동을 조종하였습니다. 이것이 훨씬 인간다운 경향이지만 뛰어난 몇 사람 외의 대부분의 사람들은 위선에 떨어지는 것을 막을 수 없으며 밖으로는 민족적 생존 경쟁에서 지게 마련입니다. 세상이 내 맘 같지 않으면 손해 볼 것은 뻔한 일입니다. 속세俗世에 대한 경멸, 이것이 우리를 지게 하였습니다. 불교는 이 점에서 더욱 철저했습니다. 왕도王道나 중생 구제에서 속세에 대한 존경이 동기가 돼 있는 것이 아닙니다. 속세의 기쁨이 아니라 속세에 대한 불쌍히 여김, 이것이 동양의 위대한 행동자들의 심리적 본질이었습니다. 이런 태도는 순수 사변 속에서나 예술의 경지로서는 가장 뛰어난 것이지만 현실의 논리로서는 패배주의로 귀착하게 마련입니다. 그런 대로 이 같은 정신 경향을 더불어 가진 나라들의 이런 양해 사항 아래 폐쇄된 권閫에서 살아갈 수 있었던 시대는 그것으로 족했습니다. 왜냐하면 눈이 하나인 사람만 사는 데서는 눈 하나를 애꾸눈이라고 부르지는 않는 것입니다. 그러나 이제 두 눈을 가진 자들이 우리들의 항구에 밀어닥친 지 오래고 그들은 우리를 엉망진창으로 만들었습니다. 이렇게 되면 사태는 다릅니다. 우리는 그들과 싸워야 합니다. 아라비아의 기사들이 코란을 받들고 십자군과 싸웠듯이, 불경을 받들고 유럽과 싸워야 합니다. 불경에 결함은 없습니다. 그러므로 고칠 것은 불경이 아닙니다. 생명력이 모자라지도 않습니다. 그러므로 두려워할 것도 없습니다. 모자란 것은 무깁니다. 그들보다 우수한 무기를 만드는 일이 문제입니다. 이 무기를 만드는 일을 우리는 정치의 핵심이라고 부릅니다. 무기를 만들 것을 위임받은 자들이 사심私心 없게 감시하는 것, 이것이 오늘의 불교의 임무올시다. 자기만 홀로 무기를 만들 줄 안다고 뽐내든가, 무기를 광장에 내놓지 않고 자기 집 마루 밑에 숨기는 자, 무기를 만들라고 바친 세금으로 포식飽食을 하는 자, 이런 자들을 감시하는 것이 불교도의 임무입니다. 불교는 어떤 권위나 개인도 실체적으로 절대화되는 것을 거부하며 사유私有에 집착하는 것을 거부합니다. 폐쇄 사회에서 개인의 집착과 미망을 거부하는 공관空觀의 용맹력의 금강역사金剛力士였던 불교도는 개방 사회에서 부단히 변화하는 정치적 이해관계에 대한 가장 집착 없는 비판자가 되어야 합니다. 이것이 불교의 보살행의 오늘의 모습이 되어야 하겠습니다. 불교는 변화를 두려워하지 않습니다. 불교는 두려워하면서 지켜야 할 값있는 것이 이 세상에 있다고 생각지 않기 때문입니다. 자아의 속에서 법法을 깨닫고 유지하고 법열法悅하는 시대는 지났습니다. 자아의 밖에서, 자아의 사이에서 법을 지킵시다. 이것은 불교로서는 새삼스러운 일이 아닙니다. 불적佛敵들은 불교에 정적주의靜寂主義의 허물을 씌우려 합니다만 불교의 어떤 한정된 모습에 대한 비판이라면 몰라도 논리적으로는 전혀 증거가 없는 소립니다. 불교는 정적과 활동, 삶의 이 두 얼굴을 모두 자기 논리 속에 포섭하고 있습니다. '色卽是空 空卽是色'입니다. 불교는 이 공과 색의 힘찬 상보적相補的 운동 속에 그 본질적 힘을 가지고 있습니다. 어떤 정권政權도 영원하지 않고 어떤 영원도 사당화私黨化를 면치 못한다는 선언입니다. 그것은 어떤 현상에도 굴복하기를 거부하는 생명의 활동이며 가장 비옥肥沃하고 호사豪奢스런 생명의 목소립니다. 공관空觀은 기독교의 의인관擬人觀의 방편조차 거부한 가장 순수한 논립니다. 그것은 무한히 발전하는 인류에게 무한한 자기 부정을 가르침으로써 속세의 정의와 우주적 해탈을 가르칩니다. 그것은 범죄를 막는 원리며 정신 착란을 진정시키는 약입니다. 모든 미망迷妄은 집착에서 오며 집착이 범죄와 정신병의 원인입니다. 집착하는 자는 범죄자이며 정신병잡니다. 이 시대를 사는 대부분의 사람들은 범죄자이며 동시에 정신병잡니다. 그들은 남에게는 범죄자며 동시에 정신병잡니다. 죄인과 병자는 떨어져 있는 두 가지 타입의 인간이 아닙니다. 죄인은 정신병자이며 정신병자는 죄인입니다. 대한 불교 관음종觀音宗은 현실 정치의 어떤 세력에도 가담하지 않습니다. 어떤 세력의 보증인도 되기를 거부합니다. 다만 가장 진보적인 당파의 가장 진보적인 행위의 가장 짧은 순간만을 지지합니다. 우리를 쫓으면 우리는 떠날 것입니다. 우리를 허용하면 우리는 머무를 것입니다. 만일 허락되면 우리는 매 시간마다 세상의 미망을 규탄할 것이나 만일 탄압되면 우리는 흰 구름 속에서 명상할 것입니다. 우리는 혁명하지는 않을 것입니다. 직접 행동에 호소하지 않을 것입니다. 우리는 옛날에 종교가 가졌던 여러 기능 — 제사祭事·정치·과학·철학·예술 가운데서 제사만을 남기고 나머지는 각기 전문 부분에 불하拂下하였습니다. 우리가 맡은 것은 순수 종교로서의 제사뿐입니다. 제사란 공관空觀의 체험을 유지하고 전달하는 일입니다. 그 체험에 입각해서 그 밖의 삶의 형식을 비판하는 일입니다. 이렇게 함으로써 우리는 방법적으로 순수한 자리를 유지하려 합니다. 우리는 이 세상일을 혼자 도맡아 하려는 생각이 없습니다. 우리만큼 순수한 사람들이 각각의 전문의 분야에서 공관을 응용하여 중생을 제도하는 것을 우리는 압니다. 그들은 귀수불심자鬼手佛心者들입니다. 우리는 그들의 봉사 위에서 안심하고 우리들의 일을 합니다. 우리는 공수공심자空手空心者들입니다. 모든 중생더러 이렇게 되라는 것은 잘못된 생각입니다. 극약은 실험실 속에서만, 안전 처리가 된 조건에서 전문가들에 의해서만 취급되어야만 합니다. 우리는 영혼의 전문가이며 본 종宗은 행위의 음악입니다. 우리는 행위의 음악가들입니다. 모든 중생이 음악만으로 살 수는 없으며 음악은 세계의 한 부분일 뿐입니다. 이 음악을 허락하고 안 하고는 그 사회의 문명의 정도에 달렸습니다. 음악이 허락되지 않도록 각박하다면 그도 할 수 없는 일입니다. 그러나 언젠가 그날을, 음악이 필요한 그날을 위해, 음악가를 음계와 선율을 망각하도록 속사俗事에 혹사하거나 행여 거추장스럽다고 죽여서는 안 됩니다."

그는 수화기를 내려놓았다. 주의해서 들었는데도 마지막 낱말의 음절이 끝나자 그는 이야기를 깡그리 잊어버렸다. 고막 언저리에서 몹시 허망한 바람이 불고 있는 것을 느낀다. 그만한 기억밖에 남지 않은 것이다. 그는 일어나서 토치카에서 나왔다. 밖은 무덥고 눈이 부셨다. 그는 조심스럽게 나뭇가지를 헤치면서 비탈을 내려와 길 위에 섰다. 그는 거기서 토치카를 올려다본다. 토치카였음 직한 모양의 흔적이 거기 있었다. 두꺼운 시멘트의 덩어리가 여기저기 넘어져 있고 토치카는 깨진 항아리의 남은 밑동아리처럼 땅 위에 버려져 있었다. 그는 길을 따라 학교 쪽으로 걸어간다. 왼쪽이 바다를 내다보고 트인 길이다. 저 아래 철로가 보인다. 철로는 말짱한 대로 누워 있었다. 그는 생각이 나는 것이었다. 전쟁이 시작되기 전 얼마쯤부터 창문을 가린 군용 열차가 자주 그 위를 달려가던 모습이 떠올랐다. 그의 친구는 그 기차에는 팔로군 출신의 조선 병사들이 타고 있다고 말해주었다. 팔로군이 무언지 그 친구도 독고준도 다 몰랐다. 다만 그 기차에는 아마 팔로군이란 '말'이 타고 갔을 것임에는 틀림없었다. 마치 독고준이 그 전화기 속의 목소리가 하는 말을 지금 알아들을 수 없는 것처럼 그때 독고준에게는 그 말은 그저 울림이었다. 덧창을 내린 기차 속에 타고 가는 어떤 신비한 울림이었다. 그리고 지금 걸어가는 이 고향의 거리는 그가 나이를 먹고 돌아왔는데도 여전히 팔로군八路軍 같았다. 더 팔로군 같았다. 그것이 독고준에게는 쓸쓸하였다. 조용한 길이었다. 여기 어디쯤에 도 인민위원장의 집이 있었고 위원장의 아들은 독고준이 커닝을 시켜주는 친구였다. 불초의 아들은 대신으로 독고준을 자기 집에 데리고 가서 한턱내는 것이었다. 그 생각을 하니 가슴이 짜르르해왔다. 그는 그 친구가 보고 싶어졌다. 그때 비행기가 날아오는 소리가 났다. 그 뇌음雷音은 그를 놀라게 했다. 구름이 갠 하늘 복판을 긴 날개를 가진 무쇠의 새가 하염없이 흘러간다. 깊은 호수의 바닥을 헤엄쳐가는 물고기처럼. 그리고 독고준은 보았다. 하늘 가득히 반짝이며 떨어져오는 수많은 빛의 조각들을. 그것은 팔랑팔랑 떨어져오는 종잇조각이었다. 그는 그 자리에 서서 기다렸다. 오랜 후에 종이들은 그가 가는 길에도 떨어져왔다. 그는 달려가서 주워보았다. 거기 이렇게 씌어져 있다. '이 사람을 찾습니다. 그 여름날에 우리가 더불어 받았던 계시를 이야기하면서 우리 자신을 찾기 위하여 우리와 만나기 위하여. 당신이 잘 아는 사람으로부터.' 그랬었구나 하고 그는 기쁨에 숨이 막히면서 중얼거렸다. 그랬었구나 하고 그는 거듭 중얼거렸다. 모든 일이 인제 분명하였다. '당신이 잘 아는 사람으로부터'라구. 아무렴. 그는 너무나 벅차서 눈을 지그시 감았다. 폭음 소리가 들려온다. 그 여름 하늘을 은색의 날개를 번쩍이면서 유유히 날아가는 강철의 새들의 깃소리를. 태양도 그때처럼 이글거린다. 둥근 백금의 허무처럼. 기체의 배에서 쏟아져내리는 강철의 가지. 가지. 그곳으로 독고준은 가고 있었다. 왜냐하면 학교에서 소집 연락이 있었기 때문에 식구들의 만류를 뿌리치고. 호주머니에는 그의 영혼처럼 어린, 그러나 순수한 풋사과를 담고 그는 가고 있었다. 그가 가는 곳에 무엇이 기다리고 있건 그는 가는 것이 옳았다. 왜냐하면 그는 학생이었고 학생은 학교가 오라고 하면 가는 것이 옳았기 때문에. 그래서 그는 이른 아침의 시골길을 가고 있었다. 그의 운명을 만나기 위하여. 운명이란, 허무의 끝장까지 가는 사람에게만 나타나는 신비한 얼굴이다. 운명을 만나지 않은 인간은 인간이 아니라 그는 물건일 뿐이다. 그의 윤리는 물건들의 저 인색한 법칙만을 따른다. 운명을 만나본 사람은 그렇지 않다. 그는 절망 속에서 희망을 본다. 부재 속에서 풍요를 본다. 그의 생애는 이제 저 바닷가 모래펄 속에 파묻혀도 그의 눈에는 대뜸 알아볼 수 있다. 그의 생애가 비록 모래 한 알처럼 미미한 것이라 하더라도. 나의 운명을 만난 날. 폭음의 여름. 저 강철의 새들이 잔인한 계절의 장막을 열고 도시의 하늘에 날아온 그날을 오 나는 얼마나 사랑하는가. 그 아름다운 파괴를. 때 묻은 시간을 떼어내기 위한 그 폭력을 나는 얼마나 사랑하는가. 나의 생애의 자북磁北을 알리던 그 바늘의 와들거림을 나는 생각한다.

속개된 법정. 자리는 전대로. 보통 있는 법정과 다른 것은 법관들이 아래에 가 앉아 있고 독고준이 교탁敎卓 — 아, 하고 독고준은 흑판을 바라보면서 놀랐다. 거기에 흑판이 걸려 있고 그러고 보면 이 방 안은 옛날의, 그렇군, 여태 그걸 모르고 있었다니, 이런 일이 — 이 방은 옛날의 그의 교실이다. 자세히 본즉 검차원은 소년단 지도원 선생이었다. 분명하다. 그리고 다른 사람들은 모두 그의 친구들인 소년단 간부들이었다. 그들은 어른인데 소년들이기도 한 것은 얼굴들이 네온 광고처럼 어른이 됐다 소년이 됐다 껌벅껌벅 엇바뀌는 것이었다. 아아 내 교실이구나. 그는 탈옥했던 죄수가 다시 자기 감방에 붙잡혀왔을 때의 헝클어진 느낌을 가졌다.

지도원 독고준 동무는 어떤 점이 불만이었습니까?
독고준 어떤 점이라뇨?
지도원 감추지 않아도 됩니다. 여기서는 탓하지 않겠으니 할 말해봐요.

독고준 글쎄요.

역 장 괜찮아요.

독고준 저는 무서웠습니다.

지도원 무섭다니?

독고준 저는 있을 수 없는 일이라고 생각합니다.

지도원 생각합니까? 생각했습니까?

독고준 그때 느낌을 지금 반성해보면 그렇다는 말입니다.

지도원 그러니까 과겁니까? 현잽니까?

독고준 과거이기도 하고 현재이기도 합니다.

지도원 그러니까 그때나 지금이나 마찬가지라는 말이군요?

독고준 말하자면 그렇습니다.

지도원 말하자면이라니! 그런가 아닌가 잘라서 대답해요.

독고준 그렇다고 해도 좋습니다.

지도원 좋다니? 그렇다는 것이군?

독고준 그렇습니다.

지도원 기록해주십시오. 그러면 다시 돌아가서 무서웠다는 것은 무슨 말입니까?

독고준 그저 무서웠습니다.

지도원 누가 무서웠습니까? 내가 무서웠던가요?

독고준 그렇습니다.

지도원 왜 무서웠습니까?

독고준 무서웠기 때문입니다.

지도원 나는 동무가 훌륭한 소년단원이 되게 하기 위하여 동무의 과오를 고쳐주려고 노력하였습니다. 그것이 무서웠던가요?

독고준 당신은 나를 사랑하지 않았습니다.

지도원 당신은 인간이 인간을 사랑해야 한다고는 믿습니까?

독고준 어떤 경우에는 그래야 한다고 생각합니다.

지도원 어떤 경웁니까?

독고준 그때의 저와 선생님 간의 사이 같은 것입니다.

지도원 구체적으로.

독고준 저는 선생님의 생도이지 죄수가 아니었습니다.

지도원 누가 죄수라고 했습니까?

독고준 선생님은 저를 적으로 생각했습니다.

지도원 그것은 과장하는 것이 아닌가?

독고준 과장한 것은 선생님입니다.

지도원 내가 왜 과장했는가?

독고준 했습니다. 선생님은 제가 이 세상의 악惡을 만들어낸 것처럼 얘기했습니다.

지도원 악이란 각 개인이 책임질 일이지, 그러면 어느 하늘을 날아다니는 괴물인 줄 아는가.

독고준 이승만 정부는 내가 만들어낸 것이 아닙니다. 그러니 내가 책임질 수 없습니다.

지도원 누가 이승만 정부를 책임지라고 했는가. 동무의 과오를 자기비판하라고 하지 않았는가?

독고준 저더러 썩은 부르주아라고 했습니다.

지도원 동무가 과오에서 나오려고 하지 않는 한 동무는 썩은 부르주아임에 틀림없소.

독고준 저는 피교육자의 권리를 주장합니다.

지도원 피교육자의 권리란 무엇인가?

독고준 피교육자는 적으로 취급되어서는 안 된다는 권리입니다.

지도원 아무 일을 해도 내버려두라는 것인가?

독고준 아닙니다. 비록 과오가 있더라도 그것은 이데올로기적으로 해석해서는 안 된다는 말입니다.

지도원 왜 그런가?

독고준 아동은 미완성품이기 때문입니다.

지도원 무슨 말인가? 그러니까 형무소에 보내지 않고 자기비판회에서 비판을 시키는 것이 아닌가?

독고준 그것은 나에게 형무소였습니다.

지도원 그것이란 뭔가?

독고준 학교 말입니다.

지도원 학교가 왜 형무소였는가?

독고준 학교란 인간이 되는 곳입니다.

지도원 공화국의 시민이 되는 곳이다.

독고준 공화국의 시민이란 이름의 인간이 되는 곳입니다.

지도원 그렇게 말을 바꿔서 무슨 다름이 있는가?

독고준 인간이 된다는 것은 그 아동이 살고 있는 사회의 약속을 배워나간다는 말입니다. 그러므로 아동은 그 사회의 약속을 모른다는 것을 전제하여야 하며 약속을 모르는 자가 저지른 실수는 비판이 아니라 숙달 통보通報를 반복함으로써 시정되어야 할 것입니다. 그런데 선생님은 마치 약속을 잘 아는 사람이 일부러 어긴 것처럼 공박하고 인민의 적이며 부르주아라고 협박하였습니다. 당신은 공화국의 벗을 만들어내는 것이 임무였음에도 불구하고 공화국의 적을 만들어냈습니다. 그것도, 있지도 않은 적을 말입니다.

지도원 벗이 아니면 적일 것이 아닌가?

독고준 당신은 제 말을 알아듣지 못하고 계십니다. 벗도 적도 아닐 수 있습니다.

지도원 그런 것은 어떤 것인가?

독고준 피교육잡니다. 아이들입니다.

지도원 아이들이란 무엇인가?

독고준 인간의 재툅니다.

지도원 아이들은 옳고 그름을 판단 못 한다는 말인가?

독고준 국민학교 1학년 아이들은 글자도 판단하지 못합니다.

지도원 생활에서 느끼는 것도 판단이라고 할 수 있지 않겠는가?

독고준 어떤 생활 말입니까?

지도원 공화국 북반부의 민주적 생활을 그 속에서 사는 것 말이다.

독고준 만일 사는 것이 그렇게 간단하다면 왜 학교가 있습니까?

지도원 더 좋은 삶을 위해서다.

독고준 더 좋은 삶이 어떤 것인가는 학교에서 가르쳐주는 것이지 동상처럼 눈에 보이는 것이 아닙니다.

지도원 그것이 동무가 썩은 부르주아들에게서 배운 인식론인가?

독고준 썩은 부르주아라뇨?

지도원 남반부의 한 줌도 못 되는 썩은 부르주아들 말이다.

독고준 남반부에서는 한 줌은커녕 한 오라기의 썩은 부르주아조차 만나본 적이 없습니다.

지도원 무슨 말인가?

독고준 남반부의 한 줌도 못 되는 부르주아들이란 당신이 만들어낸 허깨비다. 그런 건 없다.

지도원 이승만 괴뢰 집단이 없단 말인가?

독고준 없다. 철옹성 같은 북반부의 민주 기지라는 허깨비 속에서 당신들이 보고 대회 때마다 만들어내는 인민의 단결이 허깨빈 것처럼 모두 허깨비다.

지도원 허깨비란 무엇인가?

독고준 허깨비란, 있지 않은 것이다. 즉 허깨비다.

재판장 잠시 휴정한다. 독고준은 그동안에 정신 감정을 받으라.

괜한 짓을 했다고 독고준은 생각했다. 아무 소용없는 일이었다. 그는 그것을 알고 있었다. 분명히 제정신이 아니었다. 제정신으로야 어떻게 감히 검차원에게 맞서는 그런 철없는 일을 할 수 있었겠는가. 그는 자기가 한 짓이 조금도 도움이 되지 않을뿐더러 난관을 더 어렵게 만들어 놓았음이 분명하다 생각했다. 그러나저러나 할 수 없는 일이었다. 어느새 교실은 텅 비고 혼자 남아 있다. 그는 아무도 없는 바에는 괜찮으려니 싶어서 교단에서 내려서서 책상 사이를 걸어보았다. 그는 옛날에 자기가 앉았던 자리를 찾아가

앉았다. 그렇게 앉으니 든든했다. 어떤 자리보다도 든든했다. 이 자리를 떠난 후 그는 그만한 든든함을 가지고 앉아본 자리가 아직 없었다는 것을 새삼스레 느끼는 것이었다. 비록 그 자리에 앉아서 한 그의 작문이 지도원 선생의 비판의 대상이 되었지만 그래도 그때는 자신 있게 살았던 것이다. 아마 대단한 일은 아니라고 그는 생각하였다. 아무나 다 그런 것이 아니겠는가. 그렇다. 아무나 다 그런 것이다. 누구에게나 있는 소년 시절이다. 내가 아까 대답한 대로 아직 인간이 되기도 전인 시절. 아직 인간이 아니라는 데서 오는 안정감. 그것이었을 뿐이다. 그렇기만 한 것일까? 내가 주장하고 싶었던 것은 아직 인간이 아니라는 상태를 그렇게 소극적으로만 주장하려고 한 것이던가? 인간이 된다는 것은 정해놓은 한 가지 틀에 들어가는 것만이 아니라는 것. 아직 인간이 아니라는 것은 틀에 따라 어떤 모양으로 바뀔지도 모르는 힘을 가졌을지도 모르는 상태로 다루어져야 한다는 생각이었다. 또 아무에게나 있는 것이라고 해서, 누구나 겪은 시절이라고 해서 값어치가 덜해질 달 수가 있겠는가. 몇 사람이 겪었든지 간에 자기 몫은 어김없이 자기가 겪은 것이라면. 사람은 죽음을 혼자서 당해야 하는 것처럼, 모든 사람이 죽는다고 죽음이 죽음이기를 그치는 것이 아닌 것처럼 행복도 혼자의 몫이며 어떤 행복이 여러 사람에게 같이 있었다고 행복이기를 그치는 것이 아니다. 행복의 내용은 모두 같은 경우에도 행복의 소유는 각각이다. 아무려나 지금 그것을 따져서 어쩌자는 것인가. 그는 다시 일어서서 책상 사이를 왔다 갔다 했다. 그러면서 나는 누군가를 흉내 내고 있구나 하는 생각이 들었다.

필시 그때 이 책상들 사이를 이렇게 돌아다니던 선생님들을 흉내 내고 있는 것이었다. 그는 다시 교단에 가 섰다. 문이 열리고 사람들이 들어섰다. 재판장이 개정한다고 말했다. 지도원 선생이 일어서서 이렇게 말한다.

"심문의 결과를 통하여 명백해진 바와 같이 독고준 동무의 정신적 부패상은 놀라운 바 있습니다. 독고준 동무는 일찍이 이 교실에서 본 직의 가르침을 받은 시절도 있는 자로서 당시부터 공화국에 대하여 적의를 품고 인민정권의 전복을 이룰 것을 결심하고 기회를 엿보아오던 중, 1950년 전쟁이 일어나자 평소에 품었던 뜻을 실현코자 월남, 괴뢰 도당에 적극 협력하여 오늘에 이른 자로서, 이번에는 공화국에 중대한 위해危害를 가할 목적으로 단신 이곳에 잠입하여 공작 중 체포된 것입니다. 그는 이곳에 잠입한 목적에 대하여는 묵비권을 행사하여 완강히 증언을 거부하고 있는데 이 사실이야말로 그의 뜻이 부정한 것이며 인민의 이익에 배치되는 것임을 말해주는 것입니다. 인민의 눈과 귀를 두려워하는 일이 어찌 신통한 내용일 수 있겠습니까? 그는 반드시 공화국과 인민에 해로운 것임이 분명합니다. 또한, 그는 본직의 추궁에 대하여 인민의 적인가 벗인가를 명확히 하기를 거부하였습니다. 이것이야말로 그가 역사의 본질에 대하여 반역하고 있는 명백한 증거입니다. 그는 역사에 있어서는 어느 한쪽을 반드시 선택해야 한다는 것을 기피하고 있습니다. 그는 행동으로써 인민에 적대하고 있으면서도 그것을 명확히 선언하기를 꺼려 하고 있습니다. 그는 자기 자신이 무엇을 하고 있는지조차 모르고 있습니다. 그는 인민에 대하여 더

할 수 없이 큰 죄를 짓고 있으면서도 인민이 자기를 박해하였다고 믿고 있습니다. 그는 역사에 참여하려 하지 않고 역사더러 참아달라고 사정을 하고 있습니다. 그가 편안히 앉아서 역사를 계산할 때까지 그 답이 나올 때까지 역사는 움직이지 말고 자기 곁에 앉아 달라는 것입니다. 이것이야말로 역사를 인격으로 대하지 않고 자기가 채집한 표본쯤으로 생각하는 미친 태돕니다. 그렇습니다. 그의 태도는 미쳐 있는 것입니다. 제국주의의 '단말마'적인 발악적 이데올로기의 광상곡에 그는 미쳐 있는 것입니다. 그 해야말로 이루 말할 수 없습니다. 이와 같은 이유로 그는 가장 악질적인 '헤겔'주의적 스파이인 것입니다. 그는 잿빛 감도는 땅거미 지는 무렵에만 행동하겠다는 것입니다. 역사의 대차대조가 모두 끝나고 땅 짚고 헤엄칠 때에만 움직이겠다는 것입니다. 그는 가장 확실한 모험만 하겠다는 것입니다. 이 웃기는 작자를 보십시오. 그것도 개명한 인간 사회에서는 그와 같은 모순의 태도를 방법적으로 어느 특정의 집단에 허용하는 약속이며 그것은 승려와 과학자와 예술가라는 것입니다. 이 엉큼한 중놈을 보십시오. 이 얼치기 과학자를 좀 보십시오. 이 서푼짜리 예술가를 좀 보십시오. 마땅히 살신성인殺身成仁하고, 객관에 겸손하고, 인생을 사랑해야 할 처지에 자기에 집착해서 앙탈하고, 환상을 좇으며, 인생을 증오하고 있는 이 괴물을 좀 보십시오. 그렇게 하고서도 모자라서 그는 이곳까지 잠입하여 그의 마지막 공격을, 공화국에 대한 마지막 공격을 가하려 한 것입니다. 이와 같은 이유로 본직은 독고준 동무에게 종신 징역을 구형합니다."

독고준이 본즉 간호원은 또 검차원의 어깨며 허리를 주무르는 품이 보통 사이가 아닌 것 같다. 석순옥石旬玉이의 그런 태도를 허숭과 이광수는 보는지 못 보는지 아랑곳하려 하지 않는다. 재판장한테 불려갔던 역장이 제자리로 돌아와서 밭은기침을 몇 번 한다. 재판장이 눈짓을 보내자 그는 마지못해하면서 시작하는 것이었다.

"본 변호인은 변론을 시작함에 있어서 실로 난처한 느낌을 견딜 수 없습니다. 그것은 본 변호인이 당 법정에서 펴고자 하는 변론은 지도원 선생님과 똑같은 소재 위에서 그와 전혀 반대되는 소론을 말씀드리고자 하는 까닭입니다. 첫째로, 본인은 이 법정이 앞서 지도원 선생께서 나무라신 원칙, 문명사회에 있어서 존재하는 것으로 허구虛構되어 있는 '방법적 허구'—어느 특정의 업종에 대하여는 권력과 교권의 유권 해석에서 해방된 회의懷疑의 권리, 체제 자체에 모순하는 인식까지도 지정된 영업 형태를 준수하고 위생 상태에 볼 만한 흠이 없는 한 허용되어야 한다는 원칙, 삶의 찬미뿐 아니라 죽음의 찬미까지도 그것이 존재의 사실事實인 한 박해되어서는 안 된다는 것, 공산주의냐 자본주의냐로 정치적 가치를 따질 것이 아니라 자유인이냐 노예냐의 기준으로 따지는 것, 다시 말하면 현재 세계의 정치적 현황을 분석하고 어느 특정 개인의 인간적 품위를 사정査定함에 있어서 현실적 이해관계 집단의 국책國策으로서의 이데올로기라는 면에서 이데올로기를 현실적으로 파악하는 길을 버리고 그것들을 순수 논리학의 보편 개념으로서 변모시켜 인생적人生的 사항을 수학적數學的 사항으로 변모시킴으로써 삶의 진실을 배반해서는 안 된다는 것, 공산주의란 이름의 노예 생활이 있는 반면에 자본주의란 이름의 자유민 생활이 있을 수 있으며 자본주의란 이름의 노예 생활이 있을 수 있는 동시에 공산주의란 이름의 자유민 생활도 있을 수 있다는 것, '공산주의!' 하고 외치면 '열려라 참깨!' 하는 저 알리바바의 동굴의 문처럼 황금黃金의 문이 열리는 것이 아니며, '자본주의!' 하면 역시 '돈 나와라 와라 뚜욱딱' 하는 식으로 황금의 문이 열리는 게 아니라는 것, 어떤 학설이 자기 체계를 선미善美한 것이라고 언어로 표기했다고 해서 우리가 명사名辭 실체론자實體論者가 아닌 이상 그것을 곧 현실과 혼동해서는 안 된다는 것, 그것은 성서에 수권기재授權記載가 있다고 해서 법왕의 면죄부免罪符 판매가 정당화될 수 없음과 같다는 것, 시인詩人의 임무는 학설을 독경讀經하여 삶을 잠재우는 데 있지 않고 학설이 적용된 삶이 드러내는 현실 인생의 애환선악哀歡善惡을 노래하며 지적하는 데 있다는 것, 기호記號와 현실을 혼동 말 것, 기호記號를 실체화하여 현실을 기호화嗜好化해서는 안 된다는 것, 쓴 것을 달다고 우기며 혀를 학대하기를 강요하는 시대의 거짓 기호嗜好를 바로잡는 것이 영혼의 미각美覺인 시인詩人의 임무라는 것, 일반적으로 역사는 그 원동력이 경제이며 경제는 노동이며 노동은 자본이며 자본은 금융 자본이라는 것이 공산주의자들의 의견이지만 그들의 맹점은 A가 '노동'이라는 것이 공산주의 체제의 채택이라는 한 가지 사실만으로 소외疎外의 상태를 벗어날 수 있다고 생각하는 데 있는데 그것은 잘못이라는 것, 자본주의가 마르크스의 예언대로 멸망하지 않은 과정을 설명한 것이 레닌의 '제국주의론'이라면 공산주의가 마르크스의 예언처럼 지상

천국이 되지 못한 것을 설명하는 '신제국주의론'이 씌어져야 한다는 것, 그 신제국주의론의 골자는 ① 소련이 대국주의 노선을 저질렀다는 것, ② 어떠한 이데올로기도 그 이데올로기 자신의 힘으로 무매개적無媒介的으로 현실 역사의 힘이 되는 마술적 능력은 없다는 것, ③ 다시 말하면 이데올로기는 노동의 매개媒介를 거쳐서만 역사의 힘이 될 수 있으며, ④ 그 노동 속에는 이데올로기를 자신의 선택으로 '죽음'으로 밑받침하는 자각自覺이라는 이름의 '실존의 노동'이 포함돼야 한다는 것, ⑤ 그 자각이 매시간 매분 매초마다 자유롭게 재선택이 허용되어야 한다는 것, ⑥ 노동의 개념을 확충하여 동물적, 기계적 차원에 한정하지 말고 노동의 본질이며 인간적 특질인 노동의 가장 인간적 부분인 '사고思考'를 가장 중요한 노동 형태로 인정할 것, ⑦ 즉 '육존사비肉尊思卑' 사상을 버릴 것, ⑧ 노동이란 '육'도 '사'도 아니며 편의적으로 분류한 데 지나지 않는 그 두 극極의 사이를 연결하는, 어디가 어디라고 나눌 수 없는 자장磁場의 상태라는 것, ⑨ 그러므로 철학한 결과 자살自殺이라는 최대의 노동을 하는 힘, 최대의 노동력을 지닌 지식인을, 이 영혼의 노동자를 괄시해서는 안 된다는 것, ⑩ 요약하면 정신은 내공간으로서 이 공간의 숙련 노동자인 시인이 모든 정치 형태의 권력자가 되어야 한다는 것이어야 하며 이것을 도시圖示하면 그림과 같이 되는데, 이것을 명제화命題化하면 세계는 노동이며, 노동은 내외공간으로 그 장場이 나뉘며, 내공간 노동을 이데올로기(혹은 종교, 혹은 사고思考), 외공간 노동을 생산(속칭 노동)이라 하며, 내외공간을 막론하고 노동(이데올로기 및 생산)은 개인을 매개로

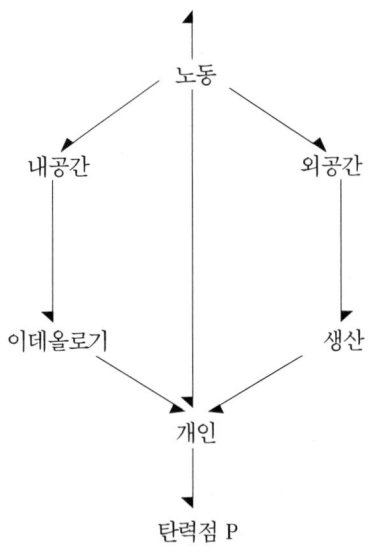

하며, 개인의 매개를 통한 노동(사고 및 생산)만이 탄력점(존재의 극한, 생명의 실감實感, 행복)에 도달하며, 노동량의 증대가 역사의 진보이며, 노동량의 절대적 부족, 노동량의 내외계에서의 불균형, 노동 과정에서의 개인의 매개의 저해가 사회 및 개인의 불행, 악, 병폐를 가져오며 다음 맹점 B는 현 세계에서의 이데올로기적 대립은 노동의, 같은 수준의 '기술' 형태 위에서의 대립이며 봉건제도와 자본제도와의 사이에 있었던 이질異質의 격차에서 대립되어 있는 것은 아니라는 것, 같은 노동 기술 수준 위에서의 이데올로기의 우열 주장은 필경 관념론이라는 것, 그것은 순수 사변적으로 우열이 없는 달걀과 닭의 말씨름이며 그 까닭은 존재存在는 그 자신 모순의 상태로 존재하는 것이므로 빵은 있으나 자유가 없고 자유는 있으나 빵이 없다는 악순환은 피할 수 없다는 것, 그러므로

오늘의 역사의 문제는 개산주의個産主義냐 공산주의共産主義냐 하는, 여기를 감싸면 저기가 터지고 저기를 누르면 여기가 터지는 말장난에 있지 않고 어느 진영이 먼저 보다 많이 대국주의를 버리느냐, 어느 진영에서 먼저 보다 많이 사대주의를 버리느냐 하는 같은 노동 기술 수준의 세계에서의 인간적 자제自制와 인간적 용기의 실천의 경쟁이라는 윤리적 문제로서 자유냐 예속이냐의 인간학적 문제이며 개명한 사회란, 국책적國策的 편의나 종주국에 대한 꺼림에 관계없이 지정된 업종의 영업자와 연구가들에게는 이 같은 고도의 착잡함과 현실적 이해관계가 얽힌 사항에 대하여 충분한 예방 조처와 위생 고려와 사고事故에 대한 예방과 연구적 목적이 인정되는 한, 그와 같은 연구 논문이 학술지에 발표되는 것을 막아서는 안 되며, 그것을 막음으로 해서 특정 법관이 빌라도의 망신을 재연한다든가, '그래도 지구는 돈다'고 중얼거리면서 법정을 나서는 사람이 있게 하여서는 안 된다는 것을 본 변호인은 개명 사회의 약속된 허구로서 당연한 것으로 믿고 있으며 이 법정도 그와 같은 휴머니즘의 원리 아래 운영되고 있는 것으로 보기 때문에 지도원 동무의 이데올로기적, 양자택일적, 교조적, 체계적, 권위적, 고발에 대하여는 진리를 의심할 수 있다는, 휴머니즘의 방법적 권리에 정면으로 위배되는 것으로 보고 당연히 독고준의 무죄를 주장합니다.

다음에, 지도원 동무는 독고준이 이곳까지 온 목적이 지도원 동무가 상상할 수 있는 경우의 어느 하나도 아니라는 이유만으로 그의 목적이 특정 국가에 해로운 것임이 틀림없다고 논단하였습니다. 어떤 개인이, 검찰관의 상상력의 빈곤 때문에 유죄로 판정되어야 한다는 것은 세상에 소가 웃을 이야깁니다.

이런 소리 다 그만둡시다. 나도 나잇살이나 먹은 놈이 무슨 '적的' 무슨 '적的' 하고 이짓하는 것도 독고준하구는 그러지 못할 사이여서 이러는 건데 아까 지도원 선생께서 '미친' 사람이라고 했는데 맞수다. 잡담 제하고 독고준은 미친 사람이우다. 홀몸 피난살이에 지친 애우다. 어른들이 모여서 아이 하나 이리 혼내주어야 하겠소? 그가 미쳤다는 증거를 내놓는 게 그중 애기가 빠를 것 같수다. 지도원 동무가 말할 땐 검찰관 나으리들 쓰는 말로 한 것이겠수다마는, 실, 미친 것이우다. 독고준과 상의해보고 증거를 내놓겠수다."

독고준은 얼굴에 모닥불이 끼얹힌 느낌이었다. 누가 이렇게 해달랬는가. 그는 가까이 오는 역장을 노려보았다. 역장은 연방 눈을 끔벅거리면서 그의 앞에까지 와서 나직이 타일렀다.

"내 말대로 하게, 이 사람아."

독고준은 충격을 받았다. 그것은 돌아가신 아버지의 목소리였다.

"나한테 맡겨주겠지?"

독고준은 끄덕였다. 그가 끄덕이는 것을 보고 역장은 자리로 돌아가서 다시 말을 이었다.

"그러면 여기 증거를 낭독하겠습니다."

달리아

불타는 달리아 한 송이

불수레같이
핑그르 핑그르르
돌고 돌아

큰물 진 뒤끝에
주름과 주름 사이
마디와 마디 사이
구석과 구석이
문둥이 부스럼처럼
일그러졌다

달리아는
화려한 가슴에 피어난
불의 꽃
가냘픈 정맥이 돋아난
창백한 손바닥 위에서
숨지는 것은 오히려 서러운
목숨의 부스럼을
아름다이 잡아먹어야
사는
빛나는 요부

폭우 짓내리는

캄캄 칠야에
죽지 않는 귀신이
땅에 붙어서 낳은
우주의 불구멍이여

싱싱한 고기몸 같은
포플러 잎새 위에
칼날 이슬이 번쩍하는
의젓한 아침이 열리기 위하여
햇바퀴만 한
달리아 한 송이
날리는 머리발처럼
횡횡 돌아야 한다

바람

바람은 참 아스르한 것이다
옛날에 그것은 영차
끝없는 방랑을 하리라 마음먹었다

바람은 설움을 지니고 다니기를 즐기지 않아
온 하늘에 알알이 흩어놓았다

바람은 동무가 없어 혼자서 숨기 내기를 해야 한다
우리는 바람의 바람구멍이다

바람구멍은 바람의 가슴에 뚫린 구멍이기에
그것도 바람은 바람이되
그러나 바람은 아니다

바람구멍이 바람을 잡자는 데서
바람은 슬프기 시작했다

하늘에 흩어진 알알들은
바람이 도망치는 뒷문이다

꼬리를 쫓아가면 어느덧 저만큼
앞문으로 들어가는 바람인 것이다

초봄 동산에 올라
바람을 생각하며 영치기
바람처럼 웃어보자

손님

언제부터란 말인가
슬픔이 우리의 손님이 된 것은
몰래 다가와서
사알짝 등 뒤로 눈을 감싸는
짓궂은 여자처럼 찾아온 것은
새초롬히 찾아온 손님이
시원스레 물러가는 법이란 없는 것이어서
등의자 풍경 시절에
노변爐邊의 긴 얘기 할
눈 내리는 밤의 은근한 즐거움을
꿈꾸며 찾아온 것이어니
어느 손이든
정중히 대접하는 것이
이 세상 예절

그러면 너
고달픈 길손
먼 길 떠나야 할 그때까지
오래
나하고 살잔?

밤과 비

줄기차게 퍼붓는 비는
검은 모란꽃이
거기서 땀을 흘리는 것이다
고향의 거리에
梟首된 부끄러움
    비치는 햇살의 테이프 같던
    대낮의 비는
    오히려 은근한 넋두리 같더니
    이런 밤
    잊을 수 없는 일조차 잊고지라는
    이런 밤
    육중히 내리는 비는
    기름보다 진하다
    아아 고향의 거리에
梟首되는 부끄러움
    진흙투성이 된 마음
    돌자갈 짓씹으며 흐느껴가는
    도회의 하수도를 짓이겨져
    따라가던 마음아
    무거운 비 참 무거운 비
    아아 고향의 거리에

>   梟首되는 이 수치
>   검은 모란꽃을
>   암사슴 핑한 살처럼
>   푹 물어본다
>   내 가슴 같은 그 가슴을
>   아하 고향의 거리에
>   梟首된 이 마음
>   무거운 비 참 무거운 비

"이것은 독고준의 일기우다. 아시겠습니까? 관대한, 현명한 판결을 엎드려 빕니다."

역장은 앉았다. 지도원은 아무 말도 없고 간호원과 그 밖의 사람들도 가만히 앉아 있었다. 독고준은 모닥불 속에 서 있었다. 그는 거기 서 있는 부끄러움이었다. 어디선가 윙윙거리는 꿀벌 소리. 은은히 들려오는 폭음. 엔진 소리. 그것은 모두 부끄러움이었다. 부끄러움이 들려오는 것이었다. 재판장이 일어섰다.

"독고준을 석방합니다."

독고준은 겨우 놓여나서 줄곧 나아갔다. 바닥이 돌로 포장돼 있는데 돌 틈에 이름 모를 꽃이 간혹 돋아나 있다. 이런 데서 혼자 꿋꿋이 살아 있는 품이 대단했다. 어느 방 안에서 사람들이 두런두런거리는 소리가 문밖에까지 새어나오는데 독고준은 부지중 그 앞에서 귀를 기울였다. 이런 소리가 들린다. 선생님, 어떻게 오셨어요? 아 왔구먼. 글쎄 오려고 해서 온 건 아닌데. 와보니 끔찍하구먼. 저도 처음 봐요. 선생님은 짐작이 가세요? 나도 마찬가지.
다 업보業報겠지. 그렇게 생각하는 길밖에 없지 않을까? 업보라
뇨? 아직 동무는 그런 봉건적 관념론을 가지고 사람을 속이려는
겁니까? 동무가 인민을 오도誤導한 과오를 아직도 자기비판 못 했
단 말이오? 역사를 계급적 이해관계의 관점에서 바라보는 자기 교
육의 기회를 제공하고 있지 않소? 마, 마, 지도워니상 그리 팔딱
거리지 말구. 뭘 그러나. 조선인 하나쯤 아무렇기로서니. 괜찮아.
좋은 게 좋은 거야. 아아 기어이 이리 되구 말았군. 그러길래 내가
그리도 말리지 않았는가. 내 팔자가 이리도 스산한 것을 보기로
돼 있다니. 이런 세상에 태어난 것이 한이야. 아아 늘그막에. 네놈
이 변장하면 모를 줄 알구. 더 혼내줄 테다. 날 누군 줄 알구. 너
같은 놈 족치면서 처자식 먹여 살리고 훈장까지 탄 몸이야. 순순
히 구는 게 어때. 이양異樣한 우로迂路 속에 청춘을 가두고 바람의
뒷문으로 피신하는 목숨이 우리를 슬프게 한다. 불령선인들의 온
갖 간계를 간파하고 그들에게는 스스로를 다스릴 능력이 없으며
그들의 온갖 창조적 능력에 대한 모함과 중상을 학문이라는 이름
으로 선전하는 데서 이 같은 결과는 만족할 만한 것으로 생각합니
다. 본인은 지금 본인의 치적治績의 가장 만족스런 결실을 눈앞에
보고 만족한 마음 누를 길 없습니다. 선생님 저 꼬무락거리는 발
좀 보세요. 그리고 저긴 비닐장판 같죠? 그렇군. 퍽 흥미가 있어
보이는군. 이런 구경 좋아하오? 네. 전 배우지 못해서 선생님들
등 뒤에서 목숨의 신비가 해부되는 것을 보는 일이 늘 좋아요. 그
렇소? 선생님, 저것도 목숨이겠죠? 보는 대로가 아니오? 그럼 저

것도 중생이겠네요? 축생畜生이지. 축생은 사랑해선 안 되나요? 사랑? 그게 무슨 말이오? 선생님이 그렇게 웃으시면 전 허전해요. 선생님은 그런 웃음을 웃으실 권리가 없으세요. 이게 무슨 세상인가. 이 꼴을 보려고 살았단 말인가. 그날 굳이라도 나는 말렸어야 한 것을. 다 부질없는 일이 되어버렸군. 나으리 어디서 잡아왔답니까? 글쎄 잡아온 것인지 기증받은 것인지는 서무庶務에 가보면 알 수 있을 걸세. 아, 그리고 가는 길에 부장婦長한테 일러주게, 경험 있는 애 두엇 더 있어야 할 것 같다고 응? 간밤 비몽사몽간에 오늘 이 방향으로 나와보면 반드시 신병기神兵器를 만들 좋은 감이 있겠다는 고告함이 있어서 왔는데. 글쎄 거북선을 저렇게 변형하라는 뜻인지. 순천 만호萬戶의 생각은 어떻소? 소인도 아까부터 생각하고 있는 중입니다만 좀더 살펴보지 않고서는. 여기 있는 나으리들이 무어라 하는지 소인은 그것을 지금 종이에 적고 있습니다. 그것 좋은 생각이오. 중지衆智를 모은다는 것이야 나쁠 리 없겠소마는 기록을 가지고 나가도 되는지 걱정이군. 안 되는 일이 어디 있습니까? 소인에게 맡겨두십시오. 헌병 놈에게 돈냥이나 집어주면 그만이죠. 허허 그것도 병법兵法이군. 내공간에 있어서의 노동의 방향 상실은 탄력점 P와의 긴장력을 잃어버리게 하며 결과적으로 광막한 내공간에 허유虛遊하는 원추형 기구氣球의 상태로 CDP를 소외시킨다. 오빠, 용서하세요. 제 힘으로는 오빠의 불행을 구할 수 없어서 이렇게 했어요. 그렇잖아요? 언제까지고 피해 산다고 낫는 것도 아니고. 그리고 저는 제 책상 앞에다 이렇게 써 붙여 놓았어요. '귀수불심鬼手佛心'이라고요. 또 한 가지 보고드릴 것이 있어요. 그애한테서 온 편지, 답장 않기로 했어요. 오빠가 이러고 계신데 이러고저러고 안 하기로 했어요. 어쩐지 그래야 도릴 것 같아서요. 소관小官의 의견으로는 족치는 것이 제일일 것 같습니다. 이런 자들이 주둥이는 까져서 말려들면 끝이 없어요. 저도 소설가가 되려고 생각한 적이 있어서 파지깨나 낸 경험이 있어서 그만 흥취가 나면 직무를 잊어버리는 때가 있긴 합니다만. 그 이상하잖습니까? 이런 흉악범을 다 다루다가도 저도 모르게 시심詩心이 발동한다는 이 인간의 주착, 그런 땐 살모사殺母蛇가 사무사思無邪죠, 네? 철없는 본국 학자들이 뭐라건, 내 말대로 해요. 인멸시켜버려요. 부숴버려. 자리를 옮겨버리구. 문책文冊으로 남은 것이 제일 귀찮으니까. 그런 건 본국 수집가들에게도 넘겨주지 말구 없애버려. 지방 구가舊家 같은 데 벽장 속 같은 데 아직 파묻혀 있는 게 얼마간 있다고 봐야 하니까. 그래서 저런 모양으로 만들어버리란 말이야. 저것이 조선의 마음이오? 저것이 조선의 맥박이오? 조선 자제의 마음밭이 급기야 저리 되었단 말이오? 아아 광복光復의 날은 멀고 시불리時不利하고 몸은 바야흐로 늙자 하니 이 일을 어찌하면 좋은가. 구부러진 바람의 마음이여. 이런 소리를 듣고 있다가 독고준은 정신을 차리고 다시 걸어갔다. 걸어가는 돌바닥 틈으로 국화꽃 비슷한 꽃이 돋아나 있는데 이런 데서 혼자 꿋꿋하게 피어 있는 그 꽃의 모습이 장해 보였다. 벽이 가다가다 허물어지거나 지진 끝에 금이 간 자리처럼 틈이 벌어진 사이로 상처가 비죽이 내미는데 미끌미끌해 보이는 그런 부분은 내장內臟인 모양이었다. 어떤 데서는 끊어진 수도관처럼 꽤 길게 그런 것이 벽 틈에서 나와 아래로 처져 있다. 그런 데마다 닝닝거리는 꿀벌인지 쉬파린지 한 날갯소리가 들리고 싸한 오물 썩는 냄새가 난다. 꼭 쓰레기더미 같은 데서 흔히 맡는 그런 냄새다. 독고준은 그 냄새가 몹시 마음에 들었다. 어느 모퉁이에 가까워졌을 때 방금 모퉁이를 돌아 저쪽으로 사라지는 발이 보였다. 발은 순식간에 저편으로 사라졌고 독고준은 한 발 늦어 그 발꿈치를 밟다시피 하면서 같은 모퉁이를 돌았는데 벌써 아무도 보이지 않았다. 그것은 분명히 벗은 맨발이었다. 복도는 텅 비어 있다. 그는 이 길을 자꾸 가면 끝내 바라는 곳은 나지려니만 생각하고는 있었다. 아까 불구자들을 모질게 떼어놓고 온 일이 좀 안되었다. 더구나 절름발이가 하던 측은한 말이 걸렸다. 그게 그러면 형님이었구나. 그는 문득 발을 멈췄다. 그리고 뒤를 돌아보았다. 그러나 다시 걷기 시작했다. 형님이 어쩌다가 그렇게 됐을까. 그는 형님을 까맣게 잊고 살아온 나날을 생각하였다. 어려서 헤어진 데다가 이때나 그때나 붙임성이 좋지 않은 그가 형님과 유독 다정하게 굴었다는 기억은 나지 않았다. 한 집안에서 지낸 육친이 이런 데서 곰곰 생각해봐야 이렇다 할 순간이 떠오르지 않는다는 일이 적막했다. 그렇다고 의가 나빴다는 것도 아니요, 하기는 보통 나이가 워낙 틀리는 동기간 사이란 그런 것일 수밖에 없으리라는 생각을 못 해서가 아니라 지금 형의 나이뻘 되고 보니 마치 형과 지내던 때가 지금 나이 또래의 자기 같은 착각이 든 때문이었다. 형수의 일은 더욱 이렇다 할 느낌이 없었다. 그러자 그는 더욱 막막한 생각이 들었다. 그는 멀리, 그들과 멀리서 살았고, 헤어진 후에는 더욱 멀리 살았다는 생각이

들었다. 잡담 제하고 그 일은 패륜이라는 낱말이 문득 떠오르는 그런 느낌을 주었다. 속으로 간음한 것도 간음이면 속으로 무심했던 것도 불효不孝라는 생각이 들었다. 그가 하고 싶은 대로 내버려 두던 그 사람들. 어머니. 그는 다시 한 번 놀랐다. 그는 어머니 생각을 거의 안 하고 지냈던 것이다. 어머니는 그에겐 언제나 공기 같은 존재였다. 곁에 있어서 그에게 할 일을 해주는 것으로 되어 있는, 아니 그렇게 말해도 꼭 들어맞지는 않는 — 그렇겠군, 아마 자기 그림자를 밟으려는 사람이 아무도 없는 것처럼 의식에 떠오르지 않는 그런 사람이었다. 그런데 지금 그는 어머니 생각을 하면서 처음으로, 철이 들어 처음으로 그를 제일 사랑해주었던 것은 어머니라는 생각이 계시啓示처럼 확실해졌다. 같은 순간에 그것이 계시처럼 느껴져야 하는 스산한 마음이 까닭 없는 분노를 일으켰다. 그는 부끄러웠다. 마음 착한 이들이 착한 일 때문에 분주하게 오가는 거리에 드높이 효수梟首된 자기 마음을 보았다. 그것은 추한 모습이었다. 그는 그 앞을 빠른 걸음으로 지나쳤다. 될 수만 있으면 그런 목을 스무 개라도 바치고 인력引力처럼 우람한 그 은혜의 테두리에서 헤어나기 소원이었다. 그러나 그는 연이어 부끄러운 마음이 들었다. 자꾸 부끄러웠다. 부끄럽다는 것이 화가 나는데도 아랑곳없이, 그는 자기 자신이 이마에 모닥불을 이고 걸어가는 느낌이었다. 무엇이 부끄럽단 말인가. 이 세상의 악을 내가 만들어냈단 말인가. 그는 이 부끄러움의 감정이 그의 동물로서의 활기에 매우 위험한 독毒이라고 느꼈다. 이래서는 안 된다. 모두 허물어지고 만다. 나는 거기서 멀리 전진前進하지 않았는가. 인제 와서 대학생이 셈본 복습을 하는 번거로움을 떠맡고 거기에 걸린다면 만사는 끝장이다. 내 마음이여 모질어다오. 내 마음이여 독한 피를 마시고 사악邪惡하게 끓어올라다오. 내가 선인善人이 되지 말게 해다오. 어떤 일이 있어도 착한 사람이 되는 것만은 피할 수 있게 해다오. 그는 듣는 사람 없고 믿을 사람 없는 호소를 속으로 던지면서 자기를 부추겼다. 속아도 좋다는 그 아름다운 사슬에 묶이지 말아야 한다. 그러면 끝장이다. 적어도 어느 때까지는, 이라고 양보해도 좋다. 적어도 어느 때까지는 이 스산하지만 내가 계산해 볼 수 있는 이 시간 속에 있게 해다오. 나에게는 그것만이 확실한 이 시간 속에. 그다음의 일은 또 그때 가서의 일이다. 어지간히 마음이 가라앉았다. 그는 웃어보려고 했다. 웃어지지 않았다. 멀리 담뱃불 같은 것이 반짝하였다. 여남은 걸음 앞만이 어슴푸레할 뿐 복도의 저편은 캄캄하다. 어디선가 또 싸한 냄새가 난다. 거기도 벽이 터진 사이로 모세혈관이 비쳐 보이는 번들번들한 장기臟器가 비죽이 내밀고 있다. 번득, 하고 또 담뱃불이 켜졌다. 그런데 이번에는 그 반딧불 같은 빛이 저 앞에 있는 어둠 속에서 비친 것이 아니라 그 자신의 두개골 안쪽 어디에선가 비친 것 같았다. 그러나 그의 착각이었다. 그 어둠 속에서 곧 사람의 모습이 나타났다. 그는 손에 광산에서 쓰는 등을 들고 있는 역장이었다고 생각했는데 등이 언뜻 하면서 비친 얼굴은 이번에는 지도원 선생인 것 같았고 등이 움직일 때마다 헌병으로 보이는가 하면 검차원으로 보이고 하였다. 그는 지나칠 수도 없어서 그 앞에서 걸음을 멈추었다. 등을 든 사람은 그의 얼굴을 유심히 들여다보면서 집에 가만있지 못하고 왜 이러구 다니느냐고 한다. 독고준은 잠자코 있었다. 탈 없이 사는 대로 살지 왜 허둥대느냐고 한다. 당하면 당하는 것이고, 혼자 당하는 것도 아니요 세상 사람이 다 당하면서도 소리 없이 울면서 한 세상 사는데 왜 너만 이리 요란스러우냐고 한다. 그래도 독고준은 가만있었다. 이미 되도록 다 돼 있고 알 때가 되면 여럿 모인 중에서 서로 무릎을 맞대고 쭈그리고 앉아서 옛날 얘기 삼아 자초지종 들을 날도 있다는데 왜 나대쌓느냐고 한다. 해롭게는 안 할 터인즉 땔감은 흔하것다, 얘기책도 시렁에 쌓여 있고 함박눈이라도 펑펑 내리는 날이면 동치밋국에 국수 말아 먹는 낙도 있으니 의지하고 살고 싶은 생각 없느냐 한다. 여의었던 부모형제도 만나 보게 되겠고 건넌방에서 쿨럭쿨럭 기침 소리 내는 아버님과 두런두런 무슨 걱정인지 한평생 걱정만 하는 어미의 얘기 소리를 들으면서 꿈길에 드는 삶을 겁劫의 일만겁―萬劫까지 할 수 있는데 마음 먹기 달렸다 한다. 독고준은 소름이 끼쳤다. 어느새 역장의 낯빛은 검푸르고 입에서는 실오리 같은 피가 흐르는데 날카로운 덧니가 입술 밖으로 내밀렸다. 아아 모정母情까지 일러줬는데. 그는 이를 부드득 간다. 그러는데 은은한 소리가 들려왔다. 멀리서 가까워지는 엔진 소리다. 수많은 비행기들이 떼를 지어 어느 하늘을 날아오는 소리다. 부드럽게 그러나 단호하게 무쇠의 근육을 진동시키면서 그들은 날아오고 있었다. 강철의 새들이. 그 소리를 듣자 역장은 어쩔 줄 몰라 한다고 한다. 역장은 느닷없이 에이 여보쇼 젊은 사람이, 밑도 끝도 없이 이런 소리를 하면서 또 좀더 선심 쓰시라는 건데, 할 수 있소? 그럼 딴 데 가 보슈, 하면서 독고준의 등을 탁 치면서 어서 가라고 한다. 그는 걸음을 떼놓았다. 맞은편에 방문이 나선다. 그러자 엔진 소리가 와르렁우르릉, 하고 가볍게 들리기 시작했다. 그 여름이다, 하고 독고준은 생각하였다. 인제야 그 여름에 도착했구나 하고 그는 생각하였다. 그 소리는 문 저편에서, 그 문의 안쪽에서 들려오는 것이었다. 그는 그것을 열었다.

 그는 뒷손으로 문을 닫고 자기 침대에 가 걸터앉았다. 나는 무엇인가를 어겼다고 그는 취한 머릿속에서 생각했다. 누군가를 배신했다고 생각한다. 누구를? 이유정은 자기가 들어간 것을 알고 있었을까? 그는 온몸이 모닥불이 된 것처럼 부끄러웠다. 나는 왜 그 방에서, 문간에 얼어붙은 것처럼 섰다가 그대로 물러나왔는가? 그는 일어서서 창문 앞에 섰다. 지척지척 내리는 무거운 비. 독고준은 그 흠씬 젖어 있을 보이지 않는 밤을 유리창 너머로 내다보았다.

해설

분단 시대의 문학적 방법

송재영
(문학평론가)

　최인훈의 『서유기』는 그의 난해한 소설 가운데서도 가장 난해한 편에 속한다. 그렇기 때문에 이 작품은 일반 대중에게 널리 알려지지 못했으며, 심지어는 전문적인 비평가들에 의해서도 신뢰감 있게 논의된 적이 별로 없는 듯하다. 가령 그의 출세작이라 일컫는 『광장』 같은 비교적 사실주의적 경향의 소설이 꾸준히 논의되는 것에 반하여, 『서유기』는 지극히 부분적으로밖에 취급되지 않는 사실이 그것을 실증적으로 말해주고 있다. 그것은 아직도 이 땅에 깊이 뿌리박혀 있는 사실주의에 대한 맹목적인 신봉, 이와 아울러 반사실주의적인 것에 대한 신경질적이며 고루한 불신감 탓으로 보인다. 그러나 그렇기 때문에 우리는 그(최인훈)에 대한 주목을 배가시켜야 할 것이며, 또 그런 의미에서 『서유기』는 차근차근 음미되어야 할 작품인 것이다.
　『서유기』는 우선 그 작품 구조나 기술 방법에 있어 이른바 전통적인 소설과는 완연히 다른 입장을 보여주고 있다. 말하자면 논리적으로 설명할 수 있는 일정한 스토리, 그리고 이 스토리를 그럴듯하게 전개해나가는 오밀조밀한 짜임새란 전혀 없는 것이다. 독자들은 어디서 어디까지가 우리들이 일상적으로 체험할 수 있는 관습화된 '현실'이며, 또 어느 부분들이 작가의 특유한 상상세계인가를 정확히 가려내기 힘들 정도이다. 아니, 작품의 구조적인 면에서만 따진다면 『서유기』는 그 서두와 결말 부분만이 구체적인 현실이며, 기타 전 작품의 내용은 환상과 상상이 교체하는 장면으로 연결되고 있는 것이다. 여기서 독자들은 『회색인』을 기억해주기 바란다. 『회색인』은 독고준이 이유정의 방으로 들어가는 것으로 끝나고 있다. 그런데 『서유기』의 첫 부분은 이유정의 방에 들어갔던 독고준이 바로 그 방에서 나오는 것으로 시작되고 있으며, 또 마지막 부분은 그가 자기 방으로 돌아오는 것으로 되어 있다. 그러니까 『서유기』는 독고준이 이유정의 방에서 나와 자기 방으로 돌아가는 사이, 즉 복도를 걸어서 위층에 있는 방으로 가는 사이의 짧막한 시간 동안 그의 머릿속에 떠오르는 온갖 상념을 펼쳐주고 있는 것이다.

편리한 대로 상념이란 말을 사용했지만, 그 상념이란 대체 무엇인가? 그것은 한마디로 최인훈의 정신사를 의미한다. 그리고 독고준이 그것을 대변하고 표상하고 있을 뿐이다. 이러한 진술은 최인훈의 작품에는 적어도 자전적인 요소가 많이 투영돼 있다는 구체적인 사실과 연관을 맺고 있다. 이상한 가설이 될지도 모르겠지만, 만약 남북분단이란 비극이 없었더라면 그의 문학은 어떠하였을까?

『광장』이래로 그가 꾸준히 탐구하고 있는 일련의 문학적 라이트 모티프는 아마도 상상하기 어려울 것이다.

독고준의 W시에의 환상적인 여행은 그것이 현실적으로는 불가능하기 때문에 여러 가지 의미를 갖는다. 『회색인』을 통해서 독고준은 북한 W시에 어머니와 누이를 남겨두고 월남했음을 이미 시사한 바 있다. 그리하여 '북한의 고향 집. 항구 도시에 연한 작은 마을. 멀리 제련소 굴뚝이 바라보이고 왼편으로 눈을 돌리면 저 아래로 Y만의 해안선이 레이스 주름처럼 땅을 물고 들어오는 곳. 과수원을 하는 집이 그의 고향'이었음을 아득한 기억으로 반추해 보는 것이다. 그에게 있어 'W시의 여름,' 아마도 그가 W시를 탈출했을 때의 그 '뜨거운 태양'은 잊을 수 없는 유년기의 각인으로 못 박힌다. 그것은 특히 폭격에 의하여 폐허화된 도시에서 어느 여름날 그가 순간적으로 체험했던 사춘기적인 욕망 — 방공호 안에서 만난 하얀 얼굴, 따뜻한 팔, 뜨거운 뺨, 향긋한 살냄새, 그리고 최초의 포옹 — 으로 채색되어 있는데, W시에의 향수가 인간의 원초적인 섹스, 더 포괄적으로 말한다면 사랑의 교수에 대한 지향이라는 것이 바로 이 점에서 해명된다.

그러나 W시에 대한 독고준의 향수가 반드시 감상적이며 로맨틱한 것은 아니다. 책 속으로 도피했던 유년기의 일상, 책을 통해서 배운 것을 학교에서 발표하자 '부르주아의 사고방식'이라고 비난받던 기억은 그에게 숙명적인 좌절감을 안겨다 주었던 것이다. 그리고 이러한 좌절감은 더욱 심각해간다. 그는 전쟁 중에 소위 '소년단 지도원 선생님'의 학교에 출두하라는 명령을 받고 어머니와 누나의 만류에도 불구하고 학교에 갔던 일이 있다. 그것은 그가 소속돼 있는 사회에 적응하려는, 그리하여 거기에서 소외당하지 않으려는 그의 유대감의 발로라고 할 수도 있다. 그러나 결과는 어떠하였던가? 학교에 나가 보니 출두한 사람은 아무도 없었고 또다시 그 자신만이 외톨이가 된 것을 깨닫고 거리를 방황한 적이 있었던 것이다.

이리하여 독고준은 적응과 소외라는 이율배반적인 갈등 속에서 성장해간다. 그는 '책의 밀실' 속에서 지식의 관념을 살찌우며 독서체계에 적응된 인물로 변모하는 반면, 그 자신을 현실적으로 둘러싸고 있는 사회와 역사에서 이탈된 소외자가 될 수밖에 없는 것이다. 그것은 또한 그로 하여금 일반적인 의미로서의 현실비판자 내지 문명비평가로서의 풍모를 갖추도록 한다.

독고준은 안주의 바탕을 잃은 불행한 지식인형의 인물이다. 그는 영원한 정신적인 방랑자이다. 물론 그것의 직접적인 동기는 가족의 이산과 남북분단의 역사로 처리돼 있지만, 또 한편으로는 책을 통하여 구원받고자 한 내향성의 대가에서도 충분히 찾아볼 수 있다. 이렇게 본다면 독고준의 W시에의 여행은 결국 그의 정신적 방황의 궤적을 의미하는 것 이외에 아무것도 아니다. 석왕사를 출발하여 W시로 향하는 그의 여행은 도중 온갖 장애와 모험에 직면하게 된다. 그는 떠나지도 않는 기차를 보고 매번 역장에게 "기차는 언제 떠납니까" 하고 묻지만 실인즉 지금 그가 어디로 가고자 하는지도 모르는 때가 많다. 그가 W시로 가고 있다는 것조차 실로 계시처럼 떠올랐던 것이다. "그는 비로소 지금 자기가 고향인

W시로 가는 길이라는 것을 알았다"(p.78)라는 설명만으로도 그의 여행이 방황에서 출발했다는 것을 알 수 있는 것이다. 그러나 W시로 간들 뭘 하겠다는 건가? 역장은 이렇게 말린다.

"살아보면 여기 재미를 알게 될 거야. W로 가보았자 자네 소망은 이루어지지 못할 걸세."(p.81)

안주는 곧 영원한 택일의 방법이다. 이 시대의, 우리 역사의 파수꾼으로 등장하는 역장은 그의 오랜 연륜과 체험적인 지식으로 그것을 깨닫고 독고준에게 설득시키려고 한다. 그러나 독고준은 끝내 여행을 감행한다. 자기와 결혼해달라는, 그럼으로써 감옥에서 자기를 구출해달라고 애걸하는 논개의 간절한 청마저 뿌리치며 그는 '저는 지금 어디로 가는 길입니다'라고 말하는 것이다. 말하자면 독고준은 타인의 구원이 자기 구원보다 선행할 수 없다는 논리를 암암리에 실토하는 전형적인 에고의 분신을 드러내고 있다. 그것은 허약한 인텔리의 초상이기도 하다. 그런데 그러한 독고준이 여행 중에 만난 여러 역사적인 인물에 대해서는 비판을 가함으로써 사변에 능한, 그러나 본질적으로 허약한 한 관념론자의 생태를 보여주고 있는 것이다. 가령 그는 앞에서 말한 논개 이외에 이순신·이광수 또 조봉암 등을 만나는데 그들과의 대화, 즉 역사적 과거라는 형식적인 사실에 의거해서 우리에게 있어 본질적인 모순이 무엇이었는가를 아주 신랄하게 파헤치고 있다. 이것은 최인훈의 역사관, 또 오늘날 그가 깊이 경도하고 있는 소설정치학과 매우 중요한 관계를 갖는 것이므로 다음에 몇 가지만 열거하기로 하자.

제일 먼저 이순신의 등장은 무엇을 의미하는가? 사학자와의 대화를 통해서 엿볼 수 있는 그의 사상은 조선 사회의 유교적 이념을 단적으로 지적하고 있다. 가령 일본 본토 상륙과 영토 확장이라는 군사적 의의를 그는 '해괴하고 망측한 사문의 난적'이라고 말하고 있다. 또 부패한 왕조를 뒤엎고 혁명할 생각은 없었더냐는 질문에 대해서 그는 의연히 이렇게 답변한다.

"간신이 있다 해서 사직을 바꿀 수는 없소. 선왕지도先王之道가 하나인데 무슨 명분으로 천하를 빼앗는단 말이오." (p.139)

과연 조선 사회에 있어서는 유교적 명분론이 지식인에게 있어서는 목숨보다도 더 중요한 문제였다. 이념화된 명분을 배신한다는 것은 곧 그 자체가 사회의 붕괴를 의미하는 것이기도 했다. 그 결과 그 사회는 필연적인 개혁마저 거부하는 폐쇄적인 질서 유지에 성공했고, 그러나 반면 500년간에 걸친 봉건사회는 조용한 왕국을 남의 식민지로 전락시키는 요인이 되고 만 것이다. 그리고 부연하자면 이러한 논리는 현대 지식인에게도 은연중 정신적인 유산으로 상속되어 있음을 작가는 이미 『회색인』의 김학을 통하여 개진한 바 있다. 이러한 역사성 혹은 민족성은 어떤 의미에 있어서는 자기 보호라는 구차한 본능 이외에 아무것도 아닐 수 있다. 그렇기 때문에 최인훈은 사학자의 입을 통해서 소위 민족성의 실체를 다음과 같이 진단한다.

> 본인은 민족성이라는 실체實體의 존재를 부정하고 싶다는 것입니다. 이렇게 말할 때 저는 중요한 단서를 붙이고 싶습니다. 그것은 본인은 민족성의 논의를 생물학적 차원으로부터 문화사적 차원으로 옮기고 싶다는 것이 곧 그것입니다. 〔……〕 논자들의 주장을 들으면 민족성이란 말을, 종돼지의 주둥이 모양이며, 털 빛깔이며, 새끼 낳는 힘 같은 걸로 알고 있는 경향이 있습니다. 차라리 문화형文化型이라는 말로 바꾸는 것이 훨씬 이치에 맞습니다. 본인은 오랜 연구를 통하여 민족성이라는 개념이, 아무것도 풀이하지 못하는 불모의 개념이며 요화며 신기루에 불과하다는 것을 발견하였습니다. 그러한 방황 끝에 문화형이라는 개념에 도달했을 때 본인은 비로소 현실의 지평선을 발견하였습니다. (p.130)

최인훈이 문화형이라는 개념으로 규정하는 정의는, 정치·사회는 말할 것도 없이 한 시대의 풍속·사상까지를 지배하는 정신사적인 전통을 지칭한다. 그리고 그는 그것을 식민지 시대의 대표적인 지식인이라 할 수 있는 이광수의 작품과 그의 거취를 통하여 다시 한 번 분석하고 있는 것이다. 독고준의 생각에 의하면 일제하에 있어서 지식인이 취할 수 있는 태도는 망명뿐이다. 국내 혹은 국외 어느 쪽이든 망명은 곧 구원의 방법이다. 그러나 국내로 망명한 지식인은 대부분 변절하고 만다. 그것의 가장 대표적인 경우가 이광수이며, 그러므로 그의 변절을 논한다는 것은 한국 근대 문화형을 분석한다는 것과 동의어가 되는 것이다. "모든 근본은 근세 이후의 서양 제국주의의 도덕적 악덕에서 비롯된 것이오.〔……〕 아무튼 아시아의 대부분이 서양 사람들에게 강점돼 있던 무렵에 그들 서양 사람들에게 싸움을 걸고 나선 일본의 모습이 그만 깜빡 나를 속인 거요"(p.198). 이와 같은 이광수의 진술은 그가 한낱 환상에 젖어 있었다는 것을 고백하는 것에 불과하며, 이른바 그의 '민중 선도'라는 계몽사상이 정신사적 오류임을 나타낸다. 그렇기 때문에 그는 선각자연한 자세에 스스로 도취되어 설교에 집념하는 대신 차라리 『흙』의 속편을 씀으로써 그의 목적에 더 부합했을 것이라는 진단이 나오게 된다. 자신의 힘을 배양해서 자신을 구원하겠다는 정당한 의지를 포기하고 외세를 자기 힘과 동일시하여 자신을 구원하려고 한 이광수를 통하여 그는 한국 지식인의 한 전형을 분석하고 있는 것이다.

최인훈적 갈등은 바로 이 점에서 비롯된다. 자신이 뿌리박고 있는 정신적, 문화적 토양에 대한 심각한 회의가 대두되는 것은 그러므로 불가피하다. 그는 자신이 거기에 적응될 수 없는 이방인으로 변모되고 있음을 인식하게 되며, 그럴수록 그는 관념 속으로 도피하게 되는 것이다. 물론 그것은 말을 바꾸어 하자면 그에게 있어 도피가 아니라 구원의 방법이기도 하다. 그러나 '자기 자신이 무엇인지도 모르는' 독고준의 소외감은 이러한 방법으로 보상될 것인가. 그가 시도하는 화해의 길은 언제나 양극적이다. 물론 독고준처럼 자의식이 강한 사람은 양극적인 갈등에서 헤어나기 어렵다. 여기서 존재론적 문제가 나오는 것은 당연하다. 대체 '나'

란 무엇인가? 그에 의하면 '나'는 '안팎 공간의 세계'이다. 그러나 이 세계는 진공의 세계가 아니라 부피 있는, 즉 질량의 세계인 것이다. 그리고 그 세계는 에텔로 충만돼 있는데, 그 에텔이란 곧 '언어'이다. 그러므로 양극 사이에는 '언어만이 존재'하고, 그것은 '나'를 향하여 파동쳐오는 '행위'가 된다. 그는 다시 예를 들어 말하기를, 가령 우리가 '꽃'이라고 말할 때 우리는 그 말에 의하여 어떠한 것을 가정하는 것이 아니라 '다만 꽃을 소유할 뿐'이라고 한다. 이렇게 본다면 말은 존재로서의 말이 되는 것이며, 또한 안팎 공간의 체계를 이루는 원어가 되는 것이다. 도표까지 동원된 일견 지극히 난삽한 최인훈의 이러한 논리는 그러나 실에 있어서 그것이 의미하는 궁극적인 의미로 보아 자기 입장의 해명이라고 할 수 있다.

그것은 다름 아니라 '글 쓰는 행위의 필연성'이다. 독서는 탐구적인 행위이다. 탐구적인 행위는 이 세계의 질서를 체계적으로 비춰주며 따라서 거기에 탐닉한 사람으로 하여금 명징한 자각을 일깨워준다. 그러나 그것은 확실한 구원의 방법이 되지 못한다. 적어도 그것은 창조적인 행위에 의하여 극복되어야 한다. 창조적인 행위, 그것은 곧 '글 쓰는 행위' 이외에 그 무엇이겠는가. 체계를, 세계의 질서를 설명하는 것만으로는 부족하다. 그것을 비판하고 부정하고 새로운 행위의 가능성을 제시하는 것이 중요한 것이다. 언어의 본질을 파헤친다는 것은 존재의 실체를 파악하는 방법과 같다라는 최인훈의 사고는 점점 성숙해가고, 이런 점에서 그가 최근 그의 전집을 간행함에 있어 어떤 것은 전폭적으로 또 어떤 것은 부분적으로 언어상의 수정을 가하고 있음은 매우 시사적이라 할 수 있다.

『서유기』의 마지막 부분에서 독고준은 드디어 W시에 도착한다. 그러나 이 이방인의 침입에 놀란 W에는 계엄령이 선포되고 '간첩'이 들어왔음을 알리는 방송이 시가 구석구석에서 퍼져나온다. 뿐만 아니라 그가 돌아다닐 때마다 주변의 운동장·극장·토치카·역 따위가 차례차례 무너진다. 그것은 부르주아 지식인이 지나갈 때 그것에 영향받은 다른 세계의 이데올로기가 붕괴된다는 것을 의미한다. 다시 말하면 양세계의 화해는 터무니없는 환상으로 끝나고 마는 것이다. 이리하여 독고준의 상상적인 여행은 마침내 좌절된다. 그리고 그는 다시 자기만의 밀실에 감금되게 되는 것이다.

『서유기』는 최인훈만의 고유한 작가적인 특징과 결함을 동시에 내포하고 있는 작품이다. 그렇기 때문에 그것은 그를 이해하는 데 있어 가장 중요한 작품이기도 하다. 어쩌면 『서유기』가 조화와 모순의 구성물이듯이 삶의 본질 또한 그러할지도 모른다. 그가 이러한 삶의 본질을 분석하고 해석하는 데 있어 관념이라는 고도의 지적 기능을 통해서 그 현장에 임하고자 하는 이유는 이 언저리에서 밝혀질 수도 있을 것이다. 삶의 다양한 면모란 따지고 보면 그 본질의 민감한 현상이며 감추어진 상징의 표현이다. 그러므로 그에게 있어 삶의 양식을 사건의 계기적인 전개로 구성한다는 것이 오히려 조작적인 저급한 작업으로 느껴질지도 모른다. 말하자면 많은 사람들이 인습에 얽매여서 자기 고유의 삶을 잃고 있듯이 예술가 역시 전통적인 형식에 맹목적으로 복종할 때 그의 창조성을 잃게 되는 것이다. 형식의 파괴는 그의 작가적인 혁명이다. 그리고 이 혁명의 대가로서 그는 관념과 상상력을 획득한다. 그의 관념은 사람들이 가끔 비난하듯이 반드시 지적 언어의 유희만은 아니다. 이것은 이미 앞에서 이야기한 바 있다. 그에게 있어 관념은 곧 현실이며, 단지 그 현실이 독자의 고도한 주의력과 사고를 요구하기 때문에 자칫 현실이 아닌 것처럼 느껴질 뿐이다. 다시 부연해서 말하자면 그의 작품을 읽으면서 예술적 쾌락에 도취하는 사람은 그의 관념적 세계가 우리의 일상적 현실보다도 몇 배나 더 복잡하고 절실하다는 것을 깨닫게 되겠지만 그렇지 못한 사람은 그 세계를 비현실적인, 따라서 비소설적인 것으로 규정하게 될 것이다.

최인훈에게 있어 관념의 비대는 그의 사고의 폭넓음을 의미한다. 역사의 방향, 이 시대의 상황 그리고 개인의 삶에 대한 그의 끊임없는 관심은 날로 확대되고 그리고 그것은 그의 소설공간에서 통일적인 관점으로 집중되고 있다. 그가 초기에서부터 그 징후를 보이기 시작했던 정치에 대한 프로이트적 해석 방법, 말하자면 이러한 그의 집념적 주제는 그 논리를 더욱 박물학적으로 전개하고 있다. 이 세상에서 벌어지는 모든 것, '안팎 세계'의 그 어느 쪽이든 그것은 정치의 역학작용으로 빚어진 직접 혹은 간접의 영향이라는 정치사회학적 정의에 도달하기 위해서 그의 언어는 새로이 다듬어지고 그의 관념은 빛을 발한다. 생각건대 이러한 점은 앞으로 더욱 심화될 가능성이 짙다.

분단시대의 문학, 그러나 그것의 비극적인 질량의 내용을 기술함에 있어 여러 가지 구속이 가해짐을 생각할 때 최인훈의 소설들은 다른 의미에서도 함축성을 갖는다. 관념을 통해서 현실에 도달하려고 하는 그의 노력이 단순한 지적 모험이 아니라는, 적어도 그에게 있어서 그리고 넓게 말해서 이러한 시대에 있어서는 정당한 방법이 될 수도 있다는 것을 마지막으로 강조해두고 싶다. 그렇기 때문에 그에게 쏠리는 우리의 관심은 언제나 민감한 시대성을 띠고 있다. 그러나 그것은 그의 방법을 이해하고 나서야 그 윤곽이 밝혀지게 마련인 것이다.

그는 언제나 깨어 있는 작가이다.

〔1977〕

해설

역사라는 이름의 카오스

박혜경
(문학평론가)

1

『서유기』는 사실주의라는 창작기법이 지배적인 위력을 발휘해온 한국문학사에서 매우 특이한 위치를 점하고 있는 소설이다. 최인훈을 가리켜, 인간과 세계에 대한 철학적 사유와 관념적 사변의 전통이 매우 빈곤한 한국문학사에서 제국의 변방에 위치한 작은 나라 한반도의 지식인이 지닌 고뇌에 찬 자의식의 세계를 문학사상 유례가 없을 정도로 집요하고도 끈덕진 관념의 언어로 파고들었던 작가라고 한다면, 『서유기』는 그의 소설들 중에서도 가장 극단에 놓인 작품이라고 해야 할 것이다. 스스로 한반도의 역사와 운명이라는 어두운 동굴의 세계를 탐사하는 오디세우스가 되어 화려한 정신의 모험을 감행해온 최인훈의 소설들은 『서유기』에 이르러 현실의 경계를 훌쩍 넘어서버린 정신적 카오스의 한 극단을 빚어낸다. 그 카오스란 환상의 언어로 현실을 읽어내려는, 한반도의 역사적 상황에 대한 도저한 알레고리의 세계이다.

"독고준이 이유정의 방을 나설 때 괘종시계가 2시를 쳤다"는 문장으로 시작되는 『서유기』는, 그가 이유정의 방문을 열고 "문간에 얼어붙은 것처럼 섰다가 그대로 물러나"와 자신의 방으로 돌아오는 장면으로 끝을 맺고 있다. 『서유기』의 세계가 펼쳐지는 현실의 물리적 시간 단위는 독고준이 이유정의 방에서 자신의 방으로 이동하는 짧은 순간에 지나지 않는 것이다. 이처럼 『서유기』의 첫 장면과 마지막 장면에서 단 두 차례 언급될 뿐인 이유정이라는 이름에 어리둥절해할지도 모를 독자들을 위해 이 소설의 전편에 해당하는 『회색인』에 대한 약간의 언급이 필요할 것 같다. 『회색인』에서 이유정은 독고준의 매부였던 현호성의 처제로, 그가 현호성의 집에 기식하게 되면서 등장하기 시작한 인물이다. 그러나 『회색인』에서 그녀는 남녀간에 흔히 있을 수 있는 가벼운 성적 유혹을 느끼게 하는 대화상대자라는 것 외에 독고준의 삶에서 그다지 심각한 비중을 갖는 인물이라고 할 수 없다. 『서유기』에서도 이유정은 단 두 차례 그 이름이 언급되는 외에는 작품 속에 전혀 등장하지 않는 인물이다. 이유정이란 이름은 다만 한밤중 이유정의 방을 나온 독고준이 다시 그녀의 방 안으로 들어서는 『회색인』의 마지막 장면과 독고준이 이유정의 방을 나서는 『서유기』의 첫 장면을 이어주면서 두 작품 사이의 모종의 연관관계를 시사해주는 기표일 뿐이다.

그러나 『회색인』의 후반부에 등장했다가 『서유기』에서 이름만을 남긴 채 사라져버린 이유정처럼, 『회색인』이 보여주었던 독고준의 현실적인 삶의 기표들 또한 『서유기』로 옮겨오는 과정에서 대부분 증발해버리고 만다. 『회색인』이 서사의 흐름 속에 수시로 독고준의 상념들을 끼워넣음으로써 서사의 진행보다는 사변적인 관념의 세계에 몰입하고 있다는 인상을 주면서도, 마지막 장면까지 독고준이 현실 속에서 살아 움직이는 인물이라는 실감을 유지하는 데 비해, 『서유기』의 독고준은 마치 현실의 시공간과 분리된 환상의 세계를 떠도는 도무지 실체를 알 수 없는 무정형의 입자 같은 느낌을 준다. 『서유기』에서는, 현실의 인과적 흐름을 거스르지 않으면서 독고준의 내면세계에 기반한 서사의 일관된 흐름을 따라가던 『회색인』의 안정된 현실감은 완전히 휘발되어버리고 만다. 그리고 그 현실감이 사라진 자리를 채워나가는 건 혼돈의 세계 속에서 어지럽게 부유하는 텅 빈 환상의 이미지들이다.

　『서유기』의 주인공인 독고준은 존재하지만, 어디에서도 그 존재의 일관된 표지를 찾을 수 없는 모호한 인물이다. 그는 끊임없이 자신에게 들이닥치는 기이하고 부조리한 상황들 속으로 아무런 저항도 하지 못한 채 떠밀려갈 뿐이다. 그는 분명 이 소설의 주인공이지만, 정작 소설이 관습적으로 구축해온 주인공의 역할로부터 철저히 소외되어 있다. 주인공의 욕망과 의지, 혹은 그의 실패와 좌절이 사건을 구축하고 서사를 추동하는 리얼리즘 소설의 문법은 『서유기』의 독고준에게 적용되지 않는다. 그는 자신에게 닥쳐오는 상황들에 저항할 수 없을뿐더러 그 상황을 이해할 수조차 없다. 그는 상황의 변화나 사건의 흐름을 주도하는 존재가 아니라 자신에게 닥쳐오는 상황들에 수동적으로 노출될 뿐인 존재이기 때문이다. 다시 말해 그는 사건과 상황의 주체가 아니라 그 대상일 뿐이다. 『서유기』가 보여주는 독고준의 이러한 모습은 『회색인』이 북에서 월남하면서 가족을 모두 잃고 가난한 고학생의 처지로 전락한 독고준의 고뇌에 찬, 그러나 자신이 지닌 지식의 힘에 대한 자신감으로 다소 오만한 느낌까지 주는 관념적 자의식의 세계를 펼쳐 보여주고 있다는 점과 분명한 차이를 지닌다. 친구인 김학의 혁명론을 부정하면서 자기만의 밀폐된 관념의 세계 속에 웅크리고 있기는 하지만, 『회색인』의 독고준은 분명 데카르트적 사유의 주체로서의 '나'에 대한 강한 주체의식을 지니고 있는 인물이다. 소설은 행동하고 실천하는 대신 사유하고 해석하는 주체로서의 독고준의 자의식을 소설의 여기저기에서 수시로 내비치고 있다. 나의 역할은 혁명을 통해 세계를 변화시키는 게 아니라 세계를 해석하는 것이라는 오연한 헤겔주의자로서의 면모가 현실을 바라보는 그의 도저한 관념적 자의식의 프리즘 안에 깃들어 있는 것이다.

  『서유기』를 『회색인』의 속편이라고 말할 수 있는 또 다른 연결고리는 『회색인』의 마지막 장면에서 펼쳐지는 독고준의 상념이다. 이유정과 헤어진 후 다시 이유정의 방으로 찾아들기까지 독고준의 머릿속에서는 자신의 고향인 W시에서 보낸 어린 시절로부터 월남한 후 성인이 된 지금까지의 삶이 밀물처럼 밀려들었다 빠져나간다. 머릿속에서 한꺼번에 자신의 지나온 한 생의 기억들이 되살아난 후, 그는 어디선가 들려오는 이상한 암호들을 듣게 된다. 그는 그것을 "알 수 없는 어떤 것. 내가 넘어서기를 주저한 어떤 곳으로부터 보내온 초대장이라고 생각"한다. 그러곤 "초대자의 이름은 어떻든 좋다. 문제는 초대되었다는 데 있다. 이 초대에 응하기로 하자"라고 중얼거린다(『회색인』, p.384). 그렇다면 『서유기』는 그가 넘어서기를 주저한 어떤 알 수 없는 곳으로부터 온 초대에 응한 후 그가 겪게 되는 이야기라고 해야 할 것이다. 『회색인』의 마지막 장면에서 독고준은 계단을 내려가며 자신의 그림자를 내려다본다. 그것은 그에게 "또 한 사람의 자기가 거기 쓰러져 있는 것처럼 보"인다. 그 계단은 『서유기』의 첫 장면에서 독고준이 오르는 바로 그 계단일 것이다. 마치 쓰러진 자의 몸에서 빠져나온 또 다른 분신처럼, 『회색인』과 『서유기』의 독고준은 같은 존재지만, 같은 존재가 아니다.

2

우리가 『서유기』에서 느끼는 난해함이란 이 소설이 우리에게 너무나 친숙한 소설적 관습으로 자리 잡고 있는 리얼리즘의 법칙들을 주저 없이 허물어뜨리고 있다는 점과 깊은 관련이 있다. 리얼리즘의 바탕을 이루는 인물이나 배경의 통일성, 사건의 인과성과 개연성, 서사의 일관성 등의 소설적 관습들을 무력화함으로써 『서유기』는 우리에게 소설의 세계가 현실의 공간과 연결되어 있다는 느낌을 불러일으키는 리얼리티의 경계를 훌쩍 뛰어넘어가버린다. 시공간의 갑작스러운 이동과 상황의 급작스런 반전은 말할 것도 없거니와, 인물들이 느닷없이 다른 인물들로 교체되거나, 혹은 마치 손오공이 자신의 몸에서 털들을 뽑아 여러 명의 손오공들로 자기분열하듯 한 인물이 여러 인물들로 뒤바뀌면서 소설의 맥락을 혼돈 속에 빠뜨리는 독특한 환상 기법은 이 작품의 가독성을 현저히 떨어뜨리는 주요인이기도 하다. 그중에서도 특히 인물들이 돌연 엽기적인 형상으로 변신하는 다음과 같은 장면들은 이 작품이 보여주는 특이한 환상기법의 극치라 할 만하다.

역장이 벌떡 일어서는 것을 보니 어느새 그의 낯빛은 검푸르고 입에서는 실오리 같은 피가 흐르는데 날카로운 덧니가 입술 밖으로 내밀렸다. 두 부하들을 돌아보고 독고준은 놀란다. 그들도 변모하고 있었던 것이다. 역장의 쇠굴레를 꼬나잡고 한발 한발 다가선다. (p.100)

그때 갑자기 비행기의 엔진 소리가 은은히 들려온다. 그러자 역장과 두 부하가 귀를 막으면서 비실비실 물러난다. 그들의 모습이 변하고 있다. 역장은 얼굴 피부가 주홍빛이 되면서 털이 수북이 자라 있다. 키가 큰 검차수는 주둥이가 한 자가량 내밀리고, 두 귀가 모자 위로 비쭉 솟았다가 개털모자의 귀처럼 더펄 접힌다. 그는 꿀꿀 하고 낑낑 신음한다. (pp.149~50)

손오공의 변신술을 연상시키는 듯 사람이 동물이나 요괴의 형상으로 변하는 이와 같은 장면들은, 이 작품에 등장하는 역장이나 검차원, 간호사 등의 인물들이, 계속 동일한 이름으로 불리고 있음에도 불구하고, 연속적인 맥락으로 연결되는 대신 끊임없이 이질적이고 파편화된 조각들로 쪼개지고 분열되는 혼돈 상황 속에서 계속 다른 인물들로 뒤바뀌고 있다는 점과 무관하지 않아 보인다. 무엇보다 이러한 '변신' 모티프는 표면상 아무런 공통점도 찾을 수 없는 중국의 고전『서유기』와 최인훈의『서유기』사이에 놓인 가장 눈에 띄는 연결고리이기도 하다. 그리고 보면, 독고준 또한 어느 날 아침 한 마리 구렁이의 형상으로 변신한 자신의 모습을 발견하고 놀라게 되지 않는가? 어쩌면 '변신' 모티프는 이 작품이 서사적 일관성에 대한 독자들의 최소한의 기대치를 부단히 배반하는 방식으로 전달하고자 하는 의미를 이해하는 매우 중요한 열쇠일지도 모른다.

독고준이 이동하는 공간들 속에서 엉뚱하게도 논개, 이광수, 조봉암 등의 역사 속 인물들과 예기치 않은 만남을 갖게 되는 것과 그가 이동할 때마다 방송을 통해 장황한 웅변조의 연설들이 수시로 쏟아져나오는 상황의 의미를 이해하는 것 또한 이 소설을 읽기 위해 독자들이 넘어야 할 만만치 않은 난제이다. 인과율의 법칙을 무시한 채 마음대로 수축하고 확장하는 시공간의 세계를 떠도는 독고준의 여정에서 과거와 현재, 미래의 시간 구분은 사실상 무의미하다. 독고준을 둘러싸고 있는 것은 마치 한반도의 역사를 흐트러진 퍼즐처럼 잘게 쪼개서 흩뿌려놓은 듯한 공간이다. 이타카로 가는 여정에서 오디세우스가 끊임없는 장애물에 부딪히듯이, 혹은 삼장법사가 불경을 가지러 천축에 가는 길에 갖은 고초를 겪듯이 그 조각난 퍼즐들은 수시로 독고준의 여정을 극심한 혼란 속에 빠뜨린다. 인과율의 사슬로 꿰어진 역사의 일관성을 허구화하는 카오스의 세계 속에서 그는 흐트러진 퍼즐조각들처럼 어지럽게 부유하는 한반도의 어두운 역사의 동굴 안을 떠돌고 있는 것이다. 그리고 역사의 그 어두운 내부는 『회색인』의 마지막 장면에서 독고준의 뇌리에 한꺼번에 밀려들어왔다 사라졌던 그 자신의 어두운 생의 기억들과 통해 있다.

역사와 개인의 생의 기억들이 오버랩되면서 끊임없이 출렁이는 주름과도 같은 시공간은 어느 순간 그가 순식간에 뚫고 나갈 수 있는 얇디얇은 막이 되었다가 돌연 그의 침입을 완강하게 거부하는 거대한 벽이 되어버리기도 한다. 아마도 그것은 이 소설이 현실이 아닌 꿈의 세계라는 환상적 알레고리의 틀 안에서 구축되고 있기 때문일 것이다. 독고준은 잠 속에서 무슨 꿈을 꾸고 있었으나 어느 날 아침 문득 잠에서 깬 순간 그 꿈을 잊어버린다. 그에게 "이미 그 꿈의 내용은 전연 생각나지 않았고 다만 꿈을 꾸었다는 의식만 남"는다. 그러나 꿈에서 깨어난 현실에서 그는 자신의 몸이 마치 도마뱀처럼 기이한 형상으로 변해버린 것을 발견한다. 꿈에서 깨어난 현실이 또 다른 꿈이 되어버린 것이다. 그러니 독고준을 둘러싸고 있는 그곳은 꿈인가 현실인가? 또 꿈인지 현실인지 모호한 공간 속에 내던져진 독고준은 누구인가? 독고준의 끊임없는 공간 이동에도 불구하고 그에게 자신이 이동하는 공간의 실체가 끝끝내 수수께끼로 남는다는 것은 이러한 물음과 연관이 있다. "사실 나는 어떻게 지금 여기 있는지 모릅니다"라는 말과 "나는 사실 내가 누군지도 모릅니다"라는 그의 말은 그가 자신을 둘러싼 세계뿐만 아니라, 자기 자신으로부터도 소외된 존재임을 말해준다. 그가 만일 현실의 물리적 시공간을 넘어 역사와 기억의 숨겨진 비밀을 탐사하는 정신의 모험을 수행 중인 오디세우스라면, 그는 자신이 수행 중인 그 정신적 모험으로부터도 소외되어 있다. 모든 사건들이 독고준을 중심으로 일어나고 있지만, 정작 독고준이라는 인물은 어떤 정체성도 담보되지 않은 텅 빈 중심으로 존재할 뿐인 세계, 그것이 바로 『서유기』의 세계이다. 따라서 굳이 말한다면 이 소설은 영웅의 모험을 기록한 소설이 아니라, 영웅의 좌절을 기록한 소설이다. 『회색인』의 독고준이 해석하는 주체로서의 자기 정체성을 지녔다면, 『서유기』의 독고준은 그 주체의 좌절과 해체를 표상하는 존재이다.

3

독고준은 끊임없이 그에게 닥쳐오는 부조리한 상황들 속으로 끌려들어가면서 그로부터 도피하기 위해 기차를 탄다. 그러나 그 기차는 그를 또 다른 부조리한 상황 속으로 데려다줄 뿐이다. 기차를 타고 가는 동안 그는 "기차는 가고 있다. 기차가 가고 있는 동안은 내게는 책임이 없다"라고 생각한다. 그에게 주어진 상황은 결코 그가 원한 상황이 아니기 때문에 그에게는 그 상황에 대한 아무런 책임이 없다. 그는 스스로 가고 있는 것이 아니라 자신도 알 수 없는 상황의 힘에 떠밀려가고 있는 것이다. 그러나 그는 정말 그의 욕망이나 의지와 무관하게 떠밀려가고만 있는 것일까? 소설의 도입부에서 독고준은 누군가에게 이끌려 희미한 방 안에 갇힌 후 자신도 모르는 사이에 그의 몸이 사슬에 묶여 있는 것을 발견하게 된다. 희미한 감옥 속에 갇힌 그를 외부와 연결하는 것은 한 장의 신문이다. 그는 그 신문지에서 다음과 같은 광고를 발견하고 기쁨의 탄성을 지른다.

이 사람을 찾습니다. 그 여름날에 우리가 더불어 받았던 계시를 이야기하면서 우리 자신을 찾기 위하여, 우리와 만나기 위하여. 당신이 잘 아는 사람으로부터. (p.14)

이 광고를 보는 순간, 그에게는 어떤 목적이 생긴다. 그녀를 만나리라는 희망. 그러나 신문 어디에도 "연락처는 적혀 있지 않았다. 그에게 새로 주어진 이 희망, 그러나 그곳으로 가는 방법이 없다는 사실이 그를 미치게 했다"와 "여름, 나의 여름을 양보할 순 없다. 그것이 무언지 나도 모른다. 그러나 그 여름 속에 모든 게 숨겨져 있는 것만은 분명하다"는 구절은 상황의 힘에 수동적으로 떠밀려가는 듯한 그의 여정이 기실은 그 여름날의 그녀와 만나기 위한 지난한 길찾기의 여정이라는 의미를 전해준다. 그렇다면 그가 찾으려고 애쓰는 그 여름날의 그녀는 누구인가? 그 비밀을 푸는 열쇠는 아마도 W시에서 어린 시절을 보내던 독고준이 6·25전쟁 중에 겪은 후 반복적으로 재생되는 기억의 한 토막에 있을 것이다. 『서유기』에서 "요란한 폭음. 문이 열리고 젊은 여자가 달려 나왔다. 손을 잡고 뛴다. 방공호 속은 숨이 막힐 듯하다. 강철의 날개가 공기를 찢는 소리가 들리고 쿵, 하고 땅이 울린다. 그러자 바로 머리 위에서 굉장한 소리가 나면서 그에게로 무너져오는 살냄새와 그리고 머리칼"로 표현되는 그 기억은 『회색인』에서 다음과 같이 좀더 상세하게 서술되어 있다.

사람의 훈김과 정오 가까운 한여름의 열기로 굴속은 숨이 막혔다. 폭음이 점점 멀어져간다.
그때 부드러운 팔이 그의 몸을 강하게 안았다. 그의 뺨에 와 닿는 뜨거운 뺨을 느꼈다. 준은 놀라움과 흥분으로 숨이 막혔다. 살냄새. 멀어졌던 폭음이 다시 들려왔다. 준의 고막에 그 소리는 어렴풋했다. 뺨에 닿은 뜨거운 살. 그의 몸을 끌어안은 팔의 힘. 가슴과 어깨로 밀려드는 뭉클한 감촉이 그를 걷잡을 수 없이 헝클어지게 만들었다. 폭격은 계속되었다. 폭탄이 떨어져오는 그 쏴 소리와 쿵, 하는 지동 소리는 한결 더한 것 같았다. 준은 금방 까무러칠 듯한 정신 속에서 점점 심해가는 폭음과 그럴수록 그의 몸을 덮어누르는 따뜻한 살의 압력 속에서 허덕였다. 폭음. 더운 공기. 더운 뺨. 더운 살. 폭음. 갑자기 아주 가까이에서 땅이 울렸다. 어둠 속에서 사람들이 한꺼번에 웅성거렸다. 폭음. 또 한 번 굴이 울렸다. 아우성 소리. 폭음. 살냄새…… (『회색인』, p.62)

폭격기가 폭탄을 쏟아붓는 극도의 혼란 속에서 모르는 여자의

품에 안겨 방공호의 숨 막히는 어둠 속에 대피해 있던 기억은 성장기의 그가 경험했던 섹스에 대한 최초의 기억이기도 하다. 살냄새와 전쟁의 폭음이 뒤범벅된 그 여름의 아수라장과 그에게로 무너져오던 그녀의 몸에 대한 기억은 이후 그의 의식을 완강하게 틀어쥔 일종의 원형심상으로 자리 잡게 된다. 『서유기』에서 독고준은 파편화된 역사의 동굴 속을 헤매면서 "지금 자기가 가고 있는 길이, 그 낱말('여름'이라는 낱말―인용자 주)과 깊은 상관이 있다는 무작정한 생각"에 사로잡힌다. 그리고 자신이 무작정 끌려들어갔던 역사의 동굴을 빠져나오는 소설의 마지막 장면에서 "인제야 그 여름에 도착했구나 하고 그는 생각"한다. 그렇다면 전쟁의 혼란 속에서 그를 지켜주던 그 여름 그녀의 몸은 그가 한반도의 파편화된 역사의 동굴을 떠돌며 찾아 헤매는 어떤 여성성의 표징일까? 우리가 문학과 예술의 역사에서 무수히 보아왔던 구원의 표상으로서의 여성성 말이다.

　사건을 한번 재구성해보자. W시에서의 유년 시절 독고준은 부르주아적 의식을 가지고 있다는 이유로 지도원 동무로부터 인민의 적으로 혹독한 자아비판을 당한다. 그 후 6·25전쟁이 터지고 그는 어느 날 학교의 소집 연락을 받는다. 혹독한 자아비판의 공포에 시달리던 그는 다음 날 아침 식구들의 만류를 뿌리치고 학교로 향한다. 그러나 어찌된 일인지 학교는 텅 비어 있다. 그 외에는 아무도 학교에 나오지 않았던 것이다. 집으로 돌아오던 길에 느닷없는 폭격이 시작되고, 낯모르는 젊은 여자가 갑자기 그의 손을 끌고 방공호로 달려간다. 어린 시절 그가 겪었던 혹독한 자아비판과 텅 빈 학교에 홀로 남겨졌던 기억은 부조리한 상황이 그에게 강요한 지울 수 없는 공포감으로 다가온다. 그는 그 상황에 저항할 수 없을 뿐만 아니라 그 상황의 의미를 이해할 수조차 없다. 개인의 욕망과 체제의 명령 사이에서 그가 경험했던 최초의 분열의 체험이다. 그는 이해할 수 없는 체제의 요구에 따를 수도 없고, 자아비판을 불러오는 자신의 욕망을 따를 수도 없다. 사회적 성장이 시작되는 시절, 이 세계와 만나던 최초의 순간에 그가 경험했던 혼란스러운 의식의 분열은 이 소설에서 개인과 역사가 만나는 삶의 좌표 위에서 끊임없이 방황할 수밖에 없는 독고준의 험난한 정신의 여정으로 이어진다. 그는 자신이 어떻게 여기 있는지도, 자신이 누구인지도 알지 못한다. 자기 정체성의 근거를 박탈당한 그는 하나의 텅 빈 기표가 되어 파편화된 역사들 사이를 난무하는 혼란스러운 말들의 세계 속으로 흡수된다.

그런데 기이하게도 독고준은 자신의 의지와 상관없이 떠밀리는 그 상황들 속에서 매번 구원자로, 각하로, 주인공으로 호명된다. 이를테면 논개는 "당신이 오셨구료. 〔……〕 피비린내 나는 세월을 오직 당신을 기다리면서 나는 버텨온걸요"라고 말하고, 역장은 "자네는 우리가 기다리던 그 사람이야. 〔……〕 자네를 만나야 우리는 옳은 귀신이 될 수 있단 말일세"라고 말한다. 또한 그가 가는 곳마다 쏟아져나오는 방송에서는 그를 '각하'라고 부르며 그의 신변보호에 만전을 기하라고 명령할 뿐 아니라 "독고준을 살리는 것, 그를 치료하는 것은 과학에 종사하는 모든 사람들의 엄숙한 의무입니다"라고 말하기까지 한다. 그러나 이 소설에서 그의 진짜

신분은 수인囚人이다. 이 소설은 그가 수상한 사내들에게 이끌려 감옥에 갇히는 것에서 시작되어 재판소에서 석방 판결을 받는 것으로 마무리된다. 그는 영웅이 아니라 수인의 자격으로, 자아비판이 시작된 그때로부터 그를 체제의 수인으로 만들어버린 역사의 긴 터널을 걸어가고 있는 것이다.

독고준이 헤매는 역사의 터널은 얼굴 없는 말들이 마치 요물들처럼 떼 지어 몰려다니는 공간이다. 방송을 통해 쏟아져나오는 탄식하고 경고하고 위협하는 그 모든 말들에는 실체가 없다. 거기에는 말하는 '사람'이 아니라 오직 허깨비 같은 '말'들만이 있을 뿐이다. 그가 불시착하듯 도착하는 곳마다 그를 협박하기도 하고 위로하기도 하는 역장과 검차원, 간호사 등의 인물들 또한 무한자가 증식하는 허깨비들처럼 실체가 없기는 마찬가지다. 따지고 보면 이들 허깨비들에게 이끌려 다니는 독고준 또한 허깨비와 같은 존재가 아닌가? 그러니 『서유기』가 보여주는 세계는 온통 허깨비 놀음으로 가득 찬 세계이다. 앞서 말한 변신의 모티프들 또한 이러한 허깨비 놀음에 가세한다. 변신이 가능해지는 지점이란 존재가 고정된 정체성을 담보할 수 있는 근거를 박탈당한 지점이 아닌가? 어느 날 한 마리 구렁이의 형상으로 변해버린 독고준이나, "그 어둠 속에서 곧 사람의 모습이 나타났다. 그는 손에 광산에서 쓰는 등을 들고 있는 역장이었다고 생각했는데 등이 언뜻 하면서 비친 얼굴은 이번에는 지도원 선생인 것 같았고 등이 움직일 때마다 헌병으로 보이는가 하면 검차원으로 보이고 하였다"(p.352)라는 구절이 가리켜 보이는 것 또한 정체성의 경계가 모호한 허깨비 세계를 살아가는 인간의 모습이 아닌가? "이른바 '나'란, 이 탄력점으로 향한 운동을 계속하는 한 무리의 이미지들의 파동이며, 다발〔束〕이라는 것, 여러 가지 이미지를 속에 가진 벡터"(p.248)라는 소설 속의 구절 또한 '나'로 호명되는 인간이 하나의 실체가 아닌, 여러 이미지 다발들로 이루어진 허깨비 같은 존재임을 말하고 있다.

그렇다면 폭탄을 퍼부어대던 그 여름의 비행기 소리가 들려오는 순간 인간도 동물도 아닌 요괴의 형상으로 변하는 역장과 그의 부하들의 변신은 또 어떤 의미로 이해해야 할까? 인간을 향해 폭탄을 퍼부어대던 '강철 날개'의 엔진 소리란 어쩌면 인간의 모습을 가장한 요괴의 형상으로서의 역사를 암시하는 메타포가 아닐까? 그런 의미에서 이 소설의 배경음이 되고 있는 강철 날개의 엔진 소리와 쉴 새 없이 말들을 쏟아내는 라디오 소리는 허깨비 같은 말들 위에 구축된 역사라는 요괴의 허깨비 놀음을 은유하고 있는 것인지도 모른다. 따라서 이 소설의 궁극적인 의도는, 역사에 대한 해석적 주체로서 누구보다 강한 자의식의 소유자였던 『회색인』의 독고준을 역사라는 허깨비의 세계 속으로 침투시켜 그를 역사가 끊임없이 역사의 주인공으로 호명해온 '나'라는 인간 주체의 텅 빈 허깨비와 대면케 하려는 것이 아니었을까? 환상의 기법을 통해 현실의 세계를 비틀어버리는 방식으로 역사라는 허깨비의 가면을 벗겨내는 것이 이 소설이 의도한 알레고리의 효과라면, 그 알레고리의 내부에는 한반도의 역사뿐만 아니라 역사 그 자체의 본질에 대한 작가의 깊은 철학적 성찰이 담겨 있다. 그 허깨비들의 세계에서 독고준이 찾아헤매는 그녀의 살냄새, 폭격을 퍼붓는 강철 비행기의 소음 속에서 그를 살과 살이 맞닿는 생의 뜨거운 열기 속으로 이끌고 갔던 그 여름의 기억은 아마도 삼장법사의 일행이 온갖 요괴들을 물리치며 천축을 향해 가듯, 불쑥불쑥 그의 앞을 가로막는 허깨비와도 같은 역사의 파편들을 헤치고 그가 찾아가야 할 어떤 궁극의 실재였을 것이다. 그러나 독고준이 길고도 험난했던 여정 끝에 "인제야 그 여름에 도착했구나"라고 생각하며 열었던 그 문은 그가 몇 분 전에 떠났던 바로 그 자신의 방문이다. 이 현대판 『서유기』는 독고준을 다시 추적추적 비 내리는 방 안의 어두운 창문 앞에 세워놓은 채, 그의 생이 지나온 그 길고 어지러웠던 카오스의 여정을 봉인한다.

〔2008〕